HEYNE

W0276790

Dagmar

Das Buch

Eigentlich ist Mona mit ihrem gemütlichen Kleinstadtleben zufrieden. Obwohl sie gerne ein wenig schlagfertiger und spontaner wäre. Und vielleicht ein bisschen schlanker. Und der Job in der lokalen Bankfiliale nervt. Doch schließlich hat sie viele gute Freunde – und natürlich Olaf. Doch als der lang ersehnte Heiratsantrag ausbleibt und Mona statt dessen ihren Olaf mit ihrer besten Freundin Viola im Bett erwischt, bricht ihre Welt zusammen wie ein Kartenhaus. Die guten Freunde waren längst eingeweiht, und Mona zerfließt eine Weile vor Selbstmitleid, bis sie einen folgenschweren Entschluss fasst: höchste Zeit, das Leben ganz neu anzupacken! Von Rachegedanken beflügelt, verlässt Mona ihre Heimat und beginnt, in Hamburg in einer Treue-Test-Agentur zu arbeiten. Dort lässt sie reihenweise untreue Ehemänner auffliegen. Doch das neue Großstadtleben birgt so einige Überraschungen für Mona.

Die Autorin

Jana Voosen, Jahrgang 1976, studierte Schauspiel in Hamburg und New York. Es folgten Engagements an Hamburger Theatern, daneben war sie in TV-Produktionen wie Tatort, Stahlnetz oder Alphateam zu sehen. Zurzeit steht sie für die TV-Serie »Marienhof« vor der Kamera. Jana Voosen lebt und arbeitet in Hamburg und München. Nach ihrem viel gespielten Jugendtheaterstück »Hunger« und ihrem ersten Roman »Schöner lügen« ist dies ihr zweites Buch.

Bei Heyne erschienen:

»Schöner lügen« (3-453-87813-2)

JANA VOOSEN

Er liebt mich ...

Roman

WILHELM HEYNE VERLAG
MÜNCHEN

Umwelthinweis:
Dieses Buch wurde auf
chlor- und säurefreiem Papier gedruckt.

Redaktion: Julia Walther

Originalausgabe 06/2005
Copyright © 2005 by Jana Voosen und
Wilhelm Heyne Verlag, München,
in der Verlagsgruppe Random House GmbH
Printed in Germany 2005
Umschlagillustration: Squared Studios/Getty Images GmbH
Umschlaggestaltung: Eisele Grafik-Design
Satz: Buch-Werkstatt GmbH, Bad Aibling
Druck und Bindung: GGP Media GmbH, Pößneck
http://www.heyne.de

ISBN: 3-453-40122-0

Für
Gerda und Herbert,
Lilo und Heinz.
In Liebe

Personen und Handlung sind frei erfunden.

1.

Ein zierlicher Frauenfuß erscheint in meinem Blickfeld, bekleidet mit einem edlen Brautschuh aus cremefarbenem, feinstem Satin. Mein Schuh. Mein Fuß! Merkwürdig! Habe ich nicht normalerweise ziemlich breite Plattfüße? Habe ich mir möglicherweise einige Zehen oder ein Stück von der Ferse abgehackt, um in dieses zarte Schuhwerk zu passen? Ruckedigu, Blut ist im Schuh. Na, und wenn, dann war es das wert! Ich habe jetzt auch gar keine Zeit, darüber nachzudenken. Stattdessen sehe ich verzückt an mir herunter. Dieses Kleid ist märchenhaft, der weite Rock bauscht sich um meine Oberschenkel, die sich auf magische Weise plötzlich lang und schlank anfühlen, die Korsage schmiegt sich an meinen Körper und drückt meine Brüste zu einem beachtlichen Dekolleté zusammen. Ich bin begeistert. Mit den Augen folge ich der Spur aus weißen Rosenblättern, die sich über den weinroten Teppich schlängelt, der durch die voll besetzten Bankreihen der Kirche hindurch bis zum Altar führt. Gemessenen Schrittes schreite ich über die Blüten hinweg, begleitet von den »Ooohs« und »Aaahs« der Kirchengemeinde. Vereinzelt erkenne ich Gesichter in der Menge: Dort sitzt meine beste Freundin Viola, die langen schwarzen Haare zu einer extravaganten Frisur hochgesteckt, und dort meine Mutter mit bereits verschmierter Wimperntusche. Auch mir treten jetzt die Tränen in die Augen, als ich Olaf vorne am Altar stehen sehe. Er sieht einfach fabelhaft aus in seinem nigelnagelneuen Smoking, wie er augenscheinlich nervös von einem Bein aufs andere tritt und mich erwartet. Mit schimmernden Augen und einem leichten Lächeln auf den Lippen gehe ich auf ihn zu. Ich scheine eine Augenweide zu sein, denn Olaf bleibt im wahrsten Sinne der Mund offen stehen. Dann tritt der bärtige alte Pfarrer in seiner festlichen weißen Robe mit rotgoldener Borte an uns heran, bedeutet der Gemeinde mit einer Handbewegung, wieder Platz zu nehmen und wendet sich mit einem gütigen Ausdruck in den Augen nun uns, dem Brautpaar, zu. Mein Herz beginnt vor lauter Vorfreude und Aufregung ein wenig heftiger zu schlagen, als er den Mund öffnet und sagt:

»Sie haben Post.« Wie bitte?

Und dann verschwimmt alles vor meinen Augen, der Pfarrer, Olaf und die flackernden Kerzen auf dem Altar. Die Zierleiste auf dem Gewand des Priesters wird blasser, verliert ihre Farbe und Leuchtkraft und ist schließlich nur noch eine merkwürdig beige-rosafarbene Fläche. Simone Behrens (das bin ich) erwacht aus ihrem Tagtraum und landet wieder unsanft in Langenweiler (das ist ein 6000-Seelen-Kaff bei Essen). Ich blicke genau auf Balduin Dröses kahlen Schädel. Ein paar mickrige Strähnen hat er von links nach rechts über die speckig glänzende Haut gekämmt. Glaubt er wirklich, dass er dadurch irgendjemandem weismachen kann, er hätte noch Haare auf dem Kopf? Herr Dröse, von mir insgeheim Baldi getauft, ist mein direkter Vorgesetzter und sitzt mir im Großraumbüro der Datenverarbeitungsabteilung der Vereinsbank Langenweiler gegenüber, und das seit nunmehr fast fünf Jahren. Jeden Tag, Montag bis Freitag von neun bis siebzehn Uhr. Jetzt hebt er seinen Kopf und guckt mich misstrauisch an. Immer wieder erwischt er mich dabei, wie ich auf seine Platte starre und meinen Gedanken nachhänge. Er mustert mich mit seinen kleinen grauen Schweinsäuglein und verzieht die schmalen Lippen zu einem Grinsen, das seine nikotinverfärbten Zähne entblößt. O Gott, hoffentlich denkt der nicht, ich würde mich nun doch für ihn interessieren. Auf der letzten Betriebsfeier habe ich seine Hand auf meinem Hintern zwar mit einem halben Liter Bier über seinen kahlen Schädel quittiert, aber solche Kerle können da ja unglaublich ignorant sein. Ich muss echt darauf achten, ihn nicht ständig anzugucken.

»Sie haben Post«, hallt die erstaunlich hohe, ja weibliche Stimme des Pfarrers in meinem Kopf nach. Ach, natürlich. Seufzend wende ich mich meinem Computer zu und checke meinen E-Mail-Briefkasten. Eine Nachricht von Olaf. Wenn man vom Teufel träumt, kriegt man 'ne E-Mail.

»Ach ja, so eine junge Liebe is doch watt Schönes«, ertönt es anzüglich hinter meiner Schulter. Ertappt drehe ich mich um. Da steht Gerda Ulbrich, eine fünfzigjährige rundliche Person mit grauem Haar und gutmütigem Charakter, die hier seit über zwanzig Jahren zum Inventar gehört. Junge Liebe ist gut, Olaf war mein erster und gleichzeitig letzter Freund. Wir sind ein Langenweiler Vorzeige-Pärchen, haben uns quasi mit der Geschlechtsreife in der Tanzschule kennen gelernt. An meinem sechzehnten Geburtstag fragte mich Olaf dann, ob ich mit ihm »gehen« würde, und von da an gingen wir miteinander. Zur Tanzstunde, ins Kino, zum Schüler-Rock-Festival, drei Monate später das erste Mal ins Bett und so ist das jetzt seit zehn langen und manchmal auch – weiligen Jahren. Alle Welt, einschließlich meiner Wenigkeit, fragt sich allmählich, wann Olaf denn nun endlich mit mir zum Traualtar gehen wollen wird. Ja doch, ich habe solche Tagträume nicht ohne Grund!

»Wann wird denn nun endlich geheiratet«, fragt Gerda auch prompt zum etwa hundertfünfzigsten Mal und beginnt interessiert, meine E-Mail zu lesen. Schnell wechsle ich das aktive Fenster auf meinem Bildschirm und mache Gerda grinsend auf das Postgeheimnis aufmerksam. Baldis Kopf schnellt hoch und er schaut mich eifersüchtig an. Gerda hält mir eine Schachtel mit Nougatkonfekt hin.

»Willste?« Eine der zahlreichen Unsitten in unserer Abteilung ist, dass ständig Süßigkeiten gefuttert werden. Ich habe jedes Jahr ein Kilo zugenommen und noch ist kein Ende in Sicht. Ergeben seufzend nehme ich eine Praline und stecke sie in den Mund.

»Danke«, sage ich zu Gerda und greife, bevor sie weitergeht, schnell noch mal zu. Dann wende ich mich wieder meinem Bildschirm zu.

»Hi Moni! Wolltest Du Jever oder Köpi für die Party? Fahre nach der Arbeit zum Getränkemarkt und müsste das wissen. Olaf.«

Ich schmelze ob dieser unromantischen E-Mail nicht gerade dahin, ganz im Gegensatz zu der Nougatpraline auf meiner Zunge. Irgendwie hat unsere Beziehung reichlich an Romantik verloren.

»Hi Olaf! Köpi. Bis heute Abend dann«, haue ich lieblos in die Tasten, will gerade auf Senden klicken, als ich es mir noch mal anders überlege. Wenn das so weitergeht, unterhalten wir uns bald nur noch in Steno-Manier:

»Wie geht's?«

»Gut.«

»Essen?«

»Ja.«

»Sex?«

»Migräne.«

»Oh.«

Nein, danke. Entschlossen lösche ich die E-Mail und fange noch mal von vorne an. Wie man in den Wald reinruft, so schallt es heraus und die Wetten stehen eins zu sieben, dass Olaf mir morgen, am fünfzehnten Oktober, meinem sechsundzwanzigsten Geburtstag, die entscheidende Frage stellen wird!

»Du Frau, ich Mann?«

»Okay.« Nochmals: Nein danke. Also: »Hallo, mein Süßer! Ich finde Köpi am besten. Lieb, dass Du für mich die Party schmeißt. Ich vermisse Dich …«

Hier halte ich kurz inne. Vor neun Stunden habe ich ihn das letzte Mal gesehen, mit einer Zahnbürste im und Schaum vor dem Mund. Ist also vielleicht etwas zu dick aufgetragen. Also schreibe ich stattdessen:

»Freu mich auf heute Abend. Ich liebe Dich. Küsse von Deiner Moni.«

Senden und ab die Post!

Ich beobachte den Dröse, wie er die heute siebzehnte Rot-Händle (heute war mal wieder nicht viel zu tun, was mir die Zeit zum Zählen gab) mit seinen gelben Wurstfingern in den überquellenden, gläsernen Aschenbecher drückt, der, egal wie voll, höchstens zweimal in der Woche von ihm geleert wird. Und zwar dienstags und freitags, also heute. Unser Büro stinkt dementsprechend.

Ich schaue ein wenig aus dem Fenster, aber draußen ist es fast so grau und nebelig wie hier drinnen. Trostlos. Baldi steckt sich immer abwechselnd Zigarette Nummer achtzehn und ein klebriges Erfrischungsstäbchen in den Mund und schmatzt dabei leise. Ich assoziiere mit den Dingern ja ehrlich gesagt Pflichtbesuche bei der Oma, wo es außerdem noch ebenso ungenießbare Sachertorte und Caro-Kaffee gibt, aber Baldi ist ganz wild drauf. Ich verbringe die restlichen zehn Minuten bis zum Feierabend damit, darauf zu warten, dass er durcheinander kommt und an einem Erfrischungsstäbchen zieht, oder (noch besser) seine Zigarette aufisst. Schließlich gebe ich die Hoffnung auf, dass er mir diesen Gefallen tun wird und fahre meinen Computer herunter. Es ist genau 16.59 Uhr.

Baldi zieht im Schneckentempo seinen ewig gleichen kackbraunen Mantel an, klemmt die Tasche unter den Arm und schleicht zur Stechuhr. Umständlich kramt er nach seiner Karte, pling, das altbekannte Geräusch, und plötzlich hat Baldi einen Zahn drauf, den man ihm gar nicht zutrauen würde, wenn man das Schauspiel nicht schon seit Jahren verfolgen würde. In null Komma nix ist er meinem Blickfeld entschwunden. Kopfschüttelnd blicken Gerda und ich ihm hinterher, während wir unsererseits ausstechen.

»Hast du nicht morgen Geburtstag, Kind«, erkundigt sie sich.

»Ja, wir feiern rein heute Abend«, entgegne ich unvorsichtigerweise und fürchte im gleichen Augenblick, dass sie sich jetzt möglicherweise selber einlädt.

»Ach, wie schade, ich hab heute Theaterkarten«, bedauert sie und ich atme erleichtert auf. »Sag mir Bescheid, ob er dich endlich gefragt hat, ich habe ein Vermögen gewettet.«

Jetzt fühle ich mich doch irgendwie unter Druck gesetzt, aber Gerda guckt mich so hoffnungsvoll an, dass ich ermutigend nicke und geheimnisvoll sage:

»Da hast du dich bestimmt nicht vertippt. Ich hatte heute eine Vision, dass sich etwas in meinem Leben ändern wird.«

Gerda lächelt glücklich.

»Wirklich?«

»Wirklich!«

Natürlich hatte ich keine Vision, ich bin kein besonders medialer Typ. Trotzdem sollten sich meine Worte als wahr herausstellen. Nur irgendwie anders.

2.

Eine junge schlanke Frau wendet mir den Rücken zu, sie macht eine ausholende Bewegung und gleich darauf fliegt ein großer Strauß aus bunten Herbstblumen durch die Luft und mir genau in die Arme …

Nein, kein Tagtraum dieses Mal, sondern Realität. Gleich darauf dreht sich Olafs Schwester Lena, der ich gerade die Haustüre geöffnet habe, wieder um und gibt mir einen dicken Begrüßungsschmatzer auf die Wange.

»Haha«, mache ich grinsend.

»Und wo ist mein missratener Bruder?«, fragt sie aufgekratzt. »Für den war die Show doch bestimmt.«

»Keine Ahnung, der schwirrt hier irgendwo rum. Willst du was trinken?«

Die Party ist in vollem Gange, in Olafs (ausnahmsweise mal aufgeräumter) Wohnung tummeln sich meine Freunde und Bekannten, und ich bin schon ziemlich angeduselt, als ich mir mit Lena einen Weg in die Küche bahne, um ihr ein Glas Rotwein einzuschenken.

»Jedenfalls habe ich ihm letzte Woche den Ring gezeigt, der dir so gefallen hat, den weißgoldenen«, raunt sie mir verschwörerisch zu.

»Gott sei Dank«, kichere ich, »denn Gelbgold steht mir überhaupt nicht!«

»Er wird es schon kapiert haben«, beruhigt sie mich.

»Na ja, wenn nicht, ist es auch nicht so schlimm«, befinde ich großzügig, denn daran soll es nun wirklich nicht scheitern.

»Ey, Moni, Lena, kommt mit, das müsst ihr sehen«, grölt mir irgendein Bekannter von Olaf ins Ohr, »da treiben es zwei im Schlafzimmer.«

»Heute Nacht schlafen wir wohl in meiner Wohnung«, sage ich zu Lena, während wir uns mit den anderen zusammen in Richtung Schlafzimmer bewegen. Tatsächlich, der Berg von Mänteln scheint ein Eigenleben zu besitzen.

»Ist das zu fassen«, flüstere ich gespielt empört, »weißt du was? Denen gebe ich nachher gleich das Bettzeug zum Wasch...« Mir bleibt das Wort im Halse stecken, denn etwas dort auf dem Bett hat meine Aufmerksamkeit erregt. Es ist nicht größer als ein Centstück und fast ebenso kupferrot. Es ist das Muttermal auf der linken Hinterbacke des Mannes. Und es kommt mir verdammt bekannt vor. Inzwischen haben die beiden durch ihre amouröse Aktivität den Jackenberg zur Seite geschoben, so dass ich jetzt auch Olafs Gespielin erkennen kann. Und die muss ausgerechnet meine bis zu diesem Zeitpunkt beste Freundin Viola sein. Bezeichnenderweise ertönt aus der Stereoanlage just in diesem Moment der Song:

It's my party, and I cry if I want to. – Nummer eins auf dem Soundtrack meines Lebens. *Nobody knew, where my Olaf had gone – now I do.* Ich habe schon eineinhalb Flaschen Prosecco intus, doch angesichts von Olaf und Viola, die es vor meinen Augen treiben, als hinge ihr Leben davon ab, sinkt der Alkoholpegel in meinem Blut schlagartig. Mir wird sehr schwindelig. Ich sehe nackte Haut, ich sehe Schweiß, Schenkel, die aneinander klatschen, höre keuchenden Atem, unterdrücktes Stöhnen. Violas hüftlange schwarze Locken, die an seinem Körper kleben. Blutrote Fingernägel, die sich in seinen dunkelblonden Haarschopf krallen. Üppige Brüste, in die er sein Gesicht versenkt. Ich bin wie erstarrt. Glatte straßenköterblonde Haare. Mickrige Brüste, die Beine ein bisschen zu kurz, die Nase zu groß und der Hintern zu breit. All das wird mir in diesem Moment schrecklich bewusst. Ich krame in meinem Gedächtnis. Jede Frau hat sich doch schon einmal ausgemalt, wie es wäre, den eigenen Freund in flagranti zu erwischen. Das sieht man schließlich in jedem zweiten Film, und auch wenn man es sich nicht wünscht, so möchte man doch vorbereitet sein. Gewappnet, um einen coolen Spruch auf den Lippen zu haben. Ich kann nur raten: Mädels, spart es euch oder tätowiert euch die besten Reaktionen auf den Oberschenkel, denn ansonsten stehen die Chancen, sich zu erinnern, etwa eins zu dreihunderttausend. Ich jedenfalls bin sprachlos. Mir schießen nur ganz leise die Tränen in die Augen. *Hey, you would cry too, if it happened to you*. Die beiden sind so mit sich beschäftigt, dass sie nicht mal merken, dass ihnen die halbe Partygesellschaft zuschaut. Ich hole mehrmals tief Luft, um irgendetwas zu sagen, aber es kommt kein Ton heraus. Der süßliche Geruch von Sex steigt mir in die Nase, Olaf gibt grunzende Geräusche von sich, Viola stöhnt, als wolle ihr einer ans Leben, und in diesem Moment zieht Lena plötzlich scharf die Luft ein und greift nach meiner Hand. Jetzt hat sie die beiden erkannt. Mir dreht sich der Magen um und sein Inhalt landet auf dem Laminatfußboden von Olafs Schlafzimmer. Ein guter Liter Prosecco, in dem halb verdaute Lachsschnittchen, Hackbällchen und Kartoffelchips schwimmen. Ich hebe den Kopf und sehe, dass ich nun endlich die Aufmerksamkeit des reizenden Pärchens erregt habe. Erschrocken starren sie mich an. Niemand bewegt sich. Mein Magen rumort noch etwas, im Wohnzimmer erklingen die letzten Takte von *It's my party*. Die Tränen laufen mir die Wangen herunter. Olaf löst sich aus seiner Starre und von Viola. Das dabei entstehende schmatzende Geräusch wird sich wohl für die Ewigkeit in mein Gedächtnis einbrennen.

Viola zieht sich die Decke über den Kopf.

»Moni«, sagt Olaf und bedeckt sich mit einem Kissen. Als ob ich ihn noch nie nackt gesehen hätte. Ach ja, natürlich. Ich schon, aber die zehn Personen hinter mir nicht. Ich beginne zu zittern. Am liebsten würde ich schreien, aber was? Einen Mord im Affekt verüben, aber womit? Stattdessen blicke ich verzweifelt in Olafs graue Augen, gebe ein jaulendes Geräusch von mir und verlasse fluchtartig das Schlafzimmer und die Party, während meine Gäste mir betreten hinterher gucken.

Ich schlage die Wohnungstür hinter mir zu und laufe die achtundvierzig Stufen hinunter auf die Straße. Hilflos sehe ich mich um. Wo soll ich denn jetzt bloß hin? Meine Wohnung liegt im zweiten Stockwerk desselben Hauses, direkt unter der von Olaf, das heißt, um dorthin zu flüchten, müsste ich wieder ins Haus. Und noch schlimmer, zurück in seine Wohnung, denn natürlich hängt da meine Jeansjacke, und in deren Brusttasche befindet sich mein Wohnungsschlüssel. Verdammter Mist. Jetzt bemerke ich, dass mir meine rote Chiffonbluse und die schwarze Stoffhose feucht am Körper kleben. In Stresssituationen tritt mir der Schweiß immer sofort aus allen Poren. So hole ich mir hier bestimmt den Tod. Fröstelnd ziehe ich die Schultern hoch und trete unschlüssig von einem Fuß auf den anderen. Mir bleibt wohl nichts anderes übrig, als noch mal reinzugehen. Ich hole einmal tief Luft, wische mir die Tränen aus dem Gesicht und drücke widerwillig auf den Klingelknopf neben dem Namen Berger. Berger. Simone Berger. Ich habe mir allen Ernstes eingebildet, dass ich bald so heißen würde. Der nächste Heulkrampf bahnt sich an, doch ich dränge ihn tapfer zurück. Behrens, Berger, ist doch sowieso fast das Gleiche. Wer will schon Berger heißen? Ich drücke die Türe auf und gehe die achtundvierzig Stufen wieder hoch. Mit jeder einzelnen scheinen meine Füße schwerer und schwerer zu werden. Oben am Treppenansatz fühlen sie sich wie zentnerschwere Bleiklumpen an. Die Tür steht einen Spalt offen und mir schallt nach wie vor laute Musik entgegen. Ich lege meine Hand auf die Klinke. Plötzlich frage ich mich, warum mir eigentlich keiner meiner Gäste besorgt hinterher stürmt, wenn ich tränenüberströmt und nach frischer Kotze riechend das Weite suche, nachdem ich meinen Freund und meine beste Freundin miteinander im Bett erwischt habe – vor aller Augen. It's my party, aber niemand kümmert sich um mich. Maja zum Beispiel, die ich seit der Grundschule kenne. Und was ist mit Lena? Sonja, mit der ich meinen ersten Vollrausch hatte, damals, mit fünfzehn. Überhaupt, wer oder was sind die gut zwanzig Personen, die sich hinter dieser Türe auf meine Kosten besaufen, wenn nicht meine Freunde?

Wütend auf jeden Einzelnen, stoße ich die Tür auf. Alle sehen peinlich berührt zu Boden, als ich eintrete. Olaf und Viola sind nirgends zu sehen. Ich schnappe mir meine Jeansjacke, die an der Garderobe hängt, schubse Lena weg, die ihren Arm um mich legen will und renne aus der Wohnung. Sechzehn Treppenstufen abwärts in weniger als zwei Sekunden. Ich stürze in meine Zwei-Zimmer-Wohnung, durch den Flur ins Schlafzimmer, wo ich mich bäuchlings auf mein Bett werfe und zu schluchzen anfange. Mit einem Ohr lausche ich, ob mir jemand gefolgt ist. Noch mehr hoffe ich, dass Olaf gleich reumütig an meiner Tür kratzen und mich auf Knien um Vergebung und meine Hand bitten wird. O komm schon, Moni, wach auf!

Etliche Stunden später kitzelt mich ein Sonnenstrahl, der durch meine Jalousie ins Zimmer fällt, an der Nase. Vorsichtig öffne ich ein Auge und bemerke erfreut, dass das erste Mal nach über zwei Wochen Dauernebel wieder die Sonne scheint. Das Lächeln auf meinem Gesicht gefriert nur den Bruchteil einer Sekunde später, als mich die Erinnerung an den gestrigen Abend wieder einholt. Ich habe keinen Grund mehr zu lachen.

Mit Schrecken fällt mir ein, dass ich gestern auf den Schlafzimmerboden gekotzt habe und frage mich kurz, ob das alles noch schlimmer oder vielleicht doch ein klitzekleines bisschen besser macht. Mir geht es zu schlecht, um nachdenken zu können. Ich ziehe mir die Decke über den Kopf und beschließe, hier und jetzt zu sterben. Ich male mir aus, wie sie mich finden werden, eine junge Frau, gerade sechsundzwanzig Jahre alt, unvermittelt aus dem Leben gerissen, gestorben an gebrochenem Herzen. Mit transparenter Alabasterhaut, einem rosigen Hauch auf den Wangen, einem sanften Lächeln auf den Lippen werde ich daliegen in meinem breiten Bett in der himmelblauen Satinwäsche und aussehen, als würde ich friedlich schlafen. »Seht, wie schön sie selbst im Tod noch ist«, werden die Menschen ergriffen flüstern und eine Gasse bilden, durch die sich weinend Olaf an mein Totenbett schleppt. »Ich bin schuld, ich«, wird er verzweifelt rufen, vor meinem Leichnam auf die Knie sinken und meine kalte weiße Hand in seine nehmen, »wach auf, bitte, komm zurück zu mir. Verzeih mir!«, fleht er unter Tränen. Mehrere Männer ziehen ihn hoch und führen ihn weg: »Verschwinde, du bist hier nicht erwünscht. Du hast sie auf dem Gewissen.« Mit hängendem Kopf und gequältem Schluchzen fügt Olaf sich, dreht sich jedoch noch mal um und ruft: »Ich werde dich immer lieben!«

Ich blicke auf den Wecker. Es ist ein Uhr. Seit zwei Stunden bemühe ich mich nun schon erfolglos darum, zu sterben, als es an der Tür klingelt. Erschrocken fahre ich hoch. Olaf? Beim Aufstehen rolle ich mich um ein Haar über meine Brille, die ich wohl im Schlaf verloren habe. Ich setze sie auf und die trostlose, verschwommene Welt erhält wieder Konturen. Mit einem Hechtsprung bin ich an der Tür und reiße sie auf.

»Happy Birthday to you, Happy Birthday to you, Happy Birthday, liebe Moni, Happy Birthday to you!«

Nein, richtig geraten, es ist nicht Olaf. Angesichts der gestrigen Ereignisse würde er wohl kaum singen. Er ist zwar nicht gerade ein Meister der Feinfühligkeit, aber so weit reicht es dann doch noch.

Stattdessen steht vor mir ein merkwürdiges Pärchen. Eine dunkelhaarige Frau Mitte fünfzig, kaum größer als eine Parkuhr, mit funkelnden braunen Augen, einem knallroten Kostüm und einer Geburtstagstorte mit sechsundzwanzig Kerzen in den Händen, daneben ein blonder Hüne im gleichen Alter, der mit lauter eingepackten Geschenken behängt ist, als sei er ein Christbaum. Meine Eltern. Sie kommen herein, umarmen und küssen mich, wünschen mir alles Gute, dann stöckelt meine Mama schnurstracks in die Küche, um Kaffee aufzusetzen, den Kuchen anzuschneiden und den Tisch zu decken.

»Klaus, bring doch mal die Geschenke her«, ruft sie meinem Vater zu, der gehorsam mit seiner Last in die Küche trottet. Ich stehe im Flur wie bestellt und nicht abgeholt. Ich sehe an mir herunter und stelle fest, dass ich noch das gleiche Outfit trage wie gestern Abend, nur, dass es jetzt reichlich zerknittert ist. Ich möchte mich lieber nicht mit der Frage auseinander setzen, ob es sich bei dem Fleck auf der linken Brust um einen Teil meines Mageninhalts handelt.

»Ich … ich geh mal schnell ins Bad und zieh mich um«, rufe ich in die Küche und verschwinde in meinem klitzekleinen Badezimmer, in dem es Toilette, Dusche, Waschbecken und daneben noch genau so viel Platz gibt, dass man sich einmal vorsichtig um die eigene Achse drehen kann. Ich ziehe mir die Bluse über den Kopf und die Hose aus. Mit dem rechten Fuß bleibe ich stecken, verliere auf dem linken stehend beinahe das Gleichgewicht und wäre um ein Haar rücklings in die Dusche gestürzt. Puh, da kann man sich schnell das Genick brechen, wenn man nicht aufpasst. Klar, mit meinem Lebenswillen ist es im Moment nicht so weit her, trotzdem muss ich nicht unbedingt in Unterwäsche mit einer zerknüllten Hose um die Knöchel in der Dusche aufgefunden werden. Noch schlimmer ist eigentlich nur noch, auf der Toilette von einem Hirnschlag überrascht zu werden. Oder während man masturbiert.

Ich fange mich also glücklicherweise und blicke in den Spiegel über dem Waschbecken. Böser Fehler! Ich sehe fast noch schlimmer aus, als ich mich fühle, auch wenn ich gedacht hätte, dass das gar nicht möglich ist. Meine dunkelblonden kinnlangen Haare, die ich gestern vor der Party liebevoll Strähne für Strähne mit dem Lockenstab in eine glänzende wellige Prachtmähne verwandelt hatte, stehen jetzt fettig in alle Richtungen vom Kopf ab. Anscheinend habe ich mir heute Nacht ob meines Schicksals ausgiebigst die Haare gerauft, und eigentlich kann ich mir das nicht einmal verdenken. Mein Make-up ist noch komplett erhalten, nur seine Position hat sich verändert: Der Lidschatten klebt als krümelige Masse in der Lidfalte, der kussechte Lippenstift blieb ungeküsst und hat sich rund um den Mund verteilt, die Wimperntusche färbt meine Wangen dunkelgrau. Kein Wunder, dass Olaf mich mit Viola betrügt. Mit der perfekten weiblichen Viola, die schon wunderschön war, als ich sie mit dreizehn Jahren kennen lernte, die die Pubertät ohne einen einzigen Pickel durchgestanden hat, die lockige, lange schwarze Haare, große blaue Augen, perfekt geschwungene Wimpern, ein süßes Stupsnäschen, einen vollen Kussmund, gewaltige Brüste, eine Wespentaille und einen kleinen, knackigen Po besitzt. Und dazu auch noch einen guten Charakter, wovon ich zumindest bis gestern vollkommen überzeugt war. Ich habe Viola immer vergöttert. Ich war nicht mal besonders neidisch auf sie, denn sie gab mir nie das Gefühl, unzulänglich zu sein. Auch nicht, wenn ich in der Disco neben ihr stand, zehn Zentimeter kleiner, farbloser, hässlicher. Wie konnte sie nur? Zum ersten Mal kommt mir der Gedanke, dass die beiden es schon eine Weile hinter meinem Rücken getrieben haben könnten, bevor sie es vor meinen Augen taten. Und wie lange schon? Heulend setze ich mich auf den Klodeckel. Von außen klopft es an die Tür.

»Monilein, der Kaffee ist gleich fertig, kommst du dann auch?«

»Ja, ich komme«, versichere ich schluchzend und mache mich daran, schnell mein Gesicht zu waschen, die Haare zu kämmen und die Zähne zu putzen. Dann schlüpfe ich in den weißen Frotteebademantel mit der blauen Borte, der am Haken an der Tür hängt und den Olaf mir mal geschenkt hat.

In der Küche riecht es nach frischem Kaffee. Auf dem winzigen Küchentisch steht die riesige Geburtstagstorte – Himbeer-Sahne. Ich kann mich zwar nicht so richtig freuen, aber ein bisschen schon. Außerdem gehöre ich bedauerlicherweise nicht zu den Frauen, die bei Kummer keinen Bissen mehr runterkriegen, in drei Wochen zehn Kilo abnehmen, dann mit Modelmaßen durch die Gegend spazieren und jedem erzählen, dass Kummer auch »unheimlich die Persönlichkeit stärkt«. Nein, ich multipliziere meine Kalorienaufnahme mit einem dem Kummer angemessenen Faktor und werde durch meinen stetig wachsenden Körperfettanteil noch unglücklicher. Seufzend lasse ich mich auf einen der vier klapprigen Holzstühle rund um den Tisch fallen, während meine Mutter mir eine Tasse Kaffee einschenkt. Viel Milch, noch mehr Zucker.

»Wo ist denn Papa«, frage ich und nehme einen Schluck, wobei ich mir mächtig die Zunge verbrenne. Ist es Einbildung, oder kocht meine Mutter den Kaffee heißer als ich?

»Der ist oben und holt Olaf.«

Was? Ich verschlucke mich fürchterlich und huste und keuche und rudere mit den Armen, um meiner Mutter verständlich zu machen, dass sie ihn auf der Stelle zurückpfeifen muss. Sie versteht mich leider nicht, sondern klopft mir nur beruhigend auf den Rücken.

»Das kommt davon, wenn man so gierig ist«, sagt sie kopfschüttelnd. Ich ringe mit knallrotem Kopf nach Luft, als ich die Wohnungstür aufgehen höre. Bitte, bete ich inständig, lass ihn nicht zu Hause gewesen sein. Schritte nähern sich. Bitte, ich habe doch Geburtstag. Mein Vater tritt in die Küche. Immer noch leise hüstelnd sehe ich ihn an. Mir schwant Böses, doch ich muss feststellen, dass meine Fantasie nicht ausreicht für die Grausamkeiten, die sich das wahre Leben ausdenken kann: Vor mir stehen Olaf und Viola. Mein Vater steht stolz grinsend daneben:

»Na, ist das kein glücklicher Zufall, dass Viola gerade oben beim Aufräumen geholfen hat? Da können wir jetzt alle zusammen feiern.« Aufräumen nennt man das also heutzutage. Entsetzt gucke ich von einem zum anderen, während meine Mutter Olaf und Viola jeweils einen Stuhl zuweist und für sich selbst den Korbsessel aus meinem Schlafzimmer holt. Wieso eigentlich? Die beiden könnten sich doch ruhig einen Stuhl teilen. Sie passen großartig aufeinander. Sogar ineinander.

So sitzen wir also dicht gedrängt um den Tisch herum. Noch immer bringe ich kein Wort heraus. Meine Mutter guckt etwas verwundert von einem zum anderen, versucht aber, die eisige Atmosphäre ein wenig aufzulockern:

»So, Moni, jetzt musst du die Kerzen auspusten und dir was wünschen, bevor sie ganz runtergebrannt sind.«

»Ja, ich hätte mein Stück Kuchen wenn möglich gern ohne Wachsüberzug«, versucht mein Vater einen Scherz.

Auch das noch. Jetzt muss ich also wie eine Fünfjährige Geburtstagskerzen auspusten. Erwartungsvoll gucken meine Eltern mich an. Na schön, denke ich grimmig, hefte meinen Blick auf Olaf und Viola, hole tief Luft, puste alle Kerzen auf einmal aus und wünsche den beiden dabei aus ganzem Herzen die Pest an den Hals.

»Und wie war die Party?«, fragt mein Vater betont munter, während wir alle an unserer Torte mümmeln. Olaf und Viola gucken mich betreten an. Ich gucke feindselig zurück. Stille. Ich werde den Teufel tun und darauf etwas sagen.

»Es war ganz lustig«, sagt Olaf, »aber Moni hat wohl ein bisschen viel Prosecco getrunken. Ihr ist schlecht geworden und darum hat sie leider den Großteil der Party gar nicht mitbekommen.« Sprachlos starre ich ihn an.

»Schlecht war dir? Gott, Kind, dass du aber auch so viel trinkst. Musstest du erbrechen?«, fragt meine Mutter.

»Und wie. Auf meinen Schlafzimmerboden. Aber ist schon gut«, sagt Olaf und nickt mir großzügig verzeihend zu, »glücklicherweise habe ich ja keinen Teppichboden.« Bin ich hier im falschen Film? Meine Mutter schüttelt missbilligend den Kopf, und mein Vater versichert, dass mögliche Schäden ein Fall für die Haftpflichtversicherung seien. Ich schäume vor Wut.

Diese Schweine! Dieser Mistkerl und diese widerliche Hexe! Ich hasse sie! Sitzen da, essen Kuchen und reden mit meinen Eltern. Olaf hat nicht mal versucht, mich irgendwie ins Nebenzimmer zu locken (ich wäre natürlich nicht dazu zu bewegen gewesen), um mich anzuflehen, ihm zu vergeben (was ich selbstverständlich ebenfalls nicht getan hätte). Ich weiß nicht, wie ich diesen Nachmittag hinter mich gebracht habe, anscheinend bin ich in eine todesähnliche Starre gefallen, die mich das Ganze hat ertragen lassen. Leider hat diese Tatsache mir auch jede Spontaneität und Schlagfertigkeit genommen. Nicht dass ich ansonsten reichlich mit diesen Eigenschaften bestückt wäre. Mittlerweile sitze ich wieder allein in meiner Wohnung, auf meiner großen roten Couch im Wohnzimmer, in meinen ältesten, ausgebeultesten Jogginghosen, einem weißen Männerunterhemd (nein, nicht von Olaf, sondern von Papa) und mit der übrig gebliebenen Hälfte der Geburtstagstorte auf dem Schoß. Die erste Flasche Weißwein, der dazu ganz vorzüglich schmeckt, neigt sich bereits ihrem Ende zu und ich bin froh, dass ich eine ganze Kiste von meinen Eltern geschenkt bekommen habe. Wahrscheinlich ist das so ein ganz edles Tröpfchen, denn mein Vater hat einiges Aufhebens um dieses Geschenk gemacht. So einer, den man höchstens zu einem ganz besonders guten Essen an einem feierlichen Anlass aufmacht, wie am Valentinstag (schluchz), Jahrestag (schluchz) oder zur Verlobung (oberschluchz). Aber ich habe erstens keinen blassen Schimmer von Wein, zweitens keinen anderen im Haus und drittens Geburtstag. Wenn das kein Grund zum Feiern ist … Prost!

Drei Stunden später bin ich sternhagelvoll und umringt von zwei leeren und einer halb vollen Flasche … Da soll noch einer sagen, ich hätte keine Freunde. Ich gucke »Doktor Schiwago« und bilde mir ein, über die Tatsache zu weinen, dass der arme Mann tot zusammenbricht, als er seiner geliebten Lara nach Jahren der Trennung plötzlich durch einen Zufall wieder begegnet und zum Greifen nahe ist. Das nenne ich traurig. Das nenne ich ein hartes Schicksal. Das nenne ich eine tragische Liebe. Worüber beschwere ich mich eigentlich?

Rrrring! Mühsam öffne ich erst mein linkes und dann mein rechtes Auge. Mein Blick fällt auf den Fernseher. Die Kamera fährt durch irgendeine öde Landschaft. Nachtprogramm: die schönsten Zugstrecken Deutschlands. Doktor Schiwago ist tot. Ich muss eingeschlafen sein. Rrrrring. Wie? Ach so, die Tür. Wer kann das sein, mitten in der Nacht? Frag doch nicht so blöd, Moni, du hoffst doch sowieso, dass es Olaf ist. Mühsam krabbele ich von der Couch und gehe zur Tür.

»Wer ist da?«, frage ich. Weiß man's? Vielleicht steht draußen ein frauenmordender Psychopath? Na, das wäre doch die Lösung. Ohne eine Antwort abzuwarten, reiße ich die Tür auf. Kein Mackie Messer, stattdessen Olaf Berger. Na endlich. Ich setze ein abweisendes Gesicht auf.

»Was willst du denn hier?«, frage ich ihn kalt. Sein Gesicht ist tränenüberströmt, ja, er sieht richtig fertig aus. Er stürzt förmlich auf mich zu und umklammert mich wie ein Ertrinkender den Rettungsring.

»Moni … ich …, es tut mir so Leid, ich …, bitte, Moni, verzeih mir«, schluchzt er.

»Niemals werde ich dir das verzeihen«, sage ich feierlich, stemme meine Hände gegen seinen Brustkorb und versuche, mich seiner Umarmung zu entwinden. Er rutscht an mir herunter und kniet nun zu meinen Füßen.

»Aber du musst, bitte!«, fleht er verzweifelt.

»Du bist so ein Mistkerl«, herrsche ich ihn an.

»Ich weiß«, wimmert er, »ich bin der letzte Dreck.«

Jawoll!

»Ich bin deiner überhaupt nicht würdig. Ich bin so ein mieses Schwein. Ein Lügner und Betrüger, ein solches Arschloch, ich bin Abschaum.« Also, ich will ihm wahrhaftig nicht widersprechen, aber ich finde, er trägt da jetzt ein bisschen zu dick auf. Ich gucke auf Olaf hinunter, der zu meinen Füßen kauert und sich selbst all die Dinge an den Kopf wirft, die ich ihm sonst gesagt hätte. Ich kann nicht behaupten, das nicht ein kleines bisschen zu genießen.

»Bitte, ich liebe dich. Ich kann nicht leben ohne dich.«

»Und was ist mit Viola?«, frage ich.

»Viola? Sie bedeutet mir gar nichts, ich weiß nicht, was mit mir los war. Sie ist eine Schlampe. Eine widerliche Hexe, eine Heuchlerin, eine Verräterin, eine Lügnerin, eine …« Finde ich auch. Trotzdem, irgendwie bin ich leicht irritiert. Was ist denn hier eigentlich los?

»… Drecksnutte, ein Biest, eine falsche Schlange, eine …«, lamentiert Olaf weiter, während ich auf ihn heruntersehe und herauszufinden versuche, was hier nicht stimmt.

»… Hure, ein billiges Flittchen, eine …« Nun greift Olaf in die Innentasche seines Jacketts und holt eine kleine, mit dunkelrotem Samt bezogene Schatulle hervor. Er lässt sie aufschnappen und drinnen liegt ein …

Rrrrrring! Mühsam öffne ich erst mein linkes und dann mein rechtes Auge. Mein Blick fällt auf den Fernseher. Irgendeine blöde Cartoonfigur hetzt einer noch viel blöderen Cartoonfigur hinterher. Kinderfernsehen am Sonntagmorgen. Es war nur ein Traum. Verdammt. Rrrrrring. Wie? Die Tür? Pah, da fall ich nicht noch mal drauf rein. Rrring,

rrring! Ach, jetzt wirklich? Ich bleibe misstrauisch. Möglicherweise träume ich mir jetzt gleich Viola vor meine Tür, die dann mir zu Ehren eine Hasstirade auf Olaf loslässt. Rrring. Ich richte mich halb auf. Ein Schmerz lodert über meiner linken Augenbraue auf und zieht sich bis in den Hinterkopf. Gleichzeitig überschwappt mich eine Welle von Übelkeit. Kein Zweifel, ich bin wach, so einen Kater kann selbst ich mir nicht zurechtträumen. Rrrring! Is ja gut. Bedeutend mühsamer als eben in meinem Traum krabbele ich von der Couch und schwanke zur Tür.

»Wer ist da?«, frage ich.

»Olaf«, kommt es durch die geschlossene Tür zurück. Das gibt es doch nicht. Wie Schuppen fällt es mir von den Augen: Ich hatte einen hellseherischen Traum. Ich habe doch eine große mediale Begabung. Ich schmeiße meinen verdammten Job hin und werde Wahrsagerin. Ich öffne die Tür und setze mein abweisendes Gesicht auf.

»Was willst du denn hier?«, frage ich kalt. Das Drehbuch meines Lebens. Ich komme mir wahnsinnig cool und überlegen vor. Olaf greift in die Innentasche seines Jacketts. Ich werde wohl ein Wörtchen mit dem Regisseur sprechen müssen. Olaf hat ganz offensichtlich seinen Text nicht gelernt. Er zieht einen Schlüssel hervor. Häh?

»Ich wollte meinen Schlüssel abholen und dir deinen zurückgeben.« Was? Er drückt mir den Schlüssel in die Hand und greift dann am Schlüsselbord, das genau neben der Tür hängt, nach seinem. »Ähm, ja, bisschen blöd gelaufen.« Was? Er wendet sich zum Gehen, stockt kurz und dreht sich dann noch mal zu mir um: »Ach ja, für die vier Kästen Köpi krieg ich noch siebenundvierzig Euro zwanzig von dir. Hast du die zufällig da?« Was? »Na, macht nichts, du kannst sie mir überweisen. Meine Kontonummer hast du ja. Tschüss!« WAS?

3.

Die nächsten Wochen erlebe ich wie in Trance. Ich stehe um sieben Uhr auf, fahre zur Arbeit, sitze acht Stunden ziemlich nutzlos herum, ohne dass es jemandem auffällt, ich spreche nur, wenn unbedingt nötig, auf dem Heimweg hole ich mir einen Film in der Videothek und dann verschanze ich mich in meiner Wohnung. Ich bestelle im Wechsel Pizza Hawaii, Pizza Funghi und Lasagne, dazu einen großen Becher Häägen-Dasz-Eis und eine Flasche Rotwein. Damit haue ich mich vor die Glotze, sehe schnulzige Liebesfilme, heule und schlafe schließlich gegen halb zwei auf der Couch ein. Tagsüber trinke ich viel Wasser, da ich sonst durch die viele Heulerei innerhalb weniger Stunden dehydrieren würde.

Genau vierzehn Tage nach meinem Geburtstag steht plötzlich statt des Pizzaboten Viola vor der Tür.

»Es tut mir echt Leid, Moni, aber ich bin auch froh, dass es jetzt endlich raus ist. Ich wollte es dir schon vor Monaten sagen, ich wusste nur nicht, wie.« Vor Monaten. Aha. Das erklärt den routinierten Beischlaf, den ich miterleben durfte. »Ich weiß, die Situation ist furchtbar, aber meinst du nicht, wir könnten vielleicht irgendwann wieder Freunde …« Ich weiß nicht, was sie meiner Türe dann noch so alles erzählt hat, nachdem ich ihr diese vor der Nase zugeschlagen habe. Seither höre ich, außer dem völlig übertriebenen Gestöhne in der Wohnung über mir, nichts mehr von ihr.

Ich traue mich kaum noch auf die Straße. Wie gesagt, Langenweiler ist ein Kaff. In null Komma nix hat sich rumgesprochen, dass Olaf auf meiner Geburtstagsparty statt für meine gesicherte Zukunft für einen handfesten Skandal gesorgt hat. Die Leute lieben so etwas. Das ist spannender als jeder Promi-Klatsch aus der »Gala«. Wo ich auch hinkomme, ernte ich mitleidige Blicke, ob im Supermarkt oder beim Bäcker. Und kaum bin ich vorbei, stecken sie die Köpfe zusammen: »Hast du gehört?« – »Ja, sicher.« – »Armes Kind.« – »Na, irgendwie kann man ihn aber auch verstehen, die Viola ist schon ein tolles Weib.« – »Die Moni ist aber auch ganz schön dick geworden.« – »Ob sie schwanger ist?«

Ob ich schwanger bin? Nein, ganz eindeutig nicht. Dieses Gerücht schwemmt jedoch gerade wie eine Riesenwelle über Langenweiler hinweg. Ich habe zuerst von meiner Mutter davon erfahren, die mich eines Tages völlig aufgelöst anrief. Die Frau Ferolle vom Blumenladen hätte ihr gesagt, man sieht es sogar schon. Frechheit. Kann ich nicht ein bisschen mehr Verständnis erwarten? Schließlich bin ich todunglücklich. Ich habe im Leben einfach keine anderen Freuden als Pizza, Wein und Eiscreme. Ja, ich gebe zu, ich bin etwas aus dem Leim geraten, aber wen interessiert's? Mich sieht ja eh keiner mehr nackt. Ich werde als alte Jungfer sterben und die Jungs vom Notarztteam werden ihre liebe Not haben, meinen leblosen unförmigen Körper auf die Bahre und diese dann durchs Treppenhaus zu verfrachten. Ist mir scheißegal.

Mit dem Film »Abgeschminkt« bewaffnet (ich habe mich einmal von A bis Z durch das gesamte Sortiment »Romantische Komödie« der Videothek geguckt und fange nun wieder von vorne an), haste ich mal wieder die zweiunddreißig Stufen bis zu meiner Wohnung hinauf. Wir haben den sechzehnten Dezember. Bald ist Weihnachten. O du Fröhliche. Während es gestern noch milde sieben Grad warm war, gab es heute einen Kälteeinbruch und mindestens zwanzig Zentimeter Schnee. Aus heiterem Himmel. In meiner für dieses Wetter zu dünnen Herbstjacke habe ich mir beinahe den Tod geholt. Meine Halbschuhe sind klatschnass. Ich höre Schritte. Bitte nicht!

»Hallo Moni.« Olaf. War ja klar. Da muss ich läppische zweiunddreißig Stufen feindlichen Gebietes überwinden, um in den Schutz meiner sicheren Höhle zu gelangen, und dennoch treffe ich Olaf ständig. Oder Viola. Oder beide. Sie grüßen mich immer ganz freundlich und ziehen dann ihrer Wege.

»Hallo«, knirsche ich zwischen den Zähnen hindurch und will mich schnell an Olaf vorbeidrücken, doch er hält mich am Arm fest.

»Warte mal, Moni«, beginnt er. Erstaunt gucke ich ihn an, aber ich hoffe nicht mehr, dass er plötzlich reuig um Vergebung bittet. Ja, ich habe lange darauf gehofft, doch das ist nun vorbei. Ich mag naiv sein, aber nicht völlig bescheuert. Aber was will er?

»Du bist nicht wirklich schwanger, oder?«, fragt er mich. O Gott, wie ich diesen Dorfklatsch hasse.

»Nein«, sage ich und mache mich von ihm los.

»Das hab ich mir gedacht. Ziemlich plump von dir, so ein Gerücht in die Welt zu setzen.« Mit diesen Worten dreht er sich um und geht die Treppe runter. Sprachlos starre ich ihm hinterher. Und langsam, ganz langsam dämmert es mir, was das gerade für eine einmalige Rachechance war, die ich so einfach habe vorbeiziehen lassen. Innerlich vor Wut kochend, schließe ich meine Tür auf, betrete die Wohnung, schleudere meine tropfnassen Schuhe von mir und fluche vor mich hin. So ein verdammter Mist. Ich hätte »Doch« sagen und dann hocherhobenen Hauptes an ihm vorbeigehen sollen:

»Aber mach dir keine Gedanken. Ich werde das ganz alleine schaffen. Von dir wollen wir nichts haben.« Dann morgen in der Videothek ein oder zwei kleine Bemerkungen fallen lassen und Olaf und Viola hätten sich in ganz Langenweiler nirgendwo mehr blicken lassen können. »Seht euch die an.« – »Dieser Schurke, erst macht er Moni ein Kind und dann lässt er sie eiskalt sitzen.« – »Wegen dieser Viola, diesem Flittchen.« – »Aber ist Moni nicht einfach sagenhaft tapfer?« – »Eine tolle Frau!« Zwei Monate später hätte ich dann eine Fehlgeburt erlitten. »Kein Wunder, bei dem, was sie erleiden musste.« – »Seht, da kommt er, der Kindermörder!«

Jaja, wenn und hätte. Ich könnte mich ohrfeigen. Egal. Vorbei. Chance vertan. Außerdem, zugegeben, es wäre eine plumpe Rache. Plump – aber gut.

Heute ist Silvester. Auf der einen Seite freue ich mich, endlich dieses fürchterliche Jahr zu Grabe tragen zu können, andererseits bin ich heute unglücklicher denn je. Okay, blicken wir mal den Tatsachen ins Auge:

Ich habe keine Freunde. Mein Leben war zehn Jahre lang mehr oder weniger ausschließlich auf Olaf und Viola ausgerichtet. Und all die anderen Leute, mit denen wir Kontakt hatten, mit denen wir Partys gefeiert, Video- und Spieleabende gemacht hatten, Maja, Sonja, Ben und wie sie nicht alle heißen, das waren alles unsere gemeinsamen Freunde. Und die machen immer noch Partys, Video- und Spieleabende, allerdings mit dem sauberen Pärchen im dritten Stock. Ich höre sie oft abends die Treppen rauf- und nachts wieder runterkommen. Aber nie klopft mal einer bei mir an die Tür, um zu fragen, wie es mir geht. Wenn ich zufällig jemandem aus der alten Clique begegne, ernte ich nicht viel mehr als ein betretenes »Hey Moni, alles klar?« Eine Antwort erwarten sie darauf ohnehin nicht. Ich bin einsam.

Jedenfalls ist heute Silvester, und angesichts der Situation ist wohl klar, dass ich ziemlich allein dastehe, um auf das neue Jahr anzustoßen. Was für ein Albtraum. Das muss ich auf jeden Fall verhindern und greife deshalb zum allerletzten Mittel: Ich rufe meine Mutter an. Na klar, Silvester mit den Eltern ist nicht unbedingt das Höchste der Gefühle, schon gar nicht, wenn Weihnachten gerade erst hinter einem liegt, aber wenn man keine Wahl hat …

»Behrens?«

»Hallo Mama, ich bin's.«

»Ach, hallo Moni! Na, wie geht's?«

»Es geht so. Und, was macht ihr heute?«

»Oh, wir haben einen ganz tollen Abend vor uns. Wir gehen mit Bernd und Christel und Hajo und Babs in diese grandiose Kabarettshow. Cageman oder so ähnlich.« Sie meint natürlich Caveman. Da wollte ich immer schon mal hin.

»Tatsächlich?«

»Ja, wir haben noch die letzten sechs Karten gekriegt. So ein Glück! Und danach haben wir einen Tisch im »Zenturio« bestellt, da gibt es ein Silvester-Menü. Und Wolfgang und Martina machen wohl 'ne richtige Fete bei sich, da gehen wir dann vielleicht später noch hin, falls wir ein bisschen das Tanzbein schwingen wollen.«

»Das ist ja schön.« Schöne Scheiße.

»Und was hast du vor?«

»Ach, ich hab da so ein paar Optionen und kann mich noch nicht entschieden. Du kennst mich ja.«

»O ja. Also, ich könnte das nicht. Ich würde immer denken, wenn es dann nicht klappt, stehe ich plötzlich alleine da.« Alleine? Ich? Absurder Gedanke.

»Na ja, ich bin eben so.«

»Ja, so bist du. Dann rutsch gut rein.«

»Ja, ihr auch. Tschüss!« Langsam lasse ich den Hörer wieder auf die Gabel sinken. Na bravo. Das ist ja wirklich grandios. Meine Eltern gehen stramm auf die sechzig zu und haben einen ganzen Sack voll Freunde, jede Menge Spaß am Leben und einen großartigen Silvesterabend vor sich. Ich sollte mich vielleicht ein bisschen für sie freuen, aber das ist gerade eindeutig zu viel verlangt. Meine letzte Option auf Gesellschaft am Silvesterabend ist soeben den Bach runtergegangen. Was mache ich denn jetzt bloß? Ich brauche einen Plan B.

Nachdem ich noch mal sämtliche positiven Energien in mir motiviert habe, sieht Plan B nun folgendermaßen aus:

Scheiß auf die anderen Leute. Kann ich mir nicht selbst genug sein? Bin ich etwa nicht fähig, mit mir alleine einen schönen Silvesterabend zu verbringen? Eine leise Stimme aus meinem Inneren sagt: »Nein, bist du nicht«, aber ich dränge sie schnell dahin zurück, wo sie hergekommen ist. Und ob ich kann! Ich werde ein großartiges Neujahrserlebnis haben. Mit mir selbst. Jetzt aber schnell, es gibt noch eine Menge vorzubereiten und zu besorgen für einen tollen Abend.

Im Supermarkt lege ich eine Flasche Champagner, tiefgefrorene Shrimps in Kräutersoße, eine Schokoladentorte, eingelegte Antipasti und Ciabattabrot zum Aufbacken in meinen Einkaufswagen und rollere (einigermaßen) gut gelaunt zur Kasse. Ich komme an einem Aufsteller mit Kerzen vorbei und nehme gleich noch zwei Achter-Pakete in rot mit. Schließlich soll es heute festlich aussehen in meiner Wohnung. Ich stelle mich ans Ende der ewig langen Menschenschlange. Dass die Leute aber auch immer auf den letzten Drücker einkaufen müssen. Ich finde so was ja unmöglich. Ich selbst wäre auch nicht hier, wenn Plan B nicht so ausgesprochen kurzfristig entstanden wäre. Vor mir stehen Evelyn Kreutzer, eine ehemalige Schulfreundin und ihre Mutter. Die guckt gerade zu mir herüber, woraufhin ich ihr freundlich zunicke. Sie lächelt zurück und stupst Evelyn an. Die dreht sich kurz zu mir um und guckt dann gleich wieder nach vorne. Ich krame in meinem Gedächtnis. Habe ich ihr mal was getan, woran ich mich nicht mehr erinnern kann? Sie nicht abschreiben lassen? Etwas hilflos gucke ich Frau Kreutzer an, die beginnt, auf ihre Tochter einzureden. Ich spitze die Ohren.

»Was hast du gegen das arme Mädchen? Hast du nicht gehört? Sie ist schwanger und ihr Freund hat sie gerade verlassen.« Ich mache ein unglaublich bedauernswertes Gesicht. Evelyn dreht sich wieder um und mustert mich verächtlich von oben bis unten.

»Die ist überhaupt nicht schwanger. Das erzählt sie bloß überall rum, um sich an Olaf zu rächen«, sagt sie mir direkt ins Gesicht. Empört öffne ich den Mund, um mich zu verteidigen, da trifft mich Frau Kreutzers vernichtender Blick:

»Wirklich? Das ist ja unmöglich. Sie sollten sich was schämen.«

»Aber ich …«

»Mit so was bringen Sie uns Frauen alle in Verruf.« Damit wenden sich die beiden brüsk von mir ab. Ich klappe meinen Mund wieder zu und merke, wie meine Achselhöhlen feucht werden. Pah, sollen die doch glauben, was sie wollen, ich habe es gar nicht nötig, mich zu verteidigen.

Um mich abzulenken, hefte ich den Blick auf die Köstlichkeiten in meinem Einkaufswagen. Vielleicht sollte ich noch eine zweite Flasche Champagner kaufen? Wenn schon, denn schon. Aber ich möchte ungern meinen Platz in der Warteschlange aufgeben und die lieben Kreutzers bitten, meinen Wagen mitzuschieben, das geht auf keinen Fall. Also entscheide ich mich gegen den Champagner, entdecke aber in diesem Moment das Fach mit den Spirituosen-Miniaturfläschchen. Das sieht doch gut aus. Und was es da alles gibt: Wodka, Amaretto, Saurer, Korn. Ich nehme von jeder Sorte zwei Fläschchen und lege sie in meinen Einkaufswagen. Aus dem Augenwinkel beobachtet Frau Kreutzer mich missbilligend. Trotzig greife ich noch einmal zu.

Zuhause bringe ich meine ganze Wohnung auf Hochglanz, was mich fast vier Stunden in Anspruch nimmt. Ja, ich gebe es zu, ich habe mich in letzter Zeit ein wenig gehen lassen, weder meinen Körper noch meine Wohnung gepflegt. Aber in fünf Stunden ist dieses schreckliche Jahr mit all seinen schlimmen Ereignissen vorbei und ich werde das neue würdig empfangen. In einer blitzblank geputzten Wohnung und in meinem schwarzen Samtkleid mit richtigem Make-up. Ich werde Kerzen anzünden, klassische Musik hören, Champagner trinken, um zwölf von meinem Fenster aus das Feuerwerk bewundern und dem Mond zuprosten: »Auf ein glückliches neues Jahr!«

Um fünf vor zwölf hänge ich ziemlich betrunken in den Seilen. Habe eine Flasche Champagner, acht Fläschchen Hochprozentiges und eine ganze 600-Gramm-Schokoladentorte gekillt, während ich zugehört habe, wie meine ehemaligen Freunde durchs Treppenhaus polternd auf die

Neujahrsparty von Olaf und Viola gezogen sind. Habe meine Klassik-CD inzwischen ausgemacht, da Wolfgang Petri von oben laut durch die Decke schallt. Seit einer halben Stunde wird nun anscheinend auch fleißig das Tanzbein geschwungen, und ich starre besorgt zur schwankenden Deckenlampe hinauf. Jawoll, ich bin eine Gallierin. Ich bin stark und mutig, ich bin unerschrocken und knurrig. Und ich habe nur Angst davor, dass mir der Himmel auf den Kopf fallen könnte. Von wegen. Ich bin ein mickriges Häufchen Elend, das bin ich. Im Moment bedaure ich sogar, dass ich Violas Freundschaftsangebot ausgeschlagen habe. Mir wäre alles lieber, als hier alleine in meiner Bude zu hocken. Dies ist der absolute Tiefpunkt des Jahres. Ich stolpere in meinen Flur und betrachte mich im Garderobenspiegel. Das schwarze Samtkleid spannt an meinen breit gewordenen Hüften.

»Schaaaiiiße«, lalle ich meinem Spiegelbild entgegen, »duuu bisss sooo erbärmlich.« Mein Konterfei guckt betroffen erst zurück und dann an sich runter. Ich wette eins zu einer Million, dass es mir Recht geben muss. »Bissst fett gewordn. Und ne richtige Saufnase.« Langsam komme ich so richtig in Fahrt. »Keiner liebt dich. Bisss ganz allein auf der Welt, und wennde stirbst, dann weint dia kein Hund nach.« Mein Gegenüber sieht mich durch seine Brille mit großen traurigen Kinderaugen an, aber ich bin noch nicht fertig: »Du verschwendest dein Leben, du hass keinn Mann, du hass keine Freunde, du hass gar nix.« Das genügt. Das hat gesessen. Die Frau im Spiegel schluchzt auf, sinkt auf dem Boden in sich zusammen und weint herzzerreißend. Und vor lauter Mitgefühl heule ich mit.

»Zehn, neun, acht, …«, erklingt es vielstimmig durch die Decke aus Olafs Wohnung. Ich halte mir die Ohren zu, ich will nichts sehen und nichts hören. »… sieben, sechs, fünf, ...« Hört doch auf! Warum quält ihr mich so? »...drei, zwei, eins. Frohes neues, frohes neues Jahr!« Es scheint allen gut zu gehen. Allen außer mir. Ich hebe den Kopf und sehe die Frau im Spiegel an. Sie guckt zurück. Setzt eine Mitleid erregende Miene auf.

»Okay, allen außer uns«, verbessere ich mich düster. Sie nickt bekümmert, aber dann versucht sie ein zartes Lächeln. Es wird zwar eher ein klägliches Grinsen daraus, aber immerhin.

»Vergiss nicht«, sagt sie, »ab jetzt kann es nur besser werden.«

Das stimmt nicht ganz. Tatsächlich ist es am nächsten Morgen erst mal noch schlimmer. Eigentlich schon während der Nacht. Kaum hatte ich mich ins Bett gelegt, fing das ganze Haus an, sich zu drehen. Verfluchter Kasten! Als würde es nicht genügen, dass die Wände dünn wie Papier sind. Ich weiß nicht, wie viele Male mir schlecht geworden ist, aber das lässt sich ganz einfach nachprüfen: Auf dem Weg vom Bett zum Badezimmer habe ich fünf Pfützen hinterlassen. Na großartig. Bei diesem Anblick dreht sich mir erneut der Magen um. Diesmal schaffe ich es bis zum Klo, aber da ich mich ja des Nachts bereits ausgiebigst entleert habe, kommt nur noch etwas Galle hoch. Mit grünem Gesicht beginne ich, die Sauerei wegzuwischen. Es gelingt leidlich, aber ganz werden die Flecken wohl nie rausgehen. Wer ist auch so blöd, sich in der gesamten Wohnung einen beigen Teppich verlegen zu lassen? Als ich vor fünf Jahren bei meinen Eltern aus- und hier eingezogen bin, fand ich das oberschick. Zu dem Zeitpunkt wusste ich ja auch noch nicht, dass mir eine Karriere als Alkoholikerin bevorstehen würde. Alkoholikerin? Das ist ein hartes Wort. Aber was sonst? Gelegenheitstrinkerin? Nein, ich bin eine waschechte Säuferin geworden. Und alles wegen eines miesen Kerls und einer Tussi, die sich mal meine Freundin geschimpft hat. Ich warte darauf, dass sich mein Herz schmerzhaft zusammenzieht, wie immer, wenn ich an die beiden denke. Dass mir die Tränen in die Augen schießen und ein Schluchzen meine Kehle hochsteigt, aber nichts dergleichen passiert. Stattdessen erfasst mich plötzlich eine ungeheure Energie. Eine unbändige, lodernde Wut, ohne Beimischung von Trauer. Jetzt reicht's mir! Die kriegen mich nicht klein! Ich hole mir ein Blatt Papier und einen Kugelschreiber und setze mich an meinen Küchentisch. NEUJAHRSVORSÄTZE schreibe ich ganz oben hin. Und dann lege ich los.

– AUFHÖREN ZU TRINKEN
– KEINE SÜSSIGKEITEN MEHR. ABNEHMEN, MINDESTENS FÜNF KILO
– EINEN NEUEN JOB SUCHEN

Bei diesem Punkt halte ich ein wenig erstaunt über mich selber inne. Das hatte ich jetzt eigentlich gar nicht so geplant. Aber natürlich, plötzlich erinnere ich mich wieder daran, dass die Arbeit in der Bank ursprünglich mal als Übergangslösung geplant war, bis ich mir klar darüber sein würde, was ich mit meinem Leben anfangen wollte. Eigentlich wollte ich nur sechs Monate lang bleiben, höchstens ein Jahr. Um dann mit dem angesparten Kapital meine große Karriere zu starten. Fünf Jahre später hat mein angespartes Kapital den Stand von minus achthundert Euro, dafür besitze ich aber einen DVD-Player, tolle Carving-Skier und einen Laptop (für Spiele und so). Und ich warte noch immer auf eine Eingebung, was ich mit meinem Leben machen soll. Die Option Olaf heiraten und Kinder kriegen ist ja wohl vom Tisch! Weiter jetzt:

– NEUE FREUNDE FINDEN

Definitiv! Und echte diesmal, wenn ich schon mal dabei bin.

– DEN PERFEKTEN MANN SUCHEN

Ich überlege noch mal kurz, dann streiche ich den letzten Punkt durch. Nein danke, von Männern habe ich die Schnauze voll! Ich falte den Zettel zusammen, stecke ihn ins Geheimfach meines Portemonnaies und fühle mich seltsam getröstet. Werde jetzt unter die Dusche gehen und dann den ganzen Tag meinen Kater pflegen. Schließlich soll es der letzte in diesem Jahr werden.

4.

Es stellt sich als nicht so einfach heraus, meinen neu erworbenen Schwung über die ersten Tage des neuen Jahres hinweg zu retten. Der Abend des ersten Januars verläuft noch angenehm ruhig. Anscheinend haben Olaf und Viola ebenfalls zu viel getrunken. Sie verschonen mich daher heute mit ihrem Stöhn-Duett, doch schon am Morgen darauf geht es damit wieder los. Gerade noch befand ich mich in einem höchst angenehmen Traum, in dem ein knackiger schwarzäugiger Beau mir an einem weißen Sandstrand den Bikini mit den Zähnen von meinem schlanken, gebräunten Körper reißt. Ich sehe tatsächlich dermaßen umwerfend aus, dass ich mich schwer entscheiden kann, was das Großartigste an diesem Traum ist: der Latin Lover oder ich? Wie auch immer, wir zwei perfekten Geschöpfe wälzen uns in wilder Lust im türkisfarbenen Wasser des Ozeans und stöhnen, was das Zeug hält. Etwas zu viel für meinen Geschmack. Und da schwindet denn auch vor meinem inneren Auge die traumhafte (im wahrsten Sinne des Wortes) Landschaft, der Mann, die Leidenschaft. Übrig bleibt nur das Stöhnen. Ich öffne gequält die Augen und fluche in Richtung Decke. Dann ist Viola so weit, kurz darauf auch Olaf und ich habe wieder meine Ruhe. Denkste! Drei Stunden später steht fest, dass die beiden sich wohl Urlaub genommen haben, so wie ich, und diesen anscheinend für sexuelle Rekorde nutzen wollen – nicht so wie ich.

Ich flüchte. Warm eingepackt in meine dunkelbraune Winterjacke, Schal, Handschuhe und Mütze schlendere ich durch das, was wir hier in Langenweiler die »Einkaufspassage« nennen. Das ist eine ziemlich kurze Straße mit ziemlich wenigen und unspannenden Geschäften links und rechts. Von H&M können wir hier nur träumen. Na, was soll's. Ungefähr jede zweite Person, die mir begegnet, kenne ich. Ungefähr jede vierte Person habe ich noch vor drei Monaten »Freund« genannt. Die meisten wünschen immerhin im Vorbeigehen ein »Frohes neues Jahr«. Nachdem ich einen Großeinkauf in der Drogerie hinter mich gebracht habe (Make-up, Mascara, Lippenstift, Tagescreme, denn dieses Jahr soll anders werden), kehre ich bei dem vor kurzem eröffneten McDonald's am Marktplatz ein. Ich möchte mir jetzt ein Maxi-BigMac-Menü gönnen, überlege es mir dann aber anders. Wie gesagt, dieses Jahr soll anders werden. Also bestelle ich einen Chefsalat und ein Orangensaftgetränk und lasse mich damit an einem kleinen Tisch am Fenster nieder. Es ist ewig her, seit ich so was wie Vitamine zu mir genommen habe und ich fühle mich richtig gut dabei. Während ich vor mich hinschmatze, beobachte ich die Leute, die draußen vorbeigehen. Ach du Schreck, das ist ja Lena, Olafs Schwester. Mist, sie hat mich auch gesehen und winkt mir zu. Ich hebe kurz die Hand und gucke schnell wieder weg. Zehn Sekunden später steht sie vor meinem Tisch.

»Wie geht's dir?« Bisschen spät, oder?

»Danke gut«, murmele ich. Sie guckt mich leicht verlegen an. Wir schweigen uns eine Weile an, so lange, bis es eindeutig peinlich wird. Für mich ist das ein klares Zeichen, die Unterhaltung abzubrechen. Für sie ist das ein klares Zeichen, sich mir gegenüber hinzusetzen und zu fragen:

»Und, wie hast du Silvester verbracht?« Eine saublöde

Frage. Ich lüge was zusammen über eine irre gute Party bei einem Freund. »Ach ja, wer denn?«

»Kennst du nicht«, antworte ich schnell. Sie erwartet nun, dass ich sie auch nach ihrem Silvester frage, aber da kann sie lange warten. Als ob ich das nicht wüsste.

»Du, also, das mit Olaf und dir, mir tut das echt irgendwie schon Leid«, startet sie einen neuen Versuch, »also, wenn du mal reden willst oder jemanden brauchst ...« Ich glaub, ich muss kotzen.

»Danke, aber bei mir ist alles prima.«

»Wirklich?«

»Ja, natürlich«, strahle ich und bin ganz stolz auf mein schauspielerisches Talent, »ich habe auch schon längst wieder einen Freund.«

»Echt?«, fragt sie ungläubig. Warum denn nicht? Frechheit. »Und wen?«

»Kennst du nicht«, sage ich schon zum zweiten Mal innerhalb von fünf Minuten und komme mir dabei selber unglaubwürdig vor. Deshalb schlage ich gekonnt einen Haken: »Der, mit dem ich Silvester gefeiert habe.«

»Ist der von hier? Dann kenn ich ihn bestimmt zumindest vom Namen her. Wie heißt er denn?«, hakt Lena nach. Langsam scheine ich sie richtig neugierig zu machen. Ich habe mich zwar entschieden, dass mir meine ehemalige Clique mal den Buckel runterrutschen kann, dennoch genieße ich jetzt Lenas Aufmerksamkeit. Es ist so lange her, dass mir jemand zugehört hat. Also, ein Name. Mein Blick fällt auf ein halb abgerissenes Kinoplakat an einer Litfaßsäule. Ich starre in die schönen blauen Augen von Leonardo di Caprio.

»Leonard«, antworte ich wie aus der Pistole geschossen und verschlucke geistesgegenwärtig im letzten Moment das »o«. Das klänge dann doch etwas zu sehr an den Haaren herbeigezogen, finde ich. »Und er ist nicht von hier«, füge ich hinzu.

»Woher denn?« Mann, ist die Tussi hartnäckig. Ich öffne den Mund und höre mich »Hamburg« sagen. Angesichts der vielen Hamburger um mich herum war das sicher nicht sonderlich kreativ, aber Lena scheint beeindruckt.

»Cool. Und wie habt ihr euch kennen gelernt?«

»Das war total irre, weißt du, ich …« Ich will munter drauflosspinnen, pfeife mich aber gerade noch rechtzeitig zurück. Langsam beginnt die Sache, mir Spaß zu machen, aber ich habe dann doch Angst, aufzufliegen oder mich in Lügen zu verstricken. Das wäre richtig peinlich.

»Also, das ist ne lange Geschichte. Erzähl ich dir ein anderes Mal, okay?«, sage ich und stopfe mir schnell die letzte Gabel voll Salat in den Mund. »Ich hab noch so viel zu erledigen, bin heute Morgen erst aus Hamburg zurückgekommen.« Ich kann's nicht lassen.

»Ach ja, da bist du dann jetzt sicher öfter?«

»Fast jedes Wochenende. Wenn man frisch verliebt ist …«

»Klar«, nickt sie verständnisvoll, »ich hab mir ja so was schon gedacht.« Echt? »Man sieht dich ja überhaupt nicht mehr.« Das ist natürlich auch eine ausgesprochen interessante Sicht der Dinge. »Jedenfalls freut mich das für dich.« Danke. Und bitte erzähl's Olaf weiter. »Ist das nicht schwierig so auf die Dauer? So eine Long-Distance-Beziehung?«, hakt sie nach. So viel Interesse hatte sie nicht mal für mich übrig, als ich noch ihre Fast-Schwägerin war.

»Ja, es ist hart«, seufze ich und lächle tapfer, »und ewig halten wir das auch nicht mehr durch. Wir vermissen uns schon sehr.« Seufz.

»Das glaub ich. Willst du denn dann irgendwann nach Hamburg ziehen?«

»Ja«, sage ich und glaube mir selbst.

Nachdem Lena versprochen hat, mich anzurufen, schwebe ich wie auf Wolken davon. Endlich weiß ich, wie ich meine verfahrene Situation retten kann. Ich verlasse Langenweiler. Ich ziehe in die große weite Welt. Nach Hamburg. Das ist die Lösung. Ich verlasse meine blöde, sich drehende Wohnung mit dem fleckigen Teppich und den Sexgeräuschen, ich schmeiße meinen Job hin, ich lasse Olaf und all die schrecklichen Erinnerungen hinter mir, ich packe mein Auto voll, verkaufe alles, was nicht mehr hineinpasst und fange ein neues Leben an. In Hamburg. Was werde ich schon groß vermissen? Meine Eltern sehe ich alle paar Wochen mal, die können mich auch dort besuchen kommen. Ich bin jung, ich bin frei, ich will hier weg. So beschwingt wie seit Monaten nicht mehr mache ich mich auf den Heimweg. Mein Leben lang war ich angepasst, unspontan, sicherheitsorientiert und träge. Damit ist jetzt Schluss. Einmal, nur einmal in meinem Leben möchte ich etwas Verrücktes machen. Etwas, was die Leute sagen lässt: »Die Moni, das ist eine ganz Wilde!« – »Die hat ihren eigenen Kopf!« Und am allerwichtigsten: »Hast du gehört, was die Moni gemacht hat? Hut ab. Also ich könnt das ja nicht.« Hurra! Mir gehört die Welt!

Als ich nach Hause in meine Wohnung komme, bestätigt das nur meinen Wunsch, hier so schnell wie möglich abzuhauen. Es hört sich an, als würde in der Wohnung über mir ein Schwein geschlachtet. Kurz entschlossen lasse ich meine Einkäufe zu Boden fallen, schnappe mir den Besen aus der Abstellkammer und laufe damit ins Schlafzimmer. Genau an der Stelle, wo meiner Erinnerung nach das Bett steht, hämmere ich mit dem Besenstiel gegen die Zimmerdecke.

»Hör doch auf! So gut ist er nicht«, brülle ich aus Leibeskräften. Das Gequieke oben verstummt. Ich klopfe noch ein paar Mal, dann stelle ich den Besen zurück, lege meine Bon-Jovi-CD auf und drehe die Stereoanlage auf volle Lautstärke. »This ain't a love song!« Mir fliegen beinahe die Ohren weg, aber das ist mir egal. Ich singe aus voller Kehle mit, während ich in meinem Bücherregal die Aktenordner durchforste. Ah, da, ARBEITSUNTERLAGEN UND ABRECHNUNGEN VEREINSBANK. Was bin ich doch für ein gut organisiertes Kerlchen. Ich ziehe den Ordner hervor und suche darin nach meinem Arbeitsvertrag. Stichwort Kündigung: »Das Arbeitsverhältnis kann von jeder Seite mit einer Frist von 6 Wochen zum jeweiligen Quartalsende gekündigt werden.« Mein Gesicht wird lang und länger. Wie jetzt? »Die Einhaltung der ordentlichen Kündigungsfrist ist nicht erforderlich, wenn ein wichtiger Grund gemäß § 626 I BGB vorliegt. Ein solcher ist dann gegeben, wenn Tatsachen vorliegen, aufgrund derer dem Kündigenden die Fortsetzung des Arbeitsverhältnisses unter Berücksichtigung aller Umstände des Einzelfalls und unter Abwägung der beiderseitigen Interessen der Arbeitsvertragsparteien bis zum Ablauf der ordentlichen Kündigungsfrist bzw. bis zur vereinbarten Beendigung des befristeten Arbeitsverhältnisses nicht zugemutet werden kann.« Ob meine unzumutbaren Lebensumstände hier in Langenweiler wohl als wichtiger Grund ausreichen? »Ein wichtiger Grund für eine fristlose Kündigung durch den Arbeitnehmer ist beispielsweise sexuelle Belästigung am Arbeitsplatz …« Mir fallen Baldis lüsterne Blicke in meinen Ausschnitt und seine Hand auf meinem Hintern wieder ein. Nein, das kann ich nicht machen. Und aus welchen Gründen könnte die Bank mir fristlos kündigen? »Arbeitsverweigerung, Unpünktlichkeit, Bummelei während der Arbeitszeit, unzulässige Nebentätigkeiten, Alkoholismus«, oho, »unerlaubte private Telefongespräche, eigenmächtiger Urlaubsantritt, Beleidigung von Kollegen und Vorgesetzten, wiederholtes Überziehen der Pausenzeiten.«

Ich lasse den Arbeitsvertrag sinken. Ohne dass ich es möchte, manifestiert sich in mir ein teuflischer Plan. Nein, ich werde Baldi nicht wegen sexueller Belästigung anzeigen. Sooo teuflisch bin ich nun auch wieder nicht. Aber es ist völlig undenkbar, dass ich noch bis Ende März in diesem Job, in diesem Kaff, in dieser Wohnung bleibe.

»Ja, ohhhh, ja, jaaaaa«, überschreit Viola gerade die Tatsache, dass Jon Bon irgendjemanden auf rote Rosen betten will. Mir bleibt nur eine Möglichkeit. Ich muss eine fristlose Kündigung erwirken. Allein bei dem Gedanken, mich danebenzubenehmen, gegen die Regeln zu verstoßen und schließlich aus meinem Job geschmissen zu werden, wird mir leicht schwummerig. Ich bin einfach nicht besonders mutig. So lange ich denken kann, war ich immer ziemlich brav. Ich war das brave Kind meiner Eltern, die brave Schülerin meiner Lehrer, die brave Freundin von Olaf. Und wohin hat mich das gebracht? Geradewegs in meine persönliche Hölle. Aber damit ist jetzt Schluss. Die brave Moni ist Vergangenheit. Die neue Moni will eine fristlose Kündigung, und so wahr mir Gott helfe, die wird sie auch bekommen.

Am fünften Januar, es ist ein Montag, wache ich seit langer Zeit mal wieder mit einem Lächeln auf den Lippen auf. Mein Blick fällt auf die leuchtend roten Zahlen meines Radioweckers. 7.15 Uhr. In meinem früheren Leben hätte ich mich jetzt schlecht gelaunt aus dem Bett gewälzt und zur Arbeit geschleppt. In meinem neuen Leben wälze ich mich nur von meiner linken auf die rechte Seite und schlafe zufrieden wieder ein.

Drei Stunden und zwölf Minuten später werde ich vom Klingeln meines Telefons geweckt. Träge hangele ich nach dem Hörer und lasse mich wieder in die Kissen zurücksinken:

»Jaa, hallooo?«

»Dröse hier«, erklingt es streng vom anderen Ende der Leitung.

»Ach, hi Baldi«, sage ich dreist, während mir mein Herz vor lauter Angst bis zum Hals pocht.

»Wo bleiben Sie, Frau Behrens«, ignoriert er meine Frechheit, »Ihnen ist doch wohl klar, dass Ihr Urlaub heute beendet ist.«

»Ja, ich weiß, aber ich hatte keine Lust«, sage ich so flapsig wie möglich.

»Was?« Ich kann ihn förmlich vor mir sehen, wie ihm seine Glubschaugen noch eine Spur weiter aus dem Kopf herausquellen als üblich und ihm der Mund offen stehen bleibt. »Äh, und wann gedenken Sie, uns wieder zu beehren?«

»Och, ich weiß noch nicht so genau.« Baldi schnappt hörbar nach Luft. Dann sagt er beherrscht:

»Na gut, also, wenn ich das richtig verstehe, wollen Sie Ihren Urlaub verlängern.« Du meinst verbotenerweise eigenmächtig meinen Urlaub antreten? »Das ist zwar eigentlich nicht üblich …«, Irrtum, das ist verboten, » … aber ich werde mal eine Ausnahme machen und für Sie den Schein ausfüllen und weiterreichen. Wie viele Urlaubstage wollen Sie nehmen?« Ach, Baldi, nun mach es uns doch nicht so schwer.

»Ich weiß noch nicht, wann ich wiederkomme, aber lassen Sie bloß die Finger von meinen Urlaubstagen. Die brauch ich schließlich noch.«

»Ja, aber …« Der arme Kerl ist eindeutig überfordert.

»Ich brauch einfach mal ne Auszeit von dem Saftladen, das verstehen Sie doch, oder? Ich finde, die Firma könnte mir ruhig ein paar Tage schenken.« Mann, bin ich lässig. Ich erkenne mich selbst nicht mehr. Wenn ich so weitermache, stehe ich spätestens Ende der Woche ohne Job da. Juchhu. Doch ich habe die Rechnung ohne Balduin Dröse gemacht. Er druckst ein bisschen herum und sagt dann tatsächlich:

»Na gut, Frau Behrens, also, ich weiß ja nicht, was mit Ihnen los ist, aber Sie werden schon Ihre Gründe haben. Sie können sich wirklich glücklich schätzen, mich zum Vorgesetzten zu haben. Sicher haben Sie gemerkt, dass ich eine kleine Schwäche für Sie habe«, kommen wir doch noch mal zurück zum Thema sexuelle Belästigung, »na, jedenfalls, Frau Behrens, ich kann Ihnen einfach nichts abschlagen«, neeeeiiiiinnn, »ich denke, ich kann das regeln. Also, gute Erholung.« Stopp! Leg nicht auf! Ich muss dir noch sagen, dass, dass … Tuuuuuuut. Verdammt! Das darf doch nicht wahr sein. Warum muss ausgerechnet mein Chef auf mich stehen? Okay, ganz offensichtlich komme ich so nicht weiter. Ich muss härtere Geschütze auffahren. Mürrisch rolle ich mich aus dem Bett. Ich verzichte darauf, mich zu duschen oder zu kämmen und werfe meine ältesten und unattraktivsten Klamotten über: Auf dem grauen T-Shirt zeigt Bart Simpson seinen nackten Hintern und die unmodernen Stonewashed-Karottenjeans weisen im unteren Drittel einige sehr auffällige Schlammflecken auf. Ist ein wichtiger Grund laut § 626 I BGB eventuell auch eine nicht zumutbare Optik? Wir werden sehen. Auf dem Weg zur Arbeit halte ich kurz beim Supermarkt und kaufe ein Six-Pack Holsten. Ja, ich weiß, ich wollte mit dem Trinken aufhören, und ich mache es auch ganz bestimmt nicht freiwillig, aber ungewöhnliche Umstände fordern nun einmal ungewöhnliche Maßnahmen. Die biergefüllte Plastiktüte in der Hand, erreiche ich mit einer Verspätung von genau einhundertsiebzehn Minuten meine Arbeitsstelle. Gleichgültig stempele ich meine Karte ab und begebe mich an meinen Schreibtisch. Mit großen Augen starrt Baldi mich an:

»Aber ich dachte …«, stammelt er, doch ich beachte ihn gar nicht, sondern lasse mich in meinen Sessel fallen und öffne mir eine Dose Bier. Während ich meinen Computer hochfahre, nehme ich einen langen Zug. »Das …, Frau Behrens, das geht aber nicht, ich meine, Sie können nicht …«, stottert Baldi hilflos. Ich sehe ihm direkt ins Gesicht. Verdammt, er tut mir irgendwie Leid. Aber angesichts der Tatsache, dass ich mir monatelang selbst Leid getan habe, ziehe ich meinen Plan durch.

»Und ob ich kann, Baldi, und ob«, sage ich lässig und lehne mich zurück. Sieben Augenpaare beobachten ungläubig, wie ich innerhalb von dreißig Minuten zwei Liter Bier in mich reinschütte. Niemand macht jedoch Anstalten, irgendetwas gegen mein seltsames Betragen zu unternehmen. Was nun? Okay, erst mal die fünfte Bierdose auf (mir ist schon schlecht) und dann nachdenken. In dem Moment erscheint im Türrahmen meine Rettung in Form von Herrn Kröger. Herr Kröger ist sozusagen unser aller Oberboss. Der Leiter sämtlicher interner Abteilungen der Vereinsbank. Baldi guckt mich flehend an, grabscht hastig nach der einzigen leeren Bierdose, die in seiner Reichweite steht und lässt sie im Mülleimer verschwinden. Ein kläglicher Versuch. Ich bin mir wohl bewusst, dass ich in der nächsten Minute nicht nur mich, sondern auch meinen armen Vorgesetzten Dröse ordentlich in die Scheiße reiten werde, aber falls Egoismus ein Hormon ist, wird gerade eine gehörige Portion davon in meinen Organismus ausgeschüttet.

Herr Kröger betritt das Großraumbüro und geht von Schreibtisch zu Schreibtisch. Meine Kollegen stehen stramm, während er jedem die Hand schüttelt und ein paar Worte wechselt. Unter normalen Umständen würde ich jetzt auch aufspringen, verschüchtert zu Boden sehen, stotternd seine Fragen beantworten und erst wieder zu atmen anfangen, wenn Seine Majestät den Raum verlassen hat. Nicht so heute. Aus dem Augenwinkel beobachtet Baldi entsetzt, wie ich meine Füße auf den Tisch lege und wieder die Bierdose ansetze. Da kommt unser Herr und Meister. Er bleibt ruckartig stehen und blicket stumm auf dem ganzen Tisch herum. Mit eiskalten grauen Augen sieht er auf mich herunter. Mir wird heiß und kalt. Es fühlt sich so falsch an, auf meinem Hintern zu sitzen, während der Oberguru steht. Mein Selbstbewusstsein schwindet. Ich weiche dem unbarmherzigen Blick aus und studiere interessiert meine Fingernägel. Habe schon wieder aufgehört zu atmen.

»Können Sie mir erklären, was hier vor sich geht, Herr Dröse«, höre ich Herrn Kröger fragen. Ich werfe Baldi einen Blick zu. Seine Zerrissenheit ist beinahe körperlich im Raum zu spüren. Er muss seinem Chef antworten, aber er will auch nichts Schlechtes über mich sagen. Also, was soll er tun? Schweiß bricht ihm aus allen Poren. Mir übrigens auch. Aber wovor habe ich eigentlich Angst? Vor einer Kündigung etwa? Ich springe auf, schwanke leicht und trete so dicht an Herrn Kröger heran, dass er vor meiner Bierfahne angewidert das Gesicht verzieht.

»Können Sie mich nicht selbst fragen, was mit mir los ist?« Dabei lalle ich absichtlich und recht gekonnt, denn mein Körper ist sehr viel mehr Alkohol gewöhnt, als dass ihn die paar Bier aus dem Gleichgewicht bringen könnten.

»Also, was ist mit Ihnen los? Warum verhalten Sie sich so ungebührlich?«

»Ungebührlich, was?«, sage ich ruhig, »nun reg dich doch nicht so schrecklich auf, Alterchen.« Er ist so verblüfft, dass ihm der Mund offen stehen bleibt. »Sonst kriegst du noch einen Herzkasper.« Wow, bin ich dreist. Ich bin ganz begeistert von mir selbst. Nix mehr mit braver Moni. Ich nehme die letzte Bierdose und öffne sie so dicht vor Krögers Nase, dass ihm feiner Biernebel ins Gesicht zischt. Er schnappt nach Luft.

»Sie!«, brüllt er, »raus mit Ihnen, aber sofort! Raus!«

»Kündigen Sie mir?«, frage ich.

»Darauf können Sie sich verlassen.«

»Fristlos?«

»Fristlos.« Er hat einen knallroten Kopf, ich schnappe mir zufrieden meine Plastiktüte und will gerade gehen, als sich Baldi zu Wort meldet:

»Entschuldigung, Herr Kröger, aber das geht nicht.«

»Und ob das geht! Ungebührliches Verhalten!«

»Einer fristlosen Kündigung muss immer eine Abmahnung vorangehen«, beharrt Baldi auf seinem Standpunkt. Kröger knirscht mit den Zähnen.

»Die bekommen Sie«, zischt er drohend, während er an mir vorbeigeht und den Raum verlässt. Ich starre ihm hinterher und dann Baldi an. Der strahlt über das ganze Gesicht. Klar, er kommt sich vor wie der edle Ritter, der gerade die Prinzessin errettet hat. Diese Kündigungsgeschichte entpuppt sich langsam als harte Arbeit.

Nach einem kraftraubenden siebenundvierzigminütigen Arbeitstag stempele ich am fünften Januar aus und fahre nach Hause.

Am nächsten Tag finde ich in meinem Briefkasten nicht einen, nicht zwei, sondern gleich drei Briefe von meinem hoffentlich bald Ex-Arbeitgeber vor. Ich reiße den ersten Brief auf:

ABMAHNUNG WEGEN WIEDERHOLTEN ZU-SPÄTKOMMENS

Wiederholt?

»Sehr geehrte Frau Behrens,

Sie sind an den folgenden Tagen statt um 9.00 Uhr zu spät an Ihrem Arbeitsplatz erschienen:

Am 12. Oktober um 9.12 Uhr, am 29. November um 9.03 Uhr«, ach, kommt schon, »am 5. Januar um 10.57 Uhr«, okay, das nenne ich eine Verspätung, »Beweis: Ihre Stempelkarte (Kopie ist beigefügt). Im Interesse eines ordnungsgemäßen Betriebsablaufs sind wir auf die Pünktlichkeit aller Mitarbeiter …«, blablabla, »… wir müssen das von Ihnen gezeigte Verhalten ausdrücklich …«, blabla, ah, da wird's interessant: »Sollten Sie künftig wieder verspätet am Arbeitsplatz erscheinen, müssen Sie mit der Kündigung Ihres Arbeitsverhältnisses rechnen. Bitte bestätigen Sie auf der Durchschrift dieses Schreibens, dass Sie die Abmahnung gelesen und verstanden haben, und dass die erhobenen Vorwürfe zutreffen.« Diese Korinthenkacker. »Hochachtungsvoll, Walter Kröger.« Grinsend öffne ich den zweiten Umschlag:

ABMAHNUNG WEGEN VORZEITIGER ARBEITS-BEENDIGUNG

»… Ihren Arbeitsplatz vor dem Arbeitsende verlassen … Beweis: Ihre Stempelkarte … verpflichtet, arbeitstäglich bis um 17.00 Uhr Ihre Arbeit zu verrichten … mit der Kündigung Ihres Arbeitsverhältnisses rechnen …«

Umschlag Nummer drei:

ABMAHNUNG WEGEN ALKOHOLS AM ARBEITS-PLATZ

»... stark schwankender Gang ... nach Alkohol gerochen, ... betriebliches Alkoholverbot ... mit Kündigung rechnen ...« und dann noch ein Zusatz: »Sollten Sie jedoch ein Alkoholproblem haben, können Sie sich gern an uns wenden, damit wir gemeinsam eine Lösung finden können.« Na, das hat der Kröger bestimmt nur geschrieben, weil er musste. Sicherlich hat er persönlich nicht das Bedürfnis, meine arme Säuferseele zu retten. Triumphierend breite ich meine Abmahnungen vor mir auf dem Boden aus. Drei auf einen Streich. Ich hätte nie gedacht, dass es so einen Spaß macht, ein böses Mädchen zu sein.

In den nächsten Tagen perfektioniere ich die Kunst der Arbeitsverweigerung. Aaah, das tut gut. Jeden Tag bis in die Puppen schlafen. Am Freitag, dem 9. Januar, werde ich um halb zwölf vom Telefon geweckt. Gemächlich nehme ich den Hörer ab. Das ist sicher wieder Baldi, der sich täglich um diese Uhrzeit bei mir meldet, um mich »zur Vernunft zu bringen«. Der Arme. So eine Energieverschwendung. Vielleicht sollte ich ihm einfach reinen Wein über meine Motive einschenken, damit er endlich aufhört, es »gut mit mir zu meinen«. Aber das ist ein zu hohes Risiko. Wenn der hört, dass ich ihn verlassen will, setzt er wahrscheinlich Himmel und Hölle in Bewegung, um meine Kündigung zu verhindern.

»Hallo?«, nuschele ich in Erwartung neuer Beschwörungen in den Hörer.

»Simone Behrens!«, donnert es am anderen Ende der Leitung. Uups! Meine Mutter. Und sie scheint über irgendetwas aufgebracht zu sein. Ich hasse es, wenn sie mich bei meinem vollen Namen nennt. Vor allem hasse ich, dass ich bei dieser Anrede sofort ein schlechtes Gewissen kriege und in mein »liebes-kleines-Mädchen-Schema« zurückfalle.

»Hallo Mami«, (muss ich noch mehr sagen?), »was ist denn los?«, frage ich mit fiepsiger Stimme.

»Was los ist?« Sie macht eine theatralische Pause. »Wann hattest du vor, uns zu verraten, dass du einen Verlobten in Hamburg hast?« Verlobter? Das klingt gut. »Willst du einfach mir nichts, dir nichts verschwinden, ohne deinen eigenen Eltern Lebewohl zu sagen?«

»Nein, Mami, ich …«

»Weißt du, von wem ich es erfahren musste? Von der Frau Sauer aus dem Supermarkt.« Ich muss schon sagen, auf Lena ist Verlass. »Sie hat mir gratuliert und ich wusste nicht wozu. Hast du eine Ahnung, wie ich mich gefühlt habe? Das habe ich nicht verdient. Wie kannst du nur …« Während meine Mutter weiterlamentiert, wird mein Geist langsam wach. Wie komme ich hier wieder raus? Einen kurzen Augenblick erwäge ich, meiner Mutter die Wahrheit zu sagen, auch wenn ich dann dastehe wie der letzte Trottel. »… aber Kind, weshalb ich eigentlich anrufe: herzlichen Glückwunsch! Du kannst dir gar nicht vorstellen, wie sehr dein Vater und ich uns freuen. Nun kriege ich ja vielleicht doch noch irgendwann die Enkelkinder, die ich mir immer gewünscht habe.« Hallo? Ich bin sechsundzwanzig. »So ein Glück, dass du nun doch noch jemanden gefunden hast, der dich heiraten will. Ich sage dir, für dich und den Olaf habe ich von vornherein schwarz gesehen.«

»Tatsächlich?«

»Kind, ich bitte dich! Wenn ein Mann dich nach so vielen Jahren immer noch nicht geheiratet hat, dann wird er es niemals tun.« Autsch! »Aber nun hast du ja doch noch jemanden abgekriegt. Wie hieß er noch? Leonard?« Ich bin beeindruckt. »Wann ziehst du zu ihm?«

»Zum ersten Februar«, antworte ich wie aus der Pistole

geschossen. Damit habe ich mir wohl selbst den Rückweg abgeschnitten.

»Ach, da sind dein Vater und ich gerade in Portugal, du weißt doch, mit Schäfers.« Na, Gott sei Dank. »So ein Pech! Da können wir dir ja gar nicht helfen.«

»Das macht doch nichts, Mama. Ich komm schon alleine klar.«

»Sicher, Schatz! Und außerdem hast du ja jetzt Leonard.« Ja richtig! Ich habe ja Leonard!

Die nächsten Tage bin ich damit beschäftigt, durch Aushänge an jeder öffentlichen Langenweilerer Pinnwand meine Wohnung feilzubieten. Ich musste nämlich mit Schrecken feststellen, dass es auch für diese eine Kündigungsfrist gibt. Der man aber ebenfalls entgehen kann, und zwar, indem man einen Nachmieter stellt. Na, das wird schon nicht so schwierig sein. Schließlich ist es eine ganz nette und vor allem preiswerte Wohnung in guter Lage. Es darf nur niemand zur Besichtigung kommen, während Olaf Viola begattet. Habe die Besichtigungstermine daher jeweils für elf Uhr vormittags veranschlagt, da sind die beiden Turteltäubchen bei der Arbeit.

Ganz im Gegensatz zu mir. Meine Arbeitsverweigerungsmaßnahmen wurden endlich von Erfolg gekrönt. Heute, am Dienstag, dem 20. Januar, exakt 15 Tage nach Beginn meiner Mission, flattert mir meine fristlose Kündigung ins Haus. Hurra! Ich hänge den Wisch neben meine drei Abmahnungen an den Kühlschrank. Das ist mein Schrein. Der Schrein der wilden Frau in mir, die sagt, was sie denkt, und macht, was sie will. Ha! Ich trinke ein Glas Orangensaft auf meinen ersten Sieg in meinem neuen Leben. Ja doch, den antialkoholischen Vorsatz ziehe ich jetzt auch durch. Ich will mir doch nicht nachsagen lassen, dass ich ein Alkoholproblem habe. Sonst kommt Baldi noch auf die Idee, für mich zum Betriebsrat zu laufen und meine Kündigung anzufechten.

Ich stehe an meinem Küchenfenster und sehe hinaus auf die Straße. Es ist knackig kalt und die Sonne scheint vom strahlend blauen Himmel. Während ich zufrieden an meinem Orangensaft nippe, beobachte ich die Menschen, die unten auf dem Bürgersteig geschäftig hin und her rennen. Irgendwie erscheinen sie mir heute alle so grau, so farblos, so unglücklich. Ich selber dagegen fühle mich strahlend, lebendig und voller Energie! Heute ist der erste Tag vom Rest meines Lebens!

Und was für ein Tag. Ich erhalte einen Anruf: Das blutjunge Pärchen von gestern (sie schwanger, er zu neunzig Prozent tätowiert) will zum nächsten Ersten meine Wohnung haben. Zufrieden lege ich den Hörer auf. Plötzlich wird mir schwindelig und ich lasse mich mitten auf meinen Fußboden plumpsen. Das Hochgefühl ist einem dumpfen Pochen in der Magengegend gewichen, das jetzt immer lauter wird und nach und nach alle meine inneren Organe mit Beschlag belegt. Mir wird abwechselnd heiß und kalt.

»Zehn Tage«, flüstere ich benommen, »zehn Tage.« O Gott, was habe ich mir bloß gedacht? Auf allen vieren krieche ich in die Küche vor meinen Kühlschrank-Schrein. ALKOHOLISMUS AM ARBEITSPLATZ, ABMAHNUNG, AUSSERORDENTLICHE KÜNDIGUNG. Plötzlich ist mir schlecht. Was habe ich getan? Welcher Teufel hat mich geritten? Bin ich denn von allen guten Geistern verlassen? Wo soll ich hin? Und wovon soll ich leben?

»Wieso? Du hast doch Leonard«, spöttelt eine leise Stimme in meinem Inneren. Leonard. O Gott, so weit ist es also mit mir gekommen. Ich habe mich meiner Existenzgrundlage beraubt. Und meines Dachs über dem Kopf. Ich habe meine Eltern belogen. Und mein gesamtes Heimatdorf gleich mit. Alles, was mir jetzt noch bleibt, ist ein imaginärer Freund namens Leonard.

Nachdem ich ein Stündchen geflennt habe, geht es mir besser. Entschlossen stehe ich vom Küchenboden auf und gehe hinüber in mein Schlafzimmer. Dann ins Bad. Ins Wohnzimmer. Wieder zurück in die Küche. Verdammt, wo soll ich anfangen? Einfach wieder auf den Küchenfußboden legen und noch eine Runde heulen, das wär's jetzt. Nein, Schluss mit dem Gejammere. Ich ziehe in zehn Tagen um. Nach Hamburg. Ich warte darauf, dass eine neue Welle von Übelkeit in mir aufsteigt, aber sie bleibt aus. Stattdessen regt sich ein winziger Funken Freude in meinem Solar Plexus.

26. Januar. Weil meine Eltern morgen in ihren Portugalurlaub fahren, besuche ich sie, um mich zu verabschieden und mir einen Koffer und eine Reisetasche bei ihnen auszuleihen. Ich reise mit leichtem Gepäck. Nach einem Blick auf mein Konto habe ich fast mein gesamtes Hab und Gut in der Zeitung annonciert und verscherbelt. Bett, Couch, Kleiderschrank, DVD-Player, so ziemlich alles, was ich in diesem Leben besessen habe. Den klapprigen Küchentisch samt Stühlen wollte keiner haben, also ab auf den Sperrmüll damit. Musste daran denken, dass ich mal mit Olaf Sex auf diesem Tisch hatte. Einer der aufregendsten Plätze, an dem wir es je getan haben. Also weg mit dem Möbelstück!

Meine Mutter hat extra eine Philadelphia-Torte gebacken, und nun sitzen wir am Kaffeetisch und ich lüge das

Blaue vom Himmel herunter. Wobei ich mich, das möchte ich wenigstens gesagt haben, nicht besonders wohl fühle. Aber was soll ich machen? Nun muss ich's auch zu Ende führen. Mein imaginärer Freund entwickelt sich prächtig. Ein Meter achtzig groß, dunkelblonde Haare, blaue Augen, sportlich.

»Wie schön«, findet meine Mutter und bekommt einen schwärmerischen Gesichtsausdruck, »das ist doch auch viel mehr dein Geschmack. Olaf war ja eigentlich ein bisschen zu klein, oder?« Ich nicke brav. »Und hat auch ganz schön Fett angesetzt in letzter Zeit.« Wieder nicke ich zustimmend. »Und was macht Leonard beruflich?«

»Er ist …« Steuerberater will ich sagen, weil das meinen Eltern gefallen würde. »… Pilot«, sage ich, weil das wiederum mir gefallen würde. Ist doch legitim, schließlich bin ich diejenige, die mit Leonard leben muss. Aber meine Eltern sind auch so ganz aus dem Häuschen:

»Da hast du endlich jemanden, der dir ebenbürtig ist«, sagt mein Vater anerkennend. Ich bin geschmeichelt. Mein Vater hat eine sehr hohe Meinung von mir. »Ich wusste immer, dass Olaf nicht ehrgeizig genug für dich war.« Ich runzele ein bisschen die Stirn. Wenn Olaf so furchtbar und augenscheinlich nicht der Richtige für mich war, wieso zum Teufel hat mir dann niemand mal einen kleinen Tipp gegeben? Dann hätte ich ihn abschießen und mir die Demütigung ersparen können.

Ob ich ein Foto von Leonard dabei habe? Nein, leider nicht.

»Ja, aber warum denn nicht?«

»Das brauche ich ja nun nicht mehr. In ein paar Tagen bin ich bei ihm und dann kann ich ihn mir im Original angucken«, lächle ich selig. Meine Eltern gucken ganz gerührt und geben sich mit dieser Antwort zufrieden. Ich erzähle noch von der tollen Wohnung, in die ich einziehen werde. Adresse? Schluck. Ich bin schlecht vorbereitet.

»Hamburger Straße 45«, sage ich und könnte mir gleich darauf selbst in den Hintern treten. Aber meine Eltern sind ganz arglos.

»Und wie ist die Telefonnummer? Wir wollen dich ja schließlich anrufen können, wenn du schon so weit wegziehst.« Shit.

»Nur übers Handy, äh, Leonard hat keinen Festanschluss«, sage ich geistesgegenwärtig, »er ist doch eh ständig unterwegs.«

»Du liebe Zeit«, sagt meine Mutter und schlägt die Hände über dem Kopf zusammen, »und ihr telefoniert nur über Handy miteinander? Das kostet doch ein Vermögen!«

»Er ruft ja immer an«, sage ich achselzuckend.

»Ach so, na dann.« Eben. Leonard hat's ja. Als wir uns eine knappe Stunde später voneinander verabschieden, fällt meiner Mutter noch etwas ein:

»Schatz, das wollte ich dir schon die ganze Zeit sagen, in Hamburg wohnt doch Tante Henriette.« Tante Henriette? »Ja, die ehemalige Frau des Bruders meiner Mutter.« Da komme ich nicht mit. »Ja, seit der Scheidung hatte sie kaum noch Kontakt zur Familie, aber sie schreibt mir jedes Jahr eine Geburtstagskarte. Ich wollte dir unbedingt ihre Telefonnummer geben, warte.« Meine Mutter beginnt, in ihrem Adressbuch zu blättern. Tante Henriette aus Hamburg. Na, das hört sich ja spannend an. Ich wusste gar nicht, dass ich außer in Stuttgart überhaupt Verwandte habe. »Also, das ist doch ein Zufall«, unterbricht meine Mutter da meine Gedanken, »guck mal, Tante Henriette wohnt auch in der Hamburger Straße.«

»Ach Quatsch!«, entfährt es mir. Es gibt tatsächlich eine Hamburger Straße?

»Doch, schau, Hamburger Straße 412.« Wow, das scheint aber eine lange Straße zu sein. Meine Mutter schreibt mir Adresse und Telefonnummer von Tante Henriette auf ein Stück Papier und beschwört mich, unbedingt mit Leonard mal einen Besuch dort zu machen.

»Ja, mal sehen«, stammele ich, »weißt du, Leonard ist immer wahnsinnig viel unterwegs.«

»Er wird doch sicher mal eine Stunde Zeit haben. Ich sage dir, Tante Henriette ist so eine tolle Frau. Ich kann sie auch anrufen und ihr erzählen …«

»Nein, nein, danke, ich ruf sie schon an«, sage ich schnell und steige in mein Auto. Na toll! Nun flüchte ich schon fünfhundert Kilometer nach Norden, um endlich frei zu sein und schon warten dort die ersten familiären Verpflichtungen auf mich. Ich starte den Motor und kurbele zum Winken das Fenster herunter.

»Sagt mal, wie alt ist denn Tante Henriette eigentlich?«, frage ich.

»Warte, ich glaube, sie ist knapp drei Jahre älter als Oma, also so Ende siebzig.« Ich lächle schief und fahre winkend davon. Na großartig.

5.

Am einunddreißigsten Januar übergebe ich um halb zwölf Uhr mittags meine Wohnungsschlüssel an den Hausverwalter Herrn Dell. Er inspiziert jeden Winkel der Wohnung auf irgendwelche Mängel hin, muss aber dann zugeben, dass keine zu finden sind. Schließlich habe ich die letzten vierundzwanzig Stunden damit zugebracht, alles auf Hochglanz zu polieren. Sogar die Flecken auf dem beigen Teppich habe ich letztendlich mit einem sauteuren und bestimmt hochgiftigen Teppichschaum rausbekommen. Vom Einatmen der Dämpfe ist mir zwar immer noch latent schlecht, aber ich bin glücklich, als Herr Dell schließlich meinen Schlüssel entgegennimmt und mir widerwillig versichert, dass die von mir hinterlegte Kaution innerhalb der nächsten drei Wochen auf mein Konto überwiesen wird. Na also! Gut gelaunt steige ich in meinen uralten roten Opel Corsa, der bis unter das Dach mit Klamotten voll gepackt ist. Auf geht's nach Hamburg. Nachdem ich meinen gesamten Hausstand veräußert habe, ruht auf meinem Girokonto ein Guthaben (lang, lang ist's her) von 1435,89 Euro. Und, wie von Herrn Dell versprochen, werden weitere 800 Euro folgen. Na gut, vielleicht bin ich damit noch nicht reich, aber eine Weile werde ich schon hinkommen, bis ich auf der Straße schlafen muss. Ich habe vor, mich in Hamburg erst mal in einem billigen Hotel einzumieten und dann die Zeitungen nach Wohnungs- und

Stellenangeboten zu durchforsten. Auf der A1 zockele ich gemütlich mit maximal 120 Stundenkilometern (mehr macht mein Auto nicht mit, ohne empört zu röhren) in Richtung Hamburg.

Gut vier Stunden später wechsele ich auf die A7 Richtung Elbtunnel. Etwa drei Kilometer später halte ich an. Und mit mir etwa sechshunderttausend andere Fahrzeuge. Was für ein Stau. Da muss ja wer weiß was passiert sein. Geduldig schleicht die Blechkolonne im Schneckentempo voran. Mir macht das nicht besonders viel aus. Schließlich habe ich es nicht eilig. Die Sonne scheint und außerdem gibt es hier so viele tolle Radiosender, dass man überhaupt nicht weiß, welchen man zuerst einschalten soll. Um ja nicht irgendwo ein tolles Lied zu verpassen, zappe ich von einem zum nächsten. Es ist einfach grandios! Ich liebe diese Stadt schon jetzt. Ein Schild teilt mir mit, dass es bis zum Elbtunnel noch fünf Kilometer sind und noch immer kein Ende des Staus in Sicht. Ich hoffe inständig, dass es bei dem Unfall da vorne keine Verletzten gab. Allerdings sehe ich auch noch kein Blaulicht, dann wird es schon nicht so schlimm sein. Das wäre kein gutes Omen. Und außerdem kann ich kein Blut sehen.

»Der Verkehrsservice für den ganzen Norden«, erklingt es da aus meinem Radio, »auf der A7 geht mal wieder nichts, vor dem Elbtunnel Hannover Richtung Flensburg 10 km Stau, in der Gegenrichtung 14 km Stau.« Eine gute Stunde später habe auch ich begriffen, dass dies kein unfallbedingter Stau, sondern der übliche Feierabendverkehr war. Meinen Stadtplan neben mir auf dem Beifahrersitz ausgebreitet, suche ich seit einer Ewigkeit die Reeperbahn. Aus meinem Reiseführer habe ich die Information, dass man da billig wohnen kann, außerdem tobt dort das

Leben. Also nix wie hin! Ist aber gar nicht so einfach. Dem Tamtam nach zu schließen, das die Leute um die »sündige Meile« machen, sollte man doch meinen: Alle Wege führen zur Reeperbahn. Mitnichten. Meiner bisherigen Erfahrung nach führt nicht mal ein einziger Weg dorthin. Ich versuche verzweifelt, auf dem Plan meinen Standpunkt zu orten und gleichzeitig auf den Verkehr zu achten. Hinter mir hupt es lautstark. Oh, grün. Entschuldigend hebe ich den Arm, um meinem Hintermann im dunkelblauen A3 mein Bedauern kundzutun. Im Rückspiegel kann ich beobachten, dass er genervt die Augen gen Himmel rollt, dann drückt er aufs Gas und überholt mich mit quietschenden Reifen. Ich bin beleidigt. Hab mich doch entschuldigt. Okay, wo muss ich lang? Ich glaube, die übernächste links. Wieder hupt es ohrenbetäubend hinter mir. Verwirrt blicke ich auf. Was ist los? Ich fahre doch. Ein grauhaariger Mann Anfang sechzig überholt mich mit seinem dunkelgrünen Mercedes und wirft mir dabei einen genervten Blick zu. Was hat er bloß? Verwirrt gucke ich auf mein Tacho. Ich fahre doch Strich fünfzig. Trotzdem werde ich ständig angehupt, überholt und angepöbelt. Bis jetzt finde ich die Hamburger nicht besonders nett. Ich habe keine Ahnung, wo ich überhaupt bin. Ich will nach Hause!

Eine Stunde später habe ich die Reeperbahn dann doch endlich gefunden. Wow, hier tobt ja wirklich das Leben. Ich verbringe noch gute dreißig Minuten mit der Parkplatzsuche, klemme mir meine Reisetasche unter den Arm und mache mich auf die Suche nach einem Hotel. Davon gibt es hier mehr als genug. Da ich müde und hungrig bin, gehe ich in das erstbeste hinein. Sieht nicht gerade komfortabel aus, ist dafür aber sicher preiswert. Ich hoffe, dass es in den Zimmern nicht auch so merkwürdig riecht. Na ja. Ich stelle mich an die Rezeption, hinter der ein etwa vierzigjähriger Mann mit Halbglatze und tätowierten Armen eine Zeitschrift liest. Ich warte höflich darauf, dass er mich bemerkt. Dabei sehe ich mich ein wenig um. Es ist wirklich nicht allzu Vertrauen erweckend hier, aber was soll's. Draußen ist es schon stockdunkel und ich möchte einfach nur ein Dach über dem Kopf haben. Morgen bei Tag kann ich ja notfalls noch mal auf die Suche gehen. Der Rezeptionist nimmt keinerlei Notiz von mir.

»Ähem«, mache ich. Keine Reaktion. »Entschuldigung?« Er hebt den Kopf.

»Oh, Tach.«

»Guten Abend, ich … ich hätte gern ein Zimmer, bitte.« Er greift an das Schlüsselbord hinter sich und reicht mir einen Schlüssel. Nummer 13! Meine Glückszahl!

»Wie lange?«

»Ach, erst mal nur bis morgen«, sage ich sicherheitshalber. Auch wenn ich Zimmer 13 bekommen habe, möchte ich doch erst mal sozusagen »die Ware begutachten«.

»Die ganze Nacht?«, fragt er. Irritiert sehe ich ihn an.

»Äh, na, bis morgen so um zehn, denke ich.«

»Ganze Nacht kostet hundertzwanzig Euro.« Mir bleibt die Spucke weg. In dieser Bruchbude? Gerade will ich mich empört umdrehen und das Hotel wieder verlassen, doch dann überlege ich es mir noch mal. Habe ich jetzt wirklich den Nerv, ein günstiges Hotel zu suchen? Ich bleibe hier. Hundertzwanzig Euro, na ja, ist doch auch bloß Geld.

»Na gut«, sage ich und will den Schlüssel an mich nehmen, da hält er seine Hand darüber. Eine riesige, behaarte Pranke, auf der in ziemlich verwaschenem Blau ein von Rosen umrankter Anker zu sehen ist. Verdutzt schaue ich ihn an.

»Vorkasse«, sagt er gleichmütig. Na bitte, von mir aus. Ich ziehe mein Portemonnaie hervor und reiche ihm meine ec-Karte. Der Typ grinst mich an. Ihm fehlt ein Vorderzahn. »Nur Bares ist Wahres«, sagt er. Unwillig zähle ich einhundertzwanzig Euro auf den Tisch und habe jetzt noch genau zehn Euro und siebenundsechzig Cent in bar bei mir. Popeye (endlich weiß ich, an wen der Kerl mich die ganze Zeit erinnert hat) streicht das Geld ein und zeigt nach links auf eine Treppe. »Da hoch und dann erste Tür links.« Damit wendet er sich wieder seiner Zeitschrift zu. Ich werfe einen Blick darauf. Eine nackte blonde Frau mit Riesenbrüsten räkelt sich breitbeinig auf einem Motorrad. Na ja, schließlich ist das hier die sündige Meile. Ich schultere wieder meine Reisetasche (für hundertzwanzig Euro könnte Popeye sie mir ruhig ins Zimmer tragen, finde ich), schnappe mir Zimmerschlüssel Nummer 13 und gehe die Treppe hoch.

Oben erwartet mich ein langer Flur, von dem auf jeder Seite sieben Türen abgehen. Der Boden ist mit dunkelgrünem Teppich ausgelegt, der vor Schmutz steht. Der merkwürdige Geruch, der mir schon unten im Eingangsbereich aufgefallen ist, ist hier noch intensiver. Angewidert schließe ich schnell mein Zimmer auf. Derselbe grüne Teppich, ein wackeliger Tisch, zwei Stühle, ein Bett mit fleckiger Matratze. Widerlich!

Um halb zwei in der Nacht habe selbst ich endlich begriffen, dass ich in einem Stundenhotel gelandet bin. Ich kriege die ganze Nacht kein Auge zu. Fast sehne ich mich nach Violas und Olafs Liebesakt zurück. Vollkommen gerädert checke ich am nächsten Morgen um sieben unter Popeyes Grinsen aus. Mein neues Leben fängt ja gut an. Oberste Priorität des Tages ist es, ein preiswertes und einigermaßen sauberes Hotel zu finden, in dem die Zimmer nicht stundenweise vermietet werden.

Die folgenden Nächte verbringe ich im »Seefahrer-Hotel« in der Nähe vom Hauptbahnhof. Nicht besonders hübsch, dafür mit vierzig Euro die Nacht erschwinglich. Die Zimmer sind klein, aber sauber. Keine Kakerlaken, wie mir die uralte Matrone mit der lila Dauerwelle an der Rezeption versichert hat. Ob dieses Privilegs ertrage ich auch, dass Dusche und Toilette auf dem Gang sind. Das wärmste Wasser, das die Dusche hergibt, hat eine gefühlte Temperatur von knapp über null Grad. Seit vier Tagen wasche ich mich am Waschbecken in meinem Zimmer, mein Kopf passt gerade so eben unter den Wasserhahn. Habe mir beim Haarewaschen bislang eine bedeutende und fünf kleinere Beulen zugezogen. Die Toiletten sind ein Albtraum. Dafür kann man natürlich weniger das Hotel als vielmehr die Gäste verantwortlich machen. Zumindest in meiner Etage scheint niemand zu wissen, was eine Klobürste, geschweige denn, wie sie zu benutzen ist. Manche finden noch nicht mal den Spülknopf. Ich habe mittlerweile herausgefunden, dass die Toilette morgens zwischen 10.17 Uhr und 10.25 Uhr geputzt wird. Also hänge ich hinter meiner Tür am Guckloch und stürze hinaus, just da die Putzfrau das WC verlässt.

Fünf Tage später bin ich reichlich desillusioniert, was meine rosige Zukunft im verregneten Hamburg angeht. Ich habe mein Konto mittlerweile um etliche Euro erleichtert und noch immer keine Wohnung gefunden, geschweige denn einen Job. Dabei durchstöbere ich täglich brav die Anzeigen in der Zeitung. Aber die meisten Arbeitgeber wünschen sich diplomierte Bewerber mit mindestens fünf Jahren Berufserfahrung – und am besten kaum der Pubertät entwachsen. Grandios. Das Piepen meines Telefons reißt mich aus meinen Gedanken. Huch, eine SMS? Wie komme ich zu der Ehre? Bestimmt weder ein

Job- noch ein Wohnungsangebot, meine Eltern sind noch in Portugal und ansonsten kenne ich keine Person auf dieser Welt, die sich dazu herablassen würde, mir eine Kurznachricht zukommen zu lassen. Oder doch?

HI MONI! WIE GEFÄLLT DIR HH? HOFFE, DIR GEHT'S GUT? MELD DICH MAL. LG OLAF

Da bleibt mir doch die Spucke weg. Was haben sie dem denn ins Frühstück gerührt heute Morgen? Ich weiß nicht genau warum, aber irgendwie gibt mir diese Nachricht einen ungeheuren Auftrieb. So, plötzlich bin ich also wieder interessant? Ob mir Hamburg gefällt? Na, und ob! Es ist, als hätte ich niemals woanders gelebt!

Okay, ich gebe es ja zu, alleine in meinem schäbigen kleinen Hotelzimmer habe ich schon mal so ganz im Stillen die Möglichkeit in Erwägung gezogen, eventuell und nur vielleicht nach Hause zurückzukehren. Aber das waren bloß Augenblicke der Schwäche, die jetzt ein für alle Mal überwunden sind. Denn hier ist meine neue Heimat. In mir steckt nun einmal eine Großstadtnatur. Eine Frau von Welt. Und was braucht eine solche natürlich als Erstes für den Schritt ins echte, wahre, ihr vorbestimmte Leben? Ein Paar neue Schuhe, was sonst?

Ich habe also eine Mission zu erfüllen und schlendere zu diesem Zweck durch die Mönckebergstraße. Es ist der pure Wahnsinn! All diese vielen Geschäfte! Einfach toll! Und so viele Schuhe! Ich lasse meinen Blick über die Auslagen schweifen und da passiert es. Genau so wie es sein soll. Nicht ich entdecke meine Schuhe, sondern sie entdecken mich. Da ganz hinten im Schaufenster stehen sie und scheinen förmlich nach mir zu rufen:

»Komm her, wir sind's, deine neuen Stiefel. Kauf uns

und du wirst dich nie mehr einsam fühlen. Nie mehr klein und minderwertig. Wir werden dein Leben verändern.« Ich glaube ihnen jedes Wort. Ich stürze in den Laden und auf meine neuen Schuhe zu. Eine ein Meter achtzig große Verkäuferin in meinem Alter mit schwarzen, kurz geschnittenen Haaren und elegantem grauem Hosenanzug kommt hastig angelaufen und will mich daran hindern, über die Papptrennwände in das Schaufenster zu steigen und die Schuhe an mich zu reißen.

»Moment«, sagt sie, mir den Weg versperrend, »kann ich Ihnen behilflich sein?«

»Nein danke«, antworte ich und will mich an ihr vorbeidrängeln.

»Für welchen Schuh interessieren Sie sich denn?«, fragt sie mit gleichbleibend freundlicher Stimme, aber ich kann genau sehen, dass es in ihren Augen flackert. Aus irgendeinem Grund scheint die Dame mich total unmöglich zu finden. Pah! Was soll's? Ich will jetzt die Schuhe, und wenn ich sie erst trage, wird mir so etwas nicht mehr passieren. Wir rangeln leicht miteinander, aber sie ist nicht nur fast zwanzig Zentimeter größer als ich, sondern auch noch ungeahnt stark. Ich gebe auf:

»Die Jeansstiefel aus dem Schaufenster.«

»Gerne, die sind aber Größe 36, und Sie haben ...«, sie wirft einen kurzen Blick auf meine No-Name-Turnschuhe, »Größe 39, habe ich Recht?« Zugegeben, ich bin beeindruckt. Dann begreife ich die Tragweite dieser Aussage und fange fast an zu weinen, bis sie fortfährt: »Ich hole Ihnen die Stiefel aus dem Lager.«

»In meiner Größe?«, vergewissere ich mich.

»Äh, ja natürlich.«

»Danke!« Strahlend lasse ich mich auf einen der eleganten lederbezogenen Sessel fallen und warte. Wenige Augenblicke später erscheint Nadine Kleiber (das steht auf ihrem Namensschild über der beachtlichen Brust) mit meinen Stiefeln. Mich durchzuckt für den Bruchteil einer Sekunde die Erkenntnis, dass sie mir in Größe 39 nicht ganz sooooo gut gefallen wie in Größe 36. Es liegt wohl in der Natur der Sache, dass sie so ein bisschen weniger zierlich wirken, aber was kann ich tun? Nun, ich könnte mir natürlich ein Stück von den Zehen abhacken. Ruckedigu, Blut ist im Schuh!

Begeistert lasse ich den Blick über meine neuen Lieblinge an den Füßen gleiten. Über den kniehohen Schaft aus Jeansstoff mit dem rot abgesetzten Reißverschluss an der Außenseite und das braune Leder, das vorne zu einer dermaßen gefährlich aussehenden Spitze zusammenläuft, dass es in jedem Mann Kastrationsängste auslösen muss. Und als würde das noch nicht genügen, erinnert der zehn Zentimeter hohe Pfennigabsatz geradezu erschreckend an jene Szene aus »Weiblich, ledig, jung sucht …«, in der dem netten schwulen Nachbarn durch einen gezielten Schlag mit einem solchen ins linke Auge der Garaus gemacht wird. Oh, Olaf, wehe dir, wenn du dich noch einmal in meine Nähe wagst. Jetzt weiß ich auch, weshalb mir diese Schuhe ein so erhebendes Gefühl verschaffen. Es ist Macht. Ich trage zwei Mordwaffen an den Füßen. Also, wenn das keinen Respekt einflößt.

Unter den Blicken von Nadine erhebe ich mich vorsichtig und gehe ein paar zaghafte Schritte vor dem Spiegel auf und ab. Okay, ich gebe zu, die Fortbewegung auf den Dingern ist gewöhnungsbedürftig. Aber, wie das Wort schon sagt, daran werde ich mich gewöhnen. Was viel wichtiger ist: Die Schuhe sehen hinreißend aus. Passen nicht besonders gut zu meiner ausgebeulten Blue Jeans und dem hellgrünen Sweatshirt, aber dem kann man ja

Abhilfe schaffen. Die Dinger sind gekauft. Ich wackle zum Hocker zurück, ziehe die Reißverschlüsse auf und sage:

»Ich nehme sie.« Nadine Kleiber ist begeistert, lobt meinen exzellenten Geschmack und verstaut die Stiefel in einem riesigen Schuhkarton. Was steht darauf? Miss Sixty. Nie gehört. Klingt aber gut. Während ich (zum letzten Mal) in meine ausgelatschten Treter steige, beobachte ich, wie meine Errungenschaft zur Kasse gebracht wird. Bis gleich, meine Süßen.

»So, das macht dann einhundertachtzig Euro, bitte«, zwitschert die Dame an der Kasse. Mir wird schwarz vor Augen. Ich hatte nicht vor, die Aktienmehrheit für den Laden zu erwerben, sondern bloß ein Paar Schuhe. Das muss ein Irrtum sein. Ist es eindeutig nicht. Ich kämpfe mit mir. Die Kassiererin guckt mich erwartungsvoll an. Die Stiefel schreien aus ihrem Pappgefängnis heraus: »Nimm uns mit!« Na schön, drei gegen einen, wer könnte da nein sagen? Ohne mit der Wimper zu zucken, zücke ich meine ec-Karte.

Mein nächster Weg führt mich natürlich zurück ins Hotelzimmer. Umziehen ist angesagt. Solche Schuhe verlangen nach dem richtigen »Darüber«. Ich wähle meinen ultrakurzen weinroten Minirock. In Langenweiler habe ich ihn einmal auf einer Geburtstagsparty getragen. Danach gab es wochenlang kein anderes Thema mehr als Moni, die vergessen hat, sich untenrum was anzuziehen. Vor Scham hätte ich das Ding fast weggeschmissen, doch aus irgendeinem Grund habe ich es nicht getan. Da soll noch einer behaupten, dass nicht alles im Leben vorherbestimmt ist. Denn genau so ist es. Der arme verspottete Rock hat ausgeharrt. Ganz hinten in meinem Kleiderschrank hat er gehangen, und wenn ihn die längeren Röcke ausgelacht haben, da hat er sich gesagt: »Lass sie reden, ich bin zu Höherem bestimmt. Ich bin gefertigt worden, um eines Tages durch die Hamburger Straßen getragen zu werden, zusammen mit einem todschicken und sauteuren Paar Zickenschuhen.« Und er hatte Recht.

Umgezogen und natürlich neu frisiert und geschminkt führe ich meine Schuhe das erste Mal spazieren. Ich nehme mir heute frei von der Jobsuche, denn ich will mir die gute Laune nicht verderben. Stattdessen flaniere ich durch die Hamburger Innenstadt, laufe über den Jungfernsteg und fühle mich wunderbar. Ziemlich wunderbar. Ein bisschen zugig ist es um die Beine herum, kein Wunder im Februar bei drei Grad über Null. Na ja, wie sagte meine Mutter immer: »Wer schön sein will, muss leiden.« Das ist mir mein neues Ego wert. Nach den ersten dreihundert Metern zeigen sich jedoch einige Anfangsschwierigkeiten (zwischen Moni auf der einen und neuem Ego auf der anderen Seite). Aua! Meine turnschuhverwöhnten Ballen machen schmerzhaft auf sich aufmerksam:

»Hey, du da oben! Dir geht's wohl nicht gut! Willst du uns umbringen? Sollen wir hier alles alleine machen? Neunundfünfzig Kilo Lebendgewicht verteilt auf vierzig Quadratzentimeter?«

»Haltet die Klappe«, antworte ich, »wenn ihr wüsstet, wie umwerfend ich aussehe.«

Ich ignoriere die stärker werdenden Schmerzwellen, die nach gut eineinhalb Kilometern ihren Höhepunkt erreichen, um dann langsam abzuebben.

»Na also, es geht doch«, denke ich befriedigt, bis mir direkt vor dem Eingang eines gemütlich aussehenden Bistros namens Via Veneto auffällt, dass ich nicht nur den Schmerz, sondern auch die Zehen nicht mehr spüre. Wütend über meine so gar nicht trendbewussten Füße entschließe ich mich notgedrungen zu einem kurzen Päuschen im Via Veneto. Ich humpele also auf die Glastür zu, in der sich meine Erscheinung spiegelt. Also, ich muss schon sagen: Wow! Ich bin kaum wiederzuerkennen. Fasziniert betrachte ich die Frau mit dem engen dunkelbraunen Shirt unter der Jeansjacke und dem eher drei als zwei Handbreit über den Knien aufhörenden Minirock. Und diese Schuhe. Ein Traum. Was kümmert es mich, wenn mir die Zehen absterben. Ich ziehe die Dinger nicht mehr aus.

»Sie werden schwarz und fallen ab, dann passen dir auch die Stiefel nicht mehr«, orakelt düster meine innere Stimme. Echt? Schluck!

»Was is denn nu? Raiin oda raaus«, näselt hinter mir ungehalten ein bereits ergrauter Kerl im schicken schwarzen Boss-Anzug. Ich kann mir nicht helfen, dieser nordische Dialekt ist einfach umwerfend. Egal, was diese Leute sagen, es klingt immer noch irgendwie niedlich. Deshalb muss ich den Typ einfach anstrahlen, ob ich will oder nicht. So stehe ich ihm also dämlich grinsend mitten im Weg. Doch er verzieht keine Miene.

»Raaiin odaa raaus«, wiederholt er ungehalten und noch eine Spur gedehnter. Ach ja, natürlich.

»Äh, ja, rein«, sage ich und stolpere durch die Tür. Er wirft mir einen vernichtenden Blick zu und rempelt mich noch unsanft an, als er an mir vorbei- und auf den Tresen zurauscht. Ich muss mich mit mehreren Trippelschritten davor bewahren, der Länge nach hinzuschlagen.

»Entschuldigung«, stammele ich und könnte mir gleich darauf selbst in den Hintern treten. Oder dem Kerl. Das wäre ein Spaß, mit diesen Schuhen. Aber eigentlich bin ich viel wütender auf mich selbst. Wofür entschuldige ich mich? Dafür, dass dieser Rohling mich angerempelt hat? Und selbst, wenn ich stattdessen ihn über den Haufen gerannt hätte: Eine Frau mit solchen Schuhen entschuldigt sich für nichts und bei niemandem, das muss ich noch lernen.

Ich lasse mich auf die nächstbeste, mit grünem Samt bezogene Bank plumpsen, ziehe meine Jacke aus, wobei ich sie lasziv über meine Schulter gleiten lasse und bette mein neues Ego auf den mir gegenüberstehenden Stuhl. Es kostet mich einige Mühe, meine innere Hemmschwelle zu überwinden und in aller Öffentlichkeit die Füße hochzulegen, aber dann erinnere ich mich an meinen grandiosen Auftritt gegenüber Herrn Kröger (der mir noch immer die Schamesröte ins Gesicht treibt). Geht doch. Vorsichtig bewege ich die Zehen. Glaube ich zumindest. Ich kämpfe den panischen Gedanken nieder, das Gefühl in meinen Zehen könnte möglicherweise nie mehr zurückkommen, und greife nach der Getränkekarte. Latte Macchiato? Hört sich gut an. Schon steht auch eine blonde langbeinige Kellnerin Anfang zwanzig vor mir. Sie hat eine von diesen Petite-Figuren, die mir immer vor Neid das Wasser in die Augen treiben. Aber nicht heute. Wer braucht eine solche Figur, wenn er meine Schuhe hat?

»Einen Latte Macchiato, bitte«, sage ich und hoffe, dass ich es richtig ausspreche. Falls nicht, dann lässt sie sich zumindest nichts anmerken. Während ich auf mein Getränk und ein Lebenszeichen aus meinen Schuhen warte, geht erneut die Tür auf und ein junges Pärchen kommt herein. Mich streift ein eisiger Luftzug. Nein, nein, es sind nicht Viola und Olaf, die mich bis nach Hamburg verfolgt haben. Ich sitze nur einfach an einem extrem ungünstigen Tisch und mitten im Zug. Bibber. Schnell schlüpfe ich wieder in die Ärmel meiner Jacke. Mir ist trotzdem kalt.

Würde mir gerne ein weniger zugiges Plätzchen suchen, aber meine Füße legen Veto ein. Na gut, dann eben nicht.

»Latte Macchiato« entpuppt sich als in einem hohen Glas servierter Milchkaffee, ansonsten kann ich keinen großen Unterschied feststellen. Während ich drei Löffel Zucker in mein Glas schaufele, bestellt neben mir ein junges Mädchen einen »Karamell-Macchiato«. Mit Adleraugen beobachte ich, wie die Kellnerin hinter dem gläsernen Tresen einen Latte Macchiato zubereitet und dann etwas aus einer verheißungsvollen Flasche hinzuschüttet. Eine bernsteinfarbige, unglaublich lecker aussehende Flüssigkeit. Cognac? Nein, Sirup. Aach, das sieht köstlich aus. Haben, haben, haben!

»Entschuldigung«, sage ich mit bemüht tiefer Stimme, die souverän klingen soll, »könnte ich auch einen Schuss Karamell in meinen Macchiato bekommen?«

»Kostet fünfzig Cents extra.«

»Äh, ja, klar.« Mann, Tussi, hast du meine Schuhe gesehen? Miss Sixty! Einhundertachtzig Euro! Über fünfzig Cents denke ich nicht groß nach.

Nach zwei Minuten steht er vor mir, mein »Karamell-Macchiato«.

»Danke«, sage ich lässig. Hey, ich habe ständig Extrawünsche und bin es gewohnt, dass sie mir erfüllt werden. Ich greife nach dem Glas und nehme einen Schluck. Bääähl! Süß. Süß hoch drei. Da ich merke, dass Madame Petite mich beobachtet, halte ich meine Gesichtszüge einigermaßen unter Kontrolle und schüttele mich nur innerlich. Okay, notiere ich im Oberstübchen, Zucker und Karamellsirup im Kaffee sind einzeln okay, in Kombination aber nicht unbedingt zu empfehlen.

6.

Um diese Erfahrung reicher und um drei Euro fünfzig ärmer verlasse ich eine Stunde später das Via Veneto und eiere mit zusammengebissenen Zähnen die Straße entlang. So, was fange ich nun an mit dem angebrochenen Tag? Am liebsten würde ich mir neue Schuhe kaufen. Birkenstocks. Stattdessen frage ich mich, was mir wohl mehr die Laune verderben würde: Wieder einmal vergeblich die Zeitung zu durchforsten oder den Pflichtbesuch bei Tante Henriette hinter mich zu bringen? Da letztere Option im Gegensatz zur ersten auf jeden Fall von Erfolg gekrönt sein wird (nämlich, dass ich dann nicht mehr hin muss), entscheide ich mich dafür. Wo war das? Hamburger Straße 412? Das ist ja gar nicht mal so weit weg. Ich schwinge mich in mein Auto und studiere eingehend den Stadtplan. Bevor ich losfahre, fällt mir ein, dass es möglicherweise höflich wäre, vorher anzurufen. Nicht unbedingt, um sicherzustellen, dass sie zu Hause ist. Wo sollte eine Frau von knapp achtzig Jahren sonst sein? Aber ich will sie natürlich nicht erschrecken. Oder aus dem Mittagsschläfchen reißen. Wie spät ist es? Halb fünf. Na, da schläft sie sicher nicht mehr. Aber vielleicht schon wieder? Ich rufe vorsichtshalber mal an, denn ich will ihr und mir ersparen, dass sie mir in Unterwäsche und mit Lockenwicklern im Haar die Tür öffnet. Also suche ich in meinem Portemonnaie nach dem Zettel mit Tante Henriettes Telefonnummer. Wow, so lang sind in Langenweiler nicht mal die Kontonummern. Ich lasse es sicher achtmal läuten und will schon wieder auflegen, als sich am anderen Ende jemand meldet:

»Halloo?« Eine Männerstimme.

»Äh, hallo, hier ist Moni Behrens. Ist … äh, Tante Henriette da?« Wie heißt Tante Henriette eigentlich mit Nachnamen?

»Ja, sie ist hier, Moment. Und wer sind Sie?«

»Ich bin ihre …« Ja, was bin ich denn eigentlich? »Äh, Tante Henriette war mal verheiratet mit dem Bruder der Mutter meiner Mutter.«

»Ach so. Ja, kleinen Moment bitte. Telefoooooooon für Sie.« Mir fliegt beinahe das Trommelfell weg, so laut brüllt er mir ins Ohr.

»Ach, Telefon?«, fragt eine Frau, offensichtlich meine Tante Henriette, »habe ich gar nicht gehört. Wer ist es denn?«

»Es ist die Tochter der Tochter der Schwester Ihres Exehemannes.« Ich bin beeindruckt.

»Hallo?«, erklingt es da direkt an meinem Ohr.

»Äh, hallo, hier spricht Moni Behrens. Mein …«

»Hallo«, werde ich unterbrochen, »Sie müssen bitte etwas lauter reden, ich habe mein Hörgerät gerade nicht drin.« Na wunderbar.

»Ich bin Moni Behrens«, schreie ich in den Hörer, »mein Großonkel ist Heinrich Wittmann.«

»Ach, der Heinz«, schreit sie zurück.

»Ja, genau. Ich bin vor kurzem nach Hamburg gezogen und wollte vielleicht mal …« Von Wollen kann eigentlich keine Rede sein.

»… vorbeikommen?«, unterbricht mich Tante Henriette. »Aber ja doch, und wann?«

»Jetzt gleich?«, schreie ich.

»Natürlich. Ich habe gerade den Klempner hier …«

»Ich bin gleich fertig«, ertönt wieder die Männerstimme im Hintergrund. Ach so, der Klempner. Ich hatte schon gerätselt.

»Später bekomme ich auch noch Besuch, aber das macht ja nichts.« Das kann ja heiter werden. »Wie war der Name noch mal? Toni?«

»Nein, Moni«, brülle ich mit letzter Kraft.

»Ach ja, Moni. Dann bis gleich.«

»Ja. Tschüss!«

»Was?«

»Tschüss!«

»Ach ja.«

Mir schwant nichts Gutes, als ich mein Auto in Richtung Hamburger Straße 412 lenke. Auf dem Weg fällt mir ein, dass es sich wohl gehört, irgendetwas mitzubringen. Fluchend halte ich an einer Tankstelle und durchforste das Süßigkeitenregal nach etwas, das man einer alten, pardon, älteren Frau mitbringen könnte. Mich reizen ja die Miniaturpralinen von Snickers, Bounty, Mars und Milky Way, aber da es hier nicht um meinen Geschmack geht, entscheide ich mich für die Weinbrandbohnen. Würg! Na ja, ich muss sie ja nicht essen. An der Kasse bezahle ich 4,99 Euro und rege mich darüber wahnsinnig auf. Dann denke ich an die arme alte einsame Tante Henriette und an die Tatsache, dass ich Schuhe von sechsunddreißigfachem Wert trage und höre auf, vor mich hinzumosern.

Das Haus Nummer 412 in der Hamburger Straße ist ein hübsches Backsteingebäude, in dem zehn Parteien wohnen. Ich sehe auf die Klingelschildchen. Da steht natürlich nirgendwo »Tante Henriette« drauf. So ein Mist! Und auch nicht »Wittmann«. Also hat sie nach der Trennung wohl wieder ihren Mädchennamen angenommen. Und wie bitte schön lautet der? Es stehen nur Nachnamen dort, nicht einmal ein popeliges »H.«, das mir den Weg zur richtigen Wohnung weisen würde. Na schön, dann eben auf gut Glück. Ich denke, die Chancen stehen gut, dass Tante Henriette im Erdgeschoss wohnt. Wie sollte sie denn jeden Tag die ganzen Treppenstufen hoch- und runterkommen? Also klingele ich bei »Ehrlich« und bei »Sondermann«. Einen Moment lang geschieht nichts, dann knackt es in der Sprechanlage:

»Wer ist da?«, fragt eine mürrische Männerstimme.

»Hallo, hier ist Moni Behrens. Ich suche meine Tante Henriette und ich kenne leider ihren Nachnamen nicht. Aber sie ist Ende siebzig und müsste hier im Haus wohnen.«

»Vierter Stock. Liebeling.«

»Danke«, will ich noch rufen, da knackt es aber schon wieder und mein Dank bleibt ungehört. Na ja. Also Liebeling. Was für ein Name. Henriette Liebeling. Ich klingele schätzungsweise fünf Minuten lang Sturm, bis endlich der Summer ertönt. Kopfschüttelnd erklimme ich die Stufen zum vierten Stock. Ach, Tante Henriette, hast du denn noch immer nicht dein Hörgerät eingesetzt? Und warum fragst du nicht vorher, wer unten steht, statt einfach die Tür zu öffnen? Da kann ja wer weiß was passieren, vor allem in einer Stadt wie Hamburg. Ich muss mich wirklich wundern.

Keuchend und mit noch wunderen Füßen erreiche ich schließlich die vierte Etage. In der Tür steht eine kleine zierliche Frau. Sie trägt eine Art Kimono aus lilafarbener, mit feinen Silberfäden durchwirkter Seide. Schick oder schrecklich, ich kann mich nicht entscheiden. Sie ist knapp einen Meter fünfzig groß und hat schneeweiße, ganz kurzgeschnittene Haare, dunkle Knopfaugen und ein ziemlich faltiges Gesicht. Aber man kann sehen, dass sie mal sehr hübsch gewesen sein muss.

Durch meine hohen Absätze bin ich fast zwanzig Zentimeter größer als sie und komme mir riesig und ungelenk vor wie eine Giraffe. Verlegen stehe ich vor ihr und strecke ihr die Hand hin. Sie fasst sie mit erstaunlich festem Griff, zieht mich an sich und umarmt mich.

»Hallo Toni«, sagt sie und klopft mir freundlich auf den Rücken.

»Moni«, verbessere ich, »hallo, Tante Henriette.«

»Um Gottes willen«, sagt sie entrüstet, lässt mich los und schiebt mich durch die Wohnungstür in ihren Flur, »Tante Henriette, das klingt ja, als sei ich uralt. Nenn mich Henne.«

»Im Ernst?«, frage ich wenig taktvoll.

»Jawoll«, gibt sie ungerührt zurück und schält mich aus meiner Jeansjacke. »Kind, was hast du denn da an? Hat dir schon mal jemand gesagt, dass wir Februar haben? Ist dir nicht kalt?«

»Ein bisschen«, gebe ich zu. Henne dirigiert mich ins Wohnzimmer und auf das Sofa.

»Setz dich, ich mach dir einen Tee. Hier, fang.« Sie wirft mir eine rosa-beige gehäkelte Stola zu und verlässt das Zimmer. Angewidert betrachte ich das Ding, lege es mir dann aber doch um die Schultern. Was soll's? Es sieht mich ja keiner hier. Und mir ist wirklich ziemlich kalt. Interessiert schaue ich mich im Wohnzimmer um. Auf dem Boden liegen dunkle Perserteppiche. Nur kurz vor der Balkontür guckt ein Stück des ursprünglichen abgeschliffenen Holzfußbodens hervor. Ein Jammer! Die Möbel sind alle aus Mahagoniholz und ziemlich wuchtig. Dieses Inventar stammt definitiv aus einer anderen Zeit. Überall stehen dicke dunkelrote und weiße Kerzen herum und massenhaft Topfpflanzen. Es riecht nach Blumen und noch nach irgendetwas anderem. In dem Topf mit dem Weihnachtsstern auf der Fensterbank entdecke ich ein vor sich hin glühendes Räucherstäbchen. Ich schnuppere. Opium. Abgefahren. Tante Henriette, ach nein, Henne erscheint mit einem Tablett, auf dem eine uralte Teekanne, Stövchen, Teetassen und Kandiszucker stehen. Sie winkt energisch ab, als ich helfen will. Stattdessen krame ich also in meiner Handtasche nach dem Mitbringsel.

»Hier, ich hab dir eine Kleinigkeit mitgebracht«, sage ich und entferne unauffällig das Preisschild. Henne nimmt mir die Schachtel ab. Es ist mir peinlich, dass nicht mal eine Schleife darumgebunden ist. Na ja, das ist nicht mehr zu ändern.

»Oh, Weinbrandbohnen. Die mag ich nicht, aber trotzdem danke«, sagt sie schlicht und drückt sie mir wieder in die Hand. Ich gucke sie verblüfft an. »Du nimmst mir meine Ehrlichkeit doch nicht übel?«, fragt sie, als sie meinen Gesichtsausdruck bemerkt. »Es ist doch nicht nötig, dass ich dir Begeisterung vorheuchle und dann womöglich noch ein oder zwei von den schrecklichen Dingern essen muss, um dich nicht zu kränken. Ich finde es sehr nett, dass du mir etwas mitgebracht hast. Ist ja nicht deine Schuld, wenn ich es nicht mag.«

»Äh, ja, na ja«, einigermaßen verwirrt stopfe ich die ungeliebte Süßigkeit in meine Tasche zurück. Henne holt derweil noch zwei weitere Teetassen aus der Küche und vier Cognacgläser aus der Vitrine.

»Meine Freundinnen kommen gleich zu Besuch, aber wir fangen schon mal an, die kommen sowieso immer zu spät. Was Süßes?« Und schon fördert sie eine Schale mit eingepackten Pralinen hervor. Ist das zu fassen? Milky

Ways, Snickers, Bountys und Mars in Miniaturformat. Ich hätte doch meinem ersten Impuls folgen sollen. Begeistert greife ich zu. Dann nehme ich meine Teetasse und schnuppere vorsichtig daran.

»Ich hoffe, du magst Rotbuschtee mit Karamell-Aroma?«, fragt Henne und gibt Kandis in ihre Tasse. Auch ein bisschen Tee zum Zucker? Rotbuschtee habe ich noch nie getrunken. Ich bin eingefleischter Kaffeefan. Vorsichtig nippe ich. Hmmm, das schmeckt gut. Henne schiebt mir den Kandis hin. »Vertrau mir.« Na gut. In diesem Moment klingelt es an der Tür.

»Na endlich.« Erstaunlich behände springt Henne aus ihrem Sessel, der mir gegenüber steht und läuft zur Tür. Na, sie mag ja vielleicht ein Hörgerät brauchen, aber ansonsten erscheint mir die Dame doch erstaunlich rüstig. Ich höre, wie sie im Flur ihre Gäste begrüßt.

»Hallo Lotta, hallo Sally! Wie schön, dass ihr da seid.«

»Ich werde eines Tages noch elendig auf deiner Treppe verenden«, schnauft eine Frauenstimme atemlos. »Wie kann jemand freiwillig im vierten Stock wohnen?«

»Ich habe die letzte Stufe übersehen und mir den Fuß vertreten«, jammert da auch die zweite Freundin.

»Ach, stellt euch nicht so an«, wischt Henne die Klagen vom Tisch, »bis jetzt seid ihr noch immer heil angekommen. Kommt rein, ich habe Besuch.«

»Tatsächlich? Und wen?«

»Nun, die Tochter der Tochter der Schwester meines Exmannes.«

»Welches Exmannes denn?«

»Ach, ihr seid doof. Heinz!«

»Oh, Heinz. Und, wie ist sie so, deine … äh …«

»Großnichte.« Danke. Endlich mal eine klare Ansage.

»Ich konnte sie noch gar nicht richtig kennen lernen,

weil ihr natürlich heute ausnahmsweise mal pünktlich seid. Deshalb seht selbst.« Eine Sekunde später stehen mir Lotta und Sally gegenüber. Sally ist eine runde quirlige Person mit hellen wachen Augen und rot gefärbter Dauerwelle, die am Stock geht. Lotta ist lang und dünn mit grauem Pagenkopf und einer dicken Brille auf der spitzen Adlernase. Die beiden reichen mir die Hand und betrachten mich mit unverhohlener Neugier. Ich werde ganz verlegen und rutsche auf dem Sofa hin und her.

»Hört auf zu gaffen und setzt euch.« Es wird ziemlich schnell klar, wer in diesem Trio das Sagen hat. »Ach Sally, irre ich mich, oder kannst du dich für Weinbrandbohnen begeistern?« Sallys Augen leuchten auf. »Wusste ich's doch.« Henne nickt mir aufmunternd zu. Ah, ja, gute Idee. Ich strecke Sally die Schachtel entgegen und sie greift erfreut zu.

»Und? Hat es auch einen Namen«, fragt Lotta grinsend, nachdem ich eine Weile still beäugt wurde.

»Ich heiße Moni«, antworte ich brav.

»Ach du liebes bisschen!« Sally schlägt die Hände über dem Kopf zusammen, Henne zuckt mit den Schultern:

»Ich sag's euch, ich fand die ganze Familie immer schon komisch.« Wieso, was ist denn? Stimmt was mit meinem Namen nicht?

»Moni, was?«, fragt Sally und betrachtet mich mitleidig. »Und das ist eine Abkürzung wofür? Monika etwa?«

»Das wäre nicht schlecht. Nika könnte man draus machen. Oder Nike. Notfalls Mo«, fangen die drei Damen an zu diskutieren. Wieso? Was gibt es denn an Moni bitteschön auszusetzen?

»Nein, ich heiße Simone«, sage ich verstimmt.

»Simone? Hmmmm«, denken die drei laut nach. Henne sieht mir intensiv in die Augen. Ich kann ihrem bohrenden Blick nicht standhalten, der unbeirrt auf mein Gesicht gerichtet ist, dann über meinen Körper und schließlich wieder nach oben wandert. Ihr Ausdruck entspannt sich:

»Ich glaube, Mona wäre perfekt.« Die anderen nicken zustimmend.

»Aber, Tante Henriette, wieso ...«, beginne ich zaghaft.

»Shhh, wie habe ich gesagt, heiße ich? Ich habe hier einen Ruf zu verlieren.«

»Der Name eines Menschen ist ganz entscheidend für sein Schicksal«, erklärt Lotta, und Sally fügt hinzu:

»Ich wurde auf den Namen Selma getauft. Lotta heißt eigentlich Charlotte. Ich sag dir, wenn wir unser Schicksal nicht selbst in die Hand genommen hätten, dann würden Charlotte und Selma ihre Tage wohl mit Strümpfestricken verbringen, wie man es von Selma und Charlotte eben erwartet. Von Henriette ganz zu schweigen«, fügt sie mit einem grinsenden Seitenblick auf meine Tante hinzu. Diese nimmt den Faden auf:

»Mona, merk dir eins. Der Name ist im Leben immer Programm.« Sie nimmt ein Minisnickers aus der Schale. »Ich kaufe Snickers und genieße es, obwohl der Erdnussriegel von Aldi ganz genauso schmeckt.« Ich blicke staunend von einer zur anderen. »Du kannst nicht als Moni durchs Leben gehen. Moni ist jemand, den man übersieht.« Stimmt! »Moni ist zu brav, zu lieb, Moni wird überrannt, Moni ist ... entschuldige, wenn ich das so sage, aber Moni ist prädestiniert dafür, anderer Leute Fußabtreter zu werden!« Verdammt, sie haben Recht. Die drei alten Schachteln kennen mich seit einer Viertelstunde und sagen mir auf den Kopf zu, was bisher in meinem Leben schief gelaufen ist. Und, was viel wichtiger ist, warum!

»Wir sind Henne, Sally und Lotta. Wir sind die Taube, die Lahme und die Blinde, aber unser Leben ist noch nicht vorbei!« Ich glaube ihnen, ohne mit der Wimper zu zucken.

Drei Stunden später habe ich den alten Ladies meine komplette Lebensgeschichte vorgejammert. Die Kindheit in einem Kaff namens Langenweiler (wäre vielleicht alles anders gekommen, wenn ich in Spaßenhausen aufgewachsen wäre?), meine Beziehung mit Olaf, der schreckliche Job, dann meine Geburtstagsparty, der Schock, die Trennung, die Einsamkeit, der Silvesterabend, die Leonard-Lüge, mein Entschluss, die erzwungene Kündigung. Henne schleppt schon die zweite Flasche Cognac heran, und als ich schließlich mit meiner Flucht nach Hamburg ende, bin ich schon ziemlich betrunken und entsprechend emotional. Hysterisch schluchzend schleudere ich die letzten Wortfetzen heraus und blicke dann Mitleid heischend die drei alten Frauen an, wie sie mir da so gegenüber auf der Couch sitzen. Aber die kommen gar nicht auf die Idee, mir ihr Bedauern über mein bisher so verkorkstes Leben auszusprechen!

»So ein Mist, gut, dass du da raus bist«, ist alles, was ich in dieser Richtung von Lotta zu hören bekomme.

»Mona«, sagt Henne kopfschüttelnd (anscheinend ist die Entscheidung für den neuen Namen gefallen), »kannst du mir mal verraten, warum du jetzt heulst?«

»Ich, ich …«, stammele ich, »ich …«

»Du?«

»Na ja, es ist, hier ist auch nicht alles …«

»Was?« Die Schluchzer in meiner Kehle hindern mich ziemlich gekonnt daran, eine normale, flüssige Konversation zu führen. Zudem kriege ich jetzt auch noch einen Schluckauf. Hicks! Das kann ja wohl nicht wahr sein. Ich dachte, hicksende Betrunkene gäbe es nur im Film.

»Also«, wendet sich Sally beruhigend an mich, »hier ist auch nicht alles in Ordnung?«

»Nei – hicks – nein«, schluchze ich.

»Gut, und was ist nicht in Ordnung?« Sie redet mit mir wie mit einem kranken Kind, und das tut unheimlich gut.

»Meine Füße – hicks – tun so weeeeh«, jaule ich.

»Gut, dann zieh die Stiefel aus«, befielt mir Henne. Mit wohl ziemlich dümmlichem Gesichtsausdruck gucke ich sie an.

»Hicks?«

»Zieh die Stiefel aus«, wiederholt sie langsam. »Wenn dir deine Füße in diesen Stiefeln wehtun, zieh sie aus.« Klingt logisch. Mit einem tiefen Seufzer befreie ich meine gemarterten Füße aus ihrem engen Gefängnis und strecke sie erlöst von mir.

»Aaaah, hicks, aaah.«

»Besser?«

»Ja!«

»Gut«, sagt Sally befriedigt, »was stört dich noch?«

»Ich hab – hicks – Schluckauf«, greine ich. Woraufhin Henne mir ein Glas Wasser holt, und mir befiehlt, meine Nase zuzuhalten. Derweil hält sie mir die Ohren zu.

»So, und jetzt trink das Glas aus.« Ich komme mir unbeschreiblich komisch vor, leere aber das Glas und siehe da, der Schluckauf ist tatsächlich weg. Ich bin hellauf begeistert.

»Wenn du Schluckauf hast, dann werd ihn los«, sagt Sally schlicht. Wie wahr, wie wahr. »Weiter, was noch?«

»Die anderen Leute in meinem Hotel benutzen die Klobürste nicht«, sage ich und fange schon wieder an zu schniefen. Ich muss wirklich sehr betrunken sein, wenn ich in Anwesenheit dreier alter Damen solche Themen auf den Tisch bringe. Noch ein, zwei Gläschen und ich lasse mich über Olafs Penis aus.

»Sie benutzen die Klobürste nicht?«, fragt Lotta.

»Woher weißt du das?«, fragt Sally. Äääähemmm?

»Du wohnst im Hotel?«, fragt Henne. Ich beschließe, die letzte dieser drei Fragen zu beantworten.

»Ja, am Steindamm«, antworte ich. Will jetzt doch lieber nicht über Klos reden. Schon gar nicht über schmutzige. Mir wird nämlich gerade ein bisschen schlecht. Vom Cognac.

»Um Gottes willen«, sagt Henne und schlägt die Hände über dem Kopf zusammen. Das erste Mal, seit ich sie kenne (immerhin ganze dreieinhalb Stunden) benimmt sie sich so, wie ich das von meiner achtundsiebzigjährigen Großtante erwarten würde. »Mona, halt mich für spießig, aber musst du unbedingt mitten auf dem Drogenstrich von Hamburg leben?« Drogenstrich? »Wieso nimmst du dir keine Wohnung?« Haha. Ich suche ja schon händeringend. Aber im Moment ist der Wohnungsmarkt einfach miserabel. Es werden zwar Wohnungen angeboten, aber für zehn, fünfzehn Euro pro Quadratmeter. Ich werde von drei Frauen, die auf die achtzig zugehen, darüber aufgeklärt, dass das der übliche Durchschnittspreis für Hamburger Wohnfläche ist. Nun ist mir wirklich schlecht!

»Okay«, fasst Lotta zusammen, »du wohnst also in einem Hotel auf dem Drogenstrich, in dem die Leute die Klobürste nicht benutzen, und das macht dich … was? Unglücklich?« Oh, unglücklich ist ein großes Wort und ich würde es in diesem Zusammenhang nur ungern gebrauchen.

»Also, jedenfalls, schön ist was anderes«, sage ich daher diplomatisch. Lotta verdreht die Augen gen Himmel. Anscheinend will sie sich nicht mit Wortklaubereien aufhalten.

»Willst du deine Situation ändern?«

»Ja, bitte«, sage ich brav.

»Sag nicht bitte, sondern tu's! Okay.« Zufrieden greift sie nach ihrem Glas und setzt es an die Lippen.

»Äh, und wie?«, möchte ich noch wissen.

»Zu früh gefreut«, seufzt sie und stellt das Glas ab, »fällt jemandem eine Lösung ein?«

»Du kannst hier einziehen«, sagt Henne. Wie bitte?

»Ein guter Vorschlag«, findet Sally.

»Findest du das auch?«, fragt Lotta mich. Sechs Augen, zwei graue, zwei hellblaue und zwei fast schwarze sehen mich erwartungsvoll an. Moment mal. Das geht mir alles ein bisschen fix. Ginge es mir auch im nüchternen Zustand, aber im Cognacrausch bin ich noch verlangsamter. Verflixt, fällt mir da gerade ein. Ich wollte doch nicht mehr trinken. So ein Mist! Na, ab morgen! Also: Mir wird hier gerade von drei ziemlich verrückten aber auch coolen alten Schachteln vorgeschlagen, dass ich bei einer von ihnen einziehen soll. Ich soll sozusagen zu Henne, die ich gar nicht kenne und die nicht mal mit mir blutsverwandt ist, ins Nest kriechen. Hmmm. Könnte ganz nett werden. Netter jedenfalls als einsam und alleine im Hotel zu sitzen. Hier ist es bestimmt immer lustig und gesellig. Ist es, weil ich in den letzten Monaten so vollkommen vereinsamt bin, oder warum kann ich mir die Zukunft mit diesen drei sonderbaren Gestalten so äußerst reizvoll vorstellen. Eine ungewöhnliche Clique! Die Taube, die Blinde, die Lahme und der Fußabtreter, aber unser Leben ist noch nicht vorbei.

»Okay, prima«, stimme ich begeistert zu.

»Dann wäre das ja geklärt«, stellt Lotta für meinen Geschmack etwas zu nüchtern fest.

»Wann ziehst du ein?«, fragt Henne mich. Ach, ich glaube, ich bleibe am besten direkt hier. Meine Füße sind mittlerweile aus Protest gegen die rohe Behandlung auf das Doppelte ihres Umfangs angeschwollen. In den nächsten Stunden werde ich sie kaum in die Stiefel zwängen können. Und Autofahren kann ich sowieso nicht mehr.

Gegen elf Uhr abends wanke ich totmüde und volltrunken in mein Bett. Also, in das Bett, welches ich zukünftig als mein Bett bezeichnen werde. Henne hat neben dem großen Wohnraum und ihrem Schlafzimmer noch ein Gästezimmer. Sally und Lotta verabschieden sich. Die werden doch wohl nicht noch mit dem Auto fahren wollen? Nein, keine der beiden hat einen Führerschein. Sie nehmen die S-Bahn. Ich kichere bei dem Gedanken, wie zwei angeschickerte Rentnerinnen mitten in der Nacht durch Hamburg gondeln. Sally guckt mich ein wenig vorwurfsvoll an:

»Jetzt müssen wir zwei alten Damen durch das gefährliche Hamburg fahren, nur weil du das Gästebett mit Beschlag belegst.« Sofort bekomme ich ein schlechtes Gewissen. »Und von nun an wird das immer so sein. Henne, ich glaube, dann kommen wir dich nicht mehr besuchen.« Henne bemerkt meinen erschrockenen Gesichtsausdruck und sagt:

»Schön wär's! Als würde ich euch jemals loswerden!«

Wir sehen den beiden noch nach, wie sie die Treppe hinuntergehen. Sally flucht über die vielen Stufen und ihr wehes Knie und ihre Hüfte und warum Henne denn unbedingt im vierten Stock leben müsse und dass das reine Schikane sei. Henne grinst und macht die Tür zu.

»So, ich weiß ja nicht, was du jetzt machst, aber ich bin todmüde. In deinem Zimmer ist alles, was du brauchst, hoffe ich. Es liegt auch ein Nachthemd auf dem Bett. Und im Badezimmer findest du in der unteren Schublade eine frische Zahnbürste.« Tante Henne, bist du etwa auf deine alten Tage noch ein heißer Feger? Ich sehe in ihr fröhliches, faltiges Gesicht und beschließe, es lieber nicht so genau wissen zu wollen. Vielleicht hat sie einfach öfter mal platonischen Übernachtungsbesuch. Vielleicht ist sie einfach auf alle Eventualitäten vorbereitet. Henne umarmt mich herzlich:

»Gute Nacht, Mona! Schön, dass du da bist!« Und sie meint es genau so.

Ich wünsche ihr auch eine gute Nacht und verschwinde im Gästezimmer. Das wird also ab jetzt mein Zimmer sein. Ich fühle mich ein bisschen so, als würde ich wieder in das Haus meiner Eltern einziehen. Schnell stelle ich fest, dass Henne, oder zumindest ihr Gästezimmer, tatsächlich ausgesprochen gut vorbereitet ist. Außerdem merke ich an der Einrichtung, dass sie doch irgendwo ganz tief drin eine Tante Henriette ist, wie ich sie mir vorgestellt habe. Das Gästezimmer hat eine altmodische Blümchentapete und schwere dunkelgrüne Vorhänge. Das Bett ist mit weißer Bettwäsche mit Spitzenborte bezogen. Der Schirm der uralten Nachttischlampe ist beige mit braunen Troddeln untendran. Daneben steht auf einem Tablett ein umgedrehtes Glas, eine Flasche Mineralwasser, ein Paket Tempotaschentücher und eine Schale mit verschiedenen Schokoladentäfelchen und Bonbons. Betthupferl. So etwas gibt es noch? Meine Oma hat mir mal erzählt, dass sie und Onkel Heinrich damals, als sie noch Kinder waren, abends immer im Bett noch eine Süßigkeit bekamen, damit sie dann auch lieb sind und schlafen. Als Kind fand ich das ja unglaublich toll, aber zu meiner Zeit hatte man schon lange rausgefunden, dass Süßigkeiten vor dem Zubettgehen schlimmen Karies verursachen können. Aber hier, im Gästezimmer von Tante Henriette, scheint die Zeit stehen geblieben zu sein. Vorsichtig schaue ich unter das Bett, aber es steht kein Nachttopf darunter. Ich ziehe schnell meinen Minirock und die Bluse aus und entfalte das Nachthemd. Es ist knöchellang und federleicht, weiß mit gestickten rosa Blüten, hat lange Ärmel und Spitzen an Kragen und Manschetten. Zögernd streife ich es mir über den Kopf. Ich gebe es ungern zu, aber – es ist ein Mädchentraum. Es ist das Nachthemd, das sämtliche Märchenhauptfiguren tragen, wenn sie zu Bett gehen. In der Ecke steht ein Spiegel. Ich stelle mich davor und betrachte mich. Mir gefällt es. Außerdem sieht mich ja keiner.

Wie auf Wolken liege ich kurze Zeit später in meinem Bett. Lange habe ich mich nicht mehr so gut gefühlt. Was habe ich getan? Ich habe meine Schuhe ausgezogen, bin einen Schluckauf losgeworden und habe meine Wohnsituation geklärt (na schön, klären lassen). Drei Schritte in die richtige Richtung. Weg vom Schmerz und hin zur Freude! Ich werfe einen Blick auf die verlockenden Betthupferl auf dem Nachttisch. Ich weiß, ich weiß, ich habe gerade erst meine Zähne geputzt, und wenn ich jetzt so einen Süßkram esse, dann hätte ich es mir auch gleich sparen können. Aber ich greife trotzdem zu und wickele die Miniatur-Schokolade aus ihrer silbernen Verpackung. Langsam lasse ich sie auf meiner Zunge zergehen und gleite dabei ins Land der Träume.

7.

Wo bin ich? Und wer bin ich? Ich öffne meine Augen. Um mich herum ist es stockfinster. Aber ich habe ein Geräusch gehört. Was habe ich denn da merkwürdiges an? Langsam kehrt meine Erinnerung zurück. Ach ja, ich bin ja bei Tante Henriette, Verzeihung, bei Henne. Wie spät mag es wohl sein? Ich rolle mich zu dem Nachttisch rüber, auf dem ich mein Handy abgelegt habe, und gucke auf das Display. Zwei Minuten nach sechs. Noch so früh. Vor meiner Zimmertüre höre ich wieder Geräusche. Das kann doch unmöglich Henne sein zu dieser nachtschlafenden Zeit. Womöglich Einbrecher? Und wenn schon. Ich bin zu müde, um jetzt darüber nachzudenken. Entschlossen drehe ich mich auf die andere Seite und schlafe auf der Stelle wieder ein.

Als ich das nächste Mal aufwache, scheint die Sonne hell in mein Zimmer. Ich sehe wieder auf mein Handy. Kurz vor halb neun. Ich räkele mich und greife dann nach der Mineralwasserflasche neben mir. Ich weiß, da steht auch extra ein Glas, aber ich habe so einen schrecklichen Durst, dass ich die Flasche ansetze und sie in einem Zug halb leer trinke. Oh, da ist aber viel Kohlensäure drin. Ich muss so laut rülpsen, dass die Wände wackeln und werde gleich darauf knallrot. Was soll Henne denn bloß von mir denken? Weil mir das furchtbar peinlich ist, lungere ich noch eine halbe Stunde in meinem Zimmer herum, bevor ich mich traue, herauszukommen. Doch ich habe mich ganz umsonst geschämt, denn die Wohnung ist leer. Ich gehe in die Küche. Der kleine quadratische Esstisch, um den drei Stühle herumstehen, ist liebevoll gedeckt. Etwa für mich? In einem Korb wartet ein Croissant und ein frisches Brötchen, dazu gibt es Marmelade, Käse, Schinken, Honig und sogar ein Ei. Auf dem Teller liegt ein Zettel:

GUTEN MORGEN MONA! ICH BIN AUF DEM FLOHMARKT. AM SCHLÜSSELBORD HÄNGT DER ZWEITSCHLÜSSEL. VERGISS IHN NICHT, WENN DU DEINE SACHEN HOLEN FÄHRST. GUTEN APPETIT UND BIS SPÄTER. HENNE

Wow, das ist aber echt nett. Ich lasse mich auf einen der klapprigen weiß getünchten Holzstühle fallen. Da ist auch eine Kanne. Ich schenke mir Tee ein und lasse es mir schmecken. Wahnsinn! In meinem ganzen erwachsenen Leben ist noch nie einer auf die Idee gekommen, mir Frühstück zu machen, sofern derjenige (Olaf!) nicht selber mitgegessen hat. Ich glaube, das habe ich das letzte Mal so mit elf erlebt. Zufrieden nuckele ich an meinem Croissant herum und schaue dabei verträumt aus dem Fenster. Der Himmel ist wunderschön hellblau mit nur ein paar vereinzelten weißen Wattewölkchen. Es ist ein richtig schöner Tag. Ich bin total in Gedanken versunken, als mich plötzlich jemand am Bein berührt. Mir bleibt beinahe das Herz stehen. Ich stoße einen markerschütternden Schrei aus und springe auf, wie von der Tarantel gestochen. Zu meinen Füßen steht eine silbergraue Katze. Sie macht einen riesigen Buckel, die Haare stehen ihr zu Berge und sie faucht mich mit gefletschten Zähnen an. Uaaahh! Ich kann nicht so gut mit Katzen. Als ich fünf war, hat mir mal eine ganz böse das Schienbein zerkratzt. Vielleicht hätte ich sie nicht am Schwanz ziehen sollen? Jedenfalls ist mein Verhältnis zu diesen kleinen Raubtieren seitdem etwas gestört. Die hier scheint mich auch nicht besonders leiden zu können. Sie wird mich doch nicht anfallen?

»Shh, ganz ruhig«, sage ich mit meiner sanftesten Stimme und schiebe mich zentimeterweise in Richtung Küchentür. Die Katze verfolgt jede meiner Bewegungen misstrauisch mit den Augen. Da, ich habe es fast geschafft. Bin dem feindlichen Territorium entronnen und stehe jetzt wieder auf dem Flur. Doch noch ist die Gefahr nicht gebannt. Ich beuge mich vor, lege die Hand auf die Türklinke, die Katze setzt zum Sprung an. Ich werfe erst einen bedauernden Blick auf das knusprige Brötchen, das ich nun nicht mehr essen kann und dann die Türe mit Schwung zu. Von drinnen ertönt ein wütendes Geräusch. Es klingt tatsächlich fast wie ein Knurren. Was für ein Viech, da wird einem ja Angst und Bange! Durch die Milchglasscheibe in der Tür kann ich erkennen, wie die Katze von innen dagegenspringt. Ausgetrickst, freue ich mich. Zu früh, denn die Türklinke beginnt sich zu bewegen. Verflixt noch eins, dieser gemeingefährliche Feger kann anscheinend sogar Türen öffnen. Ich halte die Türklinke mit der Hand nach oben. Eigentlich habe ich aber keine große Lust, in dieser Position auf Henne zu warten, wer weiß, wie lange so ein Flohmarktbummel dauert? Überhaupt, sie hätte mich wenigstens warnen können, dass ich hier in einen Raubtierkäfig einziehe? Besagtes Raubtier wird drinnen in der Küche immer wütender. Hilfe suchend blicke ich mich um und schiebe dann, clever wie ich bin, den Stuhl, der in der Diele neben dem Telefontischchen steht, unter die Türklinke. So, das wäre erst mal geklärt. Mir fällt ein, dass ich schleunigst meine Sachen aus dem Hotelzimmer räumen sollte, sonst muss ich die nächste Nacht bestimmt auch noch bezahlen. Ich rase also in mein Zimmer. Rock, Bluse, Jacke, oje, ich werde wieder frieren wie ein Schneider, dann kommt der schlimmste Teil: die Stiefel. Ich beiße fest die Zähne aufeinander und steige in die Folterinstrumente. Autsch, tut das weh. Humpelnd verlasse ich die Wohnung. Die Tür ist schon fast zugefallen, als mir Gott sei Dank der Schlüssel einfällt. Puh! Gerade noch rechtzeitig. Er hängt wie angekündigt am Schlüsselbord, an einem Werbe-Schlüsselanhänger von Pelikan. Ich will mich endgültig zum Gehen wenden, da höre ich es in der Küche klirren. Auweia, das Biest wird doch wohl nicht das ganze Geschirr zerdeppern? Ich fasse einen mutigen Entschluss. Ich entferne den Stuhl unter der Klinke, öffne die Küchentür, rase, so schnell es mir meine Schuhe ermöglichen, aus der Wohnung und schleudere die Tür hinter mir zu.

Ich brauche über eine halbe Stunde zurück ins Hotel, weil ich mich auf dem Weg zweimal verfahre. Dann suche ich zwanzig Minuten einen Parkplatz. Fünfzehn Minuten verbringe ich damit, meine Koffer zu packen und zehn, um die Rechnung (autsch) zu begleichen, fahre den richtigen Weg in zwölf Minuten zurück und klingele in der Hamburger Straße 412 bei Liebeling. Nein, nicht weil ich keinen Schlüssel hätte, aber ich mag mein Gesicht (zumindest einigermaßen) und ich fürchte, dass mir die Katze selbiges zerkratzen wird, wenn ich ohne Hennes Schutz da oben auftauche. Leider ist die noch nicht zurück. Also setze ich mich in mein Auto und verbringe dort die nächsten Stunden. Da ich nicht die Umwelt durch meinen unnötig laufenden Motor verpesten will, wird es sehr schnell ungemütlich kalt und ich friere jämmerlich in meinen dünnen Kleidern. Viel zu spät wird mir klar, dass mein Wagen voll gepackt mit wärmeren Klamotten ist. Ich wechsele also meine Garderobe, verrenke mir dabei fürchterlich den Rücken, und warte weiter. Schließlich verlagere ich meinen Aufenthaltsort in den vierten Stock des Treppenhauses, weil ein unheimlich aussehender Mann schon viermal an meinem Auto vorbeigeschlendert ist. Als es draußen schon dämmert, so gegen fünf, werde ich langsam ungeduldig. Wo bleibt die denn so lange? Dann besorgt. Es wird ihr doch hoffentlich nichts passiert sein? Dann selbstsüchtig. Hoffentlich nicht, wo soll ich denn sonst wohnen? Dann wieder ungeduldig. Das kann doch nicht wahr sein. Dann ungläubig. Habe ich da eben Hennes Stimme in der Wohnung gehört? Kann doch nicht sein. Ich erhebe mich mühsam vom Treppenabsatz und halte mein Ohr gegen die Tür. Also, ich höre doch da was! Ganz bestimmt! Während ich stürmisch auf den Klingelknopf drücke, kann ich mich nicht entschließen, was schlimmer wäre: Wenn Henne mir jetzt die Tür aufmacht und ich die ganze Zeit umsonst gewartet hätte oder wenn nicht und ich weiterwarten müsste. Bevor ich zu einer Entscheidung komme, höre ich Schritte in der Wohnung. Die Tür geht auf und vor mir steht Henne. Wieder in so einem äußerst schrillen Kimonodings, diesmal in knallgrün. Sie hat das Telefon am Ohr und lächelt mich freundlich an:

»Du hattest Recht, Lotta«, sagt sie in den Hörer hinein, »es hat tatsächlich an der Tür geklingelt. Es ist Mona.« Sie winkt mich herein. »Ich hab schon angefangen, mir Sorgen zu machen. Und wieso benutzt du nicht deinen Schlüssel, du hast ihn doch mitgenommen, oder?«

Ich bin immer noch etwas benommen von der Erkenntnis, dass ich über fünf Stunden meines Lebens umsonst vor der Tür gesessen habe. Dann fällt mir ein, dass ich rund 9000 Stunden meines Lebens dem langweiligsten aller Jobs nachgegangen bin. Das relativiert die Geschichte von heute wieder ein bisschen. Trotzdem, alles nur wegen dieses dummen Katzenviechs.

»Ich«, beginne ich, da schießt dieser Teufel auch schon um die Ecke und baut sich drohend vor mir auf. Henne guckt ein bisschen überrascht und beendet ihr Telefonat:

»Lotta, ich muss dich zurückrufen, anscheinend gibt es ein Problem zwischen meinen beiden Mitbewohnern. Ich meld mich noch mal. Tschüss!« Damit legt sie den Hörer auf und nimmt die Katze, deren Schwanz mittlerweile aussieht wie eine buschige Flaschenbürste, auf den Arm. Ich stehe starr vor Schreck.

»Nun stell dich mal nicht so an.« Was heißt denn hier anstellen? Ich hab doch gar nichts gesagt. Ach so, sie meint die Katze. Diesen Satansbraten!

»Darf ich vorstellen? Das ist Carlo. Carlo, das ist Mona.« Carlo. Das kann doch nur ein Witz sein. Ich dachte, der Name ist immer Programm.

»Carlo?«, frage ich ungläubig. »Wie Kater Carlo?«

»Nein, Carlo wie Carlo Fasolo, ein unglaublich toller Italiener, den ich 1978 kennen gelernt habe und der leider verheiratet war«, gibt Henne schlicht und ergreifend zurück. Ach so, der Carlo. Über den würde ich ja gerne mehr erfahren, aber leider wird meine Aufmerksamkeit von Carlo II (ich hoffe ja mal, dass Carlo I nicht ganz so behaart war) in Anspruch genommen. Der versucht nämlich die ganze Zeit mit seiner Pfote, an der die Krallen gefährlich ausgefahren sind, meinen Arm zu erwischen. Ich weiche einen Schritt zurück. Henne beobachtet das Spielchen ungerührt:

»Hm, er scheint dich nicht besonders zu mögen«, stellt sie fest. Ach was?

»Wieso?«, frage ich. »Ist er zu anderen Leuten nicht so?«

»Im Gegenteil. Normalerweise springt er jedem Fremden direkt auf den Schoß und lässt sich ausgiebig kraulen.« Tatsächlich? Plötzlich bin ich sehr, sehr unglücklich. Nicht mal Kater Carlo mag mich. Mir schießen die Tränen in die Augen.

»Er wird sich schon an dich gewöhnen«, sagt Henne tröstend. Carlo II gebärdet sich noch immer wie toll und meine Hoffnungen schwinden eine Sekunde, nachdem sie entstanden sind. Ich erzähle Henne mit erstickter Stimme von meiner ersten Begegnung mit Carlo und sie lacht.

»Das erklärt natürlich das zerbrochene Geschirr in der Küche.« Auweia! »Mach dir keine Sorgen, ihr zwei hattet einfach einen unglücklichen Start. Er hat sich bestimmt mindestens genauso erschreckt wie du. Geh doch mal in die Küche und schau in das oberste Regal vom Küchenschrank.« Gehorsam trotte ich in die Küche.

»Und jetzt?«

»Nimm eine Dose Katzenfutter raus«, ruft Henne vom Flur. Ich tue wie befohlen. »Und jetzt öffne sie.« Ich höre Carlo maunzen und schon biegt er um die Ecke. Neeeeiiiin! Er kommt direkt auf mich zu und setzt sich genau vor mich hin. Ich sehe ihn schon zum Sprung ansetzen und mir mit seinen scharfen Krallen das Gesicht zerfetzen. Entsetzt weiche ich zurück und halte meine Hände schützend vor mich.

»Nun gib es ihm auch, oder willst du, dass er dir bis in alle Ewigkeit spinnefeind ist.« Inzwischen hat auch Henne die Küche betreten. Ach so. Vorsichtig beuge ich mich hinunter und stelle das Katzenfutter auf den Boden. Sofort stürzt sich Carlo darauf. Na gut. Besser auf Huhn in Gelee als auf mich. Schleunigst verlasse ich den Raum und setze mich mit Henne ins Wohnzimmer. Dort erzählt sie mir von ihrem Tag, der sehr viel spannender war als meiner. Da ich außer meinem Auszug im Hotel überhaupt nichts zu berichten habe, muss ich schließlich zugeben, dass ich den Tag wartend im Auto verbracht habe. Es ist mir peinlich.

Henne entschuldigt sich tausendmal dafür, dass sie die Türklingel nicht gehört hat und das ist mir dann noch peinlicher. Die arme halb taube Frau. Dann wechselt sie unvermittelt das Thema:

»Und, was hast du heute noch vor?« Was ich vorhabe?

»Äh, nichts Bestimmtes. Und du?«

»Wir spielen heute Abend Poker.«

»Wir?«

»Na ja, Lotta und Sally und ich.«

»Etwa um Geld?«

»Was für eine Frage«, sagt sie entrüstet. Sorry, natürlich nicht. Mein Fehler. »Natürlich um Geld, was denkst du denn?« Oh! »Sonst kann man es doch gleich sein lassen.«

»Ähm, kann ich … kann ich vielleicht mitspielen oder so?«, frage ich schüchtern. Und fühle mich zurückversetzt in traumatische Erlebnisse aus der Grundschulzeit, wenn ich mal wieder allen Mut zusammengenommen und die coolste Clique auf dem Schulhof gefragt hatte, ob ich beim Gummitwist mitspielen dürfte. Meistens durfte ich nicht.

»Natürlich, wenn du wirklich den Abend schon wieder mit uns drei alten Schachteln verbringen magst. Aber willst du nicht lieber ausgehen? In eine Kneipe oder wo ihr jungen Leute sonst so hingeht?« Sehr witzig. Mit wem denn?

»Ach«, sage ich wegwerfend, »ich kenne hier doch niemanden.«

»Das wird auch ewig so bleiben, wenn du nicht rausgehst.«

»Ist ja gut, ich muss ja nicht mitspielen«, gehe ich in die Defensive.

»So habe ich das doch nicht gemeint«, beschwichtigt sie mich, »natürlich freuen wir uns, wenn du mitspielst.« Da kommt Carlo um die Ecke gebogen. Er sieht satt und zufrieden und lange nicht mehr so feindselig aus wie vorhin.

Schnurrend streicht er um meine Beine herum. Überrascht gucke ich Henne an, die über das ganze Gesicht grinst:

»Ich sag's ja, ob Tier oder Mensch, Männer sind unglaublich simpel gestrickt.« Ist mir egal. Ich hatte mir schon Sorgen gemacht, dass ich ab jetzt vor nächtlichen Attacken von Carlo Angst haben und vielleicht ernsthaft die Anschaffung eines Nachttopfes in Erwägung ziehen müsste, aber er lässt sich sogar von mir hinter den Ohren kraulen und schließt dabei genießerisch die Augen. Ich möchte mir einbilden, dass er seinen Fehler eingesehen hat, dass er auf den zweiten Blick erkannt hat, was für eine tolle Person, was für ein liebenswürdiger Mensch da neu in die Wohnung gekommen ist.

»Ich kann gar kein Poker spielen«, sage ich zu Henne, während ich Carlo streichle, doch die beruhigt mich sofort:

»Kein Problem, das bringen wir dir bei.«

Und das tun sie dann auch. Obwohl ich eine Menge Lehrgeld zahle, habe ich einen fantastischen Abend mit den drei alten Damen, der nur von zwei Dingen getrübt wird: Zum einen falle ich um Mitternacht wieder ziemlich betrunken in mein Bett, dabei wollte ich doch endlich dem Alkohol abschwören. Und zum Zweiten wurde ich bis aufs sprichwörtliche letzte Hemd ausgezogen. Ich habe den Verdacht, dass meine Unkenntnis, ebenso wie mein steigender Alkoholspiegel, dabei gnadenlos ausgenutzt wurden. In meinem Portemonnaie befindet sich nicht ein einziger Cent mehr. Zum Vergleich: Vor Spielbeginn waren es fünfundsechzig Cent. Und achtundzwanzig Euro. Futsch! In meinem Bett liegend komme ich mir wahnsinnig verrucht vor. Dann schlafe ich ein.

Auch am nächsten Morgen wache ich wieder um kurz nach sechs durch Geräusche auf. Henne fuhrwerkt offensichtlich in der Küche herum. Ich habe schon wieder einen Kater. Und Henne, die dreimal so alt ist wie ich, ist bereits auf den Beinen. Nicht zu fassen. Um neun erwache ich erneut, trinke die obligatorische Flasche Wasser aus und quäle mich aus dem Bett. Nie wieder Alkohol, schwöre ich mir zum tausendsten Mal.

In der Küche erwartet mich heute nicht nur ein grandioses Frühstück, sondern auch Henne, die am Tisch sitzt und Zeitung liest.

»Guten Morgen«, wünscht sie mir fröhlich und schenkt eine Tasse Tee ein.

»Guten Morgen«, erwidere ich, setze mich an den Tisch, schneide ein Brötchen auf und dann das Thema Miete an. Doch Henne wischt es mit einer einzigen Handbewegung vom Tisch.

»Quatsch!«

»Doch«, beharre ich, »ich möchte …«

»Verdienst du im Moment Geld?«, fragt sie mich direkt.

»Äh, nein, jetzt gerade nicht, aber wenn ich erst …«

»Genau«, unterbricht sie mich, »wenn du erst mal einen Job gefunden hast, dann darfst du das Thema wieder ansprechen, bis dahin will ich davon nichts hören.«

»Aber …«

»Kein aber, wir sind schließlich eine Familie.« Na ja, blutsverwandt sind wir nicht, aber ich diskutiere nicht weiter. Eigentlich nimmt mir das ja auch eine große Last von den Schultern. Erst mal.

»Danke«, sage ich daher nur und sie nickt.

»Ich weiß, was wir heute Abend machen«, eröffnet sie mir dann strahlend. Wirklich? Ich bin gespannt und vertraue darauf, dass es mit Sicherheit lustig wird. Nur bitte keine Weinprobe. Nichts mit Alkohol. »Wir gehen in so eine irische Kneipe auf der Reeperbahn. Molly Malone heißt sie.« Auf die Reeperbahn? Und wer bitte schön ist wir? »Da spielt heute eine irische Live-Band und ich liebe doch irische Volksmusik. Außerdem sollest du mal ein bisschen das Hamburger Nachtleben kennen lernen. Also, was ist?« Okay, ich habe schon festgestellt, dass Henne und ihre Freundinnen ein bisschen anders sind als die alten Leute, die ich vorher so kannte, und natürlich weiß ich nicht besonders viel über das Hamburger Nachtleben. Vielleicht ist es ja gang und gäbe, dass sich da drei Generationen tummeln? Ich kann es mir eigentlich nicht vorstellen, aber wie heißt es in der Werbung so schön? Nichts ist unmöglich.

»Warst du da schon mal?«, frage ich vorsichtig. Wer weiß?

»Natürlich nicht«, Henne lacht. »Das ist doch so ein Schuppen, da gehen eigentlich nur so junge Leute wie du hin.« Aha, dachte ich es mir doch. Sie überlegt kurz. »Aber ich denke, dass sie mich trotzdem reinlassen werden, oder glaubst du nicht?« Gute Frage. Was für eine absurde Vorstellung. Henne Liebeling vom Türsteher abgewiesen. Zu alt.

»Doch, ich denke schon«, sage ich zögernd, »aber, also, ich glaube nicht, dass diese Band da die Musik spielt, die du dir vorstellst.«

»Papperlapapp! Irisch ist irisch, oder?« Tja, da hat sie eigentlich Recht.

Tagsüber stelle ich einen Nachsendeauftrag bei der Post und führe außerdem zehn Telefonate. Das erste ist ein ausführliches Gespräch mit dem Anrufbeantworter im Haus meiner Eltern, dem ich eine Lügengeschichte verzapfe, die sich gewaschen hat. Dass Leonard ein ganz mieses

Schwein sei, dass er mich mit einer Stewardess betrogen habe und ich daher bei ihm aus- und bei Henne eingezogen sei. Das werden sie bei ihrer Rückkehr aus Portugal hören und ich hoffe, die Flunkereien haben damit dann ein Ende. »Ach ja«, füge ich noch hinzu, »ich will nicht, dass irgendjemand in Langenweiler davon erfährt, hört ihr. Und damit meine ich niemanden, auch nicht die Frau Sauer vom Supermarkt. Ist das klar, Mami? Wenn auch nur ein Wort an die Öffentlichkeit dringt, bin ich die längste Zeit eure Tochter gewesen«, stoße ich eine letzte Drohung aus. Dann zwitschere ich versöhnlich: »Also, ich hoffe, ihr hattet einen ganz tollen Urlaub und meldet euch bald bei mir. Tante Henriettes Nummer habt ihr ja. Küsschen!«

Die anderen neun Telefonate führe ich, um mich auf diverse Stellenanzeigen aus der Zeitung hin zu bewerben. Immerhin einen Vorstellungstermin kann ich dabei raushandeln, für Ende der Woche bei einer »Gesellschaft mit beschränkter Haftung« mit dem denkwürdigen Namen ACE. Auch in dem zehnminütigen Gespräch mit jemandem, dessen Namen ich nicht verstanden habe und von dem ich nicht weiß, welche Position er in dieser Firma bekleidet, habe ich nicht herausgefunden, um was es da denn nun eigentlich geht. ACE klingt für mich ja eigentlich erst mal nach einem gesunden Saft-Mischgetränk aus Orange, Karotte und Zitrone. In der Anzeige stand jedenfalls »Suchen Assistentin der Geschäftsleitung für ACE GmbH mit abgeschlossener kaufmännischer Berufsausbildung und idealerweise Büroerfahrung«. Soso, na, das lässt ja wirklich konkrete Rückschlüsse zu. Na egal. Die Hauptsache ist doch, dass ich endlich mal einen persönlichen Termin herausschlagen konnte. Jetzt werde ich durch mein umwerfendes Charisma (das ich mir bis dahin noch antrainieren werde) überzeugen können. Also, alles großartig. Ansonsten wurde ich wieder achtmal mehr oder weniger unhöflich abgewürgt, aber davon lasse ich mich nicht beirren. Positive Sicht auf alle Dinge, so lautet von nun an mein Lebensmotto. Ich brauche ja schließlich nur einen Job und nicht neun. Und heute steht mir jetzt auch noch ein Ausgehabend der ganz besonderen Art ins Haus. Ich gehe also auf die sündige Meile. Doch damit nicht genug. Meine Begleitung sind zwei Damen, die meiner ganz persönlichen Einschätzung nach das Durchschnittsalter in jedem Etablissement, das wir betreten, erheblich nach oben treiben werden. Ich rede von Lotta und Henne. Sally hat sich strikt geweigert, dieses Abenteuer mit und sich lächerlich zu machen.

Um kurz nach halb acht klopft es an meiner Zimmertür, und als ich öffne, stehen die beiden geschniegelt und gestriegelt im Flur. Abmarschbereit. Lotta trägt einen ziemlich schicken und fast noch modernen Hosenanzug aus dunkelgrauem Tweed, dazu eine schreiend rote Bluse und auffälligen gläsernen Schmuck in der gleichen Farbe an Handgelenken und Hals. Henne steckt wie immer in einem Kimono. Ich glaube, ich habe sie noch nie in etwas anderem gesehen. Dieser ist golden mit einem schwarzen Muster drauf und insgesamt das, was man wohl landläufig als auffällig bezeichnen würde. Wahrscheinlich fürchtet sie, man könnte uns sonst übersehen. Dazu hat sie anscheinend auch noch mein Haargel entdeckt und sich damit eine Art Igelfrisur gezaubert. Ich muss zugeben, das sieht bei ihr gar nicht mal so schlecht aus, besser als bei jedem von uns, die wir in den Achtzigern diese Art von Frisur getragen haben. Die beiden blicken mir mit geröteten Wangen und leuchtenden Augen entgegen.

»Mona, warum bist du denn noch nicht fertig? Oder willst du etwa so gehen?« Ich sehe an mir hinunter. Nein, ich hatte durchaus nicht vor, in Jogginghose und Herrenunterhemd auf die Reeperbahn zu spazieren.

»Natürlich nicht«, antworte ich, »aber es ist doch sowieso noch viel zu früh.«

»Zu früh«, fragt Lotta verwirrt, »aber es ist doch schon halb acht.«

»Vor elf ist da garantiert nichts los«, sage ich lässig. Was bin ich in diesem Moment glücklich. Nachdem ich mir die ganzen zehn Tage seit meiner Ankunft hier in Hamburg vorkomme wie ein Landei, kann ich endlich mal jemandem sagen, was Sache ist.

»Elf?«, fragt Henne entsetzt. »Wieso geht man denn da erst mitten in der Nacht hin? Und was macht man bis dahin?« Hm, gar keine so schlechte Frage eigentlich.

»Na ja, man zieht sich an, macht sich fertig, bereitet sich auf den Abend vor.«

»Aber wir sind bereit.« Ja, das kann ich sehen. »Und jetzt müssen wir die Zeit totschlagen?«, fragt Lotta entrüstet und Henne stellt sofort klar:

»Hier wird überhaupt nichts totgeschlagen und am wenigsten die Zeit, wo wir sowieso nicht mehr allzu viel davon haben. Wir fahren jetzt auf den Kiez, und dann wollen wir doch mal sehen, ob wir uns nicht auch schon um acht amüsieren können. Also, zieh dich um, denn so nehmen wir dich nicht mit.« Einen Moment bin ich doch reichlich verdutzt, aber dann füge ich mich.

Ich starte heute einen neuen Versuch mit meinen Zickenschuhen. Eigentlich hatte ich sie ja wütend in die Ecke geschleudert und geschworen, dass mir die Teile nie wieder an die Füße kommen, aber dann habe ich mich auf ihren Preis besonnen. Kurz hatte ich damit geliebäugelt, die Dinger umzutauschen und mir dafür achtzehn Zehneuroscheine auszahlen zu lassen, aber dummerweise sind die Sohlen ziemlich zerkratzt und das Innenleben getränkt mit meinem Blut. Henne hat mir dann erzählt, dass in irgendeiner, ich will es mal »Ära« nennen, Pfennigabsätze schon einmal unglaublich modern waren und sie sich damals auch nur schwer an die Dinger gewöhnen konnte. Da hilft nur Zähne zusammenbeißen, ein eiserner Wille und Hirschtalg. Damit reibe ich mir täglich morgens und abends gründlich die Füße, vor allem die Sohlen, ein, weil das angeblich gegen das schreckliche Brennen helfen und auch Blasen und Schrundenbildung vermeiden soll. Einen Versuch ist es wert. Also, Zickenschuhe, Minirock, enges rotes T-Shirt und darüber meine dicke Daunenwinterjacke. Ja, ich weiß, das sieht total blöd aus und ist so was von gar nicht stilbewusst, aber ich habe keine Lust, mir vor lauter Eitelkeit den Tod zu holen. Sobald wir in irgendeinem Laden drin sind, ziehe ich das Ding aus.

Mit der U-Bahn machen wir uns auf den Weg und steigen am Hauptbahnhof um in die S 1. Bilde ich mir das ein oder werden wir von diversen Seiten neugierig beobachtet? Kann natürlich sein, dass das mehr so eine Art Wunschdenken ist. Aufzufallen wäre ja schon mal eine Art Traum von mir. Ist mir bis jetzt noch nie gelungen. Nicht mal in dem kleinen Kaff Langenweiler, wenn man mal von dem Skandal um meinen angeblich fehlenden Rock vor mehreren Jahren und dem um meine Beziehung und die angebliche Schwangerschaft absieht. Aber das war erstens unfreiwillig und zweitens höchst unangenehm. Möglich, dass die Hamburger so einiges gewöhnt sind und es ihnen schnurzpiepegal ist, wer da mit wem und wie angezogen in Richtung Kiez fährt, aber ich möchte beinahe wetten, dass wir tatsächlich die Blicke auf uns ziehen. Ha! Sehe Schlagzeile: MONA BEHRENS ENTWICKELT NEUEN TREND UND INTEGRIERT HÖHERE GENERATIO-

NEN INS HAMBURGER NACHTLEBEN. Zugegeben, streng genommen integriert die höhere Generation ja mich, aber wer wird denn da so kleinlich sein?

»Nächste Haltestelle: Reeperbahn«, ertönt die angenehme Frauenstimme aus den Lautsprechern. Wow, da sind wir also. Wir sind alle drei aufgeregt wie kleine Kinder vor dem Weihnachtsbaum. Habe ich schon erwähnt, dass mir trotz Daunenjacke schweinekalt ist? Nichts wie hin zu diesem Pub. Henne rennt zielstrebig voran in Richtung Hans-Albers-Platz. Die Reeperbahn ist für die frühe Uhrzeit schon ziemlich voll. Noch nicht mal halb neun vorbei. Oh, und tatsächlich stehen überall Prostituierte herum. Mann, sind das viele. Und sind die alle noch jung. Während Henne und Lotta sich forschen Schrittes ihren Weg bahnen, weiß ich gar nicht, wohin ich gucken soll. Es wäre mir wirklich unangenehm, einer dieser Frauen ins Gesicht zu sehen. Warum eigentlich? Bin ich vielleicht wirklich ein bisschen prüde? Ich hebe den Blick von den Pflastersteinen vor meinen Füßen und sehe stattdessen nach vorne. Das hätte ich lieber nicht getan. Ich mache eine erschreckende Entdeckung und senke entsetzt wieder den Kopf.

»Henne«, wispere ich, und dann lauter: »Henne!«

»Ja, was ist denn?«, fragt sie überrascht und verlangsamt ihr Tempo ein bisschen. Gott sei Dank. Die hat vielleicht einen Zahn drauf.

»Guck dich bloß mal um«, wispere ich verzweifelt, »fällt dir nichts auf?« Sie sieht mich ratlos an. »Ich … ich bin genauso angezogen wie … wie die … du weißt schon.« Henne braucht noch eine Sekunde zum Schalten, dann kapiert sie es.

»Ach so. Tatsächlich! Das ist ja lustig!« Interessiert mustert sie die Damen um uns herum und dann mich. Sie scheint das in keiner Weise schlimm zu finden. Ich könnte im Erdboden versinken. Ich beschleunige meine Schritte, um endlich in einen Laden und aus meiner Jacke herauszukommen.

Wir betreten das Molly Malone. Der Barkeeper hebt überrascht den Kopf. Er ist schätzungsweise knapp vierzig, hat eine Halbglatze und ansonsten schwarze gelockte Haare, die von ein paar grauen Strähnen durchzogen sind, dunkle, freundliche Augen. Mit einem rot karierten Handtuch trocknet er gerade ein Weizenbierglas ab und scheint höchst erstaunt, dass um diese Uhrzeit Gäste seinen Laden betreten. Und noch dazu solche Gäste. Als sei es das Normalste auf der Welt, steuern Lotta und Henne auf den Tresen zu und klettern jeweils auf einen Barhocker. Ich folge ihrem Beispiel, sowohl was den Barhocker als auch die lässige Selbstverständlichkeit betrifft.

»Hello, good evening, ladies«, sagt Schwarzlocke mit einem breiten Grinsen und einem noch breiteren irischen Akzent. Wirklich, ich kann ihn kaum verstehen, dabei hatte ich Englisch als Leistungskurs und immerhin elf Punkte in der Abiklausur.

»Good evening«, sagt Lotta und Henne geht sogar noch weiter:

»How do you do?« Ich selber beschränke mich auf ein Lächeln und ein angedeutetes Kopfnicken. Minuten später ist eine angeregte Plauderei entstanden – leider ohne mich. Ich sitze herum wie Piksieben und komme mir dämlich vor. Zwar verstehe ich durchaus, um was es geht, nämlich Irland, aber davon habe ich überhaupt keinen Plan. War eben noch nie da, ganz im Gegensatz zu meiner Begleitung, wie ich gerade erfahre. Aber auch einen Themenwechsel bringe ich nicht zustande. Mein Kopf ist wie leer gefegt. Es befinden sich weder englische noch deutsche Vokabeln darin, zumindest keine, die einen zusammenhängenden Satz bilden würden. Ich komme mir irgendwie überflüssig vor. Wie schon so häufig. Aber neben Viola war ich das gewöhnt. Dass ich von Frauen jenseits der Menopause so völlig easy ausgestochen werde, bekümmert mich doch sehr. Henne bemerkt wohl meine getrübte Stimmung. Mal ehrlich, wie sollte sie auch nicht. Ich bin nicht besonders gut darin, mit so was hinter dem Berg zu halten und die Mundwinkel hängen mir bis auf die Knie.

»Let's have a drink, darling.«

»Nein, nein, für mich eine Cola bitte.« Aber da kommt John schon mit drei »Pintgläsern« zurück, in denen sich »Puncher« befindet. Total gut und total irisch. Von mir aus. Aber ich werde mir heute nicht wieder die Lampen ausschießen, das nehme ich mir fest vor. Das Zeug schmeckt gar nicht mal so übel. Eigentlich mag ich Bier nicht besonders, aber da ist noch was anderes drin, schmeckt süß und stark nach Alkohol. Ojeoje, diese Panschereien verursachen immer den schlimmsten Kater.

»So, when is the band coming?«, fragt Lotta interessiert. Ihr Englisch ist auch nicht besonders gut, sie schert sich bloß nicht darum.

»Half past ten.« Okay, na, da müssen wir also noch zwei Stunden Zeit totschlagen. Ich rutsche auf meinem Barhocker hin und her, um eine Position zu finden, die gleichermaßen bequem und doch sexy ist. Schließlich ist es durchaus möglich, dass gleich mein Traummann zur Türe hereinmarschiert kommt, und da möchte ich doch gerne einen guten ersten Eindruck vermitteln. Eins steht fest: Hinterm Tresen steht er definitiv nicht. John scheint mehr so auf reifere Frauen zu stehen. Na bitte, soll er doch, ist sowieso nicht mein Typ. Ich ertappe mich selbst bei meiner kindischen Eifersucht auf eine Frau, die schon einmal mit dem Bruder meiner Oma verheiratet war und rufe mich zur Ordnung. So weit kommt's noch. Ich nippe an meinem Puncher und sehe mich in dem Laden um. Wirklich gemütlich. Rustikal, wie man so schön sagt, Tresen, Tische und Bänke sind aus dunklem Holz, die Decke ist ziemlich niedrig. An den Wänden hängen altmodische Werbeplakate und neue Schwarz-Weiß-Porträts von all den Berühmtheiten, die hier angeblich schon einmal eingekehrt sind. Die Tür geht auf. Jetzt bin ich aber gespannt, wer so früh als erster Gast in so einem Laden auftaucht, von uns drei Grazien mal abgesehen. Eine junge Frau, etwa so alt wie ich, würde ich schätzen. Sie sieht süß aus. Irgendwie extravagant und ein bisschen schluderig. Das gefällt mir. Als sie sich die dunkelgrüne grob gestrickte Pudelmütze vom Kopf reißt, kommen ihre dunkelbraunen, gewellten, schulterlangen Haare zum Vorschein. Sie sehen aus, als hätten sie schon lange keinen Kamm mehr gesehen. Dann zieht sie ihren bodenlangen Jeansmantel mit dem fusseligen Kragen aus. Darunter trägt sie enge Jeans und ein schwarzes Rippenshirt, das den Bauch freilässt. Schwarze Turnschuhe. Zielstrebig kommt sie auf uns zu, lächelt uns an, schmeißt sich bäuchlings über den Tresen, packt John am Kragen, zieht ihn zu sich herüber und gibt ihm einen langen Kuss auf den Mund. Dann lässt sie ihn wieder los, dreht den Kopf in unsere Richtung, grinst verschmitzt und sagt:

»Hi, I am Kerry.«

»Hello Kerry«, sagen wir im Chor.

»Hi Darling«, sagt John. Okay, er steht doch auf junge Frauen. Dann rutscht Kerry wieder runter von der Bar und von da an kommt Leben in die Bude. Ich meine, nicht dass die anderen vorher keinen Spaß gehabt hätten, aber jetzt amüsiere ich mich auch endlich.

»Don't you have to work, dear?«, fragt John sie.

»I do indeed.« Kerry zieht sich einen Hocker heran und beginnt, sich mit uns zu unterhalten. Auf Englisch natürlich. Spricht man hier überhaupt kein Deutsch? Ist es möglicherweise sogar verboten? »No German please?« Kerry redet wie ein Wasserfall und spricht ohne Scheu das aus, was John garantiert von dem Moment an beschäftigt hat, als wir reinkamen, nämlich, dass wir doch eine, gelinde ausgedrückt, merkwürdige Dreierclique bilden. Sie findet das aber »really cool«, meint sie. Eben! Henne, Lotta und John kommen alsbald wieder auf das Irland-Thema zu sprechen. Ich finde diese Kerry aber viel interessanter als Irland, deshalb beginne ich, sie ein bisschen auszufragen. In ziemlich holprigem Englisch. Meine Kenntnisse sind in den letzten sechs Jahren doch ein wenig eingeschlafen.

»Wir können ruhig deutsch reden«, sagt sie gnädigerweise nach fünf Minuten und ich entspanne mich. Kerry stammt auch aus einem klitzekleinen Kaff, wie sie mir unter dem Siegel der Verschwiegenheit anvertraut. Aus Lendingen in Bayern. Ob das noch schlimmer ist als Langenweiler? Ich weiß es nicht, es ist zu klein, um es zu kennen. Und auch Kerry hatte irgendwann die Nase voll, packte ihre Sachen zusammen, um die große weite Welt kennen zu lernen. Ich bin wahnsinnig stolz, so viele Gemeinsamkeiten mit einer tollen Frau wie Kerry zu haben. Wir plaudern fast eine ganze Stunde lang, bis die Tür aufgeht und eine Gruppe von drei Männern Ende dreißig erscheint. Sie tragen alle dunkle Anzüge und Krawatten, sehen aus wie Geschäftsleute, die nach getaner Arbeit ein bisschen die Reeperbahn unsicher machen wollen. Kerry mustert sie aufmerksam, wirft dann John einen Blick zu und zeigt mit dem Kopf in Richtung Tür. Er nickt, sie rutscht von ihrem Barhocker herunter, legt eine Hand auf mein Knie und sagt:

»Hi, Mona, es war echt nett, mit dir zu reden, ich muss jetzt leider arbeiten. Würde mich freuen, wenn wir mal ’nen Kaffee trinken, wenn du willst.« Und ob ich will. Ich kritzele ihr meine Handynummer auf einen Bierdeckel. Sie lächelt mich strahlend an und drückt mir eine Visitenkarte in die Hand. KERRY HELMIG, SCHAUSPIELERIN steht darauf.

»Du bist Schauspielerin«, frage ich beeindruckt.

»Ja, auch«, grinst sie, »also, wir telefonieren morgen, ja?«

»Klar.« Ich nicke begeistert. Schade, dass sie schon gehen muss, sie ist so nett. Ich hebe grüßend die Hand, und schon ist sie auf dem Weg zur Tür. Wirklich? Nein, ich habe mich geirrt, sie geht zielstrebig auf den Tisch mit den drei Schlipsträgern zu und setzt sich zu ihnen.

»Hi, I am Kerry«, sagt sie strahlend.

»Hi, Kerry«, ertönt der altbekannte Chor. Und schon ist sie mit den Herren ins Gespräch vertieft. Etwas irritiert gucke ich von ihr zu Henne und dann zu John. Der aber poliert weiterhin ungerührt seine Gläser. Komisch. Ich wende mich wieder Lotta und Henne zu, die neugierig den »Musikern« beim Aufbauen zusehen und versuche, dort wieder ins Gespräch einzusteigen.

Als die Band loslegt, merke ich ziemlich schnell, dass die Musik nicht unbedingt mein Geschmack ist und, soweit ich das beurteilen kann, auch nicht der von Henne und Lotta, aber da keiner von uns das vor den anderen zugeben will, harren wir geduldig aus. Spaß haben wir trotzdem. Ich bleibe standhaft und lasse mich nicht total voll laufen, sondern nur ein kleines bisschen, rede mit jedem einzelnen Gast wenigstens ein oder zwei Sätze und beobachte die ganze Zeit heimlich Kerry, die noch immer bei den Geschäftsleuten am Tisch sitzt und sich angeregt mit dem Dunkelhaarigen mit Nickelbrille und gelber Krawatte unterhält. Sie lacht schallend, redet auf ihn ein, berührt immer wieder wie zufällig seinen Arm. Mal ganz blöd gefragt: Was macht die denn da? Und wie kann ihr Freund da so lässig hinterm Tresen stehen und zusehen? Ich verstehe nur Bahnhof. Jetzt beugt sich Kerry vor und flüstert dem Kerl etwas ins Ohr. Er stiert dabei fasziniert in ihren Ausschnitt, ich kann sehen, wie sich ein Grinsen auf seinem Gesicht breit macht und dann nickt er heftig. Kerry lehnt sich zurück und lächelt strahlend. Dann nimmt sie ihre Handtasche, sagt etwas, steht vom Tisch auf und zwängt sich an dem Typ vorbei. Er glotzt dabei natürlich hemmungslos auf ihren Hintern. Sie lächelt ihm zu, er grinst zurück und dann geht sie davon. In Richtung Toiletten. Ich falle derweil fast vom Glauben ab. Langsam, ganz langsam dämmert mir, was hier läuft. Nein, das kann, das will, das darf ich nicht denken. Sie kann doch nicht … Wieder gucke ich John an. Der sieht jetzt ebenfalls Kerry hinterher, die die Treppe neben dem Eingang in Richtung Toiletten heruntergeht. Dann wendet er sich wieder gleichgültig seinem Zapfhahn zu. Ich bin fassungslos, habe aber keine Zweifel mehr: Kerry ist eine, na ja, äh, Professionelle. Und wahrscheinlich ist dieser John da auch noch ihr Zuhälter. Dieser Laden ist wahrscheinlich eh nur so eine Art Deckmantel für seine dunklen Machenschaften. Ich bin schockiert. Mona, vielleicht siehst du auch einfach zu viele Krimis, hast du darüber schon mal nachgedacht? Na ja, aber hatte er sie nicht gefragt: »Musst du heute nicht arbeiten?« Und schwang da vielleicht ein drohender Unterton mit, den ich in meiner Naivität einfach nicht wahrgenommen habe? Und Kerry antwortete: »In der Tat.« Das tut sie nun also. Arbeiten. Wie schrecklich. Bestimmt zwingt er sie dazu. Meine gute Laune verschwindet schlagartig.

»Kommt, wir gehen«, sage ich zu Henne und Lotta. Die

beiden sind sofort einverstanden und wir bezahlen unsere Drinks.

»Please come back, it was such a pleasure«, sagt John charmant, aber mich kann er nicht mehr täuschen, dieser Frauenhändler. Ich werfe ihm nur einen grimmigen Blick zu und dann nichts wie raus hier. Draußen seufzt Lotta erleichtert auf:

»Kinder, ich hatte ja viel Spaß heute, aber ein bisschen laut war es schon da drin, oder nicht?« Henne guckt sie überrascht an.

»Laut? Findest du? Das habe ich gar nicht so empfunden.«

»Du hättest dein Hörgerät einschalten sollen, meine Liebe, dann hättest du vielleicht sogar gehört, dass dort drin eine Band gespielt hat«, spöttelt Lotta, woraufhin Henne entrüstet die Fäuste in die Hüften stemmt.

»Ich habe die Musik ausgesprochen gut gehört, danke der Nachfrage.«

»Hey, ist das da vorne nicht diese süße Kleine von eben, wie hieß sie noch? Kerry?«, fragt Lotta plötzlich. Kerry? Wo? »Na, da hinten, vor dem Schnellrestaurant.« Sie meint natürlich das KFC. »Oh, jetzt ist sie um die Ecke gebogen. Aber sie war es, eindeutig.« Ich verrenke mir den Hals, kann aber keine Kerry entdecken. Wie auch? Henne zupft mich am Arm und raunt mir zu:

»Da kannst du gucken, so viel du willst. Lotta erkennt doch einen Elefanten auf zwei Meter Entfernung nicht.«

»Das habe ich gehört. So eine Frechheit ...« Und so geht es weiter. Den ganzen Weg nach Hause streiten sich die beiden darüber, wer von ihnen denn nun das größere Gebrechen hat. Um halb zwei liege ich in meinem Bett, aber ich kann lange nicht einschlafen, weil ich dauernd an Kerry denken muss.

8.

Zwei Tage später. Es ist zwanzig Minuten vor elf und ich stehe am Hafen in der Speicherstadt und suche eine Hausnummer. Streng genommen suche ich die Nummer 43, aber ich will ja nicht zu viel verlangen. Irgendeine Hausnummer würde fürs Erste vollkommen reichen – zwecks Orientierung. Ganz ruhig bleiben, Moni, quatsch, Mona. Du hast noch zwanzig Minuten Zeit bis zu deinem Termin bei ACE und bist immerhin schon mal in der richtigen Straße. Das will ich zumindest schwer hoffen. Ruhig Blut, fang jetzt bloß nicht an zu schwitzen. Gedacht, getan. Oh, verdammt, ich hatte gleich so ein ungutes Gefühl dabei, meine weinrote enge Bluse anzuziehen. Vorsichtig luge ich unter meine Achselhöhle, wo sich natürlich bereits ein fünfmarkstückgroßer Schweißfleck gebildet hat. Mona, hör auf zu schwitzen. Denk an etwas Kaltes, denk an Eiswürfel, denk an Skiurlaub, denk an Olafs Augen, als er seinen Schlüssel abgeholt hat. Eine neue Hitzewelle überläuft mich. Falsche Taktik! Da, eine Hausnummer, 39, Gott sei Dank! Ein paar Meter weiter ist es endlich, Haus Nummer 43. Ein hochmoderner, grauer, wenig einladender Kasten. Okay, viertel vor elf. Die Firmenschilder rechts neben der Tür besagen, dass es sich um ein reines Bürogebäude handelt. Und da entdecke ich auch die ACE GmbH, 2. Stock. Leider habe ich noch immer nicht die leiseste Ahnung, um was es sich da handelt. Ich werde also improvisieren müssen. Die schwarze Ledermappe mit meinem Abiturzeugnis und dem Kaufmannsgehilfenbrief unter den Arm geklemmt, betrete ich das Treppenhaus. Hoffentlich will mein neuer Arbeitgeber (ich denke positiv) kein Zeugnis von der Vereinsbank sehen. Das haben die mir zwar geschickt, aber ich habe es vorsichtshalber gar nicht erst durchgelesen. Mit dem Fahrstuhl fahre ich in den zweiten Stock. Bevor ich bei ACE klingele, sehe ich noch mal an mir herunter. Ich trage eine schmale schwarze Hose und besagte weinrote Bluse und hoffe, dass ich kompetent und Vertrauen erweckend wirke. Henne jedenfalls war von meiner Optik ganz begeistert und hat mir eingeschärft, dass ein sicheres Auftreten schon die halbe Miete ist. »Und vergiss nicht, du kannst alles, was sie von dir verlangen. Das meiste wirst du sowieso nicht brauchen.« Ich atme noch mal tief durch. Ich will diesen Job haben. Mir ist es völlig egal, was ACE bedeutet, und wenn sie Tütensuppen herstellen. Ich will einen festen Job. In einem Büro. Mit festem Gehalt. Ich will nicht wie Kerry enden. Auf der Straße. Ein gefallenes Mädchen, das in die Großstadt kam, um die Welt zu erobern und dann abstürzte. Deshalb werde ich mir diesen Job jetzt holen, um jeden Preis. Mit allen Mitteln. So, und nun ran an den Feind!

Beinahe unmittelbar nach meinem Klingeln öffnet sich die Tür. Vor mir steht ein Mann. Ein ziemlich kleiner Mann. Er geht mir ungefähr bis zum Kinn.

»Frau Behrens?«

»Äh, ja, hallo«, ich ergreife seine Hand und versuche vergeblich, Blickkontakt mit ihm herzustellen. Wenn ich nicht in die Knie gehen will, kann ich sein Gesicht überhaupt nicht sehen. Ich blicke auf sein etwas schütteres blondes Haar und erkenne aus meiner Position ansonsten nur, dass er einen augenscheinlich teuren hellgrauen Anzug trägt. Ich wusste gar nicht, dass Boss eine Kinderabteilung hat.

»Günther, guten Tag«, sagt der Zwerg mit schnarrender Stimme. Günther? Günther wie Günther oder Günther wie Herr Günther? Ich kann mich nicht zu einer Entscheidung durchringen.

»Hallo«, wiederhole ich deshalb nur hilflos. Wie blöde von mir. Reiß dich zusammen, Mona, oder du kriegst diesen Job niemals. Ich folge Günther Günther durch einen langen Gang. Das Geräusch meiner Absätze auf dem Marmorfußboden kommt mir unglaublich laut vor. Er führt mich in ein teuer eingerichtetes Büro mit einem riesigen Glasfenster, von dem aus man über den ganzen Hafen blicken kann. Wie wundervoll. Hier möchte ich arbeiten. Er bietet mir einen Stuhl an dem riesigen, schwarzen Schreibtisch an und nimmt mir gegenüber Platz.

»Also, Frau Behrens, was haben Sie bisher gemacht?«

»Ich bin gelernte Bankkauffrau und habe fünf Jahre bei der Vereinsbank Langenweiler gearbeitet«, sage ich so selbstsicher wie möglich.

»Zeugnisse?«

»Äh ja, hier«, sage ich eifrig und krame in meiner Mappe herum. Er wirft einen Blick darauf, und ich halte gespannt den Atem an. Bitte frag nicht nach!

»Wo ist denn das Zeugnis des Arbeitgebers?«

»Oh, das wird mir noch zugeschickt«, rutscht es mir ganz automatisch heraus, »das reiche ich gerne nach.« Er nickt zustimmend.

»Können Sie tippen?«

»Ja.« Zwei-Finger-such-System!

»Sind Sie mit Excel vertraut?«

»Ja.« Axel? Nein, aber ich hätte nichts dagegen, ihn kennen zu lernen!

»Französischkenntnisse?«

»Oui«, sage ich so selbstsicher wie möglich und merke Augenblicke später, dass das möglicherweise ein großer Fehler war. Viel mehr als Croissant und Merlot fällt mir dazu jetzt so spontan nicht ein. Dabei hatte ich zwei Jahre Französisch in der Schule. Lang, lang ist's her. Ich blicke Günther fest in die Augen. Sie sind übrigens grau. Er lächelt mich an:

»Vous parlez français, c'est merveilleux. En effet, la plupart de nos contactes d'affaires se trouve en Bretagne.« Ich wette, Gott lacht sich gerade kaputt über mich. »Vous étiez là déjà?« Watt für'n Ding? Erwartungsvoll sieht mich Günther an.

»Oui, oui«, nicke ich, worauf sich ein neuer Schwall französischer Wörter über mich ergießt.

»Est-ce que vous avez habité en France longtemps? Vous y avez travaillé aussi?« Ääääähh…

»Oui.« Ich spüre, wie die Schweißflecken unter meinen Armen auf Tellergröße anwachsen.

»Parfait, vous allez bien vous intégrer dans notre société. Racontez-moi comment vous avez trouvez l'expérience de la culture française.«

»Oui.« Günther sieht mich verdutzt an. Dann wird sein Blick irgendwie hinterhältig. Okay, ich schätze mal, ich bin aufgeflogen.

»Voulez-vous couchez avec moi ce soir?«, fragt der Blödmann mich grinsend. Pah, so viel Französisch kann sogar ich.

»Non, merci«, sage ich so würdevoll wie möglich, raffe meine Papiere zusammen und mache, dass ich davonkomme.

Deprimiert und fluchend steige ich am Baumwall in die S-Bahn. Henne hat gut reden: »Du kannst alles, was sie von dir verlangen.« Ich könnte mich ohrfeigen. Wie kann man nur so bescheuert sein? Habe ich echt gedacht, damit durchzukommen? Ich fühle mich wie der letzte Versager.

Mein Handy klingelt. Wer stört mich bei der Selbstkasteiung?

»Hi, Mona, hier ist Kerry.«

»Oh, hi!« Schluck!

»Sollen wir uns auf einen Kaffee in der Innenstadt treffen?«

Eine Viertelstunde später sitze ich Kerry im Balsaac-Café gegenüber. Ich konnte ja schon immer schlecht nein sagen. Außerdem weiß ich ehrlich gesagt gar nicht, ob ich überhaupt nein sagen wollte. Ich meine, ich bin zwar schon irgendwie schockiert, aber andererseits ist sie doch immer noch ein Mensch. Und ich fand sie wirklich toll. Es war so lustig mit ihr zu reden, bevor sie … na ja, arbeiten gehen musste. Und was, wenn dieser fiese Kerl, dieser John, sie wirklich zwingt? Vielleicht kann ich ihr ja irgendwie helfen. Jaja, Mona, die Samariterin. Ich verdränge völlig, dass ich meistens nicht einmal in der Lage bin, mir selber zu helfen. Jedenfalls freue ich mich, Kerry zu sehen. Vor uns stehen zwei überdimensionale Becher mit Karamell-Macchiato. Hier wird sogar noch echtes Karamell spiralförmig auf der Milchschaumhaube verteilt. Großartig! Ich fühle mich etwas besser. Kerry sieht schon wieder klasse aus. Sie trägt einen knallengen Jeansanzug unter ihrem Mantel. Um den Kopf hat sie ein lilafarbenes Kopftuch mit orangefarbenem Blumenmuster gebunden.

»Bad hair day«, kommentiert sie selbiges grinsend. Ich erzähle ihr von meinem misslungenen Vorstellungsgespräch, und sie lacht sich scheckig. Ey! Das finde ich gar nicht komisch.

»Entschuldigung«, sagt sie und versucht krampfhaft (und nicht sehr erfolgreich) ein ernstes Gesicht aufzusetzen, »was wäre das denn für ein Job gewesen?« Ausgezeichnete Frage!

»Keinen Schimmer. Habe nicht mal annähernd rausgekriegt, was der Typ da in seinem Büro anstellt. Könnte aber mit Frankreich zu tun haben«, füge ich schief grinsend hinzu.

»Mein Vorstellungsgespräch für den Job, den ich im Moment mache, war auch irgendwie abgefahren.« Ach ja? Das kann ich mir vorstellen. »Hmm«, nickt sie und grinst in sich hinein, »ich hab vorgegeben, jede Menge Erfahrung zu haben. Und mein kurzer Minirock hat bestimmt auch nicht geschadet. Ich weiß, das ist schrecklich, but a girl's gotta do what a girl's gotta do! Hey«, kommt ihr plötzlich eine Idee, »vielleicht solltest du dich mal bei uns bewerben.« Mit tellergroßen Augen starre ich sie entsetzt an.

»Was? Ich? In deinem Job?« Kerry guckt ein ganz kleines bisschen beleidigt.

»Was ist so schlimm daran?«, fragt sie.

»Nichts natürlich«, versichere ich.

»Okay, also, wo hast du denn gearbeitet, als du noch in … wie hieß das? Langenweiler? Also, in Langenweiler gewohnt hast?«

»Ach, ist doch egal.« Ich laufe plötzlich knallrot an. Dabei komme ich mir selber albern vor. Ich meine, ich sitze hier einer Nutte gegenüber und schäme mich, ihr einzugestehen, dass ich Bankkauffrau bin. Wo gibt's denn so was?

»Sag doch. Ich meine, ich nenne mich Schauspielerin, weil ich einmal im Tatort durchs Bild gerannt bin. Wie viel schlimmer kann es sein? Obwohl, in meinem Job schauspielere ich ja auch dauernd. Weißt du, wenn ich will, kann ich jedes Mal in eine andere Rolle schlüpfen, wenn ich einen von diesen Kerlen treffe.« Ich nicke unsicher. »Und außerdem«, sie beugt sich zu mir rüber und senkt die Stimme ein wenig, »wenn du es mir sagst, erzähle ich dir, wie ich richtig heiße.«

»Dein Name ist nicht Kerry?«

»Nein«, sagt sie geheimnisvoll. Na, das hätte ich mir eigentlich auch denken können. Gibt es hier überhaupt irgendjemanden, der seinen richtigen Namen benutzt?

»Wie heißt du denn?«

»Du darfst es niemandem erzählen!«

»Ich schwöre«, sage ich und hebe meine rechte Hand, »so wahr mir Gott helfe.«

»Mein Taufname ist Karen-Kristine«, flüstert sie.

»Und meiner Simone. Und jeder nannte mich Moni«, flüstere ich zurück.

»Unsere Eltern mochten uns wohl nicht besonders«, stellt Karen-Kristine kichernd fest. »So, und jetzt lüfte das schreckliche Geheimnis«, fordert sie mich auf.

»Ich habe eine Banklehre gemacht und dann fünf Jahre lang in einer internen Abteilung der Vereinsbank gearbeitet«, sage ich widerwillig.

»Auweia!« Ich weiß. »Mann, was für ein Glück, dass du da raus bist. Wie hast du das bloß ausgehalten?« Tja, das ist 'ne gute Frage. In den letzten Jahren, in denen meine Hoffnungen auf eine echte Karriere langsam aber sicher den Bach runtergingen, habe ich mich eigentlich immer wieder mit dem Gedanken getröstet, dass ich spätestens mit dreißig zwei Kinder haben und Mutter sein werde. Im Grunde finde ich das auch immer noch eine schöne Vorstellung. Nur ist sie jetzt aus gegebenem Anlass in ziemlich weite Ferne gerückt. Ich gucke ratlos in Kerrys gespanntes Gesicht und zucke mit den Schultern.

»Du solltest es echt mal bei meinem Chef versuchen.«

Meint sie jetzt John? »Mehr als nein sagen kann er ja nicht.«

»Nee, du, ehrlich nicht«, weiche ich aus.

»Weißt du eigentlich, was ich genau mache?« Nein, und ich danke Gott dafür. »Als Lockvogel zu arbeiten macht eigentlich echt Riesenspaß. Und gut bezahlt ist es auch.« Lockvogel? Ist das der neue Begriff für Bordsteinschwalbe oder was?

Und dann klärt mich Kerry darüber auf, dass sie als Lockvogel in einer Treue-Test-Agentur arbeitet. Da stellt sie also die Männer anderer Frauen auf die Probe. Spricht sie an einem mit den Frauen vereinbarten Ort an und beginnt einen Flirt. Irgendwann macht sie dann ein eindeutiges Angebot, und das ist für den Typ dann der entscheidende Moment. Geht er nicht drauf ein, dann hat er den Test bestanden. Kerry lächelt einmal bedauernd, verabschiedet sich und gibt ihrem Chef Lutz Scheffler per Telefon das Ergebnis durch. Und die misstrauische Ehefrau kann zufrieden sein und muss sich mit nichts anderem herumplagen als dem schlechten Gewissen, dass sie ihrem Mann nicht vertraut hat. Oder es läuft anders: eindeutiges Angebot, eindeutige Annahme desselbigen. Wieder ein Lächeln von Kerry, diesmal verführerisch mit einer Prise Vorfreude (wie gut, dass sie eine Schauspielausbildung gemacht hat!), und dann der Satz: »Ich bin gleich wieder da.« Während der Typ (meistens schon mit einer halben Erektion in der Hose) hektisch den Ober herbeiwinkt, um die Rechnung zu begleichen, macht Kerry sich auf Nimmerwiedersehen davon, um ihrem Chef das »erfolgreiche Ende« der Begegnung zu melden.

»Und den Frauen bricht es das Herz, das ist doch furchtbar«, finde ich.

»Ach komm, das ist doch nicht meine Schuld. Darum

geht es doch bei dem Treue-Test, dass diese Typen sowieso irgendwann fremdgehen würden. Ist doch besser, die Frau weiß das, als ihr Leben lang beschissen zu werden.« Wahrscheinlich hat sie Recht.

»Ja«, gebe ich zu, »so einen Test hätte ich mal mit Olaf machen sollen, ich Esel. Und zwar am besten vor zehn Jahren. Das hätte mir ne Menge Kummer erspart.«

»Genau das meine ich«, nickt Kerry eifrig, »es ist einfach gut zu wissen, woran man ist. Ich sag es dir, Männer sind solche Scheißkerle. Ich mache den Job seit einem guten Jahr, und es hat noch nie einer abgelehnt.«

»Nein!« Ungläubig schüttele ich den Kopf.

»Doch! Kaum bietet sich die richtige Gelegenheit, dann sind wir Frauen austauschbar.« Oje. Ich hatte ja schon vorher keine besonders gute Meinung von Männern, aber es ist immer noch Raum für Steigerung.

»Und was ist mit John?«, frage ich.

»Was soll mit dem sein?«

»Na, er ist dein Freund, oder?«

»Ja und? Er hat nichts dagegen. Ich mach ja nichts mit den Kerlen. Steht ausdrücklich drin im Vertrag.«

»Nein, ich meinte, ist John denn treu?«

»John ist ein Goldstück. Und eine absolute Ausnahme. Er liegt mir zu Füßen.« Plötzlich strahlt sie wie ein Honigkuchenpferd. Mann, ist die verknallt in ihn. Hoffentlich ist er wirklich so ein Goldstück, wie sie sagt. Na ja, andererseits, sie ist ja auch Kerry. Die schöne, unvergleichliche Kerry. Natürlich ist sie nicht einfach so austauschbar – wie meinereiner. Aber der Gedanke, in dieser Treue-Agentur zu arbeiten, gefällt mir tatsächlich. Untreue Männer entlarven – ich habe das Gefühl, dass mir das eine unglaubliche Befriedigung verschaffen könnte. Hört sich fast nach einer Art Traumjob an. Diese Scheißkerle, die allem nachsteigen, was nicht schnell genug auf den Bäumen ist, die ihre Frauen einfach so verletzen wie Olaf mich verletzt hat. Bluten sollen sie!

»Shit«, sagt Kerry da plötzlich, »ich muss los, ich habe ein Casting, das hab ich ja total verschwitzt.«

»Echt, für was denn?«, frage ich interessiert.

»Eine Werbung für Klopapier«, sagt sie wenig begeistert, »well, a girl's gotta do what a girl's gotta do! Ich bin heute Abend wieder im Molly Malone, kommst du auch?«

»Klar«, sage ich. Hurra, ich habe etwas vor!

»Super! Dann bis dann. Und denk mal drüber nach wegen des Jobs!« Verlass dich drauf!

An diesem Abend gehe ich also wieder ins Molly Malone, diesmal allerdings ohne Henne. Ich trage meine enge Jeans, ein hellgraues Top und wieder die unvermeidliche Daunenjacke. Ja, ich weiß, damit sehe ich aus wie die Mädels am Straßenrand, aber was soll ich machen. Es ist nach wie vor schweinekalt draußen. Ich eile gesenkten Blickes über die Reeperbahn und auf den Hans-Albers-Platz zu. Dass ich echt geglaubt habe, Kerry wäre im »Gewerbe«, nicht zu fassen. Gut, dass ich sie nicht gefragt habe, das wär ja echt peinlich gewesen. Ich betrete den Irish Pub und fange augenblicklich an zu schwitzen. Ganz schön stickig und heiß ist es hier wieder, obwohl es noch relativ leer ist. Ist auch erst halb zehn. Ein paar vereinzelte Gestalten sitzen an diversen Tischen und trinken irisches Bier. John steht hinter dem Tresen, von Kerry ist weit und breit nichts zu sehen. Na, sie wird wohl gleich kommen. Zielstrebig peile ich den Tresen an, wobei ich mir meine Winterjacke eilig von den Schultern rutschen lasse. Um ehrlich zu sein, das habe ich mir bei Kerry abgeguckt, und ich finde, dass ich es gar nicht so schlecht mache. Ich kraxele auf einen Barhocker, werfe John ein strahlendes Lächeln zu und sage in meinem schönsten Englisch:

»Hi, John, how are you doing?«

»Oh, hi«, sagt er. Seine Augen flackern unruhig hin und her, und er lächelt etwas unsicher. Erkennt er mich etwa nicht? Na, das wäre aber ein starkes Stück. Ich meine, ich verlange ja nicht einmal, dass er meinen Namen noch weiß, aber meinen Auftritt mit Henne und Lotta im Schlepptau kann der doch wohl nicht vergessen haben? »What would you like to drink?«, fragt er mich freundlich.

»Oh, the usual«, sage ich erwartungsvoll. Komm schon, erinnere dich, du hast mir das Zeug doch so wärmstens empfohlen. John guckt völlig ratlos.

»Sorry, I …« Schon gut.

»A Puncher«, sage ich ergeben und frustriert. Das ist nicht gerade einer dieser Tage, die das Selbstbewusstsein aufmöbeln. Minuten später stellt mir John das Getränk vor die Nase. Ja, her damit. Ich nehme einen großen Schluck und sehe John über den Glasrand hinweg bitterböse an. Er macht ein ganz schuldbewusstes Gesicht und erklärt, es sei ihm sehr unangenehm, aber er könne sich einfach nicht an mich erinnern. Ob ich ihm nicht einen kleinen Tipp geben könne? Na, ich will mal nicht so sein. Also erzähle ich ihm, dass ich vor wenigen Tagen hier war, als die Livemusik gespielt wurde, und dass ich in Begleitung von zwei etwas betagteren Damen …

»Of course, Henne and Lotta! Sure, how could I forget«, platzt John begeistert heraus, »oh, and you were with them, hmm, yes, I …« Wie bitte? Ich höre wohl nicht richtig. Also, Punkt eins, ich war nicht mit ihnen, sondern sie mit mir. Na ja, nicht wirklich, sollte aber nach außen den Anschein machen. Und außerdem kann sich dieser blöde John (jetzt wo ich es so recht bedenke, fand ich ihn glaube ich von vorneherein total unsympathisch) noch immer nicht an mich erinnern. Er weiß den Namen meiner uralten Großtante (sorry, Henne, ist nicht persönlich gemeint) und ihrer uralten Freundin (dito, Lotta), aber mich erkennt er nicht mal im Ansatz wieder. Ein starkes Stück!

»What was your name again?« Von wegen again.

»Mona«, sage ich bissig und versenke mein Gesicht wieder in dem Pintglas.

In diesem Moment begrabe ich die Idee von einem Job als Lockvogel in dieser Agentur wieder. Wie konnte ich nur eine Minute lang glauben, dass ausgerechnet ich dafür geeignet wäre? Mit meinem Durchschnittsgesicht, das sich nie einer merkt? Egal was ich anstelle, selbst wenn ich peinlicherweise im Kaufhof die Rolltreppe runterpurzele, bemerkt es keiner. Ich bin quasi unsichtbar. Plötzlich fügt sich alles zusammen. Olaf und Viola, die es minutenlang vor meinen Augen getrieben haben (eine genaue Zeitangabe kann ich beim besten Willen nicht machen, da ich in einer Art Zeitfenster schwebte), ohne mich zu bemerken. All die ehemaligen Freunde, die an mir vorbeigelaufen sind, ohne mich zu grüßen. Es war nicht ihre Schuld. Nein, es war meine. Ohne Olaf an meiner Seite war ich einfach nicht mehr da. Ich bin unsichtbar. Unaufhaltsam kullern die Tränen über mein Gesicht, und ich fange laut an zu schluchzen. Ich weiß nicht, wie viele Minuten ich so dasitze, aber irgendwann wird mir bewusst, wo ich mich befinde. Beschämt hebe ich den Kopf. Ich rechne damit, von mindestens einem Dutzend Augen angestarrt zu werden. Aber niemand sieht her. John zapft sein irisches Bier, Menschen lachen und trinken und rauchen. Beinahe in der exakten Mitte des Raumes sitze ich auf einem Barhocker, mit verschmierter Wimperntusche und zerzausten Haaren, nach einem wahren Gefühlsausbruch und werde – mal wieder – nicht zur Kenntnis genommen.

Nie, nie wieder wird irgendein Mann mich angucken, ich werde für immer und ewig in der Wohnung von Tante Henne leben und völlig unbemerkt von der Welt alt und grau werden. Und wenn ich irgendwann sterbe, wird es niemandem auffallen.

»Da riecht es so merkwürdig aus der Dachgeschosswohnung, haben Sie das auch schon festgestellt?«

»Ja, merkwürdig, ich dachte, die Wohnung steht leer, seit Henne Liebeling nicht mehr lebt.«

»Das dachte ich auch.«

Viele, viele Tage später, wenn der Gestank meiner Leiche unerträglich geworden ist – es herrscht Hochsommer, was die Verwesung beschleunigt –, wird die Feuerwehr die Wohnungstür aufbrechen und meinen toten Körper auf dem Küchenfußboden entdecken. Halb aufgefressen von Carlo VI., der maunzend daneben sitzt.

Zusammengesunken auf meinem Barhocker findet mich Kerry.

»Süße, wie siehst du denn aus?«, fragt sie besorgt.

»Sag mal, Kerry, du weißt aber noch, wer ich bin, oder? Mona? Die von heute Nachmittag?«, versuche ich mich mit Galgenhumor davon abzuhalten, erneut loszuheulen. Kerry lacht und nimmt mich in den Arm.

»Natürlich weiß ich, wer du bist, was redest du denn da?« Sie zieht sich einen Hocker herbei, setzt sich zu mir und fragt: »Und, wie sieht's aus? Willst du ein Lockvogel werden?« Wollen schon, nur leider bin ich unscheinbar und hässlich. Wo bitte ist der nächste Strick?

»Also, ich würd ja gerne, aber mal ganz ehrlich, Kerry. Findest du wirklich, dass ich mich als Lockvogel eignen würde?« Kerry sieht mich ernst und prüfend an. Von oben nach unten und wieder rauf. Unter meinen Achselhöhlen bilden sich im Nu wieder Schweißflecken, und ich warte ängstlich und mit gesenktem Blick auf ihr Urteil.

»Na ja«, macht sie zögernd. Ich hab's gewusst. Na ja! Na ja ist der Todesstoß. »Wir müssten dich wohl ein bisschen aufmöbeln, aber dann klappt es schon.« Sie lächelt mir aufmunternd zu. Ich lächle kläglich zurück.

»Aufmöbeln? Wie denn?«

Das ist leicht beantwortet. Schon am nächsten Tag vollzieht sich hinter den Wänden der obersten Wohnung der Hamburger Straße 412 das, was Kerry eine »Grunderneuerung« nennt. Ich kann versichern, das ist kein Spaß. Ich leide ernsthafte Qualen! Mit der Pinzette rupft mir Kerry fast meine gesamten Augenbrauen weg, es wird gepeelt und gezupft, Haare werden gefärbt und aufgedreht, aus der Form geratene Pobacken werden in Miederhöschen, mickrige Brüste in Push-up-BHs gezwängt, Fingernägel und Wangen erröten, Schicht um Schicht verschwindet die gute alte Moni.

Viele Stunden später wackele ich unsicher in meinen Zickenschuhen auf den mannshohen Spiegel in meinem Schlafzimmer zu. Dabei kommt mir eine Frau entgegen, die ich noch nie gesehen habe. Hey, geh mal zur Seite, du, damit ich mich im Spiegel angucken kann. Sie denkt nicht daran. Sie steckt in Kerrys kurzem Jeanskleid mit dem Reißverschluss vorne. Die hochgeschnürten Brüste bilden eine kleine Furche, die man fast schon als Dekolleté bezeichnen könnte. Aus großen Augen unter schmal gezupften Brauenbögen starrt sie mich durch ihre Brillengläser hindurch an und spitzt die roten Lippen. Kupferrote, glänzende Haarsträhnen fallen ihr in sanften Wellen in die Stirn. Ihre Fingernägel sind rot lackiert. Ich sehe verwundert auf meine Hand. Es ist dieselbe. Ich bin dieselbe! Kerry tritt hinter mich und guckt ganz begeistert. Ich kann ihr nur beipflichten. In diesem Moment greift sie mir ins Gesicht und zieht mir die Brille von der Nase. Prompt verschwimmt die Frau im Spiegel vor meinen Augen. Hilfe, ich bin blind.

»Gib sie her«, verlange ich, aber sie denkt gar nicht daran.

»Du kannst dich nicht mit Brille bei Lutz vorstellen, das geht einfach nicht.«

»Wieso? Willst du damit vielleicht sagen, dass keine Frau, die Brille trägt, trotzdem sinnlich und sexy wirken kann?«, frage ich angriffslustig.

»Doch, andere Frauen schon. Du aber nicht.« Rumms, das hat gesessen. »Na ja«, schwächt Kerry ihr hartes Urteil etwas ab, »du könntest sicher auch mit Brille gut aussehen. Nur halt nicht mit dieser Brille.« Was hat sie gegen meine dunkelbraune Hornbrille? Die habe ich doch schon seit meinem sechzehnten Lebensjahr. Okay, langsam dämmert es mir.

»Ich habe kein Geld für eine neue Brille«, schnappe ich beleidigt.

»Nicht mehr lange«, erwidert Kerry fröhlich, »bald hast du einen tollen Job. Sofern du nicht mit Brille zum Vorstellungsgespräch gehst.«

»Aber dann sehe ich so gut wie nichts«, gebe ich zu bedenken.

»Wieso, wie blind bist du denn?«

»Ungefähr so wie ein Maulwurf.« Kerry mustert mich kritisch. Das glaube ich jedenfalls zu erkennen.

»Aber du hast einen unheimlich süßen Silberblick drauf, wenn du so kurzsichtig durch die Gegend starrst«, findet sie. Na, das ist ja toll.

»Das nützt mir gar nichts, wenn ich diesem Scheffler vor die Füße falle, weil ich über irgendetwas stolpere.«

»Ach, das wirst du schon nicht.« Na dann! »Und selbst wenn …« Ja? »Männer mögen hilflose Frauen!«

Kerry schlägt vor, nach getaner Arbeit gemütlich im Wohnzimmer eine Tasse Tee zu trinken. Schnell wird mir klar, dass sie von IHRER getanen Arbeit spricht. Ich muss nämlich jetzt erst richtig ran. Kaum haben wir es uns auf dem Sofa bequem gemacht, hält Kerry mir das Telefon hin.

»So, und jetzt rufst du bei Lutz an. Hier ist die Nummer.« Ich werde blass.

»Anrufen?«, frage ich schwach. Sofort krampft sich mein Bauch schmerzhaft zusammen. Angst! Kerry guckt mich verwundert an.

»Natürlich, was denkst du denn?«

»Kannst du nicht, ich meine, kannst du nicht einen Termin für mich bei ihm ausmachen?«

»Bin ich deine Sekretärin? Das machst du schön selber, na los! Was hast du denn? Du schwitzt ja plötzlich total.«

»Ich kann da nicht anrufen.«

»Wieso nicht?«

»Ich habe Angst. Weil ich den Job so gerne hätte, habe ich Angst, dass ich ihn nicht bekomme.«

»Wenn du nicht anrufst, bekommst du ihn ganz sicher nicht.« Auch wahr. Trotzdem. Ich schlottere richtig. Was bin ich doch für ein Feigling.

»Was soll ich denn sagen?«

»Du sagst: ›Guten Tag, Herr Scheffler. Mein Name ist Mona Behrens. Ich möchte mich gerne als Lockvogel für Ihre Agentur bewerben.‹ Und dabei lächelst du die ganze Zeit dein strahlendstes Lächeln.«

»Wieso? Das sieht er doch gar nicht.«

»Aber hören kann man es. Das macht die Stimme gleich viel sympathischer. Außerdem musst du möglichst tief sprechen«, sagt sie mit tiefer, rauchiger Stimme, »denn das weckt in einem Mann sofort erotische Fantasien.«

»Ich will, dass er mich einstellt und nicht …«

»Glaub mir, das geht alles über dieselbe Schiene.«

»Bei jedem Mann?«, frage ich entgeistert.

»Auf jeden Fall bei diesem Mann! Jetzt hör auf, mit mir zu diskutieren, du willst ja doch bloß den Anruf hinauszögern.« Woher weiß sie das? »Vertrau mir einfach, okay? Außerdem ist Lutz total nett.« Na schön. Ich räuspere mich ausgiebigst, während ich die Nummer von Lutz Scheffler wähle. Kerry sitzt neben mir und grinst wie ein Honigkuchenpferd. Wohl um mich zum Lächeln zu animieren. Ich blecke pflichtschuldigst die Zähne.

»Scheffler«, ertönt am anderen Ende eine raue Männerstimme. Der Typ klingt, als hätte er schon die Muttermilch mit Bourbon gemixt genossen. Ein echtes Reibeisen. Eine Mischung aus sexy und widerlich.

»Hallo Herr Scheffler«, sage ich mit meiner tiefsten Stimme, »mein Name ist Mona Behrens. Ich möchte mich gerne als Lockvogel für Ihre Agentur bewerben.« Ich sage das so, als würde ich ihn zu hemmungslosem Sex zu dritt auffordern. Kerry nickt begeistert.

»Wie alt sind Sie«, knurrt Lutz Scheffler.

»Sechsundzwanzig«, säusele ich lasziv.

»Okay«, anscheinend mag er das Alter, »und warum sollte ich Sie einstellen?« Hierauf rutscht mir die Antwort schon nicht mehr so einfach von der Zunge.

»Nun«, versuche ich Zeit zu schinden, »ich habe langjährige Erfahrung mit untreuen Männern«, sage ich und sehe aus dem Augenwinkel, dass Kerry anerkennend nickt.

»Hm.« Er klingt ein ganz kleines bisschen amüsiert, aber das könnte ich mir auch einbilden. »Können Sie morgen um elf vorbeikommen?« Yes! Ich balle in bester Boris-Becker-Manier die Faust.

»Selbstverständlich«, säusele ich.

»Rufusstraße 12. Bis dann!« Aufgelegt. Kein sehr höflicher Zeitgenosse. Aber immerhin habe ich ein Vorstellungsgespräch. Kerry ist ganz aus dem Häuschen. Meine Angst hingegen kehrt bleischwer in meinen Magen zurück.

»Du schwitzt ja schon wieder«, stellt Kerry fest.

9.

Am nächsten Tag stehe ich also total aufgetakelt in der Rufusstraße vor dem Haus Nummer 12. Es ist ein ziemlich baufälliges Gebäude, aber man soll ja nicht von der Optik auf die inneren Werte schließen. Obwohl ich mit meiner Verkleidungsaktion natürlich genau darauf abziele. Ich sehe noch mal prüfend an mir hinunter. Sehe in mein künstlich erzeugtes Dekolleté. Zögere einen Moment und ziehe dann den Reißverschluss vom Jeanskleid noch einen Zentimeter weiter runter. A girl's gotta do, what a girl's gotta do! Ich atme tief durch und nehme meine Brille von der Nase. Ja, selbstverständlich hatte ich die bis jetzt auf, sonst hätte ich doch die Adresse in zwei Tagen noch nicht gefunden. Aber das war es jetzt auch mit der klaren Sicht. Ab jetzt werde ich mich mehr oder weniger tastend voranbewegen müssen. Also, die Haustüre ist nicht verschlossen. Ich drücke auf den Knopf des Fahrstuhls. Mit großem Getöse setzt er sich in Bewegung, und ich entscheide mich doch lieber für die Treppe. Zwei Etagen rauf, es gibt drei Türen. Neben jeder hängt ein kleines Schildchen, auf dem ein paar Ameisenköttel zu sehen sind. Oder auch Buchstaben, die zusammengesetzt einen sinnvollen Namen ergeben, kann sein. Ich blicke mich um, hole noch mal schnell meine Brille hervor und studiere die Namensschildchen: Klauser, Triebhorn KG, Agentur Scheffler. Na also. Brille wieder ab und klingeln. Meine Zeugnismappe habe ich lässig unter den linken Arm geklemmt. Just in diesem Moment wird mir klar, dass meine Zeugnisse für diesen Job wohl nicht von Belang sein werden. Aber egal, so habe ich wenigstens etwas zum Festhalten. Ich stelle den linken genau vor den rechten Fuß, was ein alter Modeltrick sein soll, wie ich mir von Kerry habe sagen lassen. Das macht schlanke Beine und eine kurvige Figur. Und einen ziemlich unsicheren Stand. Na ja, man kann nicht alles haben. Die Tür geht auf, vor mir steht ein etwa einsachtzig großer Mann mit blond gelockter Mähne.

»Ach, hallo, kommen Sie rein.« An der Stimme erkenne ich ihn sofort. Es ist der Herr und Meister, Lutz Scheffler. Außerdem schlägt mir bei seinen Worten eine penetrante Alkoholfahne ins Gesicht. Puh! Dabei habe ich eigentlich gar kein so besonders feines Näschen, also hat der Mann entweder schon richtig ordentlich gebechert (morgens um elf, die Spießerin in mir schreit empört auf) oder es stimmt, dass, wenn man eines seiner Sinne beraubt wird, sich die anderen automatisch schärfen, um das Defizit auszugleichen. Ja, das wäre auch möglich. Unsicher folge ich Herrn Scheffler in sein Büro. Es ist ziemlich leer. Gott sei Dank, damit sinkt die Wahrscheinlichkeit irgendwo drüberzufallen.

»Setzen Sie sich«, erklingt wieder diese raue Stimme. Also, ich muss schon sagen, obwohl der Typ optisch wahrscheinlich, altersmäßig höchstwahrscheinlich und geruchsmäßig ganz sicher nicht mein Typ ist, kann diese Stimme einem schon die Knie weich werden lassen. Ich setze mich auf den schwarzen Bürostuhl Scheffler gegenüber. Im Raum steht nur dieser eine riesige Schreibtisch, ein Stuhl davor, einer dahinter und sonst eigentlich gar nichts. Ich schlage lässig die Beine übereinander, so dass mein Rock noch ein paar Zentimeter höher rutscht. Ich kann nur hoffen, dass man jetzt nicht meine Ansätze von Cellulite sieht. Ich seh sie jedenfalls nicht.

»So, Sie wollen sich als Lockvogel bewerben?«, fragt er, und ich nicke blöde. »Wie sind Sie denn auf die Idee gekommen?« Ey, soll das 'ne Beleidigung sein?

»Ja, also, meine Freundin Kerry ...«

»Ach, Kerry, ja, schon klar. Hmm, hmm. Und, was haben Sie vorher so gemacht?« Die Frage habe ich befürchtet.

»Ich bin gelernte Bankkauffrau«, gebe ich ihm zögerlich Auskunft.

»Tatsächlich?«, grunzt er. Das klingt nicht sehr begeistert.

»Ja«, antworte ich. Was soll ich sonst sagen?

»Na ja, also, Sie sehen nicht so konventionell aus, wie ich das bei einer Bankerin vermuten würde.« Dankeschön! »Aber wissen Sie, dieser Job als Lockvogel verlangt, dass Sie, wie soll ich es sagen, eine große Bandbreite von Männern ansprechen. Ich will nicht sagen, Sie wären nicht ein ganz süßer Typ, aber ...« Scheiße, er will mich nicht. Ich bin gerade eine Minute hier und er hat sich schon gegen mich entschieden. Was mache ich denn jetzt? Kerry! Hilfe! Ich bin erschüttert. Und tief gekränkt. Was ist denn mit meiner wundersamen Verwandlung? Zählt das gar nichts? Ich meine, der Typ hätte mich mal vorher sehen sollen. Da hat Kerry stundenlang an mir gearbeitet, ein richtiges Kunstwerk geschaffen, und es reicht trotzdem nicht. Das Wasser schießt mir in die Augen.

»Bitte, lassen Sie es mich wenigstens versuchen«, flehe ich schluchzend und völlig unsexy. Aber, o Wunder, das scheint bei Herrn Scheffler genau die richtige Masche zu sein.

»Bitte nicht weinen«, sagt er fast noch verzweifelter als ich und wedelt mit einem Taschentuch vor meiner Nase herum, »ich habe ja noch nicht Nein gesagt.«

»Heißt das, Sie geben mir eine Chance?«, frage ich hoffnungsvoll und presse die Augenlider einmal fest aufeinander, damit die Tränen so richtig kullern. Es wirkt.

»Natürlich, natürlich, kein Problem.« Er kramt in irgendwelchen Papieren herum und reicht mir einen Zettel. Ich kann die verschwommenen Umrisse eines männlichen Gesichts darauf erkennen. »Er wird heute Abend im ›Zars‹ in Winterhude mit seinem Kollegen essen gehen. Seien Sie um acht dort. Viel Erfolg.«

»Danke«, sage ich, als ich meine Sprache wiedergefunden habe. Das war ja wirklich einfach. Mit der ersten Lektion in weiblicher Raffinesse im Gepäck verlasse ich freudestrahlend das Büro.

Meine Hochstimmung währt jedoch nicht lange. Je näher der Abend rückt, desto hirnrissiger erscheint mir die ganze Idee. Ich, einen Mann ansprechen? Ich werde ja schon rot, wenn ich ganz unschuldig nach der Uhrzeit frage. Und nun ein unmoralisches Angebot machen? Welcher Teufel hat mich denn da geritten? Eben dieser sitzt gerade in Gestalt von Kerry grinsend vor mir, nippt an seinem Karamell-Macchiato und versteht die ganze Aufregung überhaupt nicht.

»Du wirst sehen, es macht sogar Spaß«, versucht sie mich zu beruhigen, doch mein Herz klopft mittlerweile so heftig, dass ich sie kaum höre.

»Ich kann das nicht«, wimmere ich gequält.

»Ach was, ist ganz einfach, sieh her.« Sie dreht sich zu dem schlaksigen jungen Mann um, der alleine am Tisch hinter uns sitzt und nichtsahnend seine Zeitung liest.

»Entschuldigung«, sagt sie und ihre Stimme klingt auf einmal, als hätte sie die Nacht in einer verrauchten Kneipe verbracht, »spüren Sie das auch?«

»Was?«, fragt er irritiert.

»Na, diese Energie. Ich würde niemals einfach so einen Fremden ansprechen«, unschuldiger Augenaufschlag, »aber ich weiß, dass ich es mein Leben lang bereuen würde, diese Chance nicht genutzt zu haben.« Wie gebannt hängt der Mann an ihren Lippen. »Weisen Sie mich nicht ab. Direkt gegenüber ist ein Hotel. Was sagen Sie? Sie und ich, keine Namen, keine Verpflichtungen, nur ein Nachmittag voller Leidenschaft.« Der Gute muss sich schwer zusammenreißen, nicht in seine Tasse zu sabbern und sieht sich hektisch nach einer Bedienung um.

»Zahlen bitte!« Gespannt sehe ich Kerry an. Und was nun?

»Ach, Entschuldigung, ich habe Sie mit jemand anderem verwechselt«, sagt sie, ohne mit der Wimper zu zucken und dreht sich wieder zu mir um. »Siehst du? Ganz einfach.« Das nenne ich einen Coitus interruptus. Es fällt mir schwer, nicht laut loszuprusten. Aber ein leiser Zweifel bleibt.

Um kurz nach acht stolpere ich, von Kerry geschubst, vor den Tisch, an dem die Testperson namens Martin Kruse mitsamt seinem Kollegen soeben den Hauptgang serviert kriegt. Puh, ist der aber hässlich. Denkt seine Frau tatsächlich, er würde eine abkriegen? Na egal. Ich spüre, wie mir das Blut in den Kopf schießt, Kerry gibt mir von hinten noch einen Stoß in die Rippen und raunt:

»Toi, toi, toi.« Dann lässt sie sich ein wenig entfernt von uns an einem kleinen Tisch in der Ecke nieder. Ich hole tief Luft. Kerry ist bei mir, das ist schon mal gut. Endlich bemerke ich, dass die beiden Herren mich seit geraumer Zeit von unten herauf abwartend ansehen.

»Können wir Ihnen helfen?« Augen zu und durch.

»Ja, das können Sie allerdings«, sage ich und setze mich ungefragt neben Martin Kruse, »spüren Sie das denn nicht?«

»Was soll ich spüren?«

»Na, unsere Energie.«

»Nicht so richtig«, gibt er breit grinsend zur Antwort. Davon lasse ich mich aber nicht beirren.

»Ich würde es bis an mein Lebensende bereuen, wenn wir nicht sofort ins Hotel gegenüber gehen.«

»Wie bitte?« Martin Kruse guckt eher verblüfft als erregt, während sein Gegenüber unschuldig sagt:

»Das ist kein Hotel, sondern ein Seniorenstift.« Ich werfe Kerry einen hilflosen Blick zu. Mit dem Kollegen dabei kann ja keine richtige Stimmung aufkommen.

»Wollten Sie nicht gerade aufs Klo gehen?«, frage ich ihn daher gereizt.

»Um nichts in der Welt will ich das verpassen«, gibt er zurück. Irgendwas läuft hier schief. Ich wende mich wieder Martin zu und versuche, mich zu sammeln:

»Eine Nacht ohne Namen … äh … voller Leidenschaft … und äh … sie müssen sich nicht verpflichten … ich spreche sonst nie Männer an.«

»Was Sie nicht sagen!«

»Gehen Sie nun mit mir ins Hotel?«, unternehme ich einen letzten kläglichen Versuch, worauf die beiden schallend zu lachen anfangen. Als sie anfangen, im Brotkorb nach einer versteckten Kamera zu suchen, springe ich auf und verlasse fluchtartig das Restaurant. Trotz fehlender Brille entgeht mir nicht, wer da am Tisch hinter der Eingangstür sitzt und mir böse hinterherstarrt: Lutz Scheffler.

Am nächsten Tag im Büro nutzen mir auch die dicksten Tränen nicht, mein Chef ist stinksauer. Er faltet mich dermaßen zusammen, dass ich bequem unter der Tür hindurchpassen würde.

Wenn ich mich nicht sehr irre, dann bin ich meinen Job wieder los. Nach nicht einmal vierundzwanzig Stunden. Raus, nur raus hier, das ist mein einziger Gedanke. In diesem Moment klingelt sein Telefon.

»Nun warten Sie doch mal …«, hält Scheffler mich mit etwas sanfterer Stimme auf, »ich habe da vielleicht eine Idee. Würden Sie mal bitte ans Telefon gehen?« Wie bitte? Ich drehe mich um und schaue verständnislos in Lutz Schefflers Richtung.

»Was?«

»Gehen Sie bitte mal ans Telefon!« Pah! Erst mich anschreien und dann auch noch einen Gefallen dafür einfordern, das hab ich gerne! Kerry sei Dank habe ich für diese Forderung die passende Antwort auf den Lippen.

»Bin ich Ihre Sekretärin?«, frage ich schnippisch.

»Noch nicht, aber vielleicht ja bald, wenn Sie jetzt endlich an das verdammte Telefon gehen und sich nicht allzu blöde anstellen«, antwortet Scheffler mit einer Mischung aus Humor und Aggression in der Stimme. Die Information braucht weniger als eine Viertelsekunde, um in mein Hirn vorzudringen und dort verarbeitet zu werden. Mit einem einzigen Hechtsprung bin ich am Telefon.

»Sekretariat der Treue-Test-Agentur Scheffler, mein Name ist Mona Behrens, wie können wir Ihnen helfen?«, säusele ich ins Telefon.

»Ja, äh, M… Müller mein Name«, sagt eine Frau am anderen Ende. Wenn die wirklich Müller heißt, dann fress ich ’nen Besen. Was ist das bloß mit dieser Stadt und Namen?

»Guten Tag, Frau Müller«, sage ich trotzdem freundlich, »was ist Ihr Problem? Wir lösen es.« Ich würde zu gerne die genauen Gesichtszüge von Herrn Scheffler erkennen.

Guckt er anerkennend? Neugierig? Prüfend? Oder ist er im Begriff, mir den Hörer aus der Hand und über den Kopf zu schlagen?

»Ich, äh, ich glaube, mein Mann … also, mein Mann ist …«, sie fängt an zu schluchzen.

»… Ihnen untreu?«, vollende ich ihren Satz.

»Ja, genau, ich habe schon lange so einen Verdacht, konnte ihm aber nie etwas beweisen. Ich bin auch nicht sicher, ob er wirklich eine Affäre hat, aber … er guckt ständig anderen Frauen hinterher. Ich möchte endlich Gewissheit haben, verstehen Sie«, schluchzt sie mir ins Ohr.

»Da sind Sie bei uns genau richtig. Ich werde Sie jetzt zu Herrn Scheffler durchstellen. Und, Frau Müller, ihm können Sie ruhig ihren richtigen Namen verraten. Sie können sich seiner strikten Diskretion absolut sicher sein.« Ich höre Lutz Scheffler mir gegenüber und Frau Wie-auch-immer-sie-heißt am anderen Ende der Leitung hörbar nach Atem ringen. War das zu dreist?

»Äh, ja, danke, ich … mein Name ist Baumann, Claudia Baumann. Ich …«, sie stockt, dann wispert sie hektisch: »Mein Mann kommt gerade nach Hause, könnte Herr Scheffler mich in einer Stunde zurückrufen?«

»Selbstverständlich.« Hektisch suche ich auf dem Schreibtisch nach Papier und Kugelschreiber. Ich notiere die Nummer, dann klickt es in der Leitung. Frau Baumann hat aufgelegt. Herausfordernd silberblicke ich meinen hoffentlich Immer-noch-Chef an, während ich ihm den Zettel mit der Telefonnummer rüberschiebe.

»Frau Claudia Baumann alias Müller erwartet Ihren Rückruf in etwa einer Stunde«, sage ich dabei. Mein selbstsicheres Grinsen ist nur aufgesetzt, insgeheim habe ich eine Heidenangst, dass er mich jetzt weiter anbrüllt, mir den Kopf abreißt, mich dann vor die Tür setzt und mir meinen Schädel hinterherwirft. Stattdessen höre ich ein glucksendes Geräusch, das sich in ein ausgewachsenes Lachen steigert. Mr Scheffler is amused.

»Sie sind also doch nicht völlig unbrauchbar.« Ich nicke glücklich. »Ich habe schon lange mit dem Gedanken gespielt, eine Assistentin einzustellen. Sie können morgen anfangen.« Ich verkneife mir den scharfsinnigen Kommentar, dass ich ja eigentlich schon vor fünf Minuten angefangen habe.

»Danke«, sage ich aus der Tiefe meines Herzens. Persönliche Assistentin des Geschäftsführers, das bin ich ab morgen früh. Juchhu, ich habe doch noch einen Job, jubelt es in mir. Nicht den, mit dem ich hergekommen bin, aber immerhin.

Wenig später schwebe ich hinaus. Lutz (»Nennen Sie mich Lutz!«) drückt mir einen Schlüssel in die Hand. Zum Büro? Ich bin gerührt über das mir entgegengebrachte Vertrauen und schwöre innerlich, es nicht zu missbrauchen. Zum Abschied schütteln wir uns noch die Hand.

»Morgen früh um acht dann. Und, Mona?«

»Ja?«

»Vielleicht setzen Sie dann besser Ihre Brille auf.«

Kerry ist ein bisschen empört darüber, dass Lutz mir keine zweite Chance als Lockvogel gegeben hat, aber ich bin ehrlich gesagt sogar froh darüber. Ich glaube kaum, dass ich beim nächsten Mal wesentlich besser wäre. Und immerhin ist dieser Job bestimmt hundertmal spannender als die blöde Datenverarbeitung. Das bilde ich mir zumindest ein. Tief im Inneren träume ich ja schon heimlich davon, dass Lutz mich bald zum Partner in der Treue-Test-Agentur macht. Treue-Test-Agentur Scheffler-Behrens. Oder noch besser: Treue-Test-Agentur Behrens-Scheffler. Na ja, vielleicht sollte ich erst mal meinen ersten Arbeitstag hinter mich bringen, bevor ich über eine Teilhaberschaft nachdenke. Jedenfalls bin ich guter Dinge und finde, dass mein Erfolg gefeiert werden muss. Kerry hat heute Abend frei und so spielen wir zu fünft Poker. Ist es, weil ich das Spiel immer noch nicht so ganz kapiert habe, oder weil ich mit meinen Gedanken die ganze Zeit woanders bin (an meinem Direktions-Assistentinnen-Schreibtisch nämlich)? Ich verliere jedenfalls die ganze Zeit. Als ich wieder einmal hoch gepokert und ebenso verloren habe, schiebe ich schmollend die Unterlippe vor:

»Menno, ich dachte, wir feiern hier meinen neuen Job. Müsstet ihr mich da nicht wenigstens aus Höflichkeit gewinnen lassen?«

»Im Gegenteil, ganz im Gegenteil«, sagt Sally grinsend und streicht zwölf Fünfzigcentstücke aus meiner Börse ein. Wenn das so weitergeht, muss ich Lutz morgen gleich um einen Vorschuss auf mein Gehalt bitten. Eisern trinke ich nach jedem Glas Wein erst mal ein großes Glas Wasser, angeblich ja der Geheimtipp gegen einen Kater. Auch wenn ich nicht glaube, dass ich mich damit bei meinem Arbeitgeber unbeliebt machen würde, eigentlich eher im Gegenteil. Vielleicht würde er sich sogar freuen, einen weiblichen Saufkumpan gefunden zu haben. Aber zwei Säufer in einer Firma? Da sehe ich ja schwarz für Behrens & Scheffler. Nein, nein, einer muss ja die Fäden zusammenhalten. Ich stelle erfreut fest, wie engagiert ich diesem neuen Job gegenüberstehe. Ein herrliches Gefühl!

Nicht ganz so herrlich fühlt es sich an, als mich am nächsten Tag der Wecker um 6.15 Uhr aus meinen Träumen reißt. Und was für Träume! Ich sage nur Behrens-&-Scheffler-Filialen im ganzen Land, ich sage nur Geschäftsfrau

Mona im Einsatz, ich sage nur Happy End. Na ja. Unwillig haue ich auf dem Störenfried auf meinem Nachttisch herum, der einfach nicht aufhören will zu fiepen. Nein, einen Kater habe ich nicht. Das mit dem Wasser war ein guter Tipp. Aber was für eine unchristliche Zeit! Es ist noch mitten in der Nacht. Draußen ist es stockfinster. Und sicher bitterkalt. Brrr! Ich friere schon, wenn ich nur daran denke, die warme Höhle meines Bettes jetzt verlassen zu müssen. Viertel nach sechs, was für ein Albtraum. Seit Wochen bin ich nicht mehr so früh aufgestanden. Nun ist es vorbei mit dem Lotterleben. Ich muss um acht bei der Arbeit sein (ja, ich habe Arbeit, ein leichtes Freudengefühl macht sich breit) und dazu muss ich quer durch die halbe Stadt gurken. Wer bitte schön beansprucht denn eine Treue-Test-Agentur zu dieser nachtschlafenden Zeit? Keine Sau, möchte ich wetten. Wenn ich erst Partner bin, werde ich anregen, die Geschäftszeiten um mindestens zwei Stunden nach hinten zu verschieben. Fluchend quäle ich mich endlich aus dem Bett und renne bibbernd in meinem langen weißen Nachthemd (ich trage nichts anderes mehr) in Richtung Badezimmer. Im Vorbeilaufen sehe ich, dass Henne natürlich schon in der Küche beim Frühstück sitzt. Sonst habe ich das Klappern des Geschirrs ja immer nur vom Bett aus gehört. »Senile Bettflucht«, hat sie das mal trocken kommentiert, »ich bin ab halb sechs putzmunter.« Könnte ich mir davon nicht für die Zukunft ein Scheibchen abschneiden? Bitte!

Nach einer langen heißen Dusche sieht die Welt schon wieder ein bisschen besser aus. Ich kleistere mir wieder das Gesicht zu, so wie Kerry es mir gezeigt hat. Dann ziehe ich meine weite schwarze Hose und einen engen grünen Rollkragenpullover an – mit dem obligatorischen Push-up (zaubert eineinhalb Körbchengrößen dazu) darunter, versteht sich. Lange nicht so sexy wie gestern, aber doch noch ganz schick. Ich finde nämlich wirklich Gefallen an der veränderten Mona. Aber übertreiben muss ich es ja nicht, bin schließlich ernst zu nehmende Direktionssekretärin und nicht liederlicher Lockvogel! Auch die Zickenstiefel lasse ich heute im Schrank. Ich bin doch nicht wahnsinnig. Wenn ich die Dinger acht Stunden tragen soll, gehe ich morgen an Krücken. Ich betrachte mich im Spiegel und finde mich hübsch, nur die Brille … Kerry hat mir da echt einen Floh ins Ohr gesetzt. Das ist mir vorher noch nie aufgefallen, aber wenn ich mal so richtig hinsehe: Eigentlich ist sie zu groß. Und zu rund. Diese Hornbrillen waren total in – vor zehn Jahren. Jetzt sind sie nur noch unmodern. Ich werde mir von meinem ersten Gehaltsscheck als Erstes eine neue Brille kaufen. Oder nein, als Zweites. Zunächst gilt es, den Schuldschein bei Lotta einzulösen, den ich gestern Abend unterschreiben musste. Ich sollte die Finger von Glücksspielen lassen.

»Mensch, ist das toll, dass du ab jetzt so früh aufstehen musst«, findet Henne, als ich in die Küche komme. Ach ja? »Jetzt frühstücken wir zu zweit. Seit fast zehn Jahren war ich jeden Morgen alleine.« Und das wundert sie? Um diese Zeit? Da nehme ich noch eher ein spätes Abendessen ein als ein Frühstück. Mit Tee und Salamibrötchen wecke ich allmählich wieder meine Lebensgeister.

Um kurz vor acht (was bin ich stolz auf mich) stecke ich den Schlüssel in das Schloss der Bürotür. Es ist noch abgeschlossen, also ist Lutz noch nicht da. Gut so! Ich betrete das Büro. Ach, so sieht es hier also aus. Nein, ich übertreibe. Habe das ja im Großen und Ganzen schon alles gesehen, nur eben unscharf. Aber etwas ist neu. Hinten links im Raum steht ein weiterer Schreibtisch. Es ist zwar nur eine aufgebockte Holzplatte, aber immerhin habe ich meinen eigenen Schreibtisch, das ist doch schon mal was. Es steht ein Telefon und ein Computer darauf. Was brauche ich mehr? Egal wie provisorisch der Tisch ist, ich bekleide immer noch die zweithöchste Position in einem Unternehmen. Na also! Was bin ich heute positiv! So kenne ich mich ja gar nicht.

Zwei Stunden später habe ich geschnallt, dass ich nicht für eine Verschiebung der Bürozeiten sorgen muss, wenn ich erst Partner von Lutz geworden bin. Ich muss dann nur eine Dumme finden, die von acht bis zehn das Telefon hütet. So eine wie mich. Mein Chef ist ja echt ein Fuchs, das muss ich schon sagen. Wahrscheinlich räkelt er sich noch gemütlich in den Federn oder trinkt gerade seinen Morgenkaffee (mit Schuss, so wie ich ihn einschätze), während ich hier alleine rumsitze. Eigentlich eine Frechheit. Aber vielleicht tue ich ihm auch Unrecht? Vielleicht arbeitet er ja? Vielleicht hat er einfach einen auswärtigen Termin? Beim Finanzamt oder was weiß ich? Da klingelt schon wieder das Telefon. Am laufenden Band übrigens, wenn ich das mal so anmerken darf. Ich muss meine Meinung entschieden revidieren, dass eine Treue-Test-Agentur zu früher Morgenstunde noch nicht benötigt wird. Ist ja auch Quatsch, wenn ich es mir so recht überlege. Rund um die Uhr braucht man sie. Uns. Mich. Vor mir stapeln sich an die zehn Notizzettel, auf denen ich Namen und Telefonnummern notiert habe. Seufzend blicke ich auf den Berg. Schrecklich, wie Misstrauen und Untreue um sich greifen in der heutigen Zeit. Andererseits ist das nun mein täglich Brot, vielleicht sollte ich da untreuen Ehepartnern ab jetzt sogar dankbar sein? Auf jeden Fall scheint das Geschäft blendend zu laufen.

In dem Moment, als ich wieder auflege, erscheint mein Chef im Türrahmen. Ich möchte wirklich nur das Beste von ihm denken, aber wenn der nicht gerade aus dem Bett kommt, dann will ich wieder Moni heißen!

Und so wie es aussieht, hat er noch nicht einmal ein schlechtes Gewissen dabei. Er gähnt ausgiebigst, ohne sich dabei die Hand vor den Mund zu halten. Also wirklich, Manieren hat der Kerl.

»Guten Morgen«, sagt er und lässt sich an seinem Schreibtisch nieder. Lutz grinst mich an: »Hübsche Brille!« Frechheit. Aber ich habe nicht lange Zeit, mich zu ärgern, denn nun bekomme ich meinen ersten offiziellen Auftrag: »Bringen Sie mir bitte einen Kaffee, schwarz mit zwei Zucker.« Kaffee? Wie aufregend! Wie anspruchsvoll! Und woher nehmen, wenn nicht stehlen? Ach so, draußen in der Küche steht eine Kaffeemaschine. Na schön. In einer gelben Tasse mit dem Aufdruck »Kommst du heut nicht, kommst du morgen« serviere ich meinem Chef das gewünschte Heißgetränk. Ab sofort habe ich ihm das unaufgefordert zu bringen, sobald er das Büro betritt. Wenn er mich jetzt noch zum Fotokopieren schickt, ist das Image der Tippse perfekt. Ich bringe Lutz die zehn Zettel mit Namen und Telefonnummern. Mit hochgezogener Augenbraue guckt er zuerst auf die Zettel und dann mich an.

»Ach ja, natürlich, Sie wissen ja noch gar nicht, wie das so läuft hier, also …« Und dann bekomme ich einen Crashkurs in Sachen Treue-Test-Agentur. Lutz erklärt mir ganz genau, wie die Sache funktioniert. Jemand ruft an, beschreibt seinen Partner und dessen Vorlieben, was die Optik des anderen Geschlechts angeht. Klar, das weiß ich doch schon. Dann suche ich mir aus der Datenbank im Computer aus den insgesamt fünfundvierzig weiblichen und zehn männlichen Lockvögeln einen aus.

»Ach, nur zehn Männer, wieso das denn?«, frage ich interessiert nach.

»Die sind völlig unterbeschäftigt«, grummelt Lutz.

»Ah, verstehe, weil Frauen treuer sind als Männer.«

»Ich würde eher sagen, weil Frauen misstrauischer sind«, sagt er gleichgültig. »Also weiter.« Lockvogel raussuchen, mit dem fast immer weiblichen Kunden einen Termin und Ort ausmachen, an dem der Lockvogel mit der Zielperson in Kontakt treten kann. Erkennungsmerkmale festlegen oder, wenn möglich, Foto per E-Mail anfordern, dann das betreffende Mädchen anrufen, den Termin abklären und noch mal bestätigen, nach der Aktion das Ergebnis abwarten, dem Kunden überbringen, Rechnung schreiben, Kontoeingang kontrollieren, Überweisung der Provision an den Lockvogel, Akte schließen, nächster Fall. Mit rauchendem Kopf stehe ich vor meinem Chef.

»Kapiert?«, fragt der mich knapp.

»Äh, ja, so ziemlich«, sage ich mit etwas unsicherer Stimme. War jetzt ein bisschen viel auf einmal, aber ich denk schon, dass ich das hinkriege, wenn ich ihm ein paarmal über die Schulter geguckt habe.

»Übung macht den Meister«, sagt er denn auch beruhigend. Puh, er hat also Verständnis. Das ist schön. Er drückt mir den Stapel Notizzettel zurück in die Hand und sagt: »Dann mal los, viel Erfolg!«

»Äh, was?«

»Na ja, das hier sind ja schon mal zehn Vorgänge.« Das Telefon klingelt. »Und das wird wohl der elfte. Wenn Sie damit durch sind, sehen Sie bestimmt bereits viel klarer. Na los, an die Arbeit.« Meine Knie werden weich. Und ich brauche wohl nicht zu erwähnen, dass mir der Schweiß mal wieder aus allen Poren bricht. Ich fühle mich hoffnungslos überfordert. Ich meine, ich habe ganz bestimmt gut zugehört und mir auch eifrig Notizen gemacht, aber Theorie und Praxis sind doch bekanntermaßen zwei Paar

Schuhe. Wie soll ich das bloß schaffen? Doch dann gebe ich mir einen Ruck, gehe erhobenen Hauptes an meinen Schreibtisch zurück und nehme den Hörer ab, um Vorgang Nummer elf aufzunehmen. Und um die anderen zehn kümmere ich mich auch. Das wäre doch gelacht!

Schweißgebadet verlasse ich an diesem Abend um kurz nach sechs das Büro. Nach einem zwanzigminütigen Besuch hat Lutz mich wieder allein gelassen, so dass ich ihn noch nicht einmal um Hilfe bitten konnte, wenn ich nicht weiterwusste. Ich musste den ganzen Laden alleine schmeißen. Das war ein Stress, wie ich ihn noch nie erlebt habe (beruflich meine ich natürlich). Aber auch wenn ich jetzt mit meinen Kräften ziemlich am Ende bin, erfüllt mich doch ein gewisser Stolz, denn ich habe es geschafft. Mit Hängen und Würgen und einigen verzweifelten Anrufen bei Kerry, die über den Ablauf von Treue-Tests ja ziemlich genau im Bilde ist, aber trotzdem. Ich bin zufrieden mit mir selbst.

In den nächsten Wochen entwickle ich dann ziemlich schnell so etwas wie Routine. Jeden Morgen erscheine ich pünktlich um acht im Büro und beginne mein Tagwerk. Ich habe mich sogar an die frühen Morgenstunden gewöhnt und genieße die klare Luft um diese Uhrzeit. Der März bringt mittlerweile zwar kühle, aber schon sonnige Tage. Da sitze ich morgens im Büro, die Sonne scheint mir ins Gesicht, und ich trinke Kaffee aus meiner hellblauen »Morgenstund hat Gold im Mund«-Tasse. Die habe ich für zwei Euro in so einem Billigladen gekauft. Ich finde, das ist eine diplomatische und gewitzte Art und Weise, meine leichte Kritik an Lutz zu äußern, ohne mich dadurch ernsthaft in Gefahr zu bringen. Würde ich wahrscheinlich sowieso nicht, selbst wenn auf meinem Becher stünde: »Lutz, du fauler Sack, wann arbeitest du eigentlich mal?« Der Typ ist nämlich sowieso nie da. Wenn ich Glück habe, kommt er einmal am Tag für ne Stunde vorbei, trinkt seinen Kaffee, guckt, was ich so gemacht habe, nickt zufrieden (immerhin das!) und verschwindet wieder. Und ich schmeiße den kompletten Laden, für einen Assistentinnenlohn. So richtig in Ordnung finde ich das ja nicht, aber ich werde mit Lutz bald über mein Gehalt sprechen. Zumindest habe ich das vor, mal sehen, ob ich mich wirklich traue. Erst mal mache ich mich für ihn unentbehrlich. Wenn er sich vollkommen daran gewöhnt hat, dass ich seine ganze Arbeit erledige, dann spreche ich ihn drauf an. Bis dahin lebe ich von dem ausgesprochen erhebenden Gefühl, das erste Mal in meinem Leben einen Job gut und gerne zu machen.

Heute ist Freitagnachmittag und Lutz ist zur Abwechslung mal überhaupt nicht aufgetaucht. Das Telefon klingelt.

»Sekretariat von Lutz Scheffler, mein Name ist Mona Behrens, was kann ich für Sie tun?«, leiere ich meinen Spruch runter. Nein, nein, nix da von wegen Treue-Agentur und so. Zwar war Lutz von meinem Auftritt beim Vorstellungsgespräch ziemlich angetan und wohl auch amüsiert, aber dennoch habe ich einen Fehler gemacht, indem ich mich mit Treue-Agentur Scheffler gemeldet habe. Das hat er mir am nächsten Tag erklärt. Als er um zehn ins Büro kam und ich schon fast ein Dutzend Anrufe auf diese Weise beantwortet hatte. Na, sein Pech! War nicht meine Schuld. Lektion Nummer eins für Treue-Tester: Niemals freiwillig zugeben, dass man ein solcher ist. Mit einem Wort kann man einen kompletten Auftrag das Klo runterspülen, wie Lutz es ausgedrückt hat. Beispiel: Frau M. hat den Verdacht, dass ihr Mann ihr untreu werden würde, wenn er nur die Gelegenheit dazu bekäme. Sie konsultiert Lutz (beziehungsweise jetzt mich), um einen Treue-Test durchführen zu lassen. Frau M. ist blöd genug, das von zu Hause aus zu tun und vergisst, dass der Telefonrechnung ein Einzelnachweis beiliegt. Herr M. sieht auf diesem eine ihm unbekannte Telefonnummer. Er wird misstrauisch und vermutet nun seinerseits, dass möglicherweise Frau M. ihn betrügt. Er wählt die Nummer, es meldet sich eine Treue-Test-Agentur und Herr M. ist gewarnt. Klingt logisch, oder? Auch wenn man gefragt wird: »Was für eine Art Büro sind Sie denn?« Niemals eine klare Ansage machen. Erst muss der Gegenüber das Wort Treue-Test oder was Vergleichbares in den Mund nehmen, dann ziehe ich nach.

»Hallo, hier spricht Angela Baumgärtner«, sagt die Stimme am anderen Ende der Leitung nervös.

»Hallo, Frau Baumgärtner, was kann ich für Sie tun?«

»Könnte ich Herrn Scheffler sprechen, bitte?« Leicht gesagt.

»Er … er ist gerade nicht im Büro«, sage ich.

»Oh. Aber es ist dringend.« Die Gute klingt schon leicht panisch.

»Worum geht es denn? Sofern es nicht privat ist, kann ich Ihnen ganz genauso weiterhelfen.«

»Äh, nein, es ist nicht privat«, kommt es zögerlich zurück.

»Also, dann sind Sie bei mir schon ganz richtig.«

»Wirklich? Aber, Sie sind doch bloß die Sekretärin, oder?« Uff, das hat gesessen. In diesem Moment beschließe ich, mich ab jetzt mit Mona Behrens und sonst nichts mehr zu melden. Na schön, Mona Behrens bei Lutz Scheffler von mir aus.

»Glauben Sie mir, ich schmeiße hier den Laden«, sage ich betont ruhig, »worum geht es?«

»Ich möchte, dass Sie meinen Mann einem Treue-Test unterziehen.«

»Gerne. Wir werden einen unserer Lockvögel damit beauftragen, mit Ihrem Mann in Kontakt zu treten und mit ihm zu flirten. Dann wird die Dame ein eindeutiges Angebot machen. Wenn er darauf eingeht …«

»Sie wird doch nicht mit ihm schlafen, oder? Das möchte ich nicht«, wirft Frau Baumgärtner ein. Ach?

»Wir beschäftigen keine Prostituierten, seien Sie ganz beruhigt. Intime Kontakte sind vertraglich ausgeschlossen. Der Lockvogel wird sich dann unter einem Vorwand entfernen und mir sagen, wie der Test verlaufen ist. Ich wiederum werde dann Sie anrufen und schon wissen Sie Bescheid.«

»Und was kostet das Ganze?«

»199,– Euro inklusive Mehrwertsteuer. Plus eventueller Ausgaben, die unser Lockvogel hat.«

»Gut. Ich will, dass Sie meinen Mann testen. Heute Abend.« Heute Abend. Na, die ist ja vielleicht gut. Ich werfe einen Blick in die Datenbank. Heute ist Freitag. Die meisten Lockvögel sind bereits gebucht, ein paar andere haben sich sperren lassen.

»Ich weiß nicht, ob das möglich sein wird, Frau Baumgärtner, das ist ein wenig kurzfristig …« Gerade sehe ich, dass Kerry heute Abend noch frei ist.

»Gut, ich habe hier noch eine Dame. Sehr hübsch, schlank und dunkelhaarig. Ist Ihnen das recht?«

»Ja.«

»Wo ist denn Ihr Mann heute Abend?«

»Er ist Fitnesstrainer in der Kaifu Lodge. Er gibt da einen Tai-Bo-Kurs von sieben bis acht. Sein Name ist Markus.«

Ein Fitnesstrainer? Also, ich will ja nicht unken, aber das Ergebnis des Tests kann ich ihr jetzt schon sagen.

»Ist gut, Frau Baumgärtner, und dort soll unser Lockvogel ihn ansprechen?«

»Ja.«

»In Ordnung, ich werde sehen, was ich tun kann.«

»Rufen Sie mich danach sofort an?«

»Noch heute Abend?«

»Ja.«

»Gut, wenn Sie wollen«, seufze ich ergeben. Sie gibt mir ihre Handynummer, dann lege ich auf und klingle Kerry an.

»Och Menno, ich dachte, wir gehen heute ins Molly Malone zu John«, mosert die.

»Das wird ein leichter Job, Kerry. Du kaufst dir eine Tageskarte für den Laden, machst da den Tai-Bo-Kurs mit und schmeißt dich an den Trainer ran.« Sie stöhnt übertrieben. »Sport ist Mord, aber na gut.«

»Und dann treffen wir uns um halb zehn bei John, okay?«

»Ist gut.«

Abends sitze ich um halb zehn wie vereinbart im Irish-Pub am Tresen und warte auf Kerry. John versucht derweil, eine Unterhaltung mit mir in Gang zu bringen, aber ich habe keine rechte Lust auf ihn. Ich nehme ihm immer noch übel, dass er meinen Namen vergessen hat. Im Gegenzug sagt er ihn jetzt vor und hinter jedem Satz, was mich genauso nervt:

»Mona, how you doing, Mona?« – »Mona, would you like another drink, Mona?« Damit macht er es auch nicht wieder gut. Ich bleibe wortkarg und bin froh, als Kerry endlich den Laden betritt. Sie sieht schon wieder klasse aus. Die Schlaghose mit dem Blumenmuster am Saum kenne ich noch gar nicht, ebenso wenig die fließende hellblaue Bluse. Sie kommt auf uns zu, küsst mich auf die Wange und John auf den Mund und kraxelt umständlich auf den Hocker neben mir.

»Ich fühle mich, als hätte ich ein Duell mit den Klitschko-Brüdern gehabt, und zwar über zwölf Runden«, stöhnt sie dabei theatralisch. »Ich sag dir, mach niemals diesen Tai-Bo-Quatsch. Ich dachte, ich muss sterben!«

»Und, hat er den Test bestanden?«, frage ich.

»Nein, kann man nicht sagen«, antwortet sie fröhlich. »Ich konnte gerade noch verhindern, dass er sich da an Ort und Stelle auf mich stürzt.« Aus dem Augenwinkel kann ich sehen, wie John ein wenig die Stirn runzelt. Klar, kann auch nicht ganz leicht sein, wenn die Freundin so einen Job hat. »Aber irgendeine hat er ganz bestimmt noch flachgelegt heute Abend. Die Mädels standen Schlange bei ihm. Unglaublich, dass seine Frau zweihundert Euro für etwas bezahlt, das sämtliche Kursteilnehmerinnen umsonst tun.« Ja, unglaublich, aber gut für uns. Ich verziehe mich mit meinem Handy schnell in eine ruhige Ecke, um Frau Baumgärtner anzurufen. Diesen Teil des Jobs mag ich am allerwenigsten. Einige Frauen sagen zwar einfach »ja, danke« und legen auf, aber die meisten brechen heulend am Telefon zusammen.

»Baumgärtner.«

»Frau Baumgärtner, hier spricht Mona Behrens von der Agentur.«

»Und?«

»Ja, äh, leider hat Ihr Mann den Treue-Test nicht bestanden.«

»Soso.« Ihre Stimme zittert nur ganz leicht. »Das habe ich mir gedacht. Vielen Dank. Haben Sie vielleicht auch die Nummer eines guten Scheidungsanwalts?« Hut ab, die Frau ist entschlossen. Richtig so, finde ich! Und natürlich kann ich ihr die Nummer von Rechtsanwalt Große geben. Das gehört bei uns zum Service mit dazu. Das ging ja wirklich glimpflich ab. Ich lege auf und freue mich, dass ich nun endlich Wochenende und zwei Tage nichts mehr mit untreuen Kerlen zu tun habe. Ich gehe zurück zu Kerry, die wieder aufgestanden ist und sich John in ihren neuen Klamotten präsentiert.

»Du willst von mir wissen, ob ich finde, dass du damit fremde Männer heiß machen kannst. Jetzt verlangst du aber ein bisschen viel von mir«, höre ich ihn in seinem breiten irischen Akzent mosern, als ich wieder auf meinen Platz zurückkehre.

»Also kein Kompliment heute Abend«, sagt Kerry und zieht einen Schmollmund. John nimmt ihre Hände.

»Du siehst wie immer hinreißend aus.«

»Na also, es geht doch«, sagt Kerry augenzwinkernd zu mir. Ich muss grinsen. Und zugeben, dass John sooooo doof ja vielleicht doch gar nicht ist. Zu Kerry ist er jedenfalls echt süß, und das ist doch die Hauptsache.

10.

Hätte ich so was nur nicht so vorschnell gedacht! Als ich am nächsten Abend um halb neun an der S-Bahn-Haltestelle Reeperbahn aussteige, finde ich Kerry dort auf der Treppe sitzend – tränenüberströmt. Kerry, die fröhliche, unkomplizierte, immer lachende, Schauspielerin-Slash-Lockvogel-Kerry.

Ich muss noch fast zwanzig Minuten warten, bis ich eine einigermaßen verständliche Antwort aus ihr herausbekomme. Davor hängt sie wie ein nasser Sack in meinen Armen und strapaziert mein Trommelfell mit den höchsten Tönen, die je ein menschlicher Stimmapparat zustande gebracht hat. Da steckt auf jeden Fall mehr dahinter als ein Muskelkater.

»Sag schon, was ist passiert?« Die Tränen strömen weiter, während sie mir eine Geschichte erzählt, die mir den Rest gibt. Um es kurz zu machen: Sie hatte soeben das Vergnügen, John vögelnderweise auf dem Tresen mit einer jungen vollbusigen Blondine zu erwischen. Das Szenario kommt mir irgendwie bekannt vor. Habe lange nicht mehr daran gedacht, aber jetzt trifft mich die Erinnerung mit solcher Wucht, dass ich nur mit Mühe verhindern kann, auf den Gehweg zu kotzen. Aber ich reiße mich zusammen, schließlich ist das hier Kerrys Drama. Sie erzählt mir, dass sie wusste, dass John nachmittags im Molly Malone seine Getränkebestände durchzählen wollte. Spontan kam sie auf die Idee, ihn dort zu überraschen. Ich würde sagen, die Überraschung ist geglückt. So ein mieses Schwein!

»Und was hast du gemacht, als du die beiden gesehen hast?« Ein bisschen ratlos guckt Kerry mich an.

»Ich kann mich nur noch erinnern, dass ich auf die beiden losgegangen bin, der Rest ist irgendwie verschwommen.« Mit der linken Hand greift sie in ihre Jackentasche und zieht tatsächlich ein Büschel langer blonder Haare hervor. »Als ich draußen wieder zu mir kam, hatte ich die in der Hand. Hab ich der Tussi wohl vom Kopf gerissen. Dabei hätte John das verdient gehabt.«

»Der hat ja kaum noch welche«, versuche ich zu lästern. So nach dem Motto: Vergiss doch den ollen Glatzen-Peer. Funktioniert leider nicht. Kerry kriegt einen neuen Heulanfall.

»Ich hab mich an der Tür noch mal umgeguckt. Da stand er, immer noch mit offener Hose und rief irgendwas. Hab's aber nicht verstanden. Ich wollte nur noch raus.« Schweigend sitzen wir auf dem Bordstein und starren vor uns hin. Ich muss ein bisschen grinsen bei der Vorstellung, wie Kerry das saubere Pärchen anspringt und sich in den Haaren der Trulla festkrallt. So impulsiv wäre ich auch gerne gewesen. Damals. Mit Violas Skalp am Gürtel wäre das ein sehr viel würdevollerer Abgang von meiner eigenen Party gewesen. Beeindruckend. Es hat nur dreieinhalb Monate gedauert, mir für diese Situation die passende Reaktion auszudenken. Und das auch noch mit Kerrys Hilfe. Was fühle ich mich erbärmlich. Ich gucke links neben mich und fühle mich noch erbärmlicher, weil ich schon wieder mal nur an mich denke. Ich muss etwas tun!

»Also, pass auf, du bleibst jetzt hier sitzen und rührst dich nicht von der Stelle. Ich bin gleich wieder da.« Sie will nicht mal wissen, wo ich hingehe, nickt nur stumm und schaut auf den Boden.

Im Laufschritt nehme ich die paar hundert Meter zum Hans-Albers-Platz und reiße die Tür auf. An den Tischen sitzen vereinzelt Gäste. John steht hinter dem Zapfhahn und starrt mich mit großen Augen an.

»Mona«, beginnt er, »wo ist Kerry, ich erreiche sie nicht und …« Ich schieße auf ihn zu und sage scharf:

»Halt die Klappe! Das wirst du noch bereuen, dass du Kerry so wehgetan hast, du Mistkerl!« Ich habe keine Ahnung, was ich tun, wie ich sie rächen will, aber ich finde, das klingt einfach toll: Du wirst es bereuen!

»Mona, ich wollte das nicht, bitte, sag ihr, dass es mir Leid tut«, fleht er mich an.

»Okay«, sage ich listig, »dann solltest du als Erstes dafür sorgen, dass Kerry heute einen schönen Abend hat. Gib mir zweihundert Euro!« Ich weiß von Kerry, dass John ein ziemlicher Geizknochen ist, aber er geht wortlos an die Kasse und reicht mir vier Fünfzig-Euro-Scheine. Hey, das ging ja ganz leicht. Ich trete hinter den Tresen und nehme zwei Flaschen vom besten Rotwein aus dem Regal. »Du hast doch nichts dagegen?« Und schon mache ich mich wieder aus dem Staub, unter dem verwunderten Blick der Gäste, die sich wohl fragen, ob das jetzt gerade so eine Art Raubüberfall war.

»Sag ihr, dass es mir Leid tut«, ruft John mir hinterher.

Kerry sitzt noch genauso da, wie ich sie verlassen habe. Sie hat den Kopf gesenkt und bewegt sich nicht. Dass sie noch lebt ist nur an den Tränen zu erkennen, die in regelmäßigen Abständen die Nase herunterkullern. Dort hängen sie für einen kurzen Moment zitternd an der Nasenspitze, um dann auf dem Asphaltboden zu zerschellen. Ganz im Ernst, sie bietet einen tragischen Anblick. Am liebsten würde ich mich einfach daneben setzen und mitheulen. Über diese ganze ungerechte Welt, über die Männer, die immer wieder Frauenherzen brechen. Aber ich muss sie jetzt aufmuntern. Das ist vielleicht ein etwas zu hoch gestecktes Ziel. Also, zumindest ablenken. Ich stelle mich direkt vor sie hin. Sie hebt den Kopf und sieht mich aus gequälten Augen an. Dann hebt sie ein Zwanzig-Cent-Stück auf, das vor ihren Füßen liegt.

»Das hat mir eben einer hingeworfen«, sagt sie schief grinsend.

»Na, umso besser«, sage ich betont munter, zücke meine Beute und zeige sie ihr.

»Dann haben wir jetzt zweihundert Euro und zwanzig Cent, um uns einen schönen Abend zu machen.« Als ich ihren zweifelnden Blick sehe, verbessere ich mich schnell: »Um uns einen unter diesen Umständen einigermaßen erträglichen Abend zu machen.« Sie grummelt etwas Unverständliches, aber ich greife nach ihrer Hand, ziehe sie auf die Füße und dann die Reeperbahn hinunter.

Wohin? Okay, was hätte mir damals gut getan als ich in derselben Situation steckte? Violas Skalp. Olafs Herz und Nieren zu einem Glas Chianti. Immerhin haben wir Chianti. Und einen richtig teuren noch dazu! Den verkauft John (der alte Halsabschneider, Dreckskerl!) für fünf Euro pro Glas. Aber ich schweife ab. Also, wir brauchen was Leckeres zu Essen, wir brauchen eine Menge zu trinken und am besten auch ein paar gut gebaute Kerle! Na, da sind wir hier ja richtig.

Fünf Minuten später biegen wir in die Große Freiheit ein. Dort befindet sich links das Dollhouse und rechts das Dollhouse-Diner. Ist das nicht großartig? Alles, was ich für die Aufmunterungsaktion brauche, auf einem Fleck. Das gibt es nur in einer Großstadt. Auf dem Weg haben wir schon die erste Flasche Rotwein gekillt, deren Korken ein mitfühlender Passant mit seinem Daumen für uns in die Flasche gedrückt hat.

Nun sitzen wir im Dollhouse-Diner und trinken jede erst mal einen Caipirinha. Zum Warmwerden sozusagen. Und genauso schmeckt er auch: viel Eis, viel Limette, viel Zucker, aber kaum Rum.

»Das ist ja wohl ne Frechheit«, fängt Kerry prompt an zu schimpfen. Aha, die Kummerphase wird gerade von der Aggressionsphase abgelöst. »Auch wenn das nicht mein Geld ist, was wir hier versaufen, ich lass mich doch nicht verarschen. EY! MAITRE!« Auweia. Der schmucke dunkelhaarige Kellner, gut gebaut, Ende zwanzig, genau mein Beuteschema, kommt an unseren Tisch.

»Ja?«

»Na, wow, du wusstest also direkt, dass ich dich meine, was? Kannst wohl französisch, hm?«

»Äh…« Gott sei Dank ist der Typ ein bisschen dusselig.

»Jetzt hör mir mal zu. Mein Freund hat eben vor meinen Augen eine andere durchgenudelt«, Maîtres Augen weiten sich erstaunt, »von daher bin ich im Moment nicht besonders gut auf Männer zu sprechen. Schon gar nicht, wenn sie mir Limettensaft mit Zucker vorsetzen und mir dann erzählen, das sei 'n Caipi. Haben wir uns verstanden?«

»Äh…«

»Ich will verdammt noch mal einen richtigen Cocktail. Mit Alkohol. Nicht so ne Kinderkacke!« Kerry kreischt mittlerweile hysterisch. Die Leute gucken schon alle. Ich verstecke mein puterrotes Gesicht in meinem Glas. Ganz kurz kommt mir der Gedanke, dass ich irgendwie verstehen kann, warum Liebeskummergeplagte so oft alleine sind. »Was für Erwachsene, ist das klar?«, krakeelt Kerry dem Kellner noch hinterher.

Fünf Minuten später steht eine neue Runde Drinks vor uns. Der Kellner lächelt Kerry freundlich an. Sie nimmt einen tiefen Schluck und beginnt zu husten.

»Der ist gut, danke«, sagt sie, als sie wieder zu Atem kommt und nimmt einen weiteren Schluck. Ich blicke dem zufrieden lächelnden Kellner misstrauisch hinterher und schnuppere vorsichtig an meinem Glas. Also, ich will ja niemandem irgendetwas unterstellen, aber wenn mich ein Gast auf diese Art und Weise anschreien würde, da würde mir so einiges einfallen, was ich dem in den Drink mischen könnte. Oder ist nur meine eigene Seele so schwarz und verdorben? Ich beobacht Maître von weitem. Es sieht nicht so aus, als sei er sauer. Oder schadenfroh. Oder sonst was. Er geht einfach nur seiner Arbeit nach. Vielleicht ist der einfach zu hohl für solche Empfindungen? Ich nippe vorsichtig an meinem Caipi. Mein lieber Schwan. Der besteht sicher zu fünfzig Prozent aus Rum. Egal, selbst wenn die anderen fünfzig Prozent nicht astrein sein sollten: Alkohol desinfiziert bekanntlich. Also runter damit.

»Noch so einen?«, fragt der Maître, als er wenige Minuten später unsere leeren Gläser abräumt und Kerry dabei ein strahlendes Lächeln schenkt. Ob sie ihm Leid tut? Vielleicht steht er auch auf Beschimpfungen, weiß man's?

»Klar«, antwortet sie für uns beide, »und dann wollen wir das Rumpsteak mit den French Fries und Salat.«

»Durch oder medium?«

»Durch«, sage ich.

»Englisch«, sagt Kerry mit blutrünstiger Stimme. Maître verzieht keine Miene.

Ich bin mir fast sicher, Kerry stellt sich gerade vor, dass es sich bei dem noch fast rohen Stück Fleisch auf ihrem Teller, aus dem bei jedem Schnitt das Blut in Strömen fließt, um einen Körperteil von John handelt. Und ich bin mir nicht sicher, ob ich wissen will, welchen. Auf jeden Fall erlegt sie ihr Rumpsteak wie eine Löwin die Antilope. Es verdirbt mir ein wenig den Appetit, wie sie mit ihren Zähnen das rote Fleisch zermalmt, aber da ich nachvollziehen kann, was sie gerade durchmacht, gucke ich einfach woanders hin.

Das Portemonnaie ist halb leer und wir halb voll, als wir zwei Stunden später die paar Schritte rüber ins Dollhouse gehen. Ich zahle an der Kasse den Eintritt, während Kerry schnurstracks ins Herz des Etablissements torkelt. Nur wenig aufrechter folge ich ihr. Drinnen bleibt mir erst mal die Luft weg. Jaja, ich gebe zu, auch wenn ich hier so locker flockig den Reeperbahn-Kenner mime: Ich war hier noch nie. Und was ich sehe, haut mich um. Auf dem hufeisenförmigen Tresen stehen diverse Käfige, in denen sich wunderschöne halb nackte Körper, männlich wie weiblich, lasziv zur Musik bewegen, weiter hinten runde Tische mit gemütlich aussehenden, samtbezogenen Bänken drum herum, wo sich ebenfalls Tänzer(innen) räkeln und dann noch eine Bühne mit einem Motorrad in der Mitte und zwei Stangen an je einer Seite. Wie bei der Feuerwehr. An der einen hängt kopfüber eine bildschöne dunkelhäutige Frau mit den perfektesten Brüsten und dem perfektesten Hintern, den ich je in echt gesehen habe. Sie hält sich nur mit den Oberschenkeln an der Stange fest und lässt sich aus zweieinhalb Metern Höhe in die Tiefe rutschen. Wenn sie nun runterfällt, nicht auszudenken. Ich klopfe Kerry auf die Schulter, um ihr dieses Wunder zu zeigen, doch die starrt mit offenem Mund auf einen der Tische, auf dem sich ein perfekter Mann mit perfekter Figur gerade entblättert. Der Hüne mit den slawischen Gesichtszügen trägt einen Matrosenanzug und sogar ein dazu passendes Käppi. Irgendwie albern, aber gleichzeitig auch umwerfend sexy. Um den Tisch herum sitzt eine schreiende Horde Frauen, die jeden Körperteil, den er für sie entblößt, mit »Dollhouse-Dollars« bestückt. Gerade leckt er seine linke Hand ab und befeuchtet damit den linken Oberschenkel. Da soll dann der Dollar drauf. Klatsch! Eine der Frauen, Typ graue Maus mit straßenköterblonden Haaren und blasser Haut, trägt ein T-Shirt mit der Aufschrift: »Heute ist mein letzter Tag in Freiheit!«. Ein Junggesellinnenabschied. Gerade hat der Tänzer die glückliche Braut in spe hochgehoben, und sie schlingt die Beine um seine Hüften. Lechz! Ist das ungerecht. Die heiratet doch morgen. Wieso darf sie bei dem Typen auf den Arm? Kerry findet das auch total unfair, und wir entspannen uns erst, als er sie wieder abgesetzt hat und sich daran macht, auch noch die letzten spärlichen Bekleidungsstücke abzulegen. Der wackelt beim Tanzen mit den Hüften, da wird einem ganz anders zumute. Was für ein Kerl. Ich dachte nicht, dass es so was in echt gibt. Dunkle Haare, knallblaue leuchtende Augen, ein Körper nur aus Muskeln und Sehnen, was für ein Kreuz, und was für ein Arsch! Was der wohl für einen … Kerry und ich verrenken uns die Hälse bei dem Versuch, einen Blick auf sein bestes Stück zu werfen, aber leider Fehlanzeige. Er entledigt sich seines Slips und hält gleich darauf ein Tuch vor seine Familienjuwelen. Na, dann eben nicht. Schulterzuckend machen wir uns auf den Weg zur Bar, um uns einen Drink zu holen.

»Aber einen für Erwachsene!« Schon klar.

Wir verbringen also die nächsten zwei Stunden damit, uns von halb voll auf ganz voll hochzuarbeiten, antiproportional zur Geldbörse, und beobachten dabei schöne nackte Leiber. Ich für meinen Teil versuche, an den weiblichen möglichst vorbeizugucken, weil ich fürchte, ansonsten entweder unendlich depressiv oder aber magersüchtig zu werden. Ich beobachte Kerry von der Seite. So viel ist sicher: Sie ist sternhagelvoll. Morgen wird es ihr garantiert beschissen gehen. Aber die Ablenkungstaktik hat funktioniert. Wenn ich das richtig mitbekommen habe, hat sie das letzte Mal vor mehreren Stunden geweint, und zwar in ihr Tiramisu hinein. Aber seitdem (toi, toi, toi): emotional relativ stabil. Ich glaube, dass ich sie getrost für ein paar Minuten alleine lassen kann, denn ich müsste mal ganz dringend aufs Klo. Kerry nickt, alles klar, die ist beschäftigt. Ich kämpfe mich durch die Menschenmassen in Richtung Toilette. Dafür wollen die zwanzig Cents haben. Ich benutze die Münze, die Kerry heute als Bettlerin »verdient« hat. Auf dem Rückweg kommt mir plötzlich eine Idee, während ich die Damen betrachte, die da so um die Tische herum versammelt sind. Außer der einen, die wir eben schon so glühend beneidet haben, feiern hier noch mindestens sechs andere Frauen mit ihren Freundinnen das Ende ihrer Einsamkeit. Wenn das nicht der richtige Ort zur Kundenakquise ist. Ich mache also eine kleine Runde und drücke jeder zukünftigen Braut eine Karte der »LUTZ-SCHEFFLER-TREUE-TEST-AGENTUR« in die Hand, dann gehe ich zurück zu Kerry. Sie sitzt noch immer an der selben Stelle, doch plötzlich verändert sich ihr Gesichtsausdruck von angetörnt/interessiert/betrunken zu entsetzt/betroffen. Was hat sie denn? Ich sehe nach vorne auf die Bühne. Eine nur mit Stringtanga bekleidete Blondine simuliert mit einem blonden Beau Sex auf dem Motorrad. Und zwar im Doggy Style. Man muss kein kluges Köpfchen sein, um hier eins und eins zusammenzuzählen. So hat John wohl

Blondi auf dem Tresen flachgelegt. Kerry gibt neben mir ein würgendes Geräusch von sich. O nein, bitte nicht. Um uns herum weichen schon einige Leute mit entsetztem Gesichtsausdruck zurück, ich schnappe mir Kerry und schleppe sie zum Klo. Platz da, oder es gibt ne Dusche!!!

»He, ihr müsst zwanzig Cents …« Ein Blick in Kerrys grünliches Gesicht lässt die Klofrau verstummen und uns sogar noch bereitwillig die Tür aufhalten. Ich weiß nicht wie, aber wir schaffen es noch rechtzeitig. Gott sei Dank! Für die Reinigung des Inventars hätte das Restgeld in der Börse mit Sicherheit nicht mehr gereicht.

Ich habe Kerry in ihre Wohnung geschleppt und mich dann auf den Heimweg gemacht. In der U-Bahn starre ich vor mich hin und habe Mitleid mit Kerry. Und mit mir. Da fällt mir auch wieder Frau Baumgärtner ein. Was ist denn bloß los mit den Menschen? Korrektur: mit den Männern. Stimmt die alte Theorie wirklich, dass sie ihren Samen weit streuen und möglichst viele Nachkommen zeugen müssen? Wie schon damals vor tausenden von Jahren, als wir gerade von den Bäumen heruntergeklettert waren? Ist das nicht ein bisschen arg lange her, als dass man sich auf dieses Gen noch guten Gewissens berufen könnte? Und außerdem: Sind die Kerle nicht immer ganz wild darauf, gerade beim Fremdgehen KEIN Kind zu zeugen? Ich meine, wer will das schon? Dann hat man jahrelang die Alimente an der Backe und seine Frau ist man meistens auch los. Also, ich werde die Männer nicht mit dieser faulen Ausrede davonkommen lassen.

Ich bin dermaßen wütend. Weil Kerry jetzt so leidet. Weil ich so gelitten habe. Das ist echt ungerecht. Der alte Schmerz, den ich lange ganz tief in meinem Herzen vergraben habe, reißt plötzlich, hier mitten in der U-Bahn, wieder auf und schwemmt über mich hinweg. Ehe ich mich's versehe, schluchze ich tränenüberströmt laut vor mich hin, während draußen das frühmorgendliche Hamburg an mir vorbeisaust. Ein abgerissener Typ, dem die graue Cordhose und das Jeanshemd nur so um seinen mageren Körper schlackern, kommt auf mich zu. Will mich wohl um einen Euro anhauen. Ich wende ihm mein tränenüberströmtes Gesicht zu, woraufhin er es sich anders überlegt.

Schluchzend erklimme ich die vier Stockwerke zu unserer Wohnung und schließe die Tür auf. Ein Blick auf die alte Kuckucksuhr (ein hässliches Teil) an der Wand sagt mir, dass es noch nicht mal fünf Uhr ist. Es wird noch fast eine ganze Stunde dauern, bis Henne aufsteht. Dabei bräuchte ich gerade jetzt dringend ihren Beistand. Also gehe ich in die Küche, setze so lautstark wie nur irgend möglich Teewasser auf und decke den Tisch. Es ist ein Wunder, dass das Geschirr bei dieser rohen Behandlung heil bleibt, und tatsächlich steckt Henne nur wenige Minuten später besorgt den Kopf durch die Tür. Die kurzen weißen Haare stehen kreuz und quer, und in ihrem bodenlangen Nachthemd sieht sie aus wie die Weiße Frau.

»Was hast du mit meinem Geschirr vor?«, fragt sie vorwurfsvoll und nimmt mir den Unterteller weg, auf den ich gerade geräuschvoll die passende Tasse gestellt habe. »Magst du es vielleicht nicht?« Okay, klare Antwort, ich finde dieses gelbe Geschirr mit den braunen Sprenkeln aus den frühen Siebzigerjahren tatsächlich abscheulich (obwohl die Siebziger ja jetzt wieder in sind), aber deshalb würde ich es nie zerschlagen. Ich öffne den Mund zu einer Antwort, da fragt Henne schon weiter:

»Ach du Schreck, was ist denn passiert? Du siehst ja fürchterlich aus!« Und dann erzähle ich ihr die ganze Geschichte. Von Kerry und John, von Olaf und mir und von den Baumgärtners (obwohl ich nicht ganz sicher bin, ob ich da nicht möglicherweise die Schweigepflicht verletze). Henne nickt verständnisvoll und sagt gar nichts. Muss sie auch nicht. Nachdem ich eine halbe Stunde nach Herzenslust über die Männer (diese Schweine, Mistkerle, elende) hergezogen habe, fühle ich mich besser und gehe schlafen.

In dieser Nacht oder besser an diesem Morgen träume ich wild von einer Polizei-Spezialeinheit, die unser Haus umstellt und mich wegen Diebstahls von zwei Flaschen Chianti und zweihundert Euro verhaften will. Ziemlich gerädert wache ich kurz nach zwei durch das Klingeln meines Handys auf. Es ist Kerry. Sie klingt sehr viel schlechter, als ich mich fühle und bittet mich, mit ihr zusammen zu Johns Wohnung zu fahren, um ihren Schlüssel abzuholen.

Eine Stunde später schließe ich eine ziemlich verwahrloste Kerry in die Arme. Sie ist ganz grün im Gesicht, die Augen dick verschwollen, die Haare zerzaust. Sie erzählt mir, dass John den ganzen Tag über versucht hat, sie anzurufen und die Mailbox voll gequatscht hat: von wegen Ausrutscher, der habe nichts bedeutet, und sie möge ihm verzeihen, er liebe sie und bla. Ich spüre ein kleines bisschen Neid. Wenn ich da an Olaf zurückdenke: »Hier ist dein Schlüssel. Ähm, dumm gelaufen.« Schluchz. Na, egal. Das liegt hinter mir. Ein anderes Leben. Und auch wenn John jetzt zu Kreuze kriecht, das macht die Situation nicht wirklich besser.

Wir stehen in der Heinrich-Hertz-Straße vor dem Haus Nummer 3. Hier wohnt er also, der feine Herr. Ziemlich schicke Gegend, direkt an der Alster, und das weiße Haus sieht, zumindest von außen, gepflegt und teuer aus. Ich drücke den Klingelknopf, es knackt in der Sprechanlage.

»Wer ist da?«, fragt John.

»Hier sind Mona und Kerry«, antworte ich unfreundlich, »ist die Tussi bei dir oder können wir raufkommen?«

»Nein, natürlich ist sie nicht hier.« Er drückt den Summer, und wir steigen in den zweiten Stock. John steht in der offenen Wohnungstür. Er sieht ziemlich fertig aus.

»Kerry«, stammelt er, aber da schneidet sie ihm schon das Wort ab und lässt eine Flut von Beschimpfungen auf ihn los. Die nun folgende Szene ist laut, kurz und unschön und endet mit einem gekonnten rechten Haken vom neuen Boxchampion Kerry. Strike! John hält sich noch immer verdutzt das Kinn, als Kerry schon wieder die Treppe hinabrennt.

»Gib mir ihren Haustürschlüssel«, fordere ich und, o Wunder, er gehorcht mir sofort. Ich werfe John einen letzten verächtlichen Blick zu, bevor ich Kerry folge. Sie steht draußen und wartet auf mich.

»Wow, der hat gesessen«, sage ich anerkennend. Sie grinst schief. Ich greife nach ihrer Hand. »Alles okay?«

»Ja, schon gut.«

11.

Die folgenden Wochen ging das Leben seinen Lauf, ich schmiss nach wie vor die Agentur und schlug eine ordentliche Gehaltserhöhung bei Lutz raus. Außerdem war ich endlich beim Optiker. Ich wollte mir, wennschon, dennschon, Kontaktlinsen zulegen. Habe diesen Plan aber nach einem anstrengenden Nachmittag, an dem es mir trotz geduldiger, fachmännischer Anleitung nicht gelungen ist, die Dinger auf meiner Hornhaut zu platzieren, verworfen und mich für eine neue Brille entschieden. Ein randloses, federleichtes und äußerst dezentes Nasenfahrrad, das mir nach einhelliger Meinung meiner Umgebung ausgezeichnet steht. Kerry kommt langsam aber sicher wieder auf die Füße, das Wetter wird wärmer und plötzlich haben wir Ende Mai, und der Sommer kündigt sich an. An einem der ersten wirklich heißen Nachmittage in diesem Jahr mache ich mich auf den Weg zum Konditor um die Ecke, um für Lotta, Sally, Henne und mich Kuchen zu besorgen. Der Smog hängt zwischen den Hochhäusern und verursacht Atemnot, der Schweiß rinnt mir unter meinem kurzen blau-weißen Rock die Beine hinunter, aber ich freue mich trotzdem über die Sonne.

Vor der Theke hat sich eine ziemliche Schlange aufgereiht. All die lieben Omis und Opis, die sich ein schönes Sahneschnittchen zum Kaffee holen. Und mittendrin ich. Nicht sehr cool, aber ich muss zugeben, dass ich mich mittlerweile richtig an die sonntagnachmittäglichen Kaffeekränzchen gewöhnt habe. Was soll man denn auch sonst mit diesen Nachmittagen anfangen? Sonntage sind doch eh was für Pärchen. Den ganzen Tag im Bett bleiben, frühstücken, kuscheln, ein Video … Würg! Wer braucht denn so was? Kein Mensch! Am allerwenigsten ich. Das Einzige, was ich im Moment brauche, sind ein Obstplunder und je ein Stück Sacher-, Herren- und Eierlikörtorte. Geduldig warte ich in der Schlange, ich bin es schon gewohnt, dass das länger dauern kann. Alte Leute sind ja nicht sehr entschlussfreudig, möchte ich hier jetzt mal völlig wertfrei anmerken. Macht nichts. Ich habe Zeit. Ich lasse meinen Blick über die verführerische Auslage wandern und beschließe, zusätzlich zum Altbewährten heute mal experimentierfreudig zu sein. Da steht nämlich schon wieder diese Malakofftorte, die mich seit Wochen anlacht. Allmählich nervt es mich doch ein bisschen, dass das ältere Ehepaar vor mir seit Minuten um eine Entscheidung zwischen Kirsch-Streusel oder doch Eissplittertorte ringt und sehe gelangweilt raus auf die Straße. Auf dem gegenüberliegenden Bürgersteig steht ein etwa dreißigjähriger Mann mit seinem Fahrrad an der Ampel und wartet auf Grün. Fahrrad fahren bei der Hitze. Puh. Wir haben doch fast dreißig Grad. Aber ihm scheint das nichts auszumachen. Hübscher Kerl. Dunkelblonde Locken und zumindest von hier aus gesehen ein schlanker, muskulöser Körper. Nanu, was ist denn mit mir los? Checke ich diesen Typen da draußen etwa ab? Das erste Mal überhaupt seit der Trennung von Olaf. Nein, streng genommen das erste Mal seit der ersten Verabredung mit Olaf. Mein Gegenüber hat die Ampel überquert und fährt jetzt auf meiner Straßenseite und am Schaufenster vorbei. Er schaut mir genau ins Gesicht. Huch.

Wie peinlich. Hatte ich möglicherweise sogar den Mund offen? Ich werde hochrot im Gesicht.

»So, der Nächste bitte«, erklingt eine Stimme hinter mir. Gott sei Dank. Schnell drehe ich mich um.

»Ja, ich hätte gerne einen Obstplunder, ein …«

»Wie viel Stücke werden das insgesamt?«, leiert die Verkäuferin ihren üblichen Spruch herunter, dabei müsste sie mich eigentlich mittlerweile kennen.

»Fünf. Ein Obstplunder, ein Stück …« In diesem Moment höre ich es draußen auf der Straße scheppern. Aber wie! Erschrocken drehen sich die acht Senioren hinter mir und ich mich Richtung Tür.

»Ach, Gott, was war das denn?«

»Ein Unfall?«

»Was ist das für ein Krach?«

»Da ist ein junger Mann mit seinem Fahrrad in die Mülltonnen gefahren«, verkündet eine kleine runde Frau mit lilafarbener Dauerwelle, die der Tür am nächsten steht, mit wichtiger Miene.

»Und, ist ihm was passiert?«, fragt jemand sensationslüstern.

»Lassen Sie mich durch, ich bin Arzt«, sagt ein uralter Greis mit schlohweißem Haar und schiebt sich auf seinen Stock gestützt wackelig durch die Menschen. Arzt? War das vor der Erfindung des Röntgenapparates oder danach?

»Ja, einen Arzt, einen Arzt!«, ruft es durcheinander. O mein Gott, da muss ja wer weiß was passiert sein. Und es ist meine Schuld! Kein Zweifel. Der junge Mann hat meinen Blick bemerkt und sich sicher gefragt, warum ich ihn so anstarre. Oder ob was mit mir nicht stimmt, weil ich in meinem Alter sonntags um sechzehn Uhr beim Konditor abhänge. Auf jeden Fall habe ich ihn abgelenkt. Ich dränge mich nun ebenfalls zur Tür und sehe schon vor meinem geistigen Auge den abgetrennten blond gelockten Kopf mit den gebrochenen Augen vor meine Füße rollen. Und morgen wird es in allen Zeitungen stehen. BLUTBAD MITTEN AUF DER HAMBURGER STRASSE. WIE KAM ES ZU DIESEM TRAGISCHEN UNGLÜCK? WER HAT ETWAS GESEHEN? DIE STAATSANWALTSCHAFT SCHLIESST FREMDVERSCHULDEN NICHT AUS. In Erwartung des Schlimmsten stürze ich nach draußen. Ein verbogenes Fahrrad, eine umgestürzte Mülltonne, ein menschlicher Körper, über und über bedeckt mit Küchenabfällen, hauptsächlich Kartoffelschalen. Merkwürdig, was einem in den Extremsituationen des Lebens so alles auffällt. Immerhin ist der Kopf noch dran. Blut? Entsetzt blicke ich auf den mit einem ehemals weißen T-Shirt bekleideten Oberkörper. Nein, Gott sei Dank, es handelt sich um eine zerquetschte Tomate. In diesem Moment schlägt das Unfallopfer die Augen auf. Sie sind nicht gebrochen, sondern stahlblau und gucken mir verwirrt ins Gesicht.

»Geht es Ihnen gut?«, frage ich vorsichtig. Keine Antwort. Ich berühre ihn leicht an der Schulter. »Hallo?« Er reagiert nicht. Mist. Was tun? Mein Erste-Hilfe-Kurs für die Führerscheinprüfung ist acht Jahre her. Wie war denn das noch gleich mit der stabilen Seitenlage? Der greise Doktor, dessen Medizinstudium sicherlich noch wesentlich länger zurückliegt, hat endlich auch seinen Weg nach draußen gefunden und versucht nun, sich neben den Verletzten zu knien. Dabei krachen seine Knochen dermaßen, dass ich befürchte, er wird sich gleich danebenlegen müssen. »Hallo?«, rufe ich erneut und stupse nochmals vorsichtig. »Sagen Sie doch etwas!« Einmal, zweimal, dreimal schließen sich in rascher Folge die Lider über den schönen Augen, er holt tief Luft und öffnet den Mund:

»Etwas.«

Haha, ein Witzbold. Selten so gelacht. Trotzdem bin ich erleichtert und grinse deshalb pflichtschuldigst.

»Wow«, spricht er weiter, »du hast die faszinierendsten Augen, die ich je gesehen habe.« Verunsichert gucke ich mich um. Mit wem redet der? Aber da ist niemand. Ich wende mich ihm wieder zu.

»Wie bitte?«

»Deine Augen. Was ist das für eine außergewöhnliche Farbe?« Der kann doch nicht mich meinen. Aber den Greis neben mir, der stolz in die Runde guckt, als habe er den Patienten soeben dem sicheren Tod entrissen, meint er wohl auch nicht.

»Na, hellbraun«, antworte ich zögernd.

»Bernsteinfarben«, kommt es andächtig zurück.

»Bist du auf den Kopf gefallen?«, bringe ich schließlich heraus. Ich mache mir ernsthaft Sorgen.

»Nein, nein«, erwidert er und krabbelt vom Boden hoch, wobei ich ihm hilfreich unter die Arme greife.

»Bist du sicher?«

»Jaja, alles klar. Wow, habe ich noch nie gesehen.«

»Was?«

»So eine Augenfarbe. Wahnsinn.« Also, langsam komme ich mir von Mister Blauauge ein bisschen verarscht vor, aber bevor ich ihm die Meinung geigen kann, fällt mein Blick auf sein schrottreifes Fahrrad auf dem Gehweg. Ich möchte ungerne dafür aufkommen müssen, nur weil ich meine grandios-bernsteinfarbigen Augen (was er, nebenbei gesagt, durch das Fenster nun wirklich nicht hätte erkennen können) auf ihn gerichtet habe. Da stehen wir nun also, mein Arm unter seinen geschoben und um uns herum ein knappes Dutzend wild schnatternder Senioren. Wenn jetzt einer Reis schmeißt, denke ich plötzlich. Erschrocken gucke ich auf den Mann neben mir und lasse ihn abrupt los. Er geht zu seinem ramponierten Fahrrad, hebt es auf und begutachtet es kritisch.

»Da ist wohl nicht mehr viel zu machen«, sagt er, »aber dann ist es ja hier schon am richtigen Platz.« Er richtet die umgeworfene Mülltonne wieder auf und stellt sein Fahrrad daneben. Dann kommt er auf mich zu und reicht mir die Hand:

»Danke für deine Hilfe«, sagt er. Hinter uns räuspert sich jemand laut und vernehmlich. Der Doc, klar. »Ihnen auch vielen herzlichen Dank.« Er schüttelt dem alten Mann die Hand, der jetzt über das ganze Gesicht strahlt:

»Keine Ursache, mein Junge. Ich habe fünfzig Jahre lang als Arzt praktiziert, und auch wenn man in Rente geht, bleibt ja trotzdem der unbedingte Wille, sein Können in den Dienst der Menschheit zu stellen.« Acht grauhaarige, ein blond gelockter und ein kupferroter Kopf nicken zustimmend. »Ich habe 1947 den hippokratischen Eid abgelegt«, fügt er noch stolz hinzu, dann löst sich die Menge auf und verschwindet wieder in der Konditorei, um auf den Schreck noch ein Extrastück Torte zu kaufen. Ich stehe etwas unschlüssig auf dem Bordstein herum, aber anscheinend geht man jetzt wieder zur Tagesordnung über. Bitte gehen Sie weiter. Hier gibt es nichts zu sehen. Ich zupfe dem gutaussehenden Unfallopfer noch ein Stück Kartoffelschale aus dem Haar, ziehe dann schnell meine Hand zurück und werde knallrot. Das ist ja so was von klischeebeladen. So wie der imaginäre Fussel, den Doris Day Rock Hudson vom Revers zupft, während sie verschämt die Augen niederschlägt. Bäh. Mein Gegenüber grinst.

»Nochmals danke«, sagt er und macht Anstalten, seinen Weg zu Fuß fortzusetzen. Ganz schön cool eigentlich. Nach so einem Sturz, Fahrrad kaputt, Hose zerrissen, faulige Tomate auf dem T-Shirt, also ich persönlich wäre da nicht so locker. Ich würde wahrscheinlich erst mal 'ne Runde heulen und dann irgendjemanden suchen, dem ich die Schuld geben kann. Glück für mich, dass dieser Herr hier anscheinend anders gestrickt ist.

»Ach übrigens«, er dreht sich noch mal um (und sieht dadurch, dass ich ihm nachstarre, Mist!), »ich heiße Leonard.« Ist nicht wahr. Mir ist, als würde mein Herz einen Schlag aussetzen.

»Bist du Pilot?«, rufe ich aufgeregt. Irritiert bleibt er stehen und guckt mich an.

»Nein, wieso?« Ähhhhh.

»Du … bist so schön geflogen.« Das habe ich jetzt nicht gesagt. Das habe ich jetzt nicht im Ernst gesagt. Leonard guckt mich überrascht an. Dann fängt er an zu grinsen.

»Wow«, sagt er, »ungewöhnliche Augen und ein ungewöhnlicher Humor.« Er gluckst in sich hinein. Gott sei Dank, er ist nicht sauer. Im Gegenteil. Er findet mich witzig. Ha! »Und, verrätst du mir auch deinen Namen?«

»Mona«, hauche ich.

»Also dann, Mona!«

»Also dann, Leonard!«

Am Abend sitze ich an Hennes uraltem Toilettentisch aus dunklem Kiefernholz mit dem dreiteiligen Spiegel und starre mich an. Sehe mir selber in die bernsteinfarbigen Augen. Bernstein. Hm. Das klingt tatsächlich besser als hellbraun. Das klingt nach flüssigem Karamell. Lecker! In meiner Grundschule hat mal einer gesagt, meine Augen wären pipigelb. Ich weiß noch, dass ich das total gemein fand. Diese Pause habe ich, wie so viele andere, heulend auf dem Klo verbracht. Moni mit den pipigelben Augen, das war gestern. Mona mit den bernsteinfarbigen Augen gehört die Zukunft. Und während ich so in meine ungewöhnlichen

Augen sehe, schweifen meine Gedanken ab zu den stahlblauen Augen von Leonard. Ich sehe sein Gesicht jetzt ganz deutlich vor mir: gerade helle Augenbrauen, gebogene Wimpern. Seine Nase war ziemlich groß, wenn ich mich recht erinnere. Sehr groß. Unglaublich groß eigentlich, wenn man mal genau ist. Lang und gerade, und vorne an der Spitze hatte sie mittig eine senkrechte Kerbe. Darunter ein normal großer Mund mit geschwungener Oberlippe. Und ein tiefes Grübchen im Kinn. Seufz. Und dann heißt er auch noch Leonard. So was von einem Zufall gibt es doch gar nicht, oder? Okay, er ist kein Pilot, aber dafür ist er wirklich schön geflogen! Hihi. Kann es immer noch nicht ganz glauben, was ich da gesagt habe. Und dann hat er den Spruch auch noch witzig gefunden. Versonnen lächle ich vor mich hin, als Henne hereinkommt und etwas überrascht ist, mich in ihrem Schlafzimmer vorzufinden.

»Nanu, was machst du denn da?«

»Henne, wie würdest du meine Augenfarbe bezeichnen?« Sie kommt näher und schaut mich an.

»Lass mal sehen. Huch! Interessant.« Jaaaa? »Du hast ja bernsteinfarbene Augen.« Bernstein. Also tatsächlich. Ich lebe seit sechsundzwanzig Jahren und noch nie hat jemand irgendeinen Kommentar über meine Augen abgelassen. Wenn man mal von meinem Optiker absieht. Und jetzt höre ich zweimal innerhalb von fünf Stunden, was für ungewöhnliche, bernsteinfarbene Augen ich habe. »Der Vater von Heinz hatte auch solche Augen. Also dein Urgroßvater Johann. Dass mir das nicht früher aufgefallen ist. Vielleicht lag es an deiner früheren Brille.« Ja, könnte sein. Ich erzähle Henne die Geschichte, die sich heute vor der Konditorei abgespielt hat. Und von Leonard.

»Und? Geht ihr aus?« Schlagartig wird mir mal wieder der Generationsunterschied zwischen Henne und mir bewusst. Sie mag ja noch so cool und ich noch so ein Landei sein, was Beziehungen angeht lebt sie halt doch noch in der guten alten Zeit. Wenn damals ein Mann vor den (Bernstein-)Augen einer Frau vom Fahrrad geflogen ist, hat er sie danach um eine Verabredung gebeten, dann gingen sie tanzen, ins Kino, irgendwann taucht er bei ihrem Vater auf und bittet förmlich um ihre Hand. Und wenn sie nicht gestorben sind …

»Nein«, ist meine neuzeitliche Antwort. Leider.

»Wieso nicht?« Gute Frage. Mir hat er gefallen. Und ich ihm, glaube ich, auch. Nanu, Frau Behrens, woher das plötzliche Selbstvertrauen, das ist doch sonst so gar nicht Ihre Art. Ich zucke mit den Schultern. Plötzlich wird mir klar, dass ich Leonard wahrscheinlich nie wiedersehen werde. Schließlich kenne ich nicht einmal seinen Nachnamen und zudem ist das hier Hamburg und nicht Langenweiler. Da könnte man die Frau Sauer vom Supermarkt fragen:

»Wo wohnt denn der Leonard«, und mit hoher Wahrscheinlichkeit würde sie es wissen. Aber so? »Guten Tag. Ich suche Leonard. Er hat blaue Augen, eine große Nase und kein Fahrrad mehr.«

»Hm. Sonst noch was?«

»Ach ja, natürlich, total wichtig: Er ist kein Pilot.« Na großartig. Da habe ich mich also anscheinend auf den ersten Blick in einen mit Küchenabfällen übersäten Mann verguckt, den ich nie wiedersehen werde.

Am darauf folgenden Sonntag stehe ich auf die Minute pünktlich wieder bei Konditor Sieker. Es ist ungewöhnlich leer heute, nur eine einzelne Frau, die ziemlich zügig fünf Nussecken verlangt, dann bin ich schon an der Reihe. In dem Moment geht die Tür auf und wer erscheint? Nein, nein, nicht Leonard. Als ob das Leben so wäre! Nein, der nette alte Arzt von letzter Woche. Er begrüßt mich begeistert:

»Na, wenn das nicht meine Helferin von letzter Woche ist. Wissen Sie, min Deern, Sie würden eine gute Krankenschwester abgeben.« Gott bewahre. Ich kenne niemanden, der dafür ungeeigneter wäre. Ich kann noch nicht mal mein eigenes Menstruationsblut sehen, ohne dass mir kotzübel wird. Das verrate ich dem alten Herrn aber nicht. Stattdessen nicke ich lächelnd und sage:

»Guten Tag, Herr Doktor.« Ich habe ihn richtig eingeschätzt. Er liebt es, mit seinem Titel angesprochen zu werden. Er streckt mir die Hand hin:

»Alfred Deubler mein Name, zu Ihren Diensten.«

»Mona Behrens«, stelle ich mich ebenfalls vor, »gehen Sie ruhig vor, ich brauche noch einen Moment.« Damit mache ich ihm Platz vor der Theke und vertiefe mich mit einem Auge in die Auslage, während ich mit dem anderen den Gehweg vor dem Laden im Auge behalte. Geht nicht? Ha, von wegen. Mit DEN Augen geht alles!

»Ich hätte gerne ein Stück Eierlikörtorte«, bestellt Doktor Deubler und nimmt kurze Zeit später das kleine Paket in Empfand. Eierlikör. Genau wie Henne. Innerlich schüttelt es mich, einen merkwürdigen Geschmack haben manche Leute. Der alte Mann wendet sich zum Gehen und nickt mir noch mal freundlich zu. Ich betrachte ihn nachdenklich. Irgendwie wirkt er einsam. Er hat nur ein Stück Torte gekauft. Wird er jetzt nach Hause gehen und ganz alleine seinen Kuchen essen? Entweder das, oder zu Hause wartet seine Frau auf ihn, die aber leider Diabetikerin ist. Weiß man's? Ich wüsste es gerne.

»Sind Sie verheiratet?«, frage ich ziemlich direkt. Er sieht mich aus seinen hellblauen Augen an und lächelt ein wenig:

»Bin ich nicht ein bisschen zu alt für Sie?« Noch so ein

Scherzkeks. Ist hier irgendwo ein Nest? »Ich bin Witwer«, fügt er dann hinzu. Das ist weniger lustig. »Seit über fünfzehn Jahren.«

»Kommen Sie doch einfach mit mir«, schlage ich spontan vor. Er hebt ironisch eine Augenbraue. »Meine Großtante und ihre zwei Freundinnen sind ungefähr in Ihrem Alter.« Ich hoffe sehr, dass ich damit niemandem auf den Schlips trete. »Das könnte doch lustig werden.«

»Gut, einverstanden«, sagt er und lächelt. Also, wenn ich mir selber auch nur halb so leicht ein Date verschaffen könnte wie meiner uralten Tante, dann wäre ich höchstwahrscheinlich gestern Abend mit Leonard aus gewesen. Dabei fällt mir ein, dass ich lange nicht mehr nach draußen geguckt habe. Nichts zu sehen, keine Spur von ihm. Mist. Der Doc steht abwartend neben mir. Ach ja, natürlich, der Kuchen.

»Ich hätte gerne einen Obstplunder, einmal Sacher-, einmal Herren- und einmal Eierlikörtorte.«

»Welche der Damen isst denn Eierlikörtorte?«, erkundigt sich Doktor Deubler interessiert.

»Meine Tante Henne«, antworte ich und nehme das Kuchenpaket entgegen.

»Macht acht fünfundachtzig«, leiert die Verkäuferin, da zückt der Doc, ganz Kavalier der alten Schule, schon seine Geldbörse und zieht einen Zehn-Euro-Schein hervor.

»Das mache ich, kommt ja gar nicht in Frage, dass eine Dame bezahlt, wenn ich dabei bin.« Ist er wirklich zu alt für mich? Ich fürchte ja. Während wir die Konditorei verlassen, fängt er schon an, mit mir zu plaudern und lenkt mich so ein bisschen von der Enttäuschung ab, dass Leonard nicht aufgetaucht ist. Was ich ja, jetzt mal ganz ehrlich, im Stillen schon ein wenig gehofft hatte. Aber dann fand er mich wohl doch nicht so toll.

»Nanu, ist das nicht unser Unglücksfahrer von letzter Woche?« Ich blicke in die Richtung, in die die weiße altersbefleckte Hand mit den langen Chirurgenfingern weist. Tatsächlich. Auf der gegenüberliegenden Straße steht er, halb von einer Hausecke verborgen. Und so wie es aussieht, steht er da schon länger, und so wie es aussieht, hat er uns beobachtet. Und so wie es aussieht, bemerkt er, dass wir ihn entdeckt haben, dreht sich um und ... geht eiligen Schrittes davon. Was soll das denn jetzt? Ratlos sehe ich den Doc an. Dann fällt mir etwas ein. Der wird doch wohl nicht allen Ernstes denken, dass ich und er? Nein, das kann nicht sein. Aber warum läuft er dann weg? In diesem Moment kommt Bewegung in den alten Herrn neben mir. In einem Tempo, das ich ihm nicht zugetraut hätte, rennt er über die Straße und nimmt die Verfolgung auf.

»Hey, junger Mann, warten Sie!«, ruft er. Leonard dreht sich um. »Nun bleiben Sie doch mal stehen.« Ich beobachte, wie der Doc Leonhard einholt, ihn am Ärmel seines grauen langärmeligen T-Shirts festhält und auf ihn einredet. Dann kommen die beiden auf mich zu. Es sieht nicht gerade freiwillig aus, wie Leonard da von Doktor Deubler über die Straße gezerrt wird. Erst als die beiden wieder direkt vor mir stehen, lockert sich der Griff.

»Ist das nicht ein Zufall. So sieht man sich wieder«, grinst der Doc. »Herr ... wie war Ihr Name doch gleich?«

»Kurtz.«

»Na, hoffentlich nicht, hehe«, kommt die prompte Antwort mit einem schelmischen Seitenblick auf mich. Ich werde rot wie eine Tomate. Leonard übrigens auch. »Na, wie auch immer. Herr Kurtz hat seine Retter von neulich doch tatsächlich nicht erkannt. Ist das zu fassen? Sie sollten mal Ihre Augen überprüfen lassen, junger Mann!«

»Äh, ja, vielleicht«, stammelt dieser.

»Na, jedenfalls, was für ein schöner Zufall. Wir wollten gerade zu der Tante von … äähh?«

»Mona«, werfe ich ein.

»Mona zum Kaffeetrinken. Sie sind herzlich eingeladen.« Völlig überrumpelt guckt Leonard mich an, da packt ihn der Doc schon wieder am Arm und zerrt ihn den Gehweg hinunter.

»Äh, andere Richtung«, merke ich an.

»Natürlich.« Wir setzen unseren Weg in die entgegengesetzte Richtung fort. Leonard sieht eher widerwillig aus.

»Es tut mir Leid, ich habe eigentlich gar keine …«

»Heute ist Sonntag, was können Sie da schon zu tun haben?«, wird die Ausrede im Ansatz sofort vom Tisch gewischt. Ich weiß nicht, ob ich lachen oder weinen soll.

»Aber ich …«

»Finden Sie nicht, dass Sie mit Ihren Rettern ein Stückchen Kuchen essen könnten?«

»Ich mag aber keinen Kuchen.«

»Umso besser, wir haben sowieso keinen übrig.« Ergeben trottet Leonard jetzt hinter uns her. So lustig die Situation auch klingen mag, ich bin doch schwer enttäuscht. Wieso wehrt er sich denn so? Anscheinend ist Kuchen nicht das Einzige, was er nicht mag. Aber wieso hat er mich denn dann beobachtet? Ich kann mich doch nicht so täuschen?

Wenige Minuten später steht das merkwürdige Trio also im vierten Stock der Hamburger Str. 412. Henne öffnet die Tür und bittet uns herein, als sei es die normalste Sache der Welt, dass ich am Sonntagnachmittag zwei Männer abschleppe. Einen jungen und einen alten. Der Letztere zieht gerade brav den Hut und streckt Henne seine Hand hin:

»Gnädige Frau, wenn ich mich Ihnen vorstellen darf: Deubler mein Name. Alfred Deubler.« Er verbeugt sich formvollendet und deutet einen Handkuss an.

»Doktor Deubler«, ergänze ich, und er wird ein bisschen rot unter seinem weißen Haupthaar. Süß. Sicher wollte er nicht mit seinem Titel protzen, hat sich aber schon eine Möglichkeit überlegt, ihn in den nächsten Minuten rein zufällig ins Gespräch zu bringen. Na, das habe ich ihm jetzt abgenommen.

»Freut mich sehr. Mein Name ist Henne Liebeling.«

»Was für ein reizender Name.«

»Danke schön. Kommen Sie doch rein und lernen Sie zwei Freundinnen von mir kennen.«

»Das ist sehr nett von Ihnen.« Wow, so geht das also mit der Konversation. Ist echt alles eine Ecke einfacher, wenn man die siebzig überschritten hat und keiner mehr Angst hat, uncool daherzukommen. Leonard hat auf dem Weg hierhin keinen Ton rausbekommen. Nicht einen. Apropos Leonard.

»Ach, und wer sind Sie?«, fragt Henne in diesem Moment.

»Das ist Leonard Kurtz«, antwortet der Doc an dessen Stelle. Na toll. So kriegt er nie den Mund auf. Immerhin hält er Henne die Hand hin und deutet eine kleine Verbeugung an. Na, wenigstens ihr gegenüber beweist er Manieren.

»Ach, der Unglücksv…« Ich stoße Henne so kräftig meinen Ellenbogen in die Seite, dass sie gegen den Doc prallt. Ach, du Schande. Hoffentlich habe ich sie nicht verletzt. Aber sie richtet sich wieder auf, hebt die rechte Faust, holt aus und boxt mir nun ihrerseits direkt in die Rippen. Au! Dann dreht sie sich zu Leonard um und sagt: »Freut mich.«

»Äh, mich auch.« Sein Blick sagt etwas anderes. Nämlich so was wie: Wo bin ich denn hier bloß gelandet?

»Ist alles in Ordnung, meine Liebe«, fragt der Doc fürsorglich und bietet meiner Tante seinen Arm an. »Wie Sie ja wissen bin ich Arzt und …«

»Alles bestens, danke. Mona ist nicht besonders stark«, sagt sie mit einem ironischen Seitenblick auf mich.

»Du schon«, entgegne ich, noch immer die schmerzende Stelle an meiner linken Seite reibend. Die beiden verschwinden plaudernd im Wohnzimmer, wo die große Vorstellungsrunde weitergeht. Ob Sally und Lotta auch jede einen Handkuss bekommen? Ist ja schon irgendwie galant. Da schmilzt doch jede Frau dahin, zumindest wenn es so ehrlich gemeint ist wie bei Herrn Deubler. Nur eine kleine Geste, aber was für eine Wirkung. Ach ja, die gute alte Schule. Da könnten sich die Männer von heute ruhig mal eine Scheibe von abschneiden. Zum Beispiel der da, der immer noch in meinem Flur rumsteht wie bestellt und nicht abgeholt und auf den Boden starrt, als erwarte er, ja hoffe geradezu, dass sich dort ein Loch auftut, in das er versinken kann. So eine Frechheit. Langsam werde ich richtig wütend. Bin ich hier im falschen Film oder was? Hey, Typ, unterhalt mich gefälligst! Das wird mir langsam zu blöd.

»Weißt du was, Leonard«, sage ich mit starker Betonung auf seinen blöden, irreleitenden Vornamen, »warum verschwindest du …« Er guckt hoch, im gleichen Moment kommt der Doc aus dem Wohnzimmer angepeest, schnappt uns beide beim Arm und schleppt uns nach drinnen. Perfektes Timing. Das erste Mal in meinem Leben will ich einem Mann sagen, dass er sich verpissen soll, und schon …

»Was steht ihr denn da draußen rum? Wollt ihr Wurzeln

schlagen? Nun kommt schon.« Drinnen heften sich Sallys und Lottas Augen prüfend auf Leonards Gestalt, der sich unter diesen Blicken windet. Ha! Geschieht ihm ganz recht.

»Das ist Leonard«, sage ich nach einer Pause. Die Männer von heute. Echt kein Benehmen mehr, »und das sind Frau äääähhh«. Ist das zu fassen? Ich kenne nicht mal ihre Nachnamen.

»Sally und Lotta.« So wie es aussieht, wird es dabei auch bleiben.

»Guten Tag, freut mich sehr«, sagt Leonard und gibt den beiden die Hand. Er kann also freundlich sein. Bloß nicht zu mir. Grrrr. Am liebsten würde ich ihn an den Schultern packen und durchschütteln. Stattdessen packe ich ihn an den Schultern, drücke ihn auf einen freien Stuhl und setze mich daneben. Der Kuchen wird verteilt. Kein Stück für Leonard, der mag ja angeblich keinen. Aber so hungrig, wie er auf meinen Obstplunder guckt, war das 'ne Lüge. Ich habe kein Mitleid. Genüsslich beiße ich ein großes Stück ab und kaue mit Hingabe, bevor ich anfange, den Kaffee zu verteilen. Lotta, Henne, Sally, der Doc, meine eigene Wenigkeit, alle werden versorgt.

»Du auch?«, frage ich Leonard unfreundlich, als nur noch ein kläglicher Rest in der Kanne schwimmt.

»Äh, ja, bitte«, sagt er und hält mir seine Tasse hin. Ich fülle sie mit der braunen Brühe samt Kaffeesatz. »Danke schön«, er lächelt schüchtern. Das sind ja ganz neue Töne!

»Milch und Zucker?«

»Nein, danke, ich trinke ihn schwarz.«

»Huu, wie männlich«, spotte ich, »na dann viel Spaß!« Bei der Plörre. Er guckt mich an. Irgendwie irritiert. Bin ich zu biestig? Mir doch wurscht!

Es ist eine ziemlich verkrampfte Runde, die da um unseren Kaffeetisch sitzt. Aber vielleicht kommt mir das nur so vor, weil ich selber so verspannt bin. Sally, Lotta und Henne haben sich ziemlich schnell mit Doktor Alfred Deubler angefreundet, der jetzt gerade eine durchaus faszinierende Geschichte von 1963 zum Besten gibt, als er in Afrika als Arzt unterwegs war. Wieder einmal fällt mir auf, dass man alte Leute allzu oft unterschätzt. Na, um die vier brauche ich mir jedenfalls keine Sorgen zu machen. Um Leonard Kurtz dafür umso mehr. Seit einer geschlagenen Viertelstunde rührt er angestrengt in seiner Kaffeetasse herum. Anscheinend habe ich ihn jetzt total verschreckt, denn er bemüht sich sogar, nicht allzu laut zu atmen und sieht aus, als wäre er im Moment gerne überall auf der Welt, bloß nicht hier. Jetzt guckt er schon zum zehnten Mal auf die Uhr. Hey, komm schon, sieh mir doch mal in meine tollen Augen. Keine Chance. Er weicht meinem Blick die ganze Zeit aus, und reden tut er auch nicht mit mir, so dass ich ihn mit meinem umwerfend originellen Humor beeindrucken könnte. Manno! Henne wirft mir ständig Blicke zu und fuchtelt (unübersehbar auch für Leonard, selbst wenn er im Koma läge) mit den Armen.

»Und, was machen Sie so, Herr Kurtz«, fragt sie schließlich unvermittelt. Alle Augen richten sich auf Leonard.

»Ich, äh, ich bin Arzt«, antwortet dieser zu unser aller maßlosen Verblüffung.

»Ein Kollege«, jubelt der Doc, »und dann so unvorsichtig im Straßenverkehr, nanana.« Leonard wirft mir einen schiefen Seitenblick zu. Verlegen gucke ich weg. Au Backe. Er gibt mir also tatsächlich die Schuld an seinem Unfall. »Und in welchem Krankenhaus arbeiten Sie?«

»Im UKE. In der Ambulanz.«

»Hmm, verstehe, verstehe«, nickt der Doc, »tja, das ist

ein ganz schön harter Job, den Sie da haben. Da freuen Sie sich sicher, dass Sie mal einen Sonntag freihaben und in so einer netten Runde zusammensitzen können. Als Arzt hat man ja kaum Zeit fürs Privatleben«, fügt er erklärend für uns andere hinzu.

»Tja, also, eigentlich«, stammelt Leonard mit einem weiteren Blick auf die Uhr, »eigentlich habe ich heute noch Dienst.«

»Tatsächlich? Ach herrje, wann müssen Sie denn los?«, fragt Henne.

»Vor zehn Minuten«, kommt die gequälte Antwort.

»Und da sitzen Sie hier noch rum«, braust der Doc in unerwarteter Heftigkeit auf, »das nenne ich aber kein ausreichendes Pflichtbewusstsein, junger Mann.«

»Ich ... ich war eigentlich auf dem Weg zum Bus, als wir uns trafen«, verteidigt sich Leonard, »und ...« Er bricht ab. Jetzt wird mir einiges klar. Logisch, er kann ja jetzt schlecht sagen, dass wir ihn quasi verschleppt und hier an den Kaffeetisch gezerrt haben. Obwohl es so war.

»Worauf warten Sie noch? Sie kommen womöglich zu spät.« Jetzt kommt Leben in Leonard, er springt auf und verabschiedet sich hastig.

»Danke für den Kaffee, auf Wiedersehen. Ich ... es tut mir echt Leid.« Dabei sieht er mir genau in die Augen. Mir müsste es ja eigentlich Leid tun. Der arme Kerl. Entschlossen stehe ich ebenfalls auf.

»Ich fahre dich ins Krankenhaus. Mit dem Auto sind wir schneller. Dann schaffst du es noch.«

»Das ist doch nicht ...« Genervt verdrehe ich die Augen.

»Jetzt komm schon.« Gemeinsam verlassen wir das Wohnzimmer. Beim Rausgehen bemerke ich, wie die vier alten Leute auf dem Sofa in sich hineingrinsen. Hallo? Wir fahren doch bloß zusammen ins Krankenhaus. Nix hier mit Romantik und so. Im Flur schmeiße ich mir schnell meine Jeansjacke über die Schulter und schnappe mir die Autoschlüssel. Als wir gerade die Wohnung verlassen wollen, kommt uns der Doc hinterher. Was ist denn noch?

»Herr Doktor Kurtz, Herr Doktor Kurtz!«

»Ja?«

»Ist Professor Meuser noch immer Chefarzt im UKE?«

»Der ist letztes Jahr pensioniert worden.«

»Tatsächlich? Na, so was. Wissen Sie, wir waren zusammen in Indien, wann war das noch gleich? 1969.«

»Aha«, sagt Leonard höflich, und wir wenden uns zum Gehen.

»Nein, warten Sie.«

»Jaaa?«

»Es war 1970. Meuser war noch ganz jung, vielleicht …«

»Ähhh, Doktor Deubler?«, unterbreche ich. Jetzt wird's mir echt langsam zu bunt. Wir sind schließlich in Eile und wenn ich es Leonard überlasse, dieses Gespräch zu beenden, dann kommt er vielleicht morgen zur Frühschicht im Krankenhaus an. Dass Durchsetzungsvermögen nicht gerade seine Stärke ist, hat er ja schon hinreichend unter Beweis gestellt.

»Ja?«

»Wir müssen jetzt wirklich los.«

»Ach, natürlich. Ich erzähle Ihnen das ein anderes Mal. Die Pflicht geht vor, mein Junge. Tja, damals, in Indien …« Mit diesen Worten verschwindet er wieder im Wohnzimmer, und ich schiebe Leonard seufzend die Treppen hinunter. Jetzt aber zackzack!

In einem Affenzahn fahren wir in meinem kleinen roten Corsa in Richtung UKE. Ich nehme auf Anhieb den richtigen und kürzesten Weg und bin stolz auf mich. Leonard sitzt angespannt neben mir. Ist es die Tatsache, dass er zu spät dran ist? Ist es meine Anwesenheit? Ist es mein Fahrstil?

»Wann musst du denn da sein?«, frage ich, um wenigstens irgendwas zu sagen.

»In viereinhalb Minuten.«

»Das schaffen wir«, sage ich beruhigend, und tatsächlich bringe ich vier Minuten später mein Auto mit quietschenden Reifen vor dem Haupteingang des Krankenhauses zum Stehen.

»So, da wären wir.«

»Tausend Dank!« Tür auf, Mann raus, Tür zu. Aber dann, Tür wieder auf, Mann rein, Knutscher auf Wange, Mann wieder raus, Tür zu und schon sehe ich nur noch zwei knackige Hinterbacken in Jeans, die sich, mitsamt dem Rest, eiligst in Richtung UKE davonmachen. Seufz.

»Das wärmste Jäckchen ist das Konjäckchen«, ertönt es aus dem Wohnzimmer, als ich zwanzig Minuten später wieder unsere Wohnung betrete. Soso, man ist also ohne mich zum gemütlichen Teil übergegangen, während ich einen jungen Arzt, der weder Fahrrad fahren noch für sich selbst sprechen kann, quer durch Hamburg chauffiert habe.

Der Kaffeetisch ist abgedeckt, das Wohnzimmer in eine Spielhöhle verwandelt worden. Die alten Damen und Herrschaften spielen Karten.

»Ach, Mona, da bist du ja wieder«, freut sich Sally. Ja, da bin ich wieder. »Wir spielen Doppelkopf. Endlich haben wir eine vierte Person dafür gefunden.«

»Ja, das wollten wir schon seit Jahren«, fügt Lotta hinzu. Ach, was ist denn mit mir? Bin ich keine Person? Ich bin ein bisschen beleidigt.

»Ich hätte doch mit euch spielen können«, sage ich und

meine Unterlippe zittert dabei ein wenig. Verfluchte Kindheitserinnerungen.

»Kannst du denn Doppelkopf spielen?«

»Nein, aber das hättet ihr mir doch beibringen können. Stattdessen habt ihr mir beim Poker das Geld aus der Tasche gezogen.« Das finden alle unglaublich komisch. Ich hole mir ein Glas Wasser aus der Küche und setze mich in die Runde.

»Und, habt ihr es noch rechtzeitig geschafft?«, will der Doc wissen.

»Haben wir«, antworte ich arglos und registriere Sekunden später, dass ich uns »wire«. Was ist denn bloß los mit mir?

»Der war doch wirklich ganz nett«, findet Lotta.

»Nett?«

»Mir ist jedenfalls nichts Negatives an ihm aufgefallen.«

»Das liegt daran, dass er stumm wie ein Fisch war.«

»Aber du hättest mal sehen sollen, wie er dich angeguckt hat, als du den Kaffee eingeschenkt hast.« Tatsächlich?

»Ach Quatsch. Einbildung. Blöder Schwätzer. Von wegen faszinierende Augen und so.« Ich könnte mich schwarz ärgern. Da textet mich so ein Typ, halb bewusstlos nach seinem Sturz vom Fahrrad, über meine faszinierenden Augen zu und schon steht Klein-Moni in Flammen. Ganz schön blöd von mir.

»Aber …«

»Abgehakt!«, sage ich sehr bestimmt. Vier Augenpaare tauschen vielsagende Blicke, schweigen aber wohlweislich. Besser ist das!

12.

Das Leben geht seinen gewohnten Gang, außer, dass Kerry und ich uns eine neue Stammkneipe gesucht haben. Das September in der Feldstraße. Ins Molly Malone will Kerry verständlicherweise nie wieder. Es ist Donnerstagabend, wir betreten das September und Kerry macht schon mal unseren Stammplatz in der Ecke klar, während ich losstürze, um den Postkartenständer, der links neben den Toiletten hängt, zu plündern. Auf dem Weg dorthin stoße ich mit einem Gast zusammen.

»Au, verdammt!«, sage ich.

»Entschuldigung, das tut mir so Leid«, sagt er. Die Stimme kommt mir irgendwie bekannt vor. Ich blicke nach oben. Der Typ ist relativ groß. Schätze, einsfünfundachtzig. Und ich kenne ihn. Es ist Leonard.

»Mona!«, sagt er.

»Hallo«, sage ich. Der soll sich bloß nicht einbilden, dass ich mir seinen Namen gemerkt habe.

»Na so was«, sagt er und gibt mir doch glatt einen Kuss auf die Wange. Es prickelt, als seine Lippen meine Haut berühren.

»Autsch«, mache ich und berühre mit den Fingerspitzen mein Gesicht.

»Was denn?«

»Das hat gefunkt.«

»Wirklich? Bei mir nicht.« Wie, bei ihm nicht? Was

denkt der sich denn bitte schön? Ich rede von einer elektrischen Reaktion, nicht von einer emotionalen. Aber selbst wenn. Ich weiß auch nicht, irgendwie bin ich gekränkt.

»Was machst du denn hier«, fragt er mich freundlich, aber dafür ist es jetzt auch schon zu spät.

»Was soll ich hier schon machen? Ich bin mit einer Freundin hier«, entgegne ich patzig.

»Das ist Stefan, ein Kollege aus dem Krankenhaus«, stellt mir Leonard den Mann neben sich vor, »und das ist Mona.« Der prostet mir mit seiner Bierflasche zu. Astra. Leonard trinkt dasselbe. War ja klar. Zwei Fischköppe, wie sie im Buche stehen!

»Tja, dann tschüss«, sage ich und will weitergehen, da hält Leonard mich am Ärmel fest. Was fällt dem ein? Ich entreiße ihm meinen Arm und starre ihn bitterböse an.

»Fass mich nicht an«, fauche ich. Stefan guckt überrascht von einem zum anderen. Leonard hebt beruhigend die Hände.

»Entschuldigung, ich wollte dir natürlich nicht zu nahe treten.« Kann der auch mal nicht reden wie gedruckt?

»Bist du aber!«, herrsche ich ihn an. All meine Enttäuschung kommt gerade in mir hoch, und ich kann nichts dagegen machen. Ich weiß noch nicht einmal genau, worüber ich denn eigentlich so enttäuscht bin. Dass der einzige Mann, der mir seit Monaten ein Kompliment gemacht hat, der einzige Mann, der mir seit Monaten gefällt, mir nicht sofort einen Heiratsantrag macht? Mona, sei nicht albern.

»Tut mir Leid«, sagt Leonard zerknirscht. Ich atme tief durch.

»Schon gut. Mir tut's Leid. Hat nichts mit dir zu tun.« Von wegen. »Ich bin heute ein bisschen neben der Spur. Krieg wohl meine Tage.« Mona, halt die Klappe.

»Äh, ja, hm«, verwirrt sucht er nach Worten. Also, für 'nen Arzt reagiert er ziemlich verkrampft auf diesen natürlichsten aller körperlichen Vorgänge. »Vielen Dank noch mal, dass du mich Sonntag in die Klinik gefahren hast. Das war echt total nett von dir.«

»Schon gut. Wir haben dich ja schließlich auch verschleppt.«

»Mensch, vor dem alten Doc gab es echt kein Entkommen«, grinst er. Unwillkürlich muss auch ich grinsen. Er sieht plötzlich so süß aus. Außerdem hat er dem Doc unabhängig von mir den gleichen Spitznamen verpasst.

»Nicht mal die Ausrede, dass du keinen Kuchen magst, hat gezogen.«

»Und dabei liebe ich Kuchen. Vor allem Obstplunder.« Sag ich doch!

»Ja, ich weiß.« Wir lächeln uns an. Mann, ist der süß! »Na ja, vielleicht ein anderes Mal«, sage ich so beiläufig wie möglich und setze dabei einen verführerischen Blick auf. Zumindest glaube ich, dass ich verführerisch gucke, ich bin ja nicht sonderlich geübt in so was. In der nächsten Sekunde passiert etwas in Leonards Gesicht. Die eben noch offenen Augen verschließen sich von einem Moment zum anderen, und er guckt schnell zur Seite. Was hat er denn? Ich mache mir Sorgen, dass mein Verführerblick möglicherweise in einem Schielen geendet hat.

»Hm, ja, vielleicht«, sagt er ausweichend und nimmt einen Schluck aus der Astraflasche. »Also dann …« Er guckt mich nicht mal an.

»Ja, also dann.« Wütend rausche ich davon. So ein Mistkerl! Ich flüchte mich zu Kerry an den Tisch. »Leonard ist hier«, wispere ich, »wir müssen sofort gehen.«

»Was? DER Leonard? Wo denn?« Sie verrenkt sich den Hals, aber ich packe sie einfach am Schlafittchen und zerre sie aus dem September. Vielleicht wäre es mal wieder an der Zeit, sich eine neue Stammkneipe zu suchen?

Am nächsten Morgen muss sich Henne eine Menge von mir anhören. Kaum dass wir gemeinsam in der Küche sitzen, beginne ich eine Schimpftirade auf Männer im Allgemeinen und Leonard im Speziellen, die sich gewaschen hat.

»So ein Schwein! Erst flirtet er mich an, und kaum gehe ich einen Schritt auf ihn zu, weicht er wieder aus.« Henne findet das gar nicht so schlimm.

»So ist nun mal das Spiel«, lautet ihr Kommentar dazu. Na, ist ja großartig, auf so ein Spiel habe ich aber keine Lust! »Liebe ist der ständige Balanceakt zwischen Nähe und Distanz. Nur so bleibt das Ganze reizvoll.« Wer redet denn hier von Liebe? Außerdem, das ist ja wahnsinnig anstrengend. Kann man sich denn dann überhaupt mal entspannen, wenn man immer darauf achten muss, ob man jetzt gerade einen Schritt vor oder doch lieber einen zurück macht? Ich könnte mich über mich selber schwarz ärgern, dass ich überhaupt einen Gedanken an diesen blöden Typen verschwende. An überhaupt irgendeinen Mann. Wie lange ist das mit Olaf jetzt her? Fast neun Monate. Ist der Schmerz schon vergessen? Nein! Brauche ich so was? Nein! Na also. Klar, das kleine romantische Mädchen in mir ist wohl immer noch auf der Suche nach dem Märchenprinzen, und sicher habe ich mich täuschen lassen von dem Zufall, dass Leonard nun ausgerechnet Leonard heißt. Ein Zufall, nichts weiter. Von wegen Schicksal!

»Ich schwöre den Männern ab. Endgültig. Und sollte ich wieder mal auf die absurde Idee kommen, mich mit einem Mann abzugeben, dann erinnere mich bitte daran, okay?«

»Hör auf damit, Mona. Du redest wie eine frustrierte alte Schachtel. Ich finde, es wird höchste Zeit, dass du dich mal wieder ins Leben stürzt.«

»Ach, und ins Leben stürzen ist gleichbedeutend mit mich auf einen Mann stürzen, ja?«

»Männer sind zumindest kein unerheblicher Teil davon.«

»Ich will aber keinen! Männer bringen nur Schmerz!«

»Ohne Liebe ist das Leben nicht lebenswert.« Jetzt werden wir philosophisch. Nachdenklich schaue ich Henne an.

»Du bist dreimal geschieden und glaubst noch an die Liebe?«

»Natürlich! Und ich werde nicht aufgeben, daran zu glauben, bis ich sterbe. Und ich werde nicht aufhören, danach zu suchen.« Wow!

Am selben Nachmittag sitze ich im Wohnzimmer und denke an Leonards Augen, als zum Glück das Telefon klingelt.

»Behrens?«

»Hallo, Mona, hier spricht Alfred Deubler.«

»Hallo, Doc«, rutscht es mir raus, »äh, tschuldigung, Herr Doktor Deubler.«

»Sie können mich nennen wie Sie möchten, wenn Sie nur so freundlich wären, mir Ihre Tante an den Apparat zu holen.«

»Äh, ja, natürlich.«

»Sie ist zu Hause?«, fragt er ganz aufgeregt.

»Ja, ich hole sie.« Am anderen Ende höre ich ihn einmal tief Luft holen.

»Danke.« Ich lege den Hörer neben das Telefon und gehe in die Küche, wo Henne gerade die Schränke umräumt. Eine kleine Marotte von ihr. Das hat sie schon mindestens zehnmal gemacht, seit ich bei ihr wohne, und jedes Mal, wenn ich auch nur ein simples Glas für meinen Orangensaft will, artet es in eine große Suchaktion aus. Meistens steht es natürlich in dem Schrank, den ich als Letztes öffne. Gerade sortiert sie die Teegläser in das obere Schrankfach über dem Herd ein. Merke: Teegläser sind ab jetzt dort zu finden.

»Henne?«, sage ich, aber sie reagiert nicht. »Henne? Henne!« Manchmal vergesse ich, wie schwerhörig meine Tante ist. Anscheinend hat sie ihr Hörgerät abgeschaltet. Ich verstehe ja nicht, warum sie es tut, aber sie sagt, es gibt nichts Schöneres, als sich selber jederzeit Stille schaffen zu können. Das nenne ich positives Denken. Ich persönlich würde ja immer befürchten, etwas zu verpassen. Ich gehe auf Henne zu und berühre sie sanft an der Schulter.

»Henne?« Sie gibt einen erschreckten Laut von sich, fährt herum und fasst sich ans Herz. Der Nachteil der selbsterschaffenen Stille.

»Musst du mich denn so erschrecken?«, schimpft sie.

»Tut mir Leid. Telefon für dich«, sage ich.

»Was?«

»Telefon!«

»Moment«, sie fummelt an ihrem Hörgerät herum.

»Telefon«, sage ich noch mal.

»Oh, das habe ich gar nicht gehört.« Wundert mich nicht. »Und dafür erschreckst du mich so? Du bringst mich noch ins Grab«, grummelt Henne vor sich hin, während sie sich auf den Weg ins Wohnzimmer macht. Ich folge ihr grinsend. Henne bemerkt es, dreht sich zu mir um und fragt misstrauisch: »Ist irgendwas?«

»Nö«, antworte ich, »ich habe nur meinen Tee hier stehen.«

»Ach so«, sagt Henne und greift nach dem Hörer. »Ach, sag mal, wer ist es denn?«

»Doktor Alfred Deubler«, sage ich augenzwinkernd.

»So?«, meint Henne beiläufig, aber sie läuft rot an. »Liebeling«, meldet sie sich. »Herr Doktor, wie nett, dass Sie anrufen.« Ich betrachte sie grinsend. »Warten Sie mal kurz einen Moment, bitte?« Sie hält die Hand vor den Hörer und zischt mir zu: »Mona, geh doch mal den Kater füttern.«

»Ja, gleich.«

»Sofort.«

»Ich trink nur noch schnell den Tee aus.«

»Das kannst du auch in der Küche tun.«

»Nö, ich sitze hier grade so gut.«

»VERSCHWINDE!« Na gut. Mit gespielt beleidigtem Blick räume ich das Feld. Henne, Henne, Henne. Noch immer auf der Suche, was?

Am folgenden Abend hatte ich mich eigentlich auf einen gemütlichen Abend mit den drei alten Damen gefreut. Aber leider macht Henne mir da einen Strich durch die Rechnung. Ohne eine weitere Erklärung abzugeben, hat sie nicht nur Sally und Lotta, sondern auch mir knallhart abgesagt. Woraufhin ich mich schmollend in mein Zimmer zurückgezogen habe. Um sieben Uhr klingelt es. Vorsichtig öffne ich meine Zimmertür einen Spalt weit. Henne steht in ihrem schicken silberschwarzen Ausgehkimono im Flur und zupft vor dem Spiegel an ihren Haaren herum. Dann öffnet sie die Tür. Man muss kein Hellseher sein, um zu erraten, wer auf der anderen Seite steht. Der Doc höchstpersönlich, ist ja logisch. Und wie er aussieht. Schnell halte ich mir die Hand vor den Mund, um mein aufsteigendes Lachen zu unterdrücken. Er trägt einen schwarzen Anzug, vielleicht ist das sogar ein Smoking, das kann ich von hier aus nicht so genau erkennen. Außerdem war mir nie wirklich klar, worin sich Anzug und Smoking denn nun eigentlich voneinander unterscheiden. Na egal. Jedenfalls trägt er also eins von beidem, ein weißes Hemd, eine schwarze Fliege und im Knopfloch eine rote Nelke. Er sieht wirklich zum Schreien aus.

»Liebe Henne, ich freue mich so, Sie wiederzusehen!«, sagt er mit schlecht versteckter Aufregung in der Stimme, küsst ihre Hand und überreicht ihr einen Strauß weißer Rosen und eine Schachtel Pralinen. Huch, sehe ich richtig? Sind das etwa Weinbrandbohnen? Ich grinse in mich hinein. Jetzt wird's lustig und die romantische Szene durch Hennes Ehrlichkeit auf eine harte Probe gestellt. Vermutlich wird sie ihm gleich sagen, dass sie die nicht mag, sich aber für den netten Gedanken bedanken, und ihn bitten, ihr ihre Ehrlichkeit nicht übel zu nehmen. Vielleicht leitet sie ihn sogar gleich an Sally weiter. Achtung, jetzt kommt's:

»Danke!« Es ist mehr ein Hauchen als irgendetwas anderes. »So schöne Blumen. Ach, und Weinbrandbohnen. Das sind meine Lieblingspralinen. Woher wussten Sie das nur?« Henne betrachtet begeistert die Schachtel in ihrer Hand. Der Doc macht ein ganz stolzes Gesicht und ich selber ein ziemlich entgeistertes. Ich höre wohl nicht richtig. Was ist denn bloß mit Henne los? »Und wohin entführen Sie mich nun, Alfred?«, fragt sie. Es ist ein komisches Gefühl, zwei so alte Leute auf diese Art und Weise miteinander reden zu hören.

»Das ist eine Überraschung, Henne. Lassen Sie mich Ihnen in den Mantel helfen«, sagt der Doc. Was für ein Kavalier. Ich werde richtig neidisch. Wieder ein gehauchtes »Danke, Alfred«, von Henne, dann dreht sie sich plötzlich in meine Richtung und sagt, mit plötzlich wieder ganz normaler Stimme:

»Mona, anstatt da an der Tür zu stehen und uns zu belauschen, könntest du dich mal nützlich machen und die Blumen für mich ins Wasser stellen.« Was? Wie? Meint die mich? Woher weiß sie? Ist doch nicht zu fassen. Hätte ich mir eigentlich denken können, aber selbst ich, die ich seit Monaten mit Henne zusammenwohne, habe mich von ihrer »ich bin ein kleines Frauchen, das nicht bis drei zählen kann«-Nummer, die sie da für den Doc abgezogen hat, täuschen lassen. Ich spiele kurz mit dem Gedanken, mich auf leisen Sohlen zu meinem Bett zu schleichen und Henne damit Lügen zu strafen.

»Mona, du brauchst gar nicht so zu tun, als ob du mich nicht hörst«, erklingt da Hennes Stimme erneut. Na schön. Ich stoße die Tür ganz auf und trete mit hochrotem Kopf auf den Flur hinaus. Komme mir gerade vor, als sei ich sieben Jahre alt. Höchstens. Ich werfe Henne einen bitterbösen Blick zu. Sie grinst mich an und sagt:

»Herrn Doktor Deubler kennst du ja noch?«

»Ja, und zwar länger als du«, knurre ich und reiche dem Doc die Hand. »Guten Abend, Herr Doktor.«

»Es ist eine Freude, Sie wiederzusehen, Mona«, gibt er zur Antwort. Dann drückt mir Henne die Blumen und die Pralinen in die Hand.

»Wärst du so nett, Liebes?« Liebes? Sie hat mich noch nie Liebes genannt. Ich bin hier echt im falschen Film gelandet. Da fällt mein Blick auf die Pralinenschachtel und ich fange an zu grinsen.

»Weinbrandbohnen?« Henne wirft mir einen warnenden Blick zu, wobei warnend eigentlich noch nicht einmal der richtige Ausdruck ist. Drohend wäre vielleicht treffender. »Das sind ja deine Lieblingspralinen.« Hennes Gesichtszüge entspannen sich merklich. »Herr Doktor Deubler, da haben Sie aber wirklich ins Schwarze getroffen. Meine Tante ist ganz vernarrt in diese Dinger.« Der Doc strahlt. Henne nickt bestätigend und guckt jetzt fast ein bisschen dankbar. »Aber die Schachtel ist ja noch nicht geöffnet«, sage ich nun verwundert, »normalerweise musst du doch immer gleich ein paar probieren. Wann hast du schon mal einer vollen Schachtel Weinbrandbohnen widerstehen können?!«

»Na ja«, sagt Henne ausweichend, »wir wollten ja jetzt auch los.«

»Aber Herr Doktor, das können Sie meiner Tante nicht antun, ihr erst ihre Lieblingssüßigkeit schenken und ihr dann nicht einmal die Zeit lassen, ein paar davon zu probieren«, sage ich mit vorwurfsvollem Ton. Der Doc guckt ganz erschrocken und hebt entschuldigend die Hände.

»Aber nein, nein, das … das war ja nicht meine Absicht. Ich … wollte natürlich nicht drängen. Wir können gerne noch ein bisschen hier bleiben.«

»Das ist nicht nötig«, sagt Henne.

»Aber wenn Sie doch gerne noch ein paar Pralinen essen wollen …«, wendet der Doc ein.

»Eben«, nicke ich grinsend.

»Aber nein«, wehrt Henne ab, »wir können jetzt wirklich gerne aufbrechen.«

»Das sagt sie nur so«, flüstere ich dem Doc zu. Woraufhin dieser mir die Schachtel aus der Hand nimmt, sie öffnet und Henne unter die Nase hält.

»Sie brauchen sich wirklich nicht zu genieren, Henne. Im Gegenteil. Es schmeichelt mir ungemein, dass ich so gut ihren Geschmack getroffen habe.« Oh, sie wird nie wieder etwas anderes von ihm geschenkt bekommen. Das Biest in mir schlägt Saltos vor Vergnügen.

»Aber …«

»Henne, ich bestehe darauf.« Ich stehe daneben und nicke. Henne guckt wenig begeistert auf die ihr dargebotene Süßigkeit.

»Hmmm, guck mal, Henne, mit Zartbitterschokolade und Zuckerkruste. Genau wie du sie liebst. Genier dich nicht. Greif zu«, feuere ich sie an. Alfred hängt derweil an Hennes Lippen, zwischen die sie jetzt zögernd und im Zeitlupentempo endlich eine Praline steckt. Dabei wirft sie mir einen Blick zu, der weniger hartgesottene Zeitgenossen umhauen würde. Mich nicht.

»Und?«, frage ich.

»Und?«, fragt Alfred. Henne kaut hohl, nickt in schlecht gespielter Begeisterung und verzieht den Mund zu einem gequälten Lächeln.

»Hmmmmm!« Alfred und ich, wir sehen beide aus wie nach einem äußerst gelungenen Beischlaf, nur aus unterschiedlichen Gründen.

»So«, sage ich schließlich, nachdem ich mich wieder soweit unter Kontrolle habe, dass ich nicht lospruste, sobald ich den Mund aufmache, »jetzt aber ab mit euch beiden, ihr habt doch noch was vor.« Hennes wütender Blick weicht fast so etwas wie Dankbarkeit, als ich ihr und Alfred die Tür aufhalte. Aber sie freut sich zu früh: »Noch eine kleine Stärkung für den Weg?« Mittlerweile richtig angesäuert wählt Henne unter Alfreds Blick ein weiteres Stück aus und steckt es widerwillig in den Mund. »Sie auch ein Stück?«, frage ich den Doc und komme mir langsam vor wie das Dienstmädchen eines alten ehrwürdigen Adelsehepaars.

»Nein, danke«, sagt dieser und hebt abwehrend die Hände, »ich hasse die Dinger. So einen Süßkram mögen doch nur Frauen.« Ich schließe schnell die Wohnungstür hinter den beiden und laufe mit angehaltenem Atem in die Küche. Hier platze ich laut heraus und lache, bis mir der Bauch wehtut. Als ich mich wieder einigermaßen beruhigt habe, sehe ich, dass Carlo mit schief gelegtem Kopf vor mir sitzt und mich erstaunt anguckt.

»Hast du das gesehen?«, frage ich ihn glucksend. »Mann, war das komisch!« Ich könnte mich immer noch kringeln über Hennes Gesicht, als sie meinen Plan durchschaut hat. Hihi. Wow, sie muss diesen Alfred ganz schön gerne haben, dass sie ihm zuliebe zwei Weinbrandbohnen gegessen hat.

Um halb elf lege ich mich ins Bett. Nicht zum Schlafen natürlich, so früh doch noch nicht. Nein, ich möchte mich nur ein wenig langmachen, die Augen entspannen. Die Ohren bleiben in höchster Alarmbereitschaft und horchen auf jedes Knarren und Knarzen. Schließlich will ich auf keinen Fall verpassen, wenn Henne nach Hause kommt. Ob sie Alfred mit nach oben nimmt? Nach dem ersten Date? Also ich weiß ja nicht. Und überhaupt, was machen sie denn, die beiden, wenn sie dann zusammen hier oben sind? Will ich's überhaupt wissen? So alte Leute? Die werden doch nicht noch … ich meine … Nein. Oder doch?

Ich weiß nicht, wie es passieren konnte, aber über diesem Thema bin ich doch glatt eingeschlafen. Nicht zu fassen. Habe geschlafen wie ein Stein und daher keine Henne nach Hause kommen hören. Ob mit oder ohne Begleitung. Am Sonntagmorgen erwache ich um acht Uhr. Ich höre Henne in der Küche rumoren. Spät für ihre Verhältnisse, aber es war ja wohl auch eine anstrengende Nacht. Nein, soooo meinte ich das nicht. Während ich meine Beine aus dem Bett schwinge (wow, der Schlaf vor Mitternacht scheint tatsächlich der beste zu sein, ich fühle mich total ausgeruht), drängt sich mir plötzlich ein beunruhigender Gedanke auf. Im Geiste bin ich ja schon so gut wie auf dem Weg ins Badezimmer, aber nun frage ich mich, ob ich diesen wirklich so ganz beruhigt und alltäglich antreten will. Ich meine, was ist, wenn der Doc dort drin ist? Vielleicht steht er gerade in seiner weißen Schießer-Doppelripp-Unterwäsche vor dem Waschbecken und rasiert sich. Das muss ich nun wirklich nicht haben, auch nicht, wenn ich für acht Uhr morgens relativ fit bin. In meinem langen Nachthemd trete ich auf den Flur hinaus.

»Morgen Henne«, rufe ich in die Küche und stecke meinen Kopf zur Tür hinein.

»Morgen Mona«, wünscht sie zurück. Ich warte kurz, ob sie mir wegen der Weinbrandbohnenstory einen Spruch reindrücken will, aber nichts passiert. Sie scheint gute Laune zu haben. Alfred, Alfred, was hast du mit ihr gemacht?

»Kann ich ins Bad?«, frage ich sie. Vorsicht ist besser als Nachsicht. Überrascht guckt sie mich an.

»Nein«, sagt sie dann grinsend. Ich hab's geahnt. Trotzdem haut mich die Antwort aus den Latschen. »Ich dusche gerade.« Ich brauche zwei, drei, vier Sekunden. Ah, ein Witz, haha.

»Haha«, sage ich denn auch und trolle mich ins Badezimmer.

Beim Frühstück berichtet mir Henne dann von ihrem phänomenalen Date. Es war so phänomenal, dass sie mir die Sache mit den Pralinen tatsächlich aus freien Stücken verzeiht. Donnerwetter. Aufgeregt erzählt sie mir von einem tollen Restaurant mit Blick auf den Hamburger Hafen, in dem sie und der Doc ein köstliches Menü zu sich genommen haben; danach zum Tanzabend nach Bahrenfeld.

Tanzabend? Also, die werden doch wohl nicht irgendeine Disco aufgemischt haben? Nein, Alfred hat tatsächlich irgendwo ein Tanzlokal mit Band und klassischem Gesellschaftstanz aufgetan. Walzer, Rumba, Cha-Cha-Cha. Wow! Ich bin schwer beeindruckt. Muss ich auch erst noch fünfzig Jahre leben, einen Weltkrieg und drei Scheidungen hinter mich bringen, bevor ich so was bekomme? Die perfekte Verabredung? Ungerecht ist das. So wünscht frau sich das doch. Wenn du heutzutage mit 'nem Typen in die Disco gehst, hottet und zuckt jeder für sich über die Tanzfläche, mit Glück und bei großem gegenseitigem Interesse vielleicht noch mit Augenkontakt. Ich will auch Tango und Jive!

Ich versuche, mich wieder auf Henne zu konzentrieren, die gerade schwärmt, was Alfred doch für ein wundervoller Tänzer sei.

»Freut mich«, quetsche ich hervor. Für meine beeindruckende schauspielerische Leistung hätte ich mindestens den Oscar verdient. Ich finde mich selber ätzend, weil ich mich nicht ein bisschen mehr zusammenreiße, um Henne ihr Hochgefühl nicht zu verderben. Was ist das denn hier? Ich bin eifersüchtig auf eine achtsundsiebzigjährige Frau.

»Eure erste Verabredung wird sicher auch ganz toll werden«, sagt Henne jetzt tröstend und legt ihre Hand auf meine.

»Ich hatte nicht vor, mit Alfred auszugehen.« Danke nein, so weit sind wir denn dann doch noch nicht.

»Ich meine doch Leonard«, lächelt sie. Wie kommt sie denn jetzt auf den? Ich habe ihr doch erzählt, wie es mit dem läuft. Nämlich gar nicht. »Ach was, Anfangsschwierigkeiten. Ich sag es dir, euch beide verbindet etwas. Das habe ich vom ersten Moment an gespürt.«

»Meinst du wirklich? Schon merkwürdig, dass er ausgerechnet Leonard heißt, oder?«, frage ich vorsichtig.

»Natürlich. Das kann kein Zufall sein«, kommt es im Brustton der Überzeugung zurück, »na, und dann geht er noch zufällig ins September. Weißt du, wie viele Kneipen es in Hamburg gibt?«

»Ja, schon«, sage ich gedehnt, »aber da hat er mir doch einen ziemlich eindeutigen Korb gegeben. Oder findest du nicht?«

»Ach! Männer«, sagt Henne verächtlich, »die sind oft so was von schwer von Begriff. Die erkennen ihr Glück manchmal noch nicht, wenn es ihnen schon in den Hintern beißt.« Ich stelle mir vor, wie ich Leonard stellvertretend für das Glück in den Hintern beiße und muss unwillkürlich grinsen. Kein schlechter Gedanke.

13.

Wenige Tage später betrete ich nachmittags die Wohnung, nachdem ich mit Kerry einen schnellen Kaffee in Altona getrunken habe. Ich spüre sofort, dass irgendetwas nicht in Ordnung ist.

»Hallo?«, rufe ich laut. »Henne?« Da öffnet sich die Wohnzimmertür, aber in ihr steht nicht Henne, sondern Sally. Und sie wirkt ziemlich aufgeregt. Ihre braunen Knopfaugen hüpfen unruhig hin und her und mit wild fuchtelnden Armen winkt sie mich herein.

»Mona, gut, dass du da bist, komm schnell!« Mir bleibt vor Schreck beinahe das Herz stehen. Ich lasse meine dünne Sommerjacke, die ich eben ausgezogen habe, einfach auf den Boden fallen und haste ins Wohnzimmer.

»Was ist denn los?«

»Es ist was mit Henne. Du musst sie ins Krankenhaus fahren.« Einen Moment lang wird mir schwarz vor Augen. Ich verlangsame meine Schritte und gehe auf das Sofa zu. Auf dem liegt, klein, blass und mit geschlossenen Augen, meine Tante. Ich gebe einen erschreckten Laut von mir und sinke vor ihr auf die Knie.

»Henne? Henne, was ist mit dir? Was ist mit ihr?« Sally zuckt hilflos mit den Schultern. »Henne, kannst du mich hören?«

»Sie hat mich angerufen, dass ihr schwindelig ist. Ich bin auf der Stelle hergekommen.« Sofort zerfleische ich mich mit Selbstvorwürfen, weil ich das Haus verlassen und meine arme alte Tante allein gelassen habe. Und das bei der Hitze.

»Hast du einen Arzt angerufen?«

»Äh, nein.« Ja, muss man denn hier alles selber machen? Normalerweise rufen alte Leute doch bei jeder Kleinigkeit einen Arzt. Ich streichle Hennes faltige kleine Hand. Ist sie überhaupt bei Bewusstsein.

»Ich rufe den Doc an«, beschließe ich. Im selben Moment hebt Henne ein Augenlid.

»Das wirst du schön bleiben lassen. Alfred soll mich als Frau sehen und nicht als Patientin! Du fährst mich jetzt ins Krankenhaus«, sagt sie drohend. Gott sei Dank, es kann ihr also nicht allzu schlecht gehen.

»Was ist denn passiert?«

»Ich weiß auch nicht, plötzlich drehte sich alles um mich herum. Und ich sah überall Sternchen, so dass ich mich hinlegen musste.«

»Hört sich nach Kreislaufversagen an«, diagnostiziert Sally fachmännisch.

»Können wir denn dann jetzt?«, fragt Henne und macht Anstalten, aufzustehen.

»Ich weiß nicht, solltest du nicht besser hier liegen bleiben? Wir könnten doch auch den Notarzt kommen lassen.«

»Das geht nicht. Hast du dich mal umgeguckt, wie es hier aussieht?« Ich sehe mich im Wohnzimmer um. Alles steht an seinem Platz und man könnte vom Fußboden essen, wie immer.

»Was meinst du denn?«, frage ich etwas ratlos. Henne guckt mich empört an und macht eine ausholende Handbewegung:

»Na, diese Unordnung. Meinst du wirklich, ich lasse so einen Fremden hier hinein.« Ich weiß beim besten Willen nicht, was sie meint, aber Betrunkene und Kranke soll man nicht reizen.

»Schon gut. Reg dich nicht auf. Komm, stütz dich auf meinen Arm, ich helfe dir hoch.« Zusammen mit Sally bugsiere ich Henne vom Sofa herunter. Gemeinsam trippeln wir langsam zur Wohnungstür. Hennes Blick fällt auf meine Jacke, die ich vorhin achtlos habe fallen lassen. Mit zitternden Händen weist sie darauf:

»Siehst du, das meine ich. Genau das meine ich.« Ist ja gut. Ich hebe die Jacke auf, hänge sie an den Garderobenständer und dann beginnen wir den mühsamen Abstieg durchs Treppenhaus. Mehrfach biete ich an, Henne einfach die Stufen herunterzutragen. Was wird sie schon wiegen bei ihrer Größe? Vielleicht vierzig Kilo? Aber Henne wehrt entschieden ab:

»Ich werde nur ein einziges Mal aus meiner Wohnung getragen, und dann mit den Füßen zuerst, ist das klar?«

»Klar wie Kloßbrühe.«

Erst als ich mein Auto vor dem Eingang der Universitätsklinik Eppendorf (kurz UKE) zum Stehen bringe, macht sich ein leiser Verdacht in mir breit. Misstrauisch gucke ich Henne an, die mit halb geschlossenen Augen neben mir sitzt und gerade ein leises Röcheln von sich gibt.

»Henne?«

»Jaaaa«, gibt sie leidend zu Antwort.

»Henne, du versuchst doch wohl nicht gerade, Schicksal zu spielen?« Ein junger Cockerspaniel könnte nicht unschuldiger gucken.

»Aber was meinst du denn, Mona?«

»Ja, was meinst du bloß, Mona«, tönt Sally von der Rückbank.

»Hier arbeitet doch Leonard.«

»Wirklich?« Wieder ein Mitleid erregendes Stöhnen.

»Henne, sind wir wegen Leonard hier?« Sie sieht mich verletzt an, dann schließt sie die Augen und fasst sich ans Herz.

»Mona, wie kannst du das nur denken?«, fragt Sally empört. Henne gibt ein Wimmern von sich. Jetzt kommen mir Zweifel. Und wenn sie doch? Ich bekomme ein ganz schlechtes Gewissen.

»Entschuldigung«, sage ich zerknirscht, »ich hatte nur dieses komische Gefühl, dass …«

»Ach, du und deine Gefühle«, sagt Sally jetzt richtig böse, »nun hilf mir endlich, Henne zu einem Arzt zu schaffen.«

»In die Ambulanz«, flüstert Henne mit letzter Kraft. Ja doch. Ich öffne ihre Tür, da kommt auch schon ein Krankenpfleger auf uns zugerannt. Thomas Bohse steht auf seinem Namensschild.

»Kann ich Ihnen helfen, was ist passiert?«

»Ja, meine Tante, sie hat … einen Schwächeanfall, glaube ich.« Der Pfleger beugt sich zu Henne in den Wagen. Auch er hat einen knackigen Hintern in seiner weißen Arbeitshose. Außerdem pechschwarze Haare und fast ebenso dunkle Augen. Gibt's hier 'ne Attraktivitätsklausel in den Arbeitsverträgen? Hallo? Mona? Wir wissen langsam alle, dass du es mal wieder nötig hast, aber hier geht es um Leben und Tod. Sorry. Finde mich selbst unmöglich. Henne teilt mittlerweile Thomas Bohse flüsternd mit, was mit ihr los ist, der daraufhin zwei weitere Pfleger mit einer Bahre heranwinkt, auf die Henne jetzt verfrachtet und im Laufschritt zur Ambulanz rübergekarrt wird. Wie sie da so auf der Trage liegt, klein und schmächtig und alt, schießen mir die Tränen in die Augen. Zum ersten Mal wird mir bewusst, dass sie eine wirklich alte Frau ist. Und dass sie nicht ewig da sein wird. Sally reißt mich aus meinen Gedanken, indem sie mich am Ärmel packt und hinter der Kolonne herzerrt.

»Setzen Sie sich dort ins Wartezimmer, wir kümmern uns um sie«, sagt Herr Bohse und schiebt Henne in einen mit Vorhängen abgetrennten Bereich. »Herr Doktor?« In diesem Moment sehe ich ihn. Leonard. Er ist ganz in weiß wie ein Engel, mit einem Stethoskop um den Hals. Mir klopft das Herz bis zum selbigen. Aber Leonard verschwindet, ohne mich bemerkt zu haben, hinter dem Vorhang. Erschöpft lasse ich mich neben Sally auf einen der abgeschabten braunen Stühle im Wartezimmer sinken. Jetzt wird alles gut. Leonard ist bei ihr. Er kann ihr helfen. Er wird sie retten. Bitte, lass sie nicht sterben. Jetzt, wo ich nur noch so dasitzen und nichts mehr tun kann, fange ich plötzlich an zu schluchzen und die Tränen laufen mir über das Gesicht. Sally guckt mich erschrocken an.

»Mona, was ist denn?« Was ist denn das für 'ne komische Frage?

»Was ist, wenn sie stirbt, Sally, was ist, wenn sie stirbt?«, schluchze ich.

»Sie wird schon nicht«, sagt Sally, meine Hand tätschelnd.

»Das kannst du doch nicht wissen«, kreische ich hysterisch, »sie ist doch schon so alt, und was ist ...«

»Schon gut«, zischt Sally mit plötzlich verändertem Tonfall, »beruhig dich, Henne geht es blendend.«

»Von wegen, du hast sie doch gesehen.«

»Es geht ihr blendend«, sagt Sally leise und in eindringlichem Tonfall. Verständnislos blicke ich sie an. Dann dämmert es. Aber ich kann es nicht fassen.

»Ich hatte Recht? Das ganze Theater wegen Leonard?«, frage ich empört.

»Pssst«, macht Sally beschwörend.

»Ist es so?«

»Hmmm«, nickt Sally und betrachtet interessiert ihre Fußspitzen. Ich weiß nicht, ob ich lachen oder weinen soll.

»Und dafür lässt du mich hier rumheulen und um Hennes Leben fürchten«, frage ich wütend.

»Äh, ja, ich dachte auch, das geht zu weit, deshalb habe ich es dir ja gesagt.« Wie großherzig. Danke! »Aber vergiss nicht, wir tun es für dich, also sei nicht sauer. Und sei froh, dass Henne gesund ist.« So viel Dreistigkeit auf einmal lässt mich kurzzeitig verstummen. Aber dann wische ich mir mit dem Ärmel die Tränen aus dem Gesicht, stehe auf und sage:

»Das ist doch lächerlich. Wir holen jetzt Henne und fahren sofort nach Hause!« Sally fasst mich am Arm und zieht mich mit für eine so betagte Person erstaunlicher Kraft auf meinen Stuhl zurück.

»Du bleibst schön hier sitzen. Und sei bitte nett zu dem Herrn Doktor, damit wir das ganze Spiel nicht umsonst gespielt haben.« Na gut! Ergeben füge ich mich in mein Schicksal. Auch egal. Wo wir schon mal hier sind …

Wenige Minuten später kommt Leonard ins Wartezimmer und auf uns zu:

»Na, so eine Überraschung.«

»Ja, allerdings«, sage ich verlegen. Ich bin natürlich total unlocker und fürchte, er müsste mir die Intrige an der Nasenspitze ansehen. Habe ich schon mal erwähnt, dass er gut aussieht? »Wie geht es Henne?«, frage ich schnell, um den Schein zu wahren.

»Bestens. Ein kleiner Schwächeanfall. Das kann vorkommen in dem Alter. Und dann bei dieser Hitze. Ihnen geht es gut?«, fragt er an Sally gewandt.

»Natürlich«, sagt sie entrüstet.

»Entschuldigung, ich wollte Ihnen nicht zu nahe treten.«

»Wann kann Henne wieder nach Hause?«

»In etwa einer Stunde. Sie besteht darauf, dass wir sie gründlich durchchecken, wenn sie schon mal hier ist«, ich verdrehe innerlich die Augen, wirklich sehr unauffällig, Henne, »aber ich denke, da wird alles in Ordnung sein. Dann kannst du sie wieder mitnehmen. Sie sollte nur viel trinken und sich nicht anstrengen.«

»Okay.«

»Ich gehe mal zu ihr«, sagt Sally und erhebt sich von ihrem Stuhl.

»Ja, ich auch.«

»Nein, du bleibst hier. Du … du siehst ganz blass aus. Gucken Sie mal, Leonard, sieht sie nicht blass aus.« Leonard betrachtet eingehend mein Gesicht. Mag sein, dass ich blass bin, vor allem aber habe ich zwei riesige Pickel am Kinn, was mir gerade schmerzhaft bewusst wird.

»Ja, ein bisschen blass«, stellt er sachlich fest.

»Niedriger Blutdruck«, zieht Sally heute zum zweiten Mal eine Krankengeschichte an den Haaren herbei. »Sie braucht dringend einen Kaffee.« Damit rauscht sie davon. Eins ist mal sicher: blass bin ich jetzt sicher nicht mehr. Eher rot wie eine Tomate.

»Also, nach deiner jetzigen Gesichtsfarbe zu schließen würde ich eher auf Bluthochdruck tippen«, sagt Leonard da auch noch. So ein Idiot.

»Idiot!«, sage ich und will an ihm vorbei aus dem Wartezimmer stürmen. Was fand ich an dem eigentlich so toll? So ein Unsympath!

Auf dem Flur hat er mich eingeholt.

»Hey, warte doch mal. Sorry, das war doch nur ein Witz.«

»Sehr komisch«, fauche ich.

»Ja, nicht?«, nickt er begeistert. »Komm, sei doch nicht sauer. Ich mach jetzt fünf Minuten Pause und würd mich freuen, wenn du mit mir einen Kaffee trinkst.« Na, das nenne ich jetzt aber mal 'ne klare Ansage.

»Ich sollte lieber zu meiner Tante«, ziere ich mich.

»Die ist gut versorgt. Milch und Zucker, richtig?« Der Mann hat gut aufgepasst. Na schön. Ich nicke ergeben. Das war ja wohl irgendwie auch Ziel der ganzen Aktion. »Kommt sofort.«

Eine Minute später sitzen wir draußen im Krankenhauspark auf einer Bank, jeder einen Pappbecher mit ziemlich ungenießbarem Krankenhauskaffee in den Händen. Einmal mit Milch und Zucker, einmal schwarz. Brrr. Wie kann man nur? Schweigend sitzen wir da und sehen uns an. Zwanzig Sekunden lang habe ich das dringende Bedürfnis, unbedingt etwas sagen zu müssen, um diese schreckliche Stille zwischen uns zu durchbrechen, aber dann plötzlich – ist alles wunderbar, so wie es gerade ist. Ich gucke in Leonards Augen. Sie sind wirklich ungewöhnlich blau, haben einen dunkelblauen Rand und um die Pupille herum lauter helle Sprenkel. Hellgrün sehen die fast aus. Ich versinke förmlich in diesen Augen. Es breitet sich, so kitschig das jetzt auch klingen mag, ein unglaublicher Friede über uns aus. Leonard guckt mich auch an. Irgendwie anders. So ruhig. Aber auch verwirrt. Wir genießen das Schweigen. Seine Augen bewegen sich. Immer hin und her. Von meinem linken Auge zum rechten. Und wieder zum linken und immer so weiter. Aber nicht hektisch. Irgendwie – erforschend. Und dann guckt er woanders hin. Auf meinen Mund. Dann wieder in meine Augen. Und wieder auf den Mund. Ich werde tierisch nervös. So was kenne ich nur aus Filmen. Ich riskiere nun ebenfalls einen Blick auf seine

Lippen. Rosa sind sie. Die Oberlippe ist schmaler als die Unterlippe. Plötzlich ist es, als würde sein Mund einen Sog auf mich ausüben. Mir fällt auf, dass ich seit einer Ewigkeit auf seinen Mund starre. Er scheint auf mich zuzukommen. Näher und näher. In dem Moment, in dem ich realisiere, dass wir uns küssen, sind wir schon mittendrin. Es ist großartig. Mein Puls rast, und ich schwebe irgendwo über mir selbst, auf der anderen Seite betrachte ich mich aber auch ganz nüchtern von außen, sehe, wie wir da auf der Bank sitzen, wie ich den Kaffeebecher von mir strecke, wie unsere Lippen wegen des heißen Wetters aneinander kleben bleiben. Und trotzdem …

Plötzlich löst Leonard sich abrupt von mir. Als ich die Augen öffne, sitzt er kerzengerade neben mir und nimmt einen Schluck Kaffee.

»Ich, äh…«, stammelt er. Ich gebe ein zärtliches »hmmm« von mir und rücke ein bisschen näher an ihn heran. Komm schon, küss mich noch mal.

»Entschuldigung«, sagt er und steht auf. Wie jetzt? »Das … ich wollte das nicht. Entschuldigung.« Mir fällt das Lächeln aus dem Gesicht. Wie, er wollte das nicht? Wie, Entschuldigung? »Ich muss wieder rein. Äh, man sieht sich.« Wie vom Donner gerührt bleibe ich auf der Parkbank zurück.

Dort sitze ich auch noch eine ganze Stunde später, als Henne und Sally mich endlich finden. Beide sehen putzmunter aus. Mir geht's dagegen gar nicht gut.

»Wir suchen dich schon überall, Mona. Du hättest ja mal was sagen können.« Ich blicke Henne an, die das eben gesagt hat. Vor meinem Kuss mit Leonard hatte ich mir ausgemalt, wie ich sie zusammenstauche dafür, dass sie diese duselige Aktion gestartet und mir einen Wahnsinnsschreck eingejagt hat. Jetzt habe ich irgendwie anderes im Kopf.

»Ja, Entschuldigung«, sage ich nur mechanisch. Entschuldigung. In diesem Moment treten mir die Tränen in die Augen.

»Na, na, so schlimm ist es ja nicht«, sagt Sally erschrocken und tätschelt mir den Arm. Ich habe den kaum bezwingbaren Drang, jetzt so richtig loszuheulen, aber das ist mir hier zu gefährlich. Was, wenn Leonard zufällig irgendwo aus dem Fenster guckt? Der soll sich bloß nicht einbilden, dass er mich irgendwie verletzt hat. Dieser Fatzke. Dieser miese Dreckskerl. Ich schaffe es noch gerade eben so bis zum Auto. Henne und Sally haben bis jetzt noch nichts aus mir herausbekommen, aber ich zittere dermaßen wie Espenlaub, dass Henne mich auf den Beifahrersitz und sich selber hinter das Steuer setzt.

»Hast du dich denn mit Leonard nun noch ein bisschen unterhalten?«, fragt Sally, und da ist es um mich geschehen. Unter Schluchzen und Stammeln erzähle ich den beiden, was passiert ist.

»Ich verstehe das nicht. Es war … es war wirklich schön, wisst ihr. Ich meine wirklich schön. Da war etwas ganz Besonderes zwischen uns.« Ich hasse es, wenn Frauen so gefühlsduselig daherquatschen, aber in diesem Fall war es wirklich so. »Wieso macht der denn so was mit mir? Wieso lässt er mich nicht einfach in Ruhe, wenn er mich nicht mag. Aber mich erst küssen und dann sagen, er wollte das gar nicht. Das ist so gemein!« Im Wagen herrscht bedrückte Stille. »Das ist so gemein«, wiederhole ich schluchzend.

»Ja, das ist gemein«, sagt Henne betreten. Sally nickt mit düsterem Gesichtsausdruck. Nachdem wir eine Zeit lang stumm durch Hamburg gefahren sind, das Schweigen nur unterbrochen von meinen unterdrückten Schluchzern, reiße ich mich wieder zusammen.

»Ach, was soll's? Was kann man von Männern denn schon anderes erwarten?«, frage ich betont munter. Aber niemand will so recht in meine gespielte Heiterkeit einstimmen. Henne und Sally wollen es dabei nicht bewenden lassen, sondern beginnen jetzt, sich die bittersten Vorwürfe zu machen:

»Und wir haben dich auch noch in diese Situation gebracht mit dieser blöden Idee. Ach, Mona, es tut mir so Leid«, sagt Henne.

»Ich hatte eine Scheißangst um dich, das sollte dir Leid tun!«

»Ja, Sally hat's mir erzählt.« Henne ist ganz zerknirscht. »Eine echt blöde Idee. Sie kam übrigens nicht von mir«, betont sie.

»Was?«, erklingt es da empört von der Rückbank. »Willst du damit sagen, dass ich mir diesen schwachsinnigen Plan ausgedacht habe?«

»Allerdings«, sagt Henne und schon sind die beiden mitten drin im schönsten Streitgespräch. Mir ist es eigentlich egal, wessen Idee es war, mir reicht völlig, dass die Sache in die Hose gegangen ist.

Als wir zu Hause ankommen, stellen die beiden ihre wenig fruchtbare Diskussion ein. Stattdessen werde ich jetzt von ihnen betütelt, als wäre ich gerade dem Teufel von der Schippe gesprungen. Nachdem ich mit Tee und Keksen versorgt bin, fängt Henne wie eine Besessene an zu putzen.

»Damit das nächste Mal der Notarzt kommen kann.«

Am nächsten Morgen sind meine Augen so verklebt, dass ich sie kaum öffnen kann. Nein, nicht weil ich die ganze

Nacht durchgeheult habe. Ich möchte hier mal was klarstellen: Immerhin war es nur ein Kuss. Ja, ein Kuss bedeutet schon etwas, mir zumindest, die ich in meinem Leben nur fünf Männer geküsst habe (Jan, meinen Kindergartenfreund, dann Oliver, Thomas, Olaf und jetzt Leonard), aber man muss es ja nicht übertreiben. Nein, der wahre Grund, weshalb meine Augen verklebt sind: Ich bin krank. Ich habe mir eine dicke fette Grippe zugezogen. Als ich mich in meinem Bett aufrichte, bekomme ich einen solchen Hustenanfall, dass Henne schließlich besorgt in mein Zimmer stürzt.

»Mona, was ist denn mit dir los?«, fragt sie.

»Ich bin krank«, krächze ich zurück. Dieses Schwein hat mir wohl gestern 'nen Virus rübergeschoben.

»Psychosomatisch«, urteilt Henne mit schief gelegtem Kopf, »kannst du heute überhaupt zur Arbeit gehen?«

»Na klar doch, halb so schlimm«, sage ich und will mich aus dem Bett schwingen. Mal keine falsche Müdigkeit vorgetäuscht. Leider knicken die Beine unter mir weg, und ich sinke stöhnend zurück in die Kissen.

»Ich ruf dann mal in der Agentur an«, sagt Henne mit einem Blick, der keinen Widerspruch duldet.

»Da ist doch jetzt keiner«, krächze ich, »du musst Lutz auf dem Handy anrufen. Die Nummer steht in meinem Adressbuch.«

»Alles klar, mache ich, und dann bring ich dir eine heiße Zitrone und ein Aspirin.«

»Zwei, bitte«, rufe ich ihr schwach hinterher.

Am ersten Tag meiner Grippe mache ich mir noch Sorgen, wie Lutz jetzt die ganze Arbeit in der Agentur bloß alleine schaffen soll, wo er doch schon seit mehr als einem Vierteljahr aus der Übung ist. Aber dann finde ich, dass es mal ganz gut ist, wenn er merkt, was für eine ungeheure Entlastung ich für ihn bin. Vielleicht gibt es dann ja eine weitere Gehaltserhöhung, wenn ich wieder da bin? Am zweiten Tag steigt mein Fieber auf fast vierzig Grad, und ich verbringe nahezu die ganze Woche im Delirium. So krank war ich wirklich schon lange nicht mehr. Dann geht es mir ganz langsam wieder besser, die Hals-, Kopf- und Gliederschmerzen lassen nach, und es macht ein bisschen Spaß, faul herumzuliegen und sich verwöhnen zu lassen. So verbringe ich dann meine zweite Krankenwoche im Wohnzimmer auf der Couch (denn dort steht der Fernseher) und zappe mich von Talkshows über Gerichtsserien hin zu den Daily Soaps. Wenn Henne den Kopf durch die Zimmertür steckt, gebe ich ein gekonntes Stöhnen von mir, und dann bringt sie mir so ziemlich alles, was das Herz begehrt. Was? Eine Frechheit, die alte Dame so zu beunruhigen und gleichzeitig auch noch zur persönlichen Sklavin zu machen? Na schön, das mag ja sein, aber ich werte es als meine ganz persönliche kleine Rache für Hennes gespielten Herzanfall. Ich schwöre, ich hatte in dem Moment solche Angst um sie, dass mir selbst fast das Herz stehen geblieben ist. Von der Situation, die sie im Krankenhaus damit heraufbeschworen hat, will ich hier gar nicht erst anfangen. Also! So, und jetzt hätte ich gerne einen Rotbuschtee. Henne?!

Am Freitagabend besucht mich Kerry. Aus ihrer monströsen Umhängetasche zieht sie vier Videokassetten.

»Dirty Dancing, Sieben, Herz über Kopf oder Pretty Woman, Sie haben die Wahl, Madame.«

»Wenn Henne einen Videorekorder hätte, wäre ich für Sieben«, lautet darauf meine Antwort, woraufhin Kerry doch tatsächlich auch noch einen Videorekorder aus ihrer

Tasche hervorzaubert. Ungläubig greife ich nach ihrer Tasche und sehe misstrauisch hinein.

»Sag mal, was ist das für ein komischer Beutel?«, frage ich sie. »Der sieht von außen doch gar nicht so groß aus. Trotzdem schleppst du da anscheinend dein ganzes Leben drin rum. Und außerdem hast du immer das dabei, was man gerade braucht. Hat das Ding«, mir stockt der Atem vor Aufregung, »hat das Ding etwa magische Kräfte?«

»Pssst«, macht Kerry und hält verschwörerisch den Zeigefinger auf ihre Lippen, »das ist streng geheim.« Dann fangen wir beide an zu lachen. »Also Sieben, bist du sicher«, wechselt Kerry das Thema. Klar bin ich sicher. Das ist doch dieser Thriller, den ich vor 'ner Ewigkeit mal ausgeliehen habe. Mit Olaf. In einem anderen Leben. Ich weiß noch, dass es sehr gruselig und ich sehr froh war, dass Olaf mir an die Wäsche wollte. Du meine Güte, soooo lange ist das schon her? Na, jedenfalls habe ich von dem Film nur die Hälfte mitgekriegt, aber eins ist glasklar: Keine Liebe, keine Romantik, keine knutschenden Pärchen! Also alles gut! Kopfschüttelnd betrachte ich die anderen Videohüllen, während Kerry den Videorekorder anschließt (Respekt übrigens dafür!).

»Kannst du mir mal sagen, wie du auf die Idee kommst, hier Liebesfilme anzuschleppen? Willst du mich fertig machen, oder was?« Natürlich weiß sie von der Geschichte mit Leonard.

»Sorry, ich dachte, es tröstet dich vielleicht zu sehen, dass Liebesgeschichten auch gut ausgehen können.«

»Im Film, haha, toller Trost!«

Oooooooh Gott, ich fürchte mich so! So schlimm hatte ich den Film nicht in Erinnerung. Olaf muss zu der Zeit ja echt noch so was wie Leidenschaft im Blut gehabt haben.

Ein Wahnsinniger ermordet Menschen für die sieben Todsünden. Ich sterbe vor Spannung. All meine Sünden erscheinen vor meinem inneren Auge, und ich habe Angst vor Bestrafung durch einen irren Killer. TRÄGHEIT! Gut, eine Woche war ich echt krank, aber seit sieben Tagen fläze ich hier auf der Couch rum und lasse mich von vorne bis hinten bedienen. Welche Todsünde. Und man sieht ja, wie es geendet hat. Da liegt nun sein Skelett auf dem Bett, zu Tode gebracht durch … In diesem Moment kommt Leben in das Knochengerüst. Es richtet sich halb im Bett auf und gibt ein röchelndes Geräusch von sich.

»Scheiße, der lebt noch!«, schreit Brad Pitt erschrocken.

»Scheiße, der lebt noch«, schreit Kerry zur gleichen Zeit und hüpft von ihrem Sessel herunter und zu mir auf die Couch. Unter die Decke. Dort erhole ich mich gerade von dem Schock. Solche Filme gehören verboten. Da kann man ernsthaft krank von werden. Kerry und ich liegen zitternd nebeneinander und lugen nur mit jeweils einem Auge auf den Bildschirm. Ich warte darauf, dass mein Puls sich einigermaßen normalisiert.

Rrrrrrring! Beide zucken wir vor Schreck zusammen. Das Telefon. Irgendjemand will mich umbringen. Ich bin ganz sicher.

»Ich sterbe, wenn ich mich jetzt noch einmal so erschrecke«, wimmert Kerry neben mir. Rrrring! Entnervt greife ich nach dem Telefon.

»Hallo?«

»Äh, hallo, mit … mit wem spreche ich, bitte?«

»Sagen Sie mir erst mal, wer Sie sind, dann erfahren Sie vielleicht auch meinen Namen«, sage ich unfreundlich.

»Hier spricht Leonard Kurtz«. Zum dritten Mal in zwanzig Sekunden setzt mein Herz für einen Schlag aus. »Mona, bist du das?«

»Äh, ja«, antworte ich ungemein schlagfertig. Wie das halt so meine Art ist.

»Wer ist es?«, wispert Kerry. Ich forme stumm mit den Lippen das Wort L-E-O-N-A-R-D. Unvorsichtigerweise. Kerry gibt ein begeistertes Quieken von sich.

»Was war das denn?«, fragt Leonard auch prompt. Ich halte Kerry die Hand vor den Mund und antworte:

»Ach nichts. Was willst du?« Kerry guckt mich mit großen Augen an.

»Ich …«

»Woher hast du eigentlich meine Nummer?«

»Na ja, deine Tante hat ihre Daten hier angegeben, und da habe ich …«

»Ist das nicht illegal, dass du die jetzt für private Zwecke missbrauchst«, frage ich provozierend, und schon hat der Typ natürlich wieder die Hosen voll.

»Äh, also, es wäre nett, wenn du das niemandem …«

»Schon gut«, schneide ich ihm genervt das Wort ab, »jetzt sag halt, was du willst.«

»Wegen dem Sonntag im Krankenhaus, also, mit uns beiden, das …«

»Jaja, das tut dir Leid. Du wolltest es nicht. Hast du schon gesagt. Sonst noch was?« Meine Stimme hat mittlerweile das angenehme Timbre einer Kreissäge erreicht.

»Nein, Mona, es ist …«

»Na, dann ist ja alles klar!«, fauche ich in den Hörer und schmeiße ihn dann auf die Gabel. Erst jetzt bemerke ich, wie mir Tränen das Gesicht runterlaufen. Ich wende mich zu Kerry, die mich mit großen Augen anstarrt.

»Sag mal, was hat dich denn gebissen?«

»Na, jedenfalls nicht das Glück«, sage ich sarkastisch, »und wieso überhaupt? Ich meine, du hast das doch gehört.«

»Ich habe nicht gehört, was er gesagt hat, aber deiner Reaktion nach zu urteilen muss er mindestens gesagt haben, dass es schöner ist, eine Qualle zu essen, als dich zu küssen.« Im selben Moment ertönt ein markerschütternder Schrei aus dem Fernseher. Fast schon routiniert fahren wir beide zusammen. »Ich mach das mal aus«, beschließt Kerry.

»Er wollte bloß noch mal sagen, dass er mich nicht küssen wollte, das hast du doch mitgekriegt.«

»Und dafür ruft der extra an? Wieso das denn?« Ich zucke mit den Schultern.

»Was weiß denn ich? Vielleicht dachte er, er hat mir noch nicht genug wehgetan. Vielleicht ist das ja so ein Sadist, dem das Spaß macht.« Kerry sieht nicht so aus, als würde sie meiner Theorie sonderlich viel Glauben schenken. »Warum sollte er sonst hier anrufen?«, frage ich wütend.

»Tja, keine Ahnung. Um sich zu entschuldigen vielleicht«, mutmaßt Kerry. Ja, von wegen! Aber sie lässt nicht locker.

»Okay, ganz von vorne. Was hat er gesagt?« Genervt lasse ich das Gespräch Revue passieren. Eigentlich hat er gar nichts gesagt. Also, fast nichts. Eigentlich bin ich ihm ständig ins Wort gefallen.

»Okay, Mona, hier ein guter Tipp für die Zukunft: Wenn ein Mann dir schon mal was zu sagen hat, dann lass ihn um Gottes willen ausreden. Ich meine, wann kriegt denn ein Kerl schon mal freiwillig die Zähne auseinander? Alles muss man ihnen aus der Nase ziehen.« Da hat sie Recht. Ich nicke ergeben und Kerry streichelt tröstend meinen Unterarm. Aber ich wollte einfach nicht noch mal hören, dass Leonard in diesem Kuss nichts anderes gesehen hat als einen Fehler. Etwas, was er am liebsten ungeschehen machen würde. Denn für mich war er so viel mehr.

14.

Am Sonntagabend begleite ich Henne und den Doc ins Thalia-Theater. Ganz ehrlich, ich weiß nicht, wer auf diese blöde Idee gekommen ist. Ich stehe sowieso nicht darauf, das fünfte Rad am Wagen zu sein. Als Single mit einem Pärchen auszugehen ist doch der blanke Horror. Aber wie immer der Superlativ zu »blanker Horror« lauten mag, ich erlebe ihn gerade. Pärchen, schön und gut. Altes Pärchen, völlig indiskutabel. Also, auch auf die Gefahr hin, mich zu wiederholen: Ich habe nichts gegen alte Leute. Wie könnte ich auch. Da habe ich meine Lektion ja nun wirklich gelernt. Und dann noch speziell Henne und der Doc. Die sind cool, keine Frage! Und ich freue mich wahnsinnig für die beiden, aber das ist mir jetzt doch ein bisschen too much. Ich meine, warum läuft die verschrumpelte Frau mit 'nem Kerl an der Hand rum und die glatte nicht? Was sagt denn das bitte schön über den Charakter der glatten Frau aus? Sie muss eine absolute Katastrophe sein, eine Zicke, wie sie im Buche steht. Herr im Himmel, was mache ich denn falsch? Ich bilde mir ein, dass all die schick gekleideten Leute im Theaterportal hinter meinem Rücken über mich tuscheln. Das ist natürlich Blödsinn. Sie werden denken: »Wie nett, dass die junge Frau da mit ihren Großeltern ins Theater geht.« Vielleicht ist es ja möglicherweise wirklich nett von mir, auch wenn Henne und Alfred nicht meine Großeltern sind? Nein, ganz eindeutig ist es das nicht, denn ich hätte alles, alles getan, um diese Einladung abzuwenden. In diesem Moment wird mir schmerzlich bewusst, dass ich außer Kerry und meiner Oldies-Clique hier in Hamburg überhaupt keine Freunde habe. Und Kerry muss ausgerechnet heute arbeiten. Der Sonntagabend ist ja immer besonders beliebt für die Treue-Test-Aktionen. Als Lockvogel hat man nun mal nicht den konventionellen »Nine-to-five-Job«. Immerhin zeigt mir Kerrys Absage, dass der Laden ohne mich nicht total zusammengebrochen ist und Lutz zumindest irgendwas auf die Reihe gekriegt hat.

»Eine völlig hysterische Ziege, Barbara von irgendwas oder so. Glaubt, ihr Kerl betrügt sie. Ich sag dir, ich hatte die an der Strippe, und glaub mir, dem kann man das nicht übel nehmen«, hat Kerry mir am Telefon gesagt. Jedenfalls wird also der Ehemann von Barbara von Tunichtgut heute dem Treue-Test unterzogen und Mona tapert derweil im schwarzen Röckchen und weißen Blüschen hinter dem jungen alten Liebesglück her. Rabääää!

»Frühlingserwachen« von Wedekind hat meine Stimmung wieder leicht auf Vordermann gebracht. Ich bin nicht gerade das, was man einen Theaterkenner nennt, aber mir hat's gefallen. Außerdem bin ich froh, dass Henne und Alfred, als das Licht ausging, dann auch endlich die Klappe gehalten haben. Davor haben sie so ausgiebigst gewitzelt und geflirtet, dass ich allen Ernstes befürchtet habe, die fangen hier gleich an rumzuknutschen, als wären wir im Kino. Nun, dieser Kelch ist glücklicherweise an mir vorbeigezogen. Die beiden haben sich benommen.

»Darf ich die Damen denn jetzt wohl noch auf ein Gläschen ins Paque Bot einladen«, fragt der Doc galant. Das Paque Bot ist ein Restaurant, in das man vom Thalia-Theater quasi fallen kann. Das tun dann auch die meisten

Gäste, und entsprechend überfüllt ist der Laden, als wir hereinkommen. Wir sind ja schließlich ein bisschen langsamer als der Durchschnitt. Doch mit Argusaugen erblickt der Doc ganz hinten in einer Ecke einen kleinen Tisch, der noch nicht belegt zu sein scheint. Schnell (oder so schnell wie möglich) bahnen wir uns einen Weg dorthin. Kurz bevor wir den Tisch erreichen, drängelt sich ein junges Pärchen an uns vorbei und stürzt sich geradezu auf die freien Stühle. Ey! Das war unser Platz. Empört sehe ich die beiden an. Henne zwinkert mir zu, hakt sich bei mir unter und geht auf den Tisch zu. Direkt vor den beiden unhöflichen Zeitgenossen bleibt sie stehen und täuscht mal wieder höchst gekonnt einen Schwächeanfall vor.

»Ooh, ooh, Mona, ich bin plötzlich so schwach.« Entsetzt stürzt Alfred vor.

»Um Gottes willen, was ist denn mit dir?« Er hat das Zwinkern wohl nicht mitbekommen, oder aber seinerzeit seine wahre Berufung verfehlt und wäre besser Schauspieler geworden. Er wird immer abwechselnd blass und rot. Wir müssen komisch aussehen, wie wir so dastehen. Ich gucke besorgt auf den Doc, der guckt besorgt auf Henne und die wiederum sieht Mitleid heischend zu den jungen Leuten hinüber. Dummerweise interessieren die sich überhaupt nicht für das extra für sie inszenierte Drama. Deshalb setzt Henne noch einen drauf, während sie gleichzeitig dem Doc zu verstehen geben will, dass alles nur gespielt ist. Kein leichtes Unterfangen.

»Alles okay«, zischelt sie, und dann, laut: »Ooh, mir ist so elend. Ich muss mich setzen.« Der Doc fasst ihr stützend unter die Arme, woraufhin sie flüstert: »Ich tu nur so.« Das Pärchen reagiert nicht. Henne und ich tauschen einen empörten Blick. Dann macht Henne Nägel mit Köpfen und lässt sich mit einem lang gezogenen »Ooh« auf den

Schoß des langhaarigen Jünglings fallen. Dieser macht jetzt einen Gesichtsausdruck, als sei Henne etwas, das die Katze von draußen reingebracht hat. So eine Unverschämtheit! Jetzt reicht's mir aber!

»Meiner Tante geht es nicht gut. Wie wäre es, wenn ihr euch jetzt endlich mal von euren Hintern erhebt und den Platz freimacht«, fauche ich. Der Zeckenzüchter (tschuldigung, ich hab nichts gegen lange Haare, ich ärgere mich bloß gerade) guckt fragend auf Henne. Ich ziehe sie hoch, und der Typ steht wirklich auf, wenn auch widerwillig.

»Danke«, sagt Henne, während sie sich gespielt erleichtert auf den schwarz lackierten Holzstuhl fallen lässt.

»Wird auch Zeit«, grummele ich vor mich hin und sehe dann die Trulla auffordernd an.

»Watt denn, braucht die zwei Stühle?«

»Nein, aber ...«, innerlich koche ich schon, »meinem Onkel geht es auch nicht gut.« Dabei zeige ich auf den Doc und nicke ihm aufmunternd zu. Er versteht sofort, greift sich ans Herz und simuliert einen röchelnden Hustenanfall, dass einem schlecht werden kann. So schnell kann man nicht gucken, wie sich das Pärchen jetzt aus dem Staub macht. Na also! Der Doc setzt sich ebenfalls und sagt zärtlich zu meiner Tante:

»Du hast mir einen ganz schönen Schrecken eingejagt.«

»Ach, das macht sie öfter«, sage ich lapidar. So, jetzt muss ich noch von irgendwoher einen Stuhl für mich organisieren. Ein Hocker würde es auch tun, ich bin ja nicht so. Suchend sehe ich mich in dem mit Theaterbesuchern überfüllten Restaurant um. Ob ich vielleicht mal einen Kellner um Hilfe ... Ach du Schreck! Leonard! Dort am Tresen. Unverkennbar. Geistesgegenwärtig ducke ich mich und kralle meine Fingernägel in Hennes Arm, die einen spitzen Schmerzenslaut von sich gibt.

»Au, Mona, bist du verrückt geworden?«

»Leonard.«

»Was?«

»Da hinten am Tresen sitzt Leonard«, wispere ich verzweifelt.

»Tatsächlich?« Prompt steht Henne auf und reckt sich neugierig, um einen Blick auf den Tresen erhaschen zu können. Hastig zerre ich sie am Ärmel wieder auf ihren Platz zurück.

»Nicht! Ich will nicht, dass er uns sieht!«

»Worüber redet ihr denn?«, will der Doc nun wissen. Aha, anscheinend sind auch seine Ohren nicht mehr die besten. Jetzt wird mir allmählich klar, warum sich die beiden so gut verstehen.

»Da drüben sitzt Leonard«, sagt Henne so laut, dass es wahrscheinlich sogar derselbige am anderen Ende des Raumes gehört hat.

»Psssst«, mache ich verzweifelt.

»Ach, mein junger Kollege aus dem UKE«, freut sich der Doc. Er hat ein gutes Gedächtnis, das muss man ihm lassen.

»Ich sage ihm Bescheid, dass wir hier sind. Vielleicht hat er Lust, uns Gesellschaft zu leisten.« Mit diesen Worten steht Alfred auf und macht Anstalten, seine grandiose Idee in die Tat umzusetzen.

»Auf keinen Fall«, keuche ich am Rande eines Nervenzusammenbruchs.

»Lass das lieber, Fred«, sagt Henne sehr ruhig. Sofort hält »Fred« in seiner Bewegung inne. Mann, den hat sie ja gut im Griff. Er guckt zwar ein bisschen enttäuscht aus der Wäsche, willigt aber sofort ein:

»Wenn du meinst, meine Liebe.« Er sieht noch mal rüber zum Tresen. »Schade, er ist so ein netter junger Mann.

Und ich dachte, zwischen euch beiden«, jetzt meint er mich, »würde sich etwas anbahnen.«

»Das hat leider nicht so recht geklappt«, sagt Henne diplomatisch, wozu ich traurig nicke.

»Oh ja, ich sehe schon«, sagt der Doc da unverständlicherweise und setzt sich wieder hin. Wieso? Was sieht er?

»Was sehen Sie«, frage ich denn auch.

»Na ja, weil die Dame neben ihm …« Verunsichert bricht der Doc ab, als er meinen Gesichtsausdruck sieht. Ich hatte es zwar fast erwartet, aber irgendwie auch nicht. Henne drückt beruhigend meine Hand, und ich gebe meine Hockstellung auf. Erstens, weil mir langsam aber sicher die Füße absterben, zweitens, weil mir die Oberschenkel wehtun und drittens, weil ich sie mir jetzt doch gerne mal ansehen will, die Dame. Ich stelle mich auf die Zehenspitzen und blicke über die vorwiegend grauen Köpfe hinweg zu dem blonden, lockigen von Leonard. Und der daneben kommt mir auch irgendwie bekannt vor: schulterlang, brünett und zerzaust. Diesen Kopf würde ich auf hundert Meter Entfernung unter tausend Köpfen erkennen. Dieser Kopf gehört meiner Freundin Kerry.

Vor meinen Augen beginnt sich alles zu drehen, und mir wird plötzlich ziemlich schlecht. Wenn irgendjemand das Dreigespann heute Abend beobachtet hat, würde er vermutlich denken, dass wir einen schlimmen Virus in uns tragen: Irgendwer schwankt immer. Diesmal bin ich es. Und mit mir mein Weltbild. Kerry, meine Freundin Kerry. Von der ich gedacht habe, sie ist so was wie … eine bessere Viola. Na, falsch gedacht, Mona. Eigentlich ist sie genau wie Viola. Sie schmeißt sich mal eben so munter an Leonard heran. Dieses Miststück! Tischt mir eiskalt die Lüge auf, dass sie heute arbeiten muss und dabei macht sie sich einen schönen Abend mit meinem Leonard. Mir schießen die Tränen in die Augen, wenn ich daran denke, wie sie am Freitag neben mir saß, als er anrief. Wie die beiden sich vermutlich halb schief gelacht haben über mich. Wie sie ihm weitererzählt hat, wie ich den Kuss von ihm empfunden habe, und wie sie sich darüber amüsiert haben. O Gott, das überlebe ich nicht.

»Mona, geht's dir gut?«, dringt da Hennes Stimme wie durch einen dichten Nebel zu mir durch. Ich sehe ihr Gesicht ganz dicht vor mir, und sie streichelt mir besorgt die Wange. Wo bin ich überhaupt? Mir wird klar, dass ich mich anscheinend mitten auf den dreckigen Fußboden gesetzt habe. »Hörst du mich? Sag doch etwas!«

»Etwas«, sage ich mit dem trockensten Galgenhumor, den ich in meinem Leben je hervorgebracht habe. Henne grinst erleichtert. Ja, toller Witz, was? Ist von Leonard.

»Was war denn«, will Henne, mir hochhelfend, wissen, »ist die Tussi so schlimm?«

»Nein, nein, ist schon gut«, sage ich abwehrend, »können wir bitte einfach gehen?«

»Natürlich«, sagt der Doc sofort. Ich glaube, er gibt sich selbst die Schuld an der Situation. Und dabei kennt er noch nicht mal die ganze Wahrheit. Wir bahnen uns also wieder einen Weg durch die Menge, natürlich im größtmöglichen Bogen um den Tresen herum. Ich halte den Kopf gesenkt und bete stumm, dass die beiden sich bloß nicht umgucken sollen. Bloß das nicht. Als wir schon beinahe die rettende Tür erreicht haben, bleibe ich unvermittelt stehen. Will ich das wirklich so auf mir sitzen lassen? Will ich schon wieder klein beigeben? Es ist wie mit Geschichte: Sie wird sich immer und immer wiederholen, bis die Menschen endlich aus ihr lernen. Und ich? Es ist Hamburg statt Langenweiler, Kerry statt Viola, Leonard statt

Olaf, ja, und auch irgendwie Mona statt Moni, aber die Situation ist die gleiche. Und mal ehrlich: Bin ich nicht in meinem Inneren niemand anders als Moni, wenn ich jetzt gesenkten Hauptes von dannen schleiche? Wenn ich mich wieder als Fußabtreter behandeln lasse? Und in diesem Moment fasse ich den Entschluss: Nicht mit mir! Ehe Henne und Alfred es sich versehen, mache ich auf dem Absatz kehrt und stürze in Richtung Tresen. Sowohl Kerry als auch Leonard starren mich fassungslos an, als ich da wie eine Furie auf sie zugeschossen komme.

»Mona, was …«

»Hey, du bist …« Zu mehr kommen sie nicht, denn in diesem Moment habe ich den beiden ihre Rotweingläser aus der Hand gerissen.

»Du bist ein verdammter Mistkerl«, schreie ich Leonard an und schütte ihm den Wein ins Gesicht. Sprachlos, mit offenem Mund und tropfend sieht er mich an. Ich kann nicht umhin, mich einen kurzen Augenblick zu freuen, dass ich nun endlich einmal tun konnte, was die besonders eleganten und schönen Frauen in den Sechziger-Jahre-Filmen immer machen.

»Was …«, keucht Leonard, aber da wende ich mich schon Kerry zu.

»Und du, du bist das Allerletzte! Ich hasse dich!«, fauche ich und schütte auch ihr den Wein ins Gesicht. Ihr Glas ist natürlich schon mehr als halb leer. Die alte Säuferin. Ich sehe mich wutentbrannt nach etwas anderem um, was ich ihr ins Gesicht werfen kann, da fasst sie mich am Arm. Ich zucke zurück und sehe sie so angeekelt an, als sei sie ein toter Fisch.

»Mona, kannst du mir mal sagen, was los ist?«, fragt sie aufgebracht.

»Was los ist? Das musst du doch wohl am besten wissen«, schreie ich sie an.

»Mona, ich …«, mischt sich da Leonard wieder ein. Ich fahre so heftig herum, dass er erschrocken zurückzuckt.

»Ja, Leonard? Möchtest du was sagen? Nur raus damit! Ach, ich weiß schon, du möchtest doch bestimmt einen Dreier vorschlagen, oder? Das wär's doch, mit zwei Freundinnen, hm?« Ich ernte missbilligende Blicke von allen Seiten, sogar vom Doc und von Henne. Alle sind gegen mich!

»Du bist Leonard«, fragt Kerry und schaut ihn entgeistert an.

»Äh. Ja.«

»Sag mal, glaubst du, du kannst mich verarschen?«, frage ich sie empört.

»Ehrlich, Mona, ich wusste nicht, dass er das ist«, sagt Kerry und sieht mich beschwörend an.

»Ach, und wieso sitzt du hier dann mit ihm gemütlich beim Weinchen zusammen«, will ich wissen. Die glaubt echt, sie kann mich für dumm verkaufen.

»Weil, na, ich …« Tja, da ist jetzt guter Rat teuer, was? Ich beobachte, wie Kerry sich auf ihrem Barhocker windet.

»Ich … ich arbeite«, knirscht sie schließlich leise zwischen den Zähnen hervor. Verwirrt starre ich sie an.

»Du …«

»Das ist der Typ, von dem ich dir erzählt habe«, flüstert sie, plötzlich wird ihr Ausdruck ganz sanft, und sie greift nach meiner Hand. »Scheiße, Mona, die … Zielperson.« In meinem Gehirn rattert es wie verrückt. Was ist los? Das kann doch nicht sein? Kerry arbeitet heute wirklich? Als Lockvogel? Und, Leonard ist der … aber dann, dann ist Leonard doch …

»Du bist verheiratet?«, frage ich ihn entgeistert. Er ist die zweite Person des Abends, die ich erst blass und dann rot werden sehe.

»Ähm, äh, nicht mit ihr«, sagt er, auf Kerry deutend.

»Du bist verheiratet.« Das ist keine Frage mehr, das ist eine Feststellung.

»Ja, bin ich.« Hilflos zuckt Leonard mit den Schultern. »Ich, ich wollte es dir sagen, es tut mir Leid. Am Telefon, aber du …« Ich höre ihm gar nicht richtig zu. Benommen starre ich auf Kerrys weiße Bluse, die jetzt dank meines tatkräftigen Einsatzes wahrscheinlich unwiderruflich rot eingefärbt ist.

»Tut mir Leid«, flüstere ich. Sie guckt an sich herunter.

»Ach was, die Bluse konnte ich eh nie leiden«, sagt sie und nimmt mich in den Arm.

»Ich dachte, du und er …«

»Ich weiß, ist schon gut. Das konnte ja keiner ahnen.« Ich löse mich aus ihrer Umarmung und sehe mich nach Henne und Alfred um. Die beiden sehen mich an, Henne mitleidig, ich glaube, sie hat die Situation gecheckt, vermutlich sogar früher als ich. Fred blickt ratlos.

»Komm, wir gehen!«, nimmt Henne das Ruder in die Hand. »Kommst du auch mit, Kerry?«

»Ja, klar.«

»Dann los.« Niemand würdigt Leonard auch nur eines Blickes. Niemand außer mir. Ich kann natürlich nicht anders. Als ich schon halb durch die Tür bin, schaue ich noch mal zurück. Da sitzt er, wie ein begossener Pudel, im wahrsten Sinne des Wortes, und versteht die Welt nicht mehr. Er wirft mir einen bittenden Blick zu. Oder bilde ich mir das nur ein? Wie auch immer. Ich drehe schnell den Kopf weg. Der kann mir gestohlen bleiben!

Betreten laufen wir vier nebeneinander her in Richtung S-Bahn. Ich weiß noch nicht einmal, was das Schlimmste an der neuen Wendung der Ereignisse ist. Dass Leonard mich angelogen hat, dass er verheiratet ist? Oder, dass jetzt auch die letzte klitzekleine Hoffnung gestorben ist, aus uns könnte eventuell doch noch etwas werden?

»Eins verstehe ich nicht«, sagt Kerry, »Lutz hat gesagt, die Kundin hieße Frau von Meckenstein und der Name des Mannes sei Samson.«

»Samson? Von Meckenstein?«

»Ja. Aber das Foto stimmt. Es war eindeutig Leonard.« Also, jetzt kapiere ich gar nichts mehr. Dann hat er mir einen falschen Namen gesagt? Wenn dem so ist, dann kann man aber wohl mit ziemlicher Sicherheit sagen, dass er ein echt routinierter Fremdgänger und gar nicht mal so treu ist. Oder? Derweil hat Henne auch dem Doc erklären können, was dort drinnen im Paque Bot geschehen ist, und er schüttelt fassungslos den Kopf.

»Das konnte man doch nicht ahnen, dass er verheiratet ist. Und ich habe ihn auch noch quasi bei euch angeschleppt. Ich mache mir solche Vorwürfe.«

»Und ich habe dafür gesorgt, dass ihr euch im Krankenhaus wiederseht«, beginnt jetzt auch Henne mit der Selbstkasteiung.

»Das konntet ihr doch aber nicht wissen. Es war doch nett gemeint«, sage ich.

»Warum trägt er denn aber auch keinen Ehering?«, fragt der Doc ganz empört. Ja, zum Teufel, wieso trägt der Typ keinen Ehering? So was müsste verboten werden!

»Also, ich weiß, das ist jetzt bestimmt der falsche Zeitpunkt, aber, was sag ich denn Lutz jetzt? Wegen des Tests?«, fragt Kerry.

»Wie war er denn so zu dir?«, frage ich zurück.

»Na ja, besonders viel Zeit hatte ich ja nicht gerade mit ihm«, sagt Kerry schulterzuckend, »ich hatte mich eigentlich gerade erst zu ihm gesetzt mit meinem Weinglas. Und das Gespräch lief auch ziemlich schleppend. Also, er hat mir zwar nicht gleich unter die Nase gebunden, dass er verheiratet ist …«, das wundert mich jetzt nicht, »aber er war ziemlich abweisend. Also, wenn ich mal so auf meine fast einjährige Berufspraxis als Lockvogel zurückgreifen darf: Der hätte den Test bestanden.«

»Aber mich hat er geküsst«, sage ich entrüstet.

»Auch wieder wahr. Und, soll ich Lutz deshalb jetzt sagen, dass er untreu ist?« Kurzzeitig erscheint mir das sehr verlockend. Treue-Test nicht bestanden, Scheidung – und Leonard ist wieder frei. Henne scheint – mal wieder – meine Gedanken lesen zu können:

»Du hast schon eine Idee, wie du ihn tröstest, nachdem seine Frau ihn verlassen hat, was?«, fragt sie trocken. Kerry guckt mich entrüstet an:

»Den Typ fasst du doch wohl nicht mal mehr mit der Kneifzange an. Oder?«

»Nein, natürlich nicht«, sage ich wenig überzeugend.

»Mona, mal ganz davon abgesehen, dass er dich eh schon nicht besonders nett behandelt hat, nach dem Kuss, meine ich …«

»Ihr habt euch geküsst«, fragt der Doc neugierig dazwischen, aber ein Blick von Henne bringt ihn zum Schweigen.

»… ist der Typ ein Lügner. Und verheiratet obendrein«, vollendet Kerry ihre Ausführungen. Ja, ich weiß es ja.

»Du hast Recht«, nicke ich ergeben.

»Und weißt du, wie wir uns an dem Kerl rächen«, sagt Kerry jetzt mit diabolischem Grinsen, »wir lassen Lutz seiner Frau erzählen, dass er so treu ist wie Gold.« Auf unsere verständnislosen Blicke hin fährt sie fort: »Na, ich habe dir doch erzählt, was das für eine Schreckschraube ist. Eine Oberzicke vor dem Herrn. Die hat eine Stimme, gegen die ist 'ne Kreissäge Kammermusik. Das soll Leonards Strafe sein: lebenslänglich mit dieser Frau!«

15.

Am Montagmorgen fällt es mir schwer, aufzustehen. Ich denke kurz darüber nach, einen schweren Gripperückfall vorzutäuschen, verwerfe diesen Plan dann aber doch. Wenn ich wieder den ganzen Tag hier im Bett abhänge, komme ich aus dem Grübeln überhaupt nicht mehr raus. Also los jetzt, Mona, den Kopf nicht hängen lassen. Du hast in deinem Leben weiß Gott schon Schlimmeres überstanden.

Eine Stunde später schließe ich das Büro auf. Natürlich ist Lutz nicht da, der weiß ja, dass ich heute wiederkomme. Ich betrete den Raum und fahre entsetzt zurück. Für den Bruchteil einer Sekunde bin ich felsenfest davon überzeugt, dass hier Einbrecher am Werk waren. Es herrscht das absolute Chaos. Aber da Computer, Fax und Telefon, die einzig wertvollen Gegenstände, noch an ihrem Platz stehen, kommt mir eine plausiblere Erklärung für die Unordnung: Anscheinend fehlte hier zwei ganze Wochen lang die ordnende Hand. Klar, die ordnende Hand lag mit einer schweren Grippe darnieder. Seufzend bahne ich mir einen Weg zu meinem Schreibtisch. Nein, ich übertreibe nicht. Lutz hat anscheinend sämtliche Aktenordner, die er in der letzten Woche brauchte oder auch nicht, einfach nach getaner Arbeit auf dem Boden abgestellt. Das ergibt einen hübschen kleinen Parcours, durch den ich mich jetzt schlängele. Ah, da liegt ein Brief auf dem Tisch. An mich.

HALLO MONA! SCHÖN, DASS DU WIEDER GESUND BIST. SEI SO NETT UND MACH EIN BISSCHEN ORDNUNG IM BÜRO, DU SIEHST JA, WIE ES HIER AUSSCHAUT.

Allerdings!

ES STEHT NUR NOCH EIN VORGANG AUS, DEN HAT KERRY GESTERN ABEND GEMACHT. BITTE RUF SIE AN UND TEILE DANN DER KUNDIN (TEL: 32 55 98 99, AKTE VON MECKENSTEIN) DAS ERGEBNIS MIT. UND DANN FRISCH ANS WERK, GRUSS LUTZ

Ich brauche ganze zwanzig Sekunden, um zu schnallen, was ich da gerade gelesen habe. Ich soll WAS? Jetzt soll ich die Frau von Leonard oder Samson oder wie er auch heißen mag anrufen und ihr sagen, was für einen Schatz von Ehemann sie da hat? Das überleb ich nicht. Ich lasse mich auf meinen Bürostuhl fallen und atme tief durch. Erst mal Kerry anrufen, das wird das Beste sein.

»Wasss isssnnn?« Ups, die schläft wohl noch. Tut mir Leid, kann ich jetzt nicht ändern.

»Kerry, ich bin's, sorry, wenn ich dich wecke.«

»Machnnnix«, nuschelt sie zurück, »wassssnnn?«

»Ich bin im Büro und hier liegt 'ne Nachricht von Lutz. Rate mal, was drinsteht!«

»Ähm, ich bin echt noch nicht ganz wach. Sag's mir einfach!«

»Ich muss die Frau von Leonard anrufen.«

»Oh.«

»Ja, oh. Hier auf dem Zettel steht's. Ich soll dich fragen, wie es gelaufen ist und dann bei ihr anrufen. Ich will aber nicht!«

»Ist doch kein Ding. Das kann ich ja machen«, sagt Kerry.

»Wirklich?«

»Logisch. Meine armen Trommelfelle tun mir zwar jetzt schon Leid, aber für dich will ich das mal auf mich nehmen.«

»Danke!«, sage ich erleichtert. »Hast du die Nummer?«

»Neee, wart mal«, sie beginnt anscheinend irgendwo nach einem Stift zu kramen, »ich such grade einen Stift. Moment noch. Aaaaaahhhh!«

»Kerry??« Keine Antwort. »Kerry? Halloooo?«

»Ja, autsch, da bin ich wieder. Bin aus dem Bett geplumpst.« Ich grinse vor mich hin. »Also, schieß los.« Ich will ihr gerade die Nummer diktieren, da kommt mir plötzlich ein anderer Gedanke.

»Was meinst du, Kerry, soll ich nicht doch lieber selbst da anrufen?«

»Äh, wieso?«

»Na ja, vielleicht als so 'ne Art Therapie oder so. Wenn sie echt so eine Schreckschraube ist ...«

»Also, das ist sie«, sagt Kerry im Brustton der Überzeugung.

»Vielleicht ist das dann ganz heilsam für mich. Außerdem kennt sie mich ja nicht. Eigentlich kann mir nichts passieren.«

»Keine schlechte Idee. Soll ich vorbeikommen und Händchen halten?« Ist sie ein Schatz oder ist sie ein Schatz?

»Nicht nötig. Ich ruf dich nachher an.«

»Okay, also dann.«

»Kerry, warte.«

»Ja?«

»Also, ich sag ihr, dass Leonard treu ist?« Ich habe ja ehrlich gesagt ein bisschen Schwierigkeiten mit der Sache. Auch so von wegen Berufsethos und so.

»Willst du ihr sagen, dass er dem Lockvogel zwar widerstanden hat, aber dass du zufällig jemanden kennst, mit dem er geknutscht hat?« Nein, natürlich nicht. Ach, sie hat ja Recht.

»Hast Recht. Bis später.«

»Viel Glück.« Ich lege auf und hole mir dann die Akte von Barbara von Meckenstein. Hier steht es: Ehemann Samson-Leonard, aha, Arzt, Sonntagabend im Paque Bot. Und um sämtliche Zweifel auszuräumen, liegt auch noch ein gestochen scharfes Farbfoto von Samson-Leonard dabei, auf dem er gequält in die Kamera grinst. Was für ein lächerlicher Doppelname ist das bloß? Und wie praktisch. Da kann man all den Mäuschen, die man nebenher mal gerne vernaschen möchte, einfach den zweiten Vornamen nennen und lügt dabei noch nicht mal groß. Ich kann es nicht lassen, ich muss mir die Typbeschreibung ansehen. Hier: Er mag »kultivierte« Typen, was immer das heißen mag, lange Haare, sehr schlanke Frauen mit großen Brüsten. Na super! Ach was, Mona, nicht drüber nachdenken. Schnee von gestern ist das. Was kümmert es dich, ob du sein Typ bist oder nicht? Ich hole einmal tief Luft und wähle dann die Telefonnummer.

»Hallo?« Klingt nicht wie eine Kreissäge. Eher wie ein Mann. »Hallo?« Nicht wie irgendein Mann, sondern wie Leonard. Äh, Samson. Verdammt. Schnell lege ich den Hörer wieder auf. Die Schweißperlen stehen mir auf der Stirn. Ich sehe auf die Uhr. Es ist halb neun. Was fällt dem ein, zu Hause zu sein? Im UKE sterben Leute, Mann, und du sitzt gemütlich beim Kaffee. Ich nehme mir noch mal die Akte vor. Oh, da steht auch eine Handynummer von Barbara. Ich will sie gerade wählen, da fällt mir im letzten Moment ein, dass das vielleicht keine so gute Idee ist. Was, wenn sie ihm gegenübersitzt? Ich meine, erst klingelt das Telefon, Leonard geht dran, der andere legt auf und eine

Minute später klingelt dann das Handy seiner Frau. Was wird er dann wohl denken? Hmmm, vermutlich, dass die Trulla eine Affäre hat. Verlockender Gedanke. Aber dann entscheide ich mich doch dagegen, jetzt irgendwelche Intrigen zu spinnen. Sowohl privat als auch beruflich ist es am besten, diese Geschichte so schnell wie möglich zu beenden und die Akte zu schließen.

Die nächste Stunde verbringe ich damit, Ordnung in das verwüstete Büro zu bringen und die Arbeitspläne der Lockvögel für die nächste Woche zu erstellen. Wer passt zu wem? Blond, braun, rothaarig, üppig oder gertenschlank, jeder Zielperson das passende Lockvögelchen. Um zehn Uhr wähle ich die Handynummer von Barbara von Meckenstein. Mittlerweile bin ich natürlich überhaupt nicht mehr scharf drauf. Leonards Stimme am Ende der Leitung hat mir den Rest gegeben. Ich will das jetzt nur noch ganz schnell hinter mich bringen.

»Von Meckenstein.« Der Vergleich mit der Kreissäge war gut. Ich halte den Hörer ein paar Zentimeter von meinem Ohr weg und sage:

»Guten Morgen, Frau von Meckenstein, hier spricht Behrens von der Treue-Test-Agentur.«

»Ach, hallo.« Im Hintergrund höre ich Stimmengewirr.

»Ich wollte Ihnen das Ergebnis des Treue-Testes mitteilen, aber wenn Sie gerade beschäftigt sind, kann ich gerne …«

»Nein, nein, ich bekomme nur gerade eine Maniküre.« Ach du Schande, so eine ist das? Leonard, Leonard, was hast du dir da angelacht?

»Also«, will ich es schnell hinter mich bringen, »ihr Ehemann hat den Test mit Bravour bestanden. Sie brauchen sich keine Sorgen zu machen. Die Rechnung schicken wir in einem neutralen Umschlag an…«

»Moment mal! Mein Mann …«, wie sie das sagt. Als sei er ihr Eigentum. Blöde Schnepfe! »… kam gestern über und über mit Rotwein begossen nach Hause. Wissen Sie vielleicht etwas darüber?« Oh.

»Äh, was hat er denn gesagt?«

»Er hat gesagt, ein Kellner habe ihn versehentlich mit Wein übergossen.« Klingt naheliegend. Naheliegender als die Wahrheit jedenfalls. »Aber das Paque Bot ist ein e-x-q-u-i-s-i-t-e-s Restaurant. Da passiert so etwas nicht«, sagt sie scharf. »Und ich werde das Gefühl nicht los, dass der Treue-Test etwas damit zu tun hat.« Ich winde mich auf meinem Bürostuhl und sage schließlich:

»Sie haben Recht. Unser Lockvogel hat Ihrem Mann den Wein über das Hemd geschüttet. Ihr Mann hat standhaft alle Annäherungsversuche abgewehrt und um glaubhaft rüberzukommen, hat die Dame schließlich eine kleine Szene veranstaltet.« Ich hoffe, dass ich selber einigermaßen glaubhaft rüberkomme. Hätte ich doch bloß Kerry diesen verfluchten Anruf machen lassen.

»Das heißt dann wohl zum einen, dass Sie für das ruinierte Hemd aufkommen?« fragt mein Gegenüber listig.

»Schicken Sie uns die Rechnung«, sage ich ergeben.

»Und zum anderen heißt es, dass mein Mann mich anlügt.« Scheiße!

»Sicher wollte er Sie einfach nicht beunruhigen.«

»Er belügt mich. Ich will einen weiteren Treue-Test. Diesmal mit einer anderen Dame. Die von gestern scheint mir nicht wirklich geeignet für diesen Zweck gewesen zu sein, wenn die mit Gläsern um sich wirft. Leonard mag kultivierte Frauen.« Pah!

»Aber unser Lockvogel entsprach genau Ihren Angaben des Typs, auf den Ihr Mann steht. Lange Haare, sehr schlank, große Brüste.«

»Davon werden Sie doch wohl mehr als eine haben. Das Wichtigste sind doch sowieso die Titten, das kennt man ja.« Frau von Meckenstein klingt irgendwie frustriert. Höchst kultiviert, die Dame, das muss ich schon sagen. »Geld spielt keine Rolle«, fügt sie noch hinzu. Schon klar. »Sind Sie noch dran?«

»Ja, selbstverständlich. Ich werde das in die Wege leiten«, sage ich ergeben.

»Sie soll unter irgendeinem Vorwand in die Ambulanz vom UKE gehen, mein Mann hat dort ab heute Mittag vierundzwanzig Stunden Dienst. Ich will nicht erst eine Ewigkeit warten, bis er mal wieder frei hat.« Auch das klingt irgendwie nach Vorwurf.

»Ist gut, sie wird sich von Herrn Dr. von Meckenstein untersuchen …«

»Ich habe Ihnen doch bereits gesagt, dass Samson meinen Namen aus mir unverständlichen Gründen nicht angenommen hat.« Ja, das kann ich auch überhaupt nicht verstehen. »Er heißt Kurtz«, fährt sie fort. Okay, wenigstens das war also die Wahrheit. Uuups, da in der Akte steht auch ein Vermerk.

»Oh, äh, natürlich«, stammele ich, »ich denke, ich werde den Test noch für heute arrangieren können. Ich melde mich dann bei Ihnen.«

»Vergessen Sie nicht, sie muss große Brüste haben«, schärft sie mir nochmals ein. Ja, es ist ja gut, ich habe es verstanden. »Sie können auch künstlich sein, Hauptsache, groß. Am besten täuscht sie Atemnot oder so was vor, dann kann sie ihm ihre Brüste zeigen und er wird garantiert schwach werden …«, fantasiert Frau von Meckenstein kreativ. Die ist ja wohl echt nicht mehr ganz dicht. Ich verzichte darauf, ihr zu sagen, dass ein Lockvogel keine Nutte ist.

»Wird erledigt, Frau von Meckenstein«, beteuere ich stattdessen schnell, lege auf und lasse meinen Kopf auf die Tischplatte sinken. Was für ein Albtraum! Von wegen, den Fall beenden und die Akte schließen. Na ja, ich versuche, es positiv zu sehen. So können wir wenigstens noch einen korrekten Test nach Plan ausführen. Ich sag's ja: Berufsethos. Ich rufe auf meinem Computer die Datenbank mit unseren Lockvögeln auf und entscheide mich für Lara: siebenundzwanzig Jahre jung, dunkelblondes, glattes Haar, sehr schlank (ich würde schon fast sagen: dürr) mit einer sehr, sehr auffälligen Oberweite. Bevor ich sie anrufe, sehe ich an mir herunter. Ja, ganz eindeutig: Ich kann meine Füße sehen. Meine mickrigen A-Körbchen-Brüste sind mir dabei in keinster Weise im Weg. Als wäre die Situation nicht schon schlimm genug, kommt jetzt auch noch mein alter Minibusen-Komplex wieder zum Vorschein. Es ist zum Heulen.

In der Mittagspause treffe ich mich mit Kerry, um ihr von meinem desaströsen Gespräch zu erzählen. Wir sitzen wie üblich bei Bagel und Karamell-Macchiato im Balsaac-Café und Kerry lauscht staunend meinen Ausführungen.

»So, die denkt also, ich sei nicht kultiviert genug für den feinen Herren«, macht sie einen auf beleidigt.

»Ach, die dumme Schnepfe, das wirst du doch nicht ernst nehmen«, tröste ich. Kerry grinst über das ganze Gesicht:

»Natürlich nicht. Was denkst denn du? Aber weißt du, was ich mich die ganze Zeit schon frage?« Woher soll ich das wissen? »Wieso ist die Tante eigentlich so scharf darauf, dass Leonard sie betrügt? Ich meine, so was wünscht man sich doch nicht, oder bin ich da jetzt irgendwie falsch informiert.« Irgendwie hat sie Recht. Die meisten Frauen, deren Männer unseren Treue-Test bestehen (leider sind es nicht mal zehn Prozent) sind total erleichtert, bezahlen wie der Blitz die Rechnung und lassen nie wieder von sich hören. Was stimmt hier also nicht?

»Vielleicht sucht sie ständig was, wofür sie ihn zur Sau machen kann und langsam gehen ihr die Ideen aus«, schlage ich vor.

»Ja, oder über all den Friseurbesuchen und Maniküren fehlt ihr das Drama im Leben«, rätselt Kerry herum. »Also, wenn der das Drama fehlt, dann kann sie ruhig 'nen Teil von meinem haben, ich bin da nicht geizig! So, und jetzt muss Lara also tatsächlich im UKE aufkreuzen? Das kann ja heiter werden.« Finde ich auch. Langsam frage ich mich, ob da irgendwann auch mal jemand hingeht, der wirklich krank ist.

Leonard besteht auch Test Nummer zwei, ohne mit der Wimper zu zucken. Kurz vor Feierabend habe ich Lara an der Strippe, die mir ausführlich berichtet, dass der Typ, auf den ich sie da angesetzt habe, aus Granit zu sein scheint.

»Nicht zu fassen, Mona, also, so was von stur, das habe ich ja überhaupt noch nicht erlebt. Ich hab dem sogar meine Brüste gezeigt.«

»Du hast was?«, frage ich entsetzt. »Das gehört aber nicht zu deinem Job.«

»Weiß ich doch, aber, ich meine, mal so unter uns, Mona, der war echt zuckersüß. Und da dachte ich …«

»Da dachtest du, du zeigst ihm deine Brüste«, falle ich ihr wütend ins Wort. Schweigen am anderen Ende der Leitung. Lara ist ziemlich perplex über meinen rüden Tonfall.

»Tut mir Leid, ich wollte mir nur einen kleinen Spaß … Mona, du erzählst doch Lutz nichts davon, oder?«, fragt sie kleinlaut.

»Nein, natürlich nicht«, sage ich wieder ruhiger. Die Arme hat ja keine Ahnung. Ich bin nur einfach sauer, dass sie Leonard zuckersüß findet. Und noch saurer bin ich darüber, dass Lara überhaupt die Doppel-D-Brüste besitzt, die sie Leonard da unter die Nase gehalten hat.

»Tut mir echt Leid, wird nicht wieder vorkommen«, wiederholt sie.

»Ja, ist schon gut. Sorry, ich wollte dich nicht so angiften.«

»Ist okay. Also dann, du sagst Bescheid, wenn wieder ein Job ansteht.«

»Ja klar, mach ich. Tschüss, Lara.« Nachdenklich lege ich den Hörer auf. So, Leonard ist also tatsächlich standhaft geblieben. Trotz des sicherlich imposanten Anblicks. Na ja, so was bekommt er in seinem Job ja sicher öfter zu sehen. Trotzdem, alle Achtung, Lara ist nämlich ein verdammt hübsches Ding. Vielleicht bin ich bescheuert, aber ich fühle mich doch ein klitzekleines bisschen geschmeichelt, dass ich diesen anscheinend doch ziemlich treuen Mann dazu gebracht habe, mich zu küssen. Da habe ich die Rechnung aber ohne meinen inneren Kritiker gemacht. Der taucht nämlich plötzlich auf, sieht mich über seine Brillengläser hinweg vernichtend an und gibt mir die volle Breitseite:

»Soso, Mona, geschmeichelt bist du also? Schämen solltest du dich. Der Mann ist verheiratet«, sagt er mit schneidender Stimme.

»Aber das wusste ich doch nicht«, verteidige ich mich.

»Trotzdem musst du nicht auch noch stolz drauf sein«, beharrt der Kritiker auf seinem Standpunkt. Reuig sitze ich auf meinem Stuhl. Natürlich sollte ich nicht so denken! Aus genau diesem Grund, aus genau diesem Konkurrenzdenken heraus geschieht es überhaupt, dass Leute die

Möglichkeit bekommen, fremdzugehen. Weil Verheiratete und Leute mit festem Partner nicht tabu sind, sondern im Gegenteil, äußerst reizvoll. Wollen wir doch mal sehen, ob ich den nicht rumkriegen kann. Ob ich nicht besser bin als die, die er zu Hause hat. In meinem Fall kann ich nur sagen: Besser als die, die Leonard zu Hause hat, bin ich bestimmt, auch wenn sie 'nen Adelstitel und große Brüste mit sich rumschleppt. Aber damit ist das Thema abgehakt.

Die letzte Amtshandlung des heutigen Arbeitstages besteht also darin, die Schreckschraube anzurufen, um ihr das erfreuliche Ergebnis mitzuteilen. Sie klingt wenig begeistert, zweifelt wieder die Kompetenz unseres Lockvogels an, aber nach einiger Zeit überzeuge ich sie, dass Lara wirklich alles versucht hat und mehr als eindeutig geworden ist.

»Na dann …« Und damit ist die Leitung plötzlich unterbrochen. Ich bin empört. So eine blöde Ziege. Das ist also die kultivierte Art und Weise, ein Telefongespräch zu beenden. So eine Schnepfe. Mit der ist Leonard ja wohl echt gestraft. Wie er an so eine bloß geraten konnte? Egal, Mona, das ist nicht dein Bier. Schlag ihn dir aus dem Kopf!

16.

Genau darum bemühe ich mich auch in den nächsten Tagen. Ich mache meinen Job, treffe mich mit Kerry zum Kaffee oder spiele mit den alten Ladys Poker. Aber drei Tage später, am Donnerstagabend, als ich gerade aus der Agentur nach Hause komme, werden meine Bemühungen auf eine harte Probe gestellt. Es ist nicht so einfach, nicht an jemanden zu denken, wenn er plötzlich wie aus dem Nichts vor einem auftaucht. Ich sehe ihn schon von weitem, wie er da an meiner Haustüre lehnt. Kein Zweifel. Seine blonden Locken stehen ihm wild vom Kopf ab (dass Frau von Meckenstein eine solch »unkultivierte« Frisur duldet!), er trägt ein schwarzes T-Shirt und eine Jeans, in deren Taschen er die Hände vergraben hat. Er sieht gut aus. Geradezu verlockend. Wie gut, dass für mich verheiratete Männer tabu sind. Ich sag ja nur. Weil ja Männer, die mich wie Dreck behandeln, nun nicht zwangsläufig tabu sind, leider.

Es wird immer schwerer, Leonard zu ignorieren. Er steht wirklich direkt vor dem Hauseingang. Ich fürchte, ich werde ihn zumindest wegschieben müssen. Aber sprechen werde ich nicht mit ihm! Kein Wort! Was will der Typ überhaupt hier? Mit langen, entschlossenen Schritten gehe ich auf die Haustür zu, den Schlüssel im Anschlag, Leonard keines Blickes würdigend, sondern die Augen durch ihn hindurch auf das Schlüsselloch dahinter gerichtet. Der viel gerühmte Röntgenblick.

»Hallo Mona!«, sagt Leonard ein wenig schüchtern. Ich gebe keinen Laut von mir. Stehe mit gezücktem Schlüssel direkt vor ihm und sehe durch ihn hindurch. »Geh zur Seite, geh zur Seite«, bete ich dazu innerlich mein Mantra hinunter. Er denkt gar nicht dran.

»Mona? Kann ich … Ich würde gerne mit dir reden.« Ich wüsste nur allzu gern, worüber, aber ich kneife die Lippen fest zusammen. Lass dich nicht auf ein Gespräch ein, Mona, und wenn du noch so neugierig bist! Der Typ ist für dich gestorben. Problematischerweise hat er wohl auch die dazugehörige Leichenstarre schon angenommen. Er bewegt sich keinen Zentimeter. Hmmm, das wird schwierig.

»Komm schon, Mona, jetzt sag doch was!« Ja, das hättest du wohl gerne. Ich spiele kurz mit dem Gedanken, ihn von der Türe wegzuschubsen, aber das könnte ein lächerliches Ende nehmen. Jetzt, so dicht vor ihm, wird mir erst bewusst, was für ein riesiger und breitschultriger Kerl er ist. Zumindest im Vergleich mit mir abgebrochenem Zwerg. Mindestens einsfünfundachtzig ist er und überragt mich damit um Haupteslänge. Ich fürchte, das gäbe eine ziemlich alberne Rangelei. Also, was tun? Ich bin ratlos. Wenn mir nichts einfällt, stehen wir heute um zehn noch hier. Entschlossen drehe ich mich von ihm weg und setze mich kurzerhand auf den Bürgersteig. Ich wollte mir immer schon mal einen Diskman zulegen, und jetzt weiß ich auch warum. Leonard setzt sich neben mich und beginnt, auf mich einzureden. Wie maßlos cool wäre es jetzt, wenn ich aus meiner Tasche meine Ohrstöpsel hervorholen und mich dadurch seinem Redeschwall entziehen könnte. So bin ich gezwungen, so zu tun, als würde ich nicht hinhören und gelangweilt auf die Straße zu gucken.

»Okay, anscheinend willst du nicht mit mir reden.« Da soll noch einer sagen, Männer hätten kein Feingefühl.

»Aber du kannst nichts dagegen tun, dass ich mit dir rede. Also, hör zu …« Den Teufel werde ich! »Ich … ich habe keine Ahnung, was das war am Sonntag im Paque Bot, also, ich habe keine Ahnung, wer diese Frau war, aber anscheinend kennst du sie. Ich kannte sie jedenfalls nicht. Ich schnalle auch irgendwie nicht, wie du darauf gekommen bist, dass ich verheiratet bin, weil, also, das war nicht meine Frau.« Er guckt mich von der Seite an. »Ach so, das weißt du ja sicher, wenn du sie kennst.« Schweigen. »Du … du willst mir nicht vielleicht doch erklären, was das war?« Hoffnungsvoll guckt er mich an. Ich starre weiter desinteressiert vor mich hin. Erstens habe ich nicht vor, mein Schweigegelübde zu brechen, und zweitens könnte ich auch ohne dieses meine berufliche Schweigepflicht nicht brechen. Denn in unseren Verträgen steht auch: »Die getestete Person erfährt durch uns zu keinem Zeitpunkt, dass ein Treue-Test durchgeführt wurde.« Aber das nur am Rande. Leonard merkt jedenfalls, dass aus mir nichts herauszukriegen ist. »Na gut«, seufzt er, »damit hatte ich auch nicht gerechnet.« Dann kannst du ja jetzt gehen! Seine Nähe macht mich echt nervös, aber er denkt nicht daran, sich vom Acker zu machen. »Also, ja, du weißt ja nun, dass ich verheiratet bin. Ich … das wollte ich dir schon am Telefon sagen, aber du hast so schnell aufgelegt und …« Na klar, ich bin schuld! »… na ja, also, jedenfalls, ja, ich bin verheiratet. Seit sieben Jahren.« Ich bin so verblüfft, dass ich kurzzeitig meine desinteressierte Haltung aufgebe und ihn anstarre. Er nickt bestätigend. Sofort wende ich mich wieder der Straße zu und ärgere mich, dass er mich aus der Reserve gelockt hat. Aber, mein lieber Schwan, seit sieben Jahren ist er schon mit dieser Frau verheiratet. Typischer Fall von Jugendsünde, würde ich sagen. »Ich, wir waren beide noch total jung. Wir wussten nicht, worauf wir uns da einlassen. Also, ich zumindest nicht. Am Anfang war es noch okay, aber jetzt also, Barbara und ich, wir haben uns in verschiedene Richtungen entwickelt.« Mir kommen gleich die Tränen. Muss ich jetzt hier noch Therapeutin spielen, oder was wird das? Wieso erzählt er das nicht wem anders? »Wir sind … wir sind nicht glücklich miteinander.« Und jetzt platzt mir der Kragen:

»Das tut mir ja so Leid für dich«, fahre ich Leonard an, so dass er erschrocken ein paar Zentimeter hochhüpft, »aber weißt du was, es interessiert mich nicht die Bohne. Ich wäre dir dankbar, wenn du jetzt einfach verschwindest und mich in meine Wohnung gehen lässt. Wie kommst du überhaupt dazu, hier aufzukreuzen und dein Eheleben mit mir besprechen zu wollen? Falls es dir noch nicht aufgefallen ist: Wir beide kennen uns kaum. Wir sind uns dreimal über den Weg gelaufen, das war …«

»Du willst mir also wirklich weismachen, dass ich dir total egal bin?«, fragt er mich. Na, der ist ja vielleicht dreist. Spöttisch sehe ich ihn an.

»Auch wenn du dir das nicht vorstellen kannst, weil dir die Frauen sicher reihenweise zu Füßen liegen, aber genau so ist es. Du bist mir egal!« Ich finde, ich komme ziemlich überzeugend daher.

»Ach, und deshalb tauchst du mit deiner völlig gesunden Tante bei mir im Krankenhaus auf, weil ich dir total egal bin?« Mir bleibt für einen kurzen Moment die Spucke weg, und ich gratuliere Henne innerlich noch mal ganz besonders herzlich zu ihrem »bombensicheren« Plan. Dann fange ich mich wieder, sehe Leonard ganz cool in die Augen und sage schnippisch:

»Das war nicht meine Idee. Mir hat Henne nämlich auch was vorgespielt. Sie war wohl aus irgendeinem unerfindlichen Grund der Meinung, dass du ein toller Mann bist, den ich unbedingt kennen lernen sollte. Ich kann dir aber versichern, dass sie mit dieser Meinung ziemlich alleine dastand. Und steht!« Leonard guckt ziemlich bedeppert aus der Wäsche. Ha! Das hat gesessen!

»Aber wir haben uns geküsst«, sagt er schließlich.

»Das musst du schon selber mit deinem Gewissen ausmachen, und jetzt verschwinde, los. Geh zurück zu deiner Frau und lass mich in Ruhe!« Damit stehe ich auf und stürze in Richtung Wohnungstür. Nicht schnell genug. Sekunden später steht Leonard hinter mir und dreht mich an den Schultern zu sich herum. Ich mache mich wütend los:

»Flossen weg, was fällt dir ein?«

»Ich will aber nicht zurück!«, schreit er mich an. »Ich will nicht zurück zu ihr. Ich habe mich in dich verliebt, verdammt noch mal.« Ich starre ihn an wie ein hypnotisiertes Kaninchen. Und dann passiert es: das ganz große Kino! Leonard legt seine Arme um mich, zieht mich heftig an sich und küsst mich leidenschaftlich auf den Mund. Ich stemme meine Arme in echter Scarlett O'Hara-Manier gegen seine Brust und wehre mich halbherzig, bevor ich schließlich meinen Widerstand aufgebe und in seinem Kuss versinke. Nach einer halben Ewigkeit löst mein Rhett Butler seine Lippen von meinen und sieht mich mit stahlblauen Augen an. Ich schmelze dahin wie Butter in der Sonne. Er ist verliebt in mich! Er ist verliebt in mich. Ich bin auch verliebt in ihn. Eigentlich schon von Anfang an. Einen Moment noch schweben wir gemeinsam auf Wolke sieben, bis mich die Realität wieder ein- und unsanft auf den Boden der Tatsachen zurückholt.

»Aber du bist verheiratet«, sage ich nüchtern und mache mich von ihm los.

»Ich weiß, aber so was kann man doch ändern«, sagt Leonard. So, kann man das? Plötzlich wütend funkele ich ihn an:

»Ach, so einfach geht das also, ja?« Leonard guckt mich überrascht an und will meine Hand nehmen. Ich entreiße sie ihm heftig.

»Aber ich habe dir doch erzählt, dass es in meiner Ehe sowieso nicht läuft.«

»Na klar, und dann gehst du halt zur Nächsten. So macht man das wohl heute. Und wenn es zwischen uns beiden nicht läuft, dann wartet sicher um die Ecke wieder eine auf dich!«

»So ist es aber nicht«, verteidigt sich Leonard, »ich laufe normalerweise nicht sofort weg, wenn es Probleme gibt, glaub mir, aber …«

»Na? Was?«, frage ich herausfordernd.

»… wenn du Barbara kennen würdest, dann würdest du mich vielleicht verstehen.« Damit könnte er Recht haben. Mein Zorn verraucht langsam. Armer Kerl. Sieben Jahre. Was für ein Albtraum! »Darf ich dir ein Beispiel nennen?«

»Von mir aus.« Ich nicke ergeben.

»Sie nennt mich Samson. Das ist mein zweiter Vorname, und ich finde ihn furchtbar.« Ich muss mir auf die Lippen beißen. »Aber ihr ist das total egal. Sie findet den Namen toll, und deshalb nennt sie mich so, seit acht Jahren, obwohl es mir jedes Mal kalt den Rücken runterläuft, wenn sie es ausspricht.«

»Und was ist, wenn ich nicht will?«, frage ich unvermittelt. »Wenn ich dich gar nicht mag? Trennst du dich dann auch?« Er wird ein bisschen blass um die Nase und fragt:

»Du magst mich nicht?«

»Das habe ich nicht gesagt«, antworte ich ausweichend, »ich frage jetzt mal rein hypothetisch.«

»Ich lasse mich scheiden.«

»So oder so?«

»So oder so!« Also, streng genommen bin ich dann nicht

schuld daran, oder? Leonard steht ganz dicht vor mir. Er guckt mir schon wieder auf den Mund. Kann der nicht mal kurz woanders hinsehen? Ich muss nachdenken. Aber ich kann nichts dagegen tun, plötzlich entsteht da wieder diese unglaubliche magnetische Anziehungskraft zwischen unseren Lippen. Was soll ich sagen? Dagegen bin ich machtlos!

Aus unseren zarten Küssen wird auf dem Weg hoch in den vierten Stock eine leidenschaftliche Knutscherei. Es lebe das Multitasking, ansonsten weiß ich nicht, wie wir Türaufschließen, Treppen steigen, Küssen und wieder Türaufschließen gebacken bekommen hätten. Vermutlich hätten wir uns den Hals gebrochen und wären gemeinsam, Hand in Hand, mit merkwürdig verrenkten Gliedern am Fuß der Treppe gestorben. Dann doch lieber so. Wir stolpern in den Flur, Henne kommt gerade aus dem Wohnzimmer, die Fernsehzeitschrift in der Hand:

»Hallo, Mona, du bist aber heute spät dran. Heute Abend läuft »Ein Herz und eine Krone« mit Audrey Hepburn im Fernsehen. Ich habe schon die anderen angerufen. Wir könnten ja vielleicht eine Kleinigkeit zu …« Das ist der Moment, in dem sie das erste Mal hochguckt und natürlich verstummt sie bei dem Anblick. Leonard und ich sind auseinander gefahren und stehen jetzt beide mit puterrotem Kopf und einem Meter Sicherheitsabstand in der Gegend herum. Wie zwei Teenager. Hennes Gesichtsfarbe gleicht sich unserer an, und sie stammelt:

»Oh, Entschuldigung, ich wollte euch nicht … ich meine, lasst euch von mir nicht, ich wollte nur gerade, also, na ja …« So nervös habe ich Henne noch nie gesehen. Sie ist doch eigentlich die Coolness in Person. Jetzt verschwindet sie blitzschnell im Wohnzimmer, Leonard und ich sehen uns an und prusten los. Dann fallen wir in meinem Zimmer aufs Bett und knutschen weiter. Es fühlt sich himmlisch an. Mein Herz klopft mir bis zum Hals. Ich könnte ewig hier so liegen und ihn einfach nur küssen. Die ganze Zeit nur küssen. Draußen, in der anderen Welt, klingelt es an der Tür und wenige Minuten später kommen Sally und Lotta schnatternd herein. Ich bemühe mich wirklich, mich weiterhin auf Leonard zu konzentrieren, aber zum ersten Mal in all der Zeit, die ich hier wohne, fällt mir auf, wie hellhörig die Wohnung ist.

»Ja, wo ist denn Mona?«, höre ich Sally fragen.

»Die ist in ihrem Zimmer. Und ihr glaubt nicht, wer bei ihr ist.«

»Doch nicht etwa … dieser Leonard?«, kombiniert Lotta scharfsinnig.

»Genau der.«

»Nein!«

»Doch!« Ich möchte nicht zuhören, ich möchte mich auf diesen unglaublich umwerfenden Mann hier in meinem Bett konzentrieren!

»Aber ich denke, der ist verheiratet«, sagt Sally da. Na prima! Da haben wir's! Genau daran wollte ich nicht erinnert werden. Leonard merkt natürlich sofort, dass und warum ich plötzlich steif werde wie ein Brett. Ist ja schließlich nicht blöd oder taub, der Junge.

»Ach, das kann man ja ändern«, erklingt da Hennes Stimme durch die Wand.

»Tja, fragt sich nur, ob er das auch tun wird«, unkt Sally.

»Das tun sie nie«, wirft Lotta da ein, »glaubt mir, ich weiß, wovon ich rede. Sie sagen, sie lassen sich scheiden, aber dann gehen sie doch zurück.« Leonard und ich liegen regungslos nebeneinander. Er nimmt meine Hand:

»Ich will mich wirklich scheiden lassen«, beteuert er.

»Und wann?«

»Sobald wie möglich! Ich sage es ihr, sobald sich ein passender Moment ergibt.«

»Hans zum Beispiel, wisst ihr noch, Hans?«, mischt sich Lotta da wieder ins Gespräch ein, »der hat mir jeden Tag versprochen, dass er es ihr sagt, und dann war leider nie der richtige Zeitpunkt dafür.« Mit hochgezogener Augenbraue sehe ich Leonard an. Entschlossen steht der vom Bett auf, fasst meine Hand und zieht mich ebenfalls hoch:

»Ich finde, wir beide gehen jetzt irgendwohin essen.«

Wir gehen zu einem gemütlichen kleinen Italiener in Altona, essen Pasta, trinken Wein und reden stundenlang. Ich erzähle Leonard mein ganzes Leben und er mir seins. Dass er auf einem Bauernhof in der Nähe von Hannover aufgewachsen ist und schon als ganz kleiner Junge wusste, dass er Arzt werden wollte, wie er dann zum Medizinstudium nach Berlin gezogen ist, wie überwältigt er von der großen Stadt war (noch größer als Hamburg), wie er die Designstudentin Barbara kennen gelernt und nach einem Jahr geheiratet hat. Als er nach Studium, Praktikum und Praktischem Jahr vor wenigen Monaten die Stelle im UKE bekam, gab sie ihre Stelle in einer Berliner Werbeagentur auf, um mit ihm nach Hamburg zu kommen und sich selbständig zu machen. Mit mäßigem bis gar keinem Erfolg. Wie auch, wenn sie den ganzen Tag in der Maniküre abhängt und ihrem Ehemann hinterherschnüffelt, verkneife ich mir gerade noch zu sagen. Leonard träumt davon, irgendwann als Kinderarzt seine eigene Praxis aufzumachen, während Barbara will, dass er Schönheitschirurg wird. Das bringt natürlich die meiste Kohle. Okay, wenn ich es bis hierhin nicht begriffen hätte, dann wüsste ich spätestens jetzt, dass die beiden nicht zusammenpassen.

»Und was machst du eigentlich jetzt beruflich«, will er dann von mir wissen, »arbeitest du hier in Hamburg auch wieder bei der Bank?«

»Um Gottes willen, nein«, sage ich entrüstet, »nein, ich habe hier einen echt interessanten Job, ich arbeite in einer …« Gerade noch rechtzeitig kann ich mich stoppen. Verdammt. Jetzt wird's schwierig. Was sage ich denn jetzt? Ich kann ihm unmöglich erzählen, dass ich in einer Treue-Test-Agentur arbeite. Das geht doch nicht! Der kann doch eins und eins zusammenzählen. Ich wiederhole mich nur ungern, aber wir dürfen uns der Testperson auf keinen Fall zu erkennen geben. Dass ich mit selbiger ausgehe und verliebte Blicke tausche, ist schlimm genug, was das Berufsethos betrifft. Ich darf die Meckenstein nicht verpfeifen, sonst ist die Hölle los. Es wäre eine leichte Methode, Leonard seine Frau loswerden zu lassen, aber auch eine leichte Methode für mich, meinen Job zu verlieren.

»In einer … was?«, fragt Leonard mich neugierig. Ich muss seit einer guten Minute dasitzen und gucken wie ein Huhn, wenn es donnert. Eine Notlüge, ich brauche eine Notlüge!

»In einer Immobilienagentur.« Es ist das Erste, was mir durch den Kopf schießt.

»Wirklich? Ja, das hört sich interessant an.«

»Ist es auch. Also, Kinderarzt willst du werden? Erzähl doch mal!«, will ich schnell das Thema wechseln.

»Hey, da bin ich ja bei dir an der richtigen Quelle. Ich werde wohl bald eine neue Wohnung brauchen.« Mona, da hast du dir ja mal wieder was Tolles einfallen lassen!

»Hmmmm, ja. Also, was ich noch fragen wollte zu der Kinderarztpraxis …«

»Kannst du da was tun an der Maklercourtage«, scherzt Leonard.

»Äh, ja, sicher. Entschuldige mich kurz«, sage ich in höchster Not, stehe auf und stürze in Richtung Toiletten davon. Ich hoffe, dass das Immobilienthema abgehakt ist, wenn ich zurückkomme.

Tatsächlich reitet Leonard glücklicherweise nicht mehr weiter darauf herum. Was ich mache, wenn er mich tatsächlich wegen einer Wohnung um Rat fragt, das überlege ich mir dann! Weit nach Mitternacht kommt der nette Kellner, der uns den ganzen Abend unheimlich freundlich bedient hat, an unseren Tisch und sagt entschuldigend:

»Es tut mir wirklich Leid, aber wenn ich dann bei Ihnen auch abkassieren dürfte. Wir haben eigentlich schon lange geschlossen.« Verwirrt gucken wir uns um. Tatsächlich. Außer uns sitzt niemand mehr im Lokal, alle Tische sind leer. Wir waren so versunken, dass wir gar nicht gemerkt haben, wie der arme Mann wohl schon die ganze Zeit nervös mit den Füßen gescharrt hat.

»Oh, das tut uns Leid, wir haben wohl die Zeit vergessen«, sagt Leonard und zückt sein Portemonnaie. Ich greife ebenfalls nach meiner Tasche, da wirft er mir einen strengen Blick zu und sagt: »Untersteh dich!«

»Was?«

»Untersteh dich, dein Geld rauszuholen!« Oh, ein Mann mit Prinzipien. Das gefällt mir aber zugegebenermaßen ausgesprochen gut, auch wenn ich natürlich schmollend die Unterlippe vorschiebe und meine Tasche wieder neben mich stelle. Unser Kellner nickt zustimmend und reicht Leonard die Rechnung, die dieser begleicht, nicht ohne noch ein saftiges Trinkgeld draufzulegen. »Entschuldigen Sie nochmals, dass wir Sie so lange aufgehalten haben.«

»Das macht gar nichts, überhaupt nicht. Bis zum nächsten Mal!«

Während Leonard seinen Geldbeutel wieder verstaut, sehe ich ihn mit meinem schönsten Augenaufschlag von unten herauf an. Ich beiße einmal ganz leicht auf meine Unterlippe und hauche dann ein »Dankeschön«.

»Keine Ursache«, sagt Leonard und betrachtet mich mit einem breiten Grinsen. Ich glaube, er erkennt meine Schauspielerei ganz genau, aber ich glaube auch, dass es ihm gefällt. »Wollen wir denn dann, Mylady?«, fragt er und Hand in Hand verlassen wir das, was meiner Meinung nach unser zukünftiges Stammrestaurant werden soll.

Die Beantwortung der Frage »Gehen wir zu mir oder zu dir?« stellt sich aus bekannten Gründen als äußerst knifflig heraus. Nachdem wir einmal um die Alster spaziert sind und immer noch keine Lösung gefunden haben, verbringen wir schließlich die Nacht in Leonards dunkelblauem Kangoo auf einem Parkplatz, von dem aus wir die Alster sehen können. Zumindest anfangs noch. Unsere Aktivitäten führen nämlich dazu, dass die Scheiben derart beschlagen, dass man schließlich nichts mehr sieht. Wenigstens sind wir dadurch vor neugierigen Augen von außen geschützt. Selbst jetzt um drei Uhr nachts kann man in einer Stadt wie Hamburg nie wissen. Schwitzend und halb nackt turnen wir im Auto herum. Es ist großartig. Es ist aufregend. Und es ist so wundervoll verboten. Olaf war ja damals sofort als mein fester Freund in die Familie integriert, da gab es kein verbotenes Fummeln in irgendwelchen Hinterhöfen oder Hauseingängen. Es war ganz klar, dass er am Wochenende bei mir übernachten durfte, erst im Gästezimmer und dann, nachdem meine Mutter mich zum Frauenarzt geschleppt hat und mir die Pille verschreiben ließ, auch in meinem Bett. Apropos Pille, die nehme ich ja nun nicht mehr.

»Hast du Kondome dabei«, keuche ich Leonard ins Ohr und gleich darauf wird mir das Ausmaß dieser Frage bewusst. Nein, nicht nur das ganz normale »Oje, ich signalisiere, dass ich mit ihm schlafen will, bin ich jetzt leichte Beute-Blabla.« Nein, wenn Leonard jetzt Kondome dabeihat, dann heißt das entweder:

Er ist heute Abend vor meiner Haustür erschienen mit der festen Absicht und auch Erwartung, mit mir im Bett zu landen, oder:

Er hat für den Fall der Fälle immer ein Kondom dabei und damit nicht nur mich, sondern auch die Treue-Test-Agentur Scheffler ordentlich gelinkt.

Ach halt, es könnte natürlich auch folgendermaßen sein:

Er verhütet auch mit seiner Frau mit Kondomen. Was mir, nach sieben Jahren Ehe, doch irgendwie seltsam vorkäme.

Leonard guckt mich an, verzieht dann das Gesicht und sagt gequält: »Nein.« Hätte ich diese Antwort abgewartet, hätte ich meinen Gehirnzellen eine Menge Arbeit erspart. »Verdammt«, flucht Leonard, »ich konnte doch nicht ahnen, ich meine, ich habe im Traum nicht daran gedacht, dass wir, dass ich, dass du …«

»Ist schon gut«, sage ich und streichle über seine Strubbellocken. Ich muss mir fast das erleichterte Grinsen verkneifen. Ist vielleicht ganz gut so. Bei mir ist es jetzt schon so lange her, da kommt es auf einen Tag mehr oder weniger auch nicht mehr an. Allerdings sollte dieses Mannsbild jetzt besser mal von mir runtergehen, ansonsten kann ich für nichts mehr garantieren.

Um halb fünf hält Leonard wieder vor der Hamburger Straße Nummer 412, um mich abzusetzen.

Um fünf beschließen wir, dass das jetzt wirklich der allerallerletzte Kuss ist.

Um Viertel vor sechs liege ich endlich in meinem Bett und schlafe mit einem seligen Lächeln auf den Lippen ein.

Um halb sieben haue ich das erste Mal auf meinen Wecker.

Um halb acht scheucht Henne mich aus dem Bett.

»Steh auf, Mona, du kommst zu spät, kann ich reinkommen?« Die fragt doch sonst auch nicht. Ach so, wahrscheinlich denkt sie, Leonard ist hier.

»Ist mir egal«, schreie ich in Richtung Tür, drehe mich wieder um und ziehe mir die Decke über den Kopf. Ich will weiterschlafen! Weiterträumen! Von Leonard! Aber Henne lässt nicht locker, und so stehe ich dann schließlich doch auf.

Beim hastig heruntergeschütteten Kaffee (ohne überlebe ich den Tag nicht, trotz Verliebtheitsadrenalin) erstatte ich Henne einen (zensierten) Bericht der letzten Nacht.

»Und, wie geht's dir jetzt?« Tja, wie geht es mir? In allererster Linie bin ich mal müde. Dann verliebt. Trotzdem ist die Situation nicht mehr die gleiche wie gestern Nacht. Irgendwie sieht bei Tageslicht alles ganz anders aus. Um es auf den Punkt zu bringen:

»Henne, ich kann's nicht fassen. Ich bin jetzt ›die andere Frau‹.« Ich füge jemandem den gleichen Schmerz zu, wie Viola mir. Scheiße, scheiße, scheiße! Ich weiß nicht, wie ich damit umgehen soll.

Im Büro versuche ich, mich auf die Arbeit zu konzentrieren und nicht dauernd darüber nachzudenken, dass ich jetzt eine Geliebte bin. Es gelingt mir genau bis um halb zwölf. Dann aber klingelt mein Handy.

»Mona Behrens?«

»Hi, ich bin's.« Ich? Wer ist ich?

»Leonard? Woher hast du meine Handynummer?«

»Ich hab bei Henne angerufen, die hat sie mir gegeben. Und, wie geht's dir?«

»Ich, äh, du, das lässt sich jetzt nicht so mit einem Wort …«, stammele ich herum.

»Du bereust es doch nicht etwa?«, kommt es erschrocken zurück.

»Äh, nein, ich, das heißt …« Mann, ich hab doch gesagt, dass ich das nicht so schnell abhandeln kann. »Du, ich bin im Büro, ich kann jetzt nicht.«

»Wo ist dein Büro?«

»In Eimsbüttel, wieso?«

»Wie ist die Adresse?«

»Rufusstraße 12, wieso?«

»Bin in zwanzig Minuten da.«

WIESO? WIESO? Wieso bin ich so blöd? Okay, eine knappe Stunde Schlaf kann man als Ausrede gelten lassen, aber verdammt noch mal, darf man SO blöd sein? Wie verwandele ich denn nun die Treue-Test-Agentur Lutz Scheffler in zwanzig Minuten in ein Immobilienbüro? Glücklicherweise steht unten auf dem Schild aus Diskretionsgründen ja nur AGENTUR SCHEFFLER, was mir schon einmal ein großes Problem erspart. Ich sehe mich im Büro um, verstaue die Ordner mit den Setkarten der Lockvögel im Schrank und finde ansonsten, dass dies auf den ersten Blick durchaus auch ein Immobilienbüro sein könnte. Mit ein bisschen gutem Willen. Na, siehst du, Mona, nun mal nicht so hysterisch, alles wird gut. Ich atme einmal tief durch. Es ist gleich zwölf, da kann ich durchaus in die Mittagspause gehen. In den drei Sekunden, die

Leonard hier oben sein wird, merkt er schon nichts. In diesem Moment klingelt das Agenturtelefon.

»Mona Behrens bei Lutz Scheffler, was kann ich für Sie tun?«, leiere ich meinen üblichen Text herunter.

»Sie können mir mal erklären, was für eine unfähige Agentur Sie eigentlich sind!«, blafft mir eine mir wohl bekannte und kein bisschen wohlklingende Stimme ins Ohr. Die Meckenstein. Mein Herz setzt einen Moment aus.

»Frau von Meckenstein«, vergewissere ich mich vorsichtig.

»Allerdings«, kreischt sie, »und raten Sie mal was? Nachdem Sie meinem Ehemann nicht einmal, sondern zweimal die absolute Treue bescheinigt haben, was denken Sie, was er da heute Morgen gemacht hat?« Sie macht eine Pause. Erwartet sie jetzt etwa eine Antwort von mir?

»Äh«, mache ich unbestimmt, da legt sie schon wieder los:

»Er hat mich verlassen. Und zwar wegen einer anderen, dieser Mistkerl!«

»Ach«, mache ich verblüfft. Jetzt bin ich aber wirklich von den Socken. Leonard ist ja wohl einer von der ganz schnellen Sorte.

»Von wegen treu«, greint die Meckenstein, »ich … ich sollte Sie verklagen!«

»Bitte nicht«, sage ich erschrocken.

»Woher nehmen Sie überhaupt ihre Daseinsberechtigung, wenn ihre Treue-Tests nichts taugen? Ich sollte damit an die Presse gehen, wissen Sie? Ich habe einflussreiche Freunde, ich werde …« Mit steigendem Entsetzen lausche ich den Drohungen, als es klingelt. Bitte, lass es nicht Leonard sein, bete ich inständig und betätige den Türöffner. Aber werden meine Gebete erhört? Ist der Himmel gut zu mir? Nein! Vor mir steht Leonard. Mit einer roten Rose in der einen, einem Coffee-to-go in der anderen Hand und einem breiten Lächeln im Gesicht.

»Hi!«, sagt er strahlend.

»Shhhh«, mache ich und zeige mit hilflosem Gesicht auf den Telefonhörer an meinem Ohr. Er guckt kurz irritiert ob meiner herzlichen Begrüßung, nickt aber dann verstehend und setzt sich leise auf den Stuhl mir gegenüber. Ich presse den Hörer in wilder Panik ganz dicht ans Ohr, damit die Stimme seiner Frau nicht zu ihm herüberdringt. Diese Aktion wird mich vermutlich einen guten Teil meines Gehörs kosten!

»Ich könnte Sie ruinieren, wenn ich wollte«, lamentiert die Kreissäge noch immer. Mir wird schwarz vor Augen.

»Es tut mir wirklich Leid«, sage ich beruhigend, »selbstverständlich müssen Sie unsere … Courtage … in diesem Fall nicht bezahlen.« Gott sei Dank ist Leonards Frau zu kopflos, um den unpassenden Ausdruck zu bemerken. Im Geiste überlege ich schon, wie ich zwei Treue-Tests und ein ruiniertes Hemd aus eigener Tasche bezahlen soll. 199 Euro pro Test, das Hemd war sicher von Boss oder so, oje, das wird ein karger Monat.

»Das wäre ja auch noch schöner. Aber, ach, das bringt mir doch Samson auch nicht zurück«, ändert sie plötzlich abrupt Stimmung und Tonfall. Ich behalte »Samson« derweil im Auge. Ich hoffe, dass er sich nicht allzu genau umguckt. Aber eigentlich betrachtet er die ganze Zeit nur mich. Süß! Seine zukünftige Ex-Frau am anderen Ende der Leitung fängt derweil an, mir ihr Leid zu klagen:

»Es kam für mich völlig überraschend, wissen Sie. Und jetzt stehe ich plötzlich vor dem Nichts.« O Gott, jetzt fängt sie an zu weinen. »Ich habe sogar meinen Beruf aufgegeben, um ganz für ihn da zu sein«, schluchzt sie. So kann man das natürlich auch sehen. Ich stehe kurz vor dem Nervenzusammenbruch: den Ehemann mit roter Rose im Anschlag mir gegenüber in einem angeblichen Immobilienbüro, und die dazugehörige weinende Ehefrau an der Strippe, das ist zu viel für mich.

»Ja, das verstehe ich, ja, ist ja schrecklich, hmm«, mache ich und hoffe nur, dass dieser Albtraum bald zu Ende ist. Irgendwann beruhigt sie sich wieder halbwegs und schnieft:

»Ich werde nichts gegen Sie unternehmen.«

»Danke«, sage ich erleichtert.

»Es ist ja nicht Ihre Schuld. Ich bin nur so verzweifelt. Ich hätte niemals gedacht, dass er mir das antun könnte, wissen Sie. Auf Wiederhören.« Damit legt sie auf, und ich bin plötzlich das personifizierte schlechte Gewissen. Ich meine, ja, sie ist eine unsympathische Ziege, aber jetzt tut sie mir schon auch Leid. Ihr herzzerreißendes Schluchzen hallt noch in meinen Ohren nach. Ich blicke in Leonards erwartungsvolles Gesicht, sage:

»Ja, wegen des Objekts in Eppendorf melde ich mich spätestens morgen bei Ihnen. Auf Wiederhören«, und lege auf. Leonard steht auf, beugt sich vor und gibt mir einen Kuss.

»Hallo!«

»Hallo«, sage ich auch. Er reicht mir die Rose und den Kaffee. Süß von ihm. »Ach, danke.« Ich würde mich gerne mehr freuen, bin aber noch total traumatisiert, ich kann es leider nicht ändern. »Ähm, ich hab jetzt Mittagspause, sollen wir irgendwohin gehen?«, nehme ich meinen alten Plan – schnellstmögliche Flucht aus den falschen Büroräumen – wieder auf.

»Na klar! Ich muss dir so viel erzählen.« Darf ich dreimal raten, was es ist?

»Okay, später«, sage ich, greife nach meiner Jeansjacke, die über der Stuhllehne hängt und zerre ihn aus dem Büro.

Im Treppenhaus begegnet uns natürlich – Lutz, logisch! Was will der denn hier? Sonst lässt er sich doch auch nicht blicken!

»Mona«, sagt er, wie immer ohne Begrüßung, »haben wir für den Fall Weiermann schon einen Termin?«

»Ja, Lara sieht sich das Objekt in Altona noch heute Abend an«, sage ich geistesgegenwärtig, »ich mache jetzt Pause, bis später.« Lutz guckt etwas verwirrt, doch ich schnappe mir Leonard, rufe »Keine Zeit« und dann nichts wie raus hier.

Zehn Minuten später sitzen wir mit Sandwiches und nochmals Kaffee bewaffnet auf einer Bank an der Elbe.

»Ich hab's meiner Frau gesagt, Mona, heute Morgen«, kommt Leonard gleich zur Sache. Ich bin so was von erschöpft und bedient und überhaupt, dass es eine unsagbare Kraftanstrengung für mich ist, jetzt auch noch Überraschung zu heucheln.

»Wirklich, heute schon?«

»Ja, ich wollte nicht mehr warten.«

»Aha!« Er guckt mich erwartungsvoll an. »Und, wie hat sie reagiert?«

»Ziemlich gefasst, würde ich sagen.« Ach Quatsch! »Sie hat ein paar bissige Bemerkungen gemacht, aber ansonsten war es ihr glaube ich ziemlich egal. Ich habe schon seit Jahren keine Gefühlsäußerung von ihr mehr gehört.« Das kann ich von mir nun nicht gerade behaupten. Ich bin völlig schockiert.

»Bist du sicher?«, frage ich ihn vorsichtig. Er wird mich doch wohl nicht anlügen und mir ihren Ausbruch verheimlichen, um mich zu schonen, oder?

»Ob ich sicher bin?«, fragt er irritiert zurück. »Wie meinst du das?«

»Na ja, ich meine, sie war wirklich … hat sie nicht geweint?«

»Geweint? Barbara? Da kennst du sie aber schlecht!« Ja, oder du, mein Lieber! Ich starre verwirrt vor mich hin. Leonard fasst nach meiner Hand. »Freust du dich nicht ein bisschen?«

»Freuen? Worüber denn? Dass du deine Frau verletzt hast? Dass ich eine Ehe zerstört habe? Darüber soll ich mich freuen?«, frage ich ihn wütend und entreiße ihm meine Hand.

»Mona, du hast nichts zerstört, was nicht sowieso schon kaputt war«, sagt er sanft und ergreift meine Hand erneut. Dann sieht er mir tief in die Augen und küsst mich. Langsam löst sich die Spannung in mir auf, das Weinen von Barbara von Meckenstein, das noch immer in meinem Kopf widerhallt, wird leiser und leiser. Ich sehe in Leonards wunderschöne blaue Augen und weiß, ich kann nichts dagegen tun, dass ich in ihn verliebt bin, und wenn er fünf Frauen hätte. Dagegen bin ich machtlos!

17.

Am Abend erzähle ich Kerry die neuesten Ereignisse und lasse natürlich Barbara von Meckensteins Anruf dabei nicht aus.

»Mach dir nicht so viele Gedanken«, rät sie mir.

»Aber sie hat unheimlich geheult«, gebe ich zu bedenken.

»Diese Schreckschraube hat menschliche Gefühle?«

»Ich konnte es auch kaum glauben«, nicke ich, »es war furchtbar. Kerry, ich weiß echt nicht, was ich machen soll. Ich kann doch nicht mit Leonard zusammen sein, wenn seine Frau so leidet.«

»Quatsch«, wischt Kerry meine Bedenken vom Tisch, »wenn du dich von ihm trennst, änderst du gar nichts. Er liebt sie nun mal nicht, und ich kann's ihm nicht verdenken. Es ist jedenfalls nicht deine Schuld, auch wenn du seine Neue bist.« Zweifelnd gucke ich sie an. »Ist das klar?«

»Hmm«, mache ich wenig glaubhaft.

»Ob das klar ist?«

»Ja, klar«, bemühe ich mich um etwas mehr Überzeugung.

»Genieß es einfach! Du hast es mehr als verdient.«

Das war mein Stichwort! Genau, Mona, nach all dem Leid der letzten Monate hast du es verdient. Ich tröste mich damit, dass auch Barbara, wenn sie jetzt nur genug leidet, zu einem späteren Zeitpunkt dafür entschädigt werden wird. Mit diesem tröstlichen Gedanken verbanne ich die Frau aus meinen Gedanken und genieße es, in diesen wundervollen Mann verliebt zu sein.

Bis zum übernächsten Tag, als in der Agentur mal wieder das Telefon klingelt.

»Mona Behrens bei Lutz Scheffler, was kann ich für Sie tun?«

»Hier spricht Barbara von Meckenstein.« Mir bleibt fast das Herz stehen. Sie weiß es. Irgendwie hat sie rausgekriegt, dass ich es war, die ihr den Mann ausgespannt hat. Mona, jetzt kannst du dich auf was gefasst machen. Ich wappne mich gegen die mir bevorstehende Schimpftirade und sage:

»Hallo, Frau von Meckenstein.«

»Nennen Sie mich Barbara«, sagt sie. Das ist nicht ganz, was ich erwartet habe, aber ich bleibe auf der Hut.

»Barbara, was kann ich für Sie tun?« Als ob du nicht schon genug getan hast, du Ehebrecherin, flucht ein Teil meiner selbst.

»Eigentlich gar nichts, ich wollte mich nur bei Ihnen bedanken.«

»Bedanken«, frage ich unsicher nach, »aber wofür denn?« Spielt diese Frau vielleicht irgendein skurriles Spiel mit mir?

»Sie waren vorgestern sehr nett. Jemand anderes hätte sicher einfach aufgelegt, wenn ihm eine Fremde die Ohren voll geheult hätte.«

»Aber nein, das war doch …«

»Sie haben mir sehr geholfen.«

»Aber ich habe doch gar nichts gemacht«, sage ich hilflos.

»Sie haben zugehört, das reichte mir schon. So merkwürdig das vielleicht in Ihren Ohren klingen mag, aber ich hatte sonst niemanden.« Das klingt nicht nur überhaupt nicht merkwürdig, sondern auch schmerzhaft vertraut. Ihre Stimme klingt schon wieder leicht weinerlich, als sie hinzufügt: »Mir wird erst jetzt, wo mein Mann weg ist, bewusst, wie einsam ich hier in Hamburg bin. Wir leben noch nicht sehr lange hier, wissen Sie.« Sie atmet hörbar tief durch. »Aber ich will Sie nicht schon wieder mit meinen Problemen belästigen.«

»Nein, nein, ist schon gut«, sage ich. Was soll ich auch sonst sagen? Zum Beispiel, dass ich die denkbar schlechteste Ansprechpartnerin bin? Das würde wohl eine Menge Fragen nach sich ziehen. Und so erzählt mir Barbara ausführlich, wie sehr sie unter der Trennung von Samson/Leonard leidet und dass sie das Ganze immer noch nicht realisiert hat. »Wissen Sie, die ganze Nacht lag ich im Bett und habe mit einem Ohr auf die Straße gehorcht, ob ich seinen Kangoo vorfahren höre. Ich hoffe so, dass er es sich anders überlegt und zu mir zurückkommt. Aber das wird er wohl nicht. Oder was meinen Sie?« Wer, ich? Also, ich hoffe nicht. Das kann ich aber natürlich nicht sagen. Ich versuche gerade in meinem Kopf diese traurige, weinende Frau am anderen Ende der Leitung mit der misstrauischen, unsympathischen und gefühlskalten Meckenstein, die ich mir ausgemalt hatte, zusammenzubringen.

»Ja, also, ich weiß nicht. Ich kenne doch Ihren Mann gar nicht«, stammele ich.

»Nein, natürlich nicht. Ich hoffe so, dass er zurückkommt. Ich habe nicht mal mit der Wimper gezuckt, als er es mir gesagt hat. Vielleicht sollte ich ihn anrufen und ihm sagen, wie sehr ich ihn vermisse. Und dass ich ihn liebe. Oder?«

»Nein, das würde ich nicht tun«, antwortet ein Teil von mir automatisch, ohne dass ich Einfluss darauf habe. Es ist der Teil, der plötzlich Angst bekommen hat vor der Liebe dieser Frau zu Leonard. Und dieser Teil schreckt nicht davor zurück, meinen Vorteil der ahnungslosen Barbara gegenüber skrupellos auszunutzen.

»Nein?«

»Das halte ich für keine gute Idee. Lassen Sie ihn denken, dass Sie gut ohne ihn klarkommen. Nur so fühlt er sich nicht unter Druck gesetzt.«

»Vielleicht haben Sie Recht. Würde es Sie sehr nerven, wenn ich Sie mal wieder anrufe, Mona?« Kann ich darauf sagen: Ja, es würde mich nerven, lassen Sie mich in Ruhe? Nein, das bringe ich nicht fertig.

»Natürlich nicht.«

»Vielen Dank noch mal fürs Zuhören.«

»Schon gut.« Der Hörer scheint plötzlich zu glühen.

»Dann bis demnächst.«

»Ja, Kopf hoch.« Ich lege auf und komme mir so schäbig vor wie noch nie in meinem Leben. Kopf hoch? Mona, was bist du doch für eine widerliche Heuchlerin. Aber was hätte ich denn machen sollen? Sie tat mir wirklich Leid. Genau, deshalb habe ich ihr auch abgeraten, um Leonard zu kämpfen. Okay, nicht Leid genug. O Gott, ich fühle mich grauenhaft!

Ich traue mich kaum, Henne und Kerry von diesem Desaster zu erzählen, tue es aber schließlich doch. Leider können sie mir aber auch nicht weiterhelfen.

»Ich finde, du solltest der Frau bei eurem nächsten Telefonat klar machen, dass eine Freundschaft zwischen euch beiden nicht möglich ist, denn so wie ich das verstanden habe ist sie darauf doch wohl aus, oder?«

»Meinst du?« Dann muss ich mir das wohl jetzt auch eingestehen. »Und wie mache ich das, ohne ihr zu sagen, dass ich die Andere bin?« Ratloses Schulterzucken.

»Vielleicht musst du genau das tun, auch wenn es noch so unangenehm ist«, sagt Henne schließlich. Unangenehm? Na, die ist gut. Wenn es nur unangenehm wäre, dann würde ich das ja noch verkraften, aber das kann ich doch beim besten Willen nicht tun. Die Frau ist gerade von ihrem Mann verlassen worden. Wenn ich ihr jetzt, nachdem sie sich bei mir ausgeheult hat, erzähle, dass ich der Grund dafür bin, erschießt die sich doch. Oder mich. Je nach Temperament.

»Na klar, dann hör dir lieber weiter ihre Sorgen an und steh ihr mit deinen selbstlosen Ratschlägen zur Seite«, sagt Kerry ironisch. Ich lasse den Kopf hängen und komme mir schäbig vor.

Zum Glück meldet sich Barbara aber in den nächsten Tagen nicht mehr bei mir, und ich verdränge unser Telefonat so gut ich kann. Ich will mich nicht schrecklich und schuldig fühlen. Ich bin verliebt. In einen großartigen Mann! Er ist großartig! Ich habe Leonard erklärt, dass mein Chef es gar nicht gerne sieht, wenn Freunde zu mir ins Büro kommen, und er hat das sofort akzeptiert. Dazu musste ich mir natürlich eine wilde Story ausdenken über cholerische Anfälle und völlige Unberechenbarkeit und so. Ein bisschen unfair Lutz gegenüber, das gebe ich zu, aber immerhin schütze ich seine Agentur mit dieser Maßnahme. Überhaupt zieht diese blöde Schweigepflicht einen ganzen Rattenschwanz nach sich. Als ich Leonard Kerry das erste Mal »offiziell« vorgestellt habe, entstand auch kurz eine merkwürdige Spannung. Irgendwie haben wir uns rausgeredet, obwohl man sich da eigentlich nicht rausreden kann.

Schön und gut, ich sehe meine beste Freundin zufällig neben meinem Schwarm sitzen, werde eifersüchtig, missinterpretiere die Situation und raste ein bisschen aus. Soweit mag das ja noch verrückt aber verständlich sein. Dass ich dann aber Leonard auf den Kopf zusage, dass er verheiratet ist, nein, also wirklich, das ist beim besten Willen nicht zu erklären. Aber das ist ja das Schöne an Männern: Fragen, auf die ihnen die Antwort möglicherweise nicht gefallen könnte, werden erst gar nicht gestellt.

Wir genießen jede freie Minute miteinander in vollen Zügen. Wenn er im Krankenhaus ist, vermisse ich ihn so sehr, dass es wehtut. Leonard ist ins Hotel gezogen, und dort haben wir das erste Mal miteinander geschlafen. Worte können nicht ausdrücken, wie toll es war, deshalb versuche ich es gar nicht erst. Irgendwie ist diese Beziehung noch romantischer, als ich mir das in meinen wildesten Tagträumen hätte ausmalen können, und das will was heißen, denn darin war ich immer besonders gut. Es sind noch nicht einmal die Dinge, die wir zusammen unternehmen, denn das tun hunderte anderer Paare ja jeden Tag auch: spazieren gehen, gemeinsam Kochen, mit einer Decke auf der Wiese liegen und Weintrauben essen, uns stundenlang voneinander erzählen. Nein, es ist die Art, wie wir diese Dinge tun. Wie vor allem Leonard sie tut. So intensiv, so konzentriert und voller Hingabe. Er macht niemals zwei Dinge auf einmal, so wie Olaf, der sich halbherzig meinen Tagesbericht anhörte, während er Pizza aß und die Sportschau verfolgte. Leonard hört mir zu. Und er will alles von mir wissen. Ich glaube, er ist erst zufrieden, wenn er jeden meiner Gedanken, jede meiner Erinnerungen und alle meine Träume mit mir teilen kann. Und noch erstaunlicher: Er erzählt mir auch von sich. Und, o Wunder, sogar von seinen Gefühlen. Obwohl er ein Mann ist. Das macht ihn dann irgendwie noch mehr zum Mann. Zum besten Mann der Welt! Klingt das, als würde ich übertreiben? Klingt es schnulzig und total verliebt? Gut so, denn genau so ist es! Ich bin total verliebt! Aber ich möchte natürlich niemanden mit meinen Schwärmereien langweilen oder gar eifersüchtig machen. Ich weiß ja noch, wie es für mich war, als ich einsam und unglücklich war. So unglücklich wie Barbara, flüstert da schon wieder wer, aber ich höre gar nicht hin. Jedenfalls, als ICH einsam und unglücklich war, bin ich innerlich immer fast ausgerastet, wenn jemand stundenlang über seine supertolle, phänomenale, noch nie da gewesene und so weiter Beziehung lamentiert hat. Also sei nur so viel gesagt: Leonard ist das Beste, was mir je passiert ist.

Fast drei Wochen nach ihrem letzten Anruf steht Barbara dann plötzlich in der Agentur auf der Matte. Ich sitze wie üblich an meinem Schreibtisch, es klingelt, die Tür geht auf und innerhalb einer Zehntelsekunde habe ich erfasst, um wen es sich handelt, obwohl ich sie noch nie zuvor gesehen habe. Eine schlanke hellblonde Frau Anfang dreißig. Sie trägt Jeans, einen schwarzen kurzärmeligen Rollkragenpullover und eine einreihige Perlenkette. Ich sehe ihr sorgfältig geschminktes Gesicht mit den vollen Lippen, der schlanken, geraden Nase und den großen braunen Augen und muss zugeben, dass sie ausgesprochen hübsch ist. Rein optisch entspricht sie genau dem Klischeebild, das ich mir von Leonards adeliger Ehefrau gemacht hatte, bevor sie angefangen hat, mich zu ihrer persönlichen Kummerkastentante zu machen. Jetzt steht sie also mitten in meinem Büro und hat zwei Kaffee aus dem Balsaac in der Hand:

»Hi, ich bin Barbara«, sagt sie fast schüchtern, »tut mir

Leid, wenn ich Sie hier so einfach überfalle, ich dachte, vielleicht würden Sie einen Kaffee mit mir trinken.« Damit hält sie mir einen Becher hin.

»Danke«, sage ich und nehme einen Schluck. Karamell-Macchiato. Logisch.

»So sieht also eine Treue-Test-Agentur aus«, sagt sie lächelnd und sieht sich um.

»Ja, äh, setz dich doch«, sage ich. Und könnte mir selbst in den Hintern treten. Jetzt habe ich sie auch noch ohne zu überlegen geduzt und dadurch unsere »Freundschaft« vorangetrieben.

»Danke.« Sie setzt sich hin. »Findest du mich eigentlich sehr aufdringlich?« Das Du ist gekauft. Gratulation.

»Aber nein«, sage ich und krame in meinem Kopf verzweifelt nach einer Ausrede, weshalb ich gleich unbedingt wegmuss.

»Ich habe eure Rechnung dann doch bezahlt, hast du's gemerkt?« Nein, habe ich nicht. Bin frisch verliebt und deshalb in letzter Zeit etwas schlampig mit der Buchführung.

»Ja«, sage ich trotzdem, »das musstest du aber nicht.«

»Doch, schon gut. Weißt du, ich habe mich in den letzten Wochen dauernd gefragt, ob ich das Schicksal nicht irgendwie herausgefordert habe mit dieser Treue-Test-Aktion.« Wie meint sie das denn jetzt? »Ich weiß auch nicht, irgendwie war ich total unzufrieden, seit wir nach Hamburg gekommen sind. Ich habe Samson kaum noch gesehen und mich irgendwie in die Idee verrannt, dass er mich betrügt. Deshalb der Treue-Test. Und nicht nur einer, sondern zwei. So, als WOLLTE ich, dass er mir untreu wird. Vielleicht bin ich mit schuld durch meine Unterstellungen und so.« Unbehaglich lausche ich Barbaras Ausführungen. Zum Glück bleiben die Tränen, die sich währenddessen in ihren Augen sammeln, ungeweint. Wenn sie jetzt heulen würde, müsste ich sie in den Arm nehmen. So eine Aktion hat doch im Neuen Testament auch mal jemand gebracht. Und dessen Name war Judas. Zum Glück weint sie nicht. Sie sagt nur leise:

»Ich vermisse ihn schrecklich. Wir waren so viele Jahre zusammen. Manchmal glaube ich, wenn ich tot wäre, würde es ihm vielleicht Leid tun.« Seht, wie schön sie selbst im Tod noch ist.

»So was darfst du nicht sagen«, erwidere ich erschrocken. Das darf sie wirklich nicht. Sie darf mir nicht mit jedem Satz ähnlicher werden. Ihr Kummer scheint wie ein schwarzer klebriger Film über den Schreibtisch auf mich zu- und an mir hochzukriechen. Hinein in meine Seele, wo er sich mit meinem eigenen verbrüdert. Ich versuche, ihr möglichst nicht mehr zuzuhören. Das ist Barbara, die Frau von Leonard, sage ich mir immer und immer wieder. Du darfst kein Mitleid haben, du darfst sie nicht mögen. Nur eine von euch kann ihn haben. Die andere wird zwangsläufig leiden, so ist es nun mal. Und willst das etwa du sein?

Nach einer guten halben Stunde (wobei das »gut« mit Sicherheit nicht die Situation beschreibt!) verabschiedet sich Barbara mit einem Kuss auf die Wange von mir. Wenn Gott gerecht wäre, müsste sich der Lippenabdruck als ewiges Mahnmal in mein Gesicht einbrennen.

»Tschüss, Mona, es hat gut getan, mit dir zu reden. Vielen Dank.«

»Ja, danke für den Kaffee.«

»Ruf mich doch mal an, wenn du magst. Die Nummer hast du ja noch, oder?«

»Ja, klar«, sage ich gezwungen lächelnd und klopfe auf den Monitor meines Computers, »alles gespeichert.«

»Ich würd mich freuen.«

Ich habe nicht gesagt, dass ich sie anrufe, oder? Ich habe lediglich bestätigt, dass ich ihre Telefonnummer habe. Ich werde sie nicht wählen. Ich hoffe von Herzen, dass ich Barbara von Meckenstein nie wiedersehen muss.

Heute ist Freitag, der 13. August. Ich bin nicht abergläubisch, bitte aber an diesem Morgen den Himmel ganz besonders nachdrücklich, dass Barbara sich auch heute nicht melden möge. Natürlich habe ich sie nicht angerufen und ich vermute, dass sie die Botschaft verstanden hat. Ich will nicht darüber nachdenken, ob sie vielleicht gekränkt sein könnte. Diese Kränkung ist nichts im Vergleich zu der, die ich ihr zufügen würde, wenn sie irgendwann die Wahrheit erführe.

Der Arbeitstag ist ohne große Pannen oder gefürchtete Anrufe vorübergegangen, ich bin auf dem Weg nach Hause, wo Leonard mich in einer guten Stunde abholen wird. Knutschen im Kino steht auf dem Programm. Ich denke gerade darüber nach, welcher der zur Auswahl stehenden Filme wohl am langweiligsten und damit geeignetsten ist, als mein Telefon klingelt.

»Hallo?«

»Hallo, verschollene Tochter!« Meine Mutter. Sie übertreibt immer maßlos. Seit ich in Hamburg bin, habe ich jede Woche brav zu Hause angerufen. Gut, ich gebe zu, über der ganzen Leonard-Geschichte ist es möglich, dass ich es die letzten ein oder zwei Sonntage vergessen habe. Was soll's? Ich bin glücklich!

»Hallo Mama, wie geht's?«

»Von dir hört man ja überhaupt nichts mehr«, wirft sie mir vor.

»Tut mir Leid. Ich … Leonard und ich haben uns wieder

versöhnt.« Zum wiederholten Male denke ich, dass Leonard und ich wirklich füreinander bestimmt gewesen sein müssen. Dieser Name. Das kann kein Zufall sein! Ich danke dem Schicksal, dass es meine Lügen so ganz allmählich in Wahrheiten verwandelt.

»Tatsächlich«, fragt meine Mutter skeptisch, »und was ist mit dieser Stewardess, mit der er dich die ganze Zeit betrogen hat?« Oh, ich habe dick aufgetragen. Zu dick! Was soll ich sagen? Es war ein Missverständnis? Und nicht nur die Stewardess, sondern auch sein Beruf? Ach, was soll's?

»Nicht der Leonard. Nicht der Pilot.«

»Ja, aber welcher denn?«

»Habe ich dir nicht von ihm erzählt? Er ist Arzt«, sage ich ganz unschuldig.

»Du erzählst mir ja nie irgendwas«, kommt es vorwurfsvoll zurück, »und dieser Arzt heißt auch Leonard?«

»Ja«, sage ich schlicht.

»Also, das ist aber ein merkwürdiger Zufall.« Sag ich doch. »Und ihr habt euch wieder versöhnt? Wieso hattet ihr denn gestritten? Seit wann kennt ihr euch?« startet Mama eine Fragesalve. Also, da muss ich jetzt aber die Notbremse ziehen. Wenn ich jetzt so einfach drauflosplappere, verstricke ich mich doch nur in Widersprüchen.

»Das ist eine lange Geschichte, Mama. Die erzähle ich dir lieber in Ruhe, wenn wir übers Festnetz sprechen.«

»Heute Abend?« Ich merke schon, ganz Langenweiler wartet mit Spannung auf Neuigkeiten.

»Tut mir Leid, ich treff mich mit Leonard, aber morgen vielleicht. Ich ruf dich an, versprochen.«

»Na schön, also dann … ach, warte, Moni, weshalb ich eigentlich anrufe …«

»Jaaa?«

»Ich bin wirklich froh, dass es dir so gut geht und du einen neuen Freund hast, ich habe mir ein bisschen Sorgen gemacht, dass du die Neuigkeiten nicht so gut wegstecken würdest.« Was denn für Neuigkeiten? »Na ja, aber in diesem Fall wird es dir wohl nichts ausmachen.« Was denn? »Aber ich wollte eben, dass du es von mir erfährst.« Und zwar? »Ja, Schatz, also …« Meine Mutter ist echt eine Dramatikerin vor dem Herrn. Da ich einen Todesfall ausschließen kann (dann würde sie heulen), warte ich ziemlich gelassen auf »die große Neuigkeit«.

»Viola ist schwanger, Moni. Olaf und sie werden Eltern.«

Viola ist also schwanger. Meine ehemals beste Freundin bekommt ein Kind von meinem langjährigen und einzigen Exfreund. Kratzt mich das? Nicht wirklich, beschließe ich. Nachdem ich erst in die falsche S-Bahn gestiegen bin und dann versucht habe, meinen Haustürschlüssel ins Schloss von Meiers unter uns zu stecken, gestehe ich es mir dann doch ein: Es macht mir etwas aus. Ich bin schockiert. Was fällt denen ein? Wie lange sind die beiden jetzt zusammen? Zehn Monate? Und wie lange war ich mit ihm zusammen? Zehn Jahre. Zehn Jahre, und alles, was mir bleibt ist eine Wunde im Herzen, deren Vernarbung ich vermutlich mein Leben lang spüren werde.

Benommen taumele ich schließlich doch noch in die richtige Wohnung. Ein Blick auf die Uhr zeigt mir, dass ich jetzt nur noch eine knappe halbe Stunde Zeit habe, um mich für den Abend mit Leonard ausgehfertig zu machen. Leonard! Richtig, ich habe ja Leonard. Wozu schwelge ich in der Vergangenheit, wenn meine Gegenwart so wundervoll, so großartig, so viel besser als der olle Olaf ist? Ich muss mich schon über mich selbst wundern. Klar, ist wohl ganz normal, dass ich ein wenig durcheinander bin durch die Nachricht von Violas Schwangerschaft. Aber im Grunde, würde ich gerne an ihrer Stelle sein? Wäre ich gerne zurück bei Olaf? Der niemals auf die Idee gekommen wäre, mich im Auto auf irgendeinem Parkplatz zu verführen. Der statt leuchtend blauer, nichtssagende graue Augen hat? Der nächtelange Gespräche für »Weiberkram« hielt? Der bei der Rechnung stets halbe-halbe machte? Die Antwort lautet sechsmal nein, und dann noch zur Bekräftigung ein Nein obendrauf!

Ein bisschen sticht es noch im Herzen, aber im Grunde geht es mir wieder gut. Ich freue mich auf den Abend mit Leonard, freue mich darauf, mit ihm in der letzten Reihe des Kinos zu sitzen, rumzuknutschen und noch andere Sachen zu tun, für die Olaf immer viel zu feige (oder bequem) war. Aus diesem Grund entscheide ich mich natürlich für meinen kurzen Jeansrock und trage dazu ein olivfarbenes Tanktop. Zufrieden betrachte ich mich im Spiegel. In den letzten Wochen habe ich ganz schön abgenommen. Ich lebe von Luft und Liebe und muss jetzt noch nicht einmal den Bauch einziehen, obwohl das Shirt so kurz ist. Worüber beklage ich mich, das Leben ist doch so gut zu mir! Sollen Viola und Olaf ruhig Mama und Papa werden. Sollen sie heiraten und ein Häuschen bauen und von mir aus ein Dutzend Kinder in die Welt setzen. Ich wünsche ihnen viel Glück. Ganz ehrlich. Und nebenbei wünsche ich Viola Schwangerschaftsstreifen, Cellulite, Hängebrüste und eine schwere Geburt!

Kurz vor knapp, nämlich um 19.29 Uhr, stehe ich gestiefelt, gespornt und geschminkt bereit. Nicht nur ich, sondern auch Henne, die ebenfalls heute Abend ausgehen wird. Zwei verliebte Frauen, ist das nicht herrlich? Um punkt halb acht klingelt es an der Tür. Hoffnungsvoll heben wir beide den Kopf. Minuten später lasse ich meinen enttäuscht wieder sinken, während Henne und Alfred fröhlich von dannen ziehen. Um Viertel vor acht ist Leonard noch immer nicht aufgetaucht. Sehr merkwürdig, wo er doch sonst immer so pünktlich ist. Ich rufe ihn lieber mal an!

»Dies ist leider nur die Mailbox von ...«

Vielleicht ein Notfall im Krankenhaus, versuche ich mich zu beruhigen. Ja, sicher, natürlich. Ist ja auch nicht weiter tragisch, dann gehen wir eben in die Spätvorstellung. Von welchem Film wir nichts mitbekommen, ist ja sowieso gehupft wie gesprungen. Beruhigt begebe ich mich in die Küche, um mir noch einen Tee zu machen. Man sagt doch so schön, dass das Essen immer garantiert in dem Moment kommt, wenn man sich eine Zigarette ansteckt. Hier also die Nichtrauchervariante, um einen verschollenen Mann anzulocken.

Die Kanne Rotbuschtee geht zur Neige, der kleine Zeiger der Küchenuhr nähert sich unaufhaltsam der Neun, von Leonard keine Spur. Pieppiep, pieppiep! Erschrocken fahre ich hoch. Mein Handy auf dem Küchentisch meldet eine SMS. Leonard? SORRY! KOMME SPÄTER! ERKLÄRE DANN! L.

Großes L Punkt? Wie soll ich das denn verstehen? Verwirrt lese ich noch mal die schönsten SMS durch, die ich in der letzten Woche von ihm bekommen und natürlich im Handy gespeichert habe. Da waren die Verabschiedungen immer ... sagen wir mal herzlicher. ICH KÜSSE DICH TAUSENDMAL! TRÄUME VON DIR! VERMISSE DICH! SEI GEKÜSST! Und vor allem LEONARD! Er weiß, dass ich seinen Namen liebe. Er weiß, dass mir sein

Name aus irgendeinem Grund viel bedeutet. Was soll nun also diese harsche Abkürzung? Ich werde sehr unruhig. Ist dieser Anfangsbuchstabe der Anfang vom Ende? Da muss ich Kerry sofort um Rat fragen!

»Du hast 'nen Sockenschuss!«, ist ihr Kommentar dazu. Habe ich? »Er wird im Krankenhaus aufgehalten worden sein, so einfach ist das.« Das habe ich ja auch schon gedacht, aber dieses L Punkt … »Hör mal, vielleicht gab es irgendwo eine Massenkarambolage. Dein Leonard steht gerade knietief im Blut und versucht, Menschenleben zu retten. Vielleicht solltest du ihm da verzeihen, dass er dir nicht tausend Küsse schickt und seinen Namen ausschreibt«, rückt Kerry mir den Kopf zurecht. Recht hat sie. Ich Esel! Ich hysterische Kuh! Muss an der Nachricht von Violas Schwangerschaft liegen. Die hat mich wohl doch ein wenig aus dem Gleichgewicht geworfen. Ich erzähle Kerry noch kurz von dieser Neuigkeit und kann mit ihr schon fast wieder drüber lachen, wenn ich mir vorstelle, wie die blöde Viola zwanzig Stunden in den Wehen liegt und dabei schrecklich aussieht. Beruhigt lege ich den Hörer wieder auf, setze mich vor den Fernseher im Wohnzimmer und warte geduldig und frei jeden Misstrauens auf L Punkt.

Meine Geduld wird jedoch auf eine harte Probe gestellt. Kurz nach elf klingelt es endlich an der Haustür. Gott sei Dank. Ich stürme zur Tür und drücke auf den Summer. Kurze Zeit später kommt Leonard die Treppe heraufgeschlichen. Ob er so ein schlechtes Gewissen hat, dass er sich kaum zu mir rauftraut? Ich beschließe, ihm seine Verspätung großmütig zu verzeihen und setze ein strahlendes Lächeln auf.

»Da bist du ja. Ich bin so froh, dich zu sehen«, sage ich und gebe ihm einen zärtlichen Kuss auf den Mund, den er kaum erwidert.

»Hallo.« Mit hängenden Schultern steht er vor mir und sieht schrecklich aus.

»Was ist denn bloß passiert«, will ich wissen und ziehe ihn in die Wohnung. Der Arme, er ist wirklich vollkommen fertig. In meinem Kopf entwickeln sich schon wieder die schlimmsten Horrorszenarien. Was so einem Arzt alles passieren kann! Was, wenn plötzlich die zerfetzte Leiche eines guten Freundes vor einem auf der Bahre liegt? Oder eines Familienmitgliedes? Ein furchtbarer Gedanke. Besorgt schiebe ich Leonard in der Küche auf einen Stuhl und mache ihm eine Tasse Tee. Tee ist immer gut, in jeder Lebenslage. Dann setze ich mich ihm gegenüber hin und streichle ihm sanft die Wange:

»Erzähl, was war los?« Er starrt mich ausdruckslos an. Langsam aber sicher fange ich echt an, mir Sorgen zu machen. Ich weiß ja überhaupt nicht, worum es geht. Vielleicht hatte er auch einen Unfall? Jemanden totgefahren? Vielleicht hat er einen Schock? Ich bin ja kein Arzt, aber mit so was ist nicht zu spaßen. Ich fasse nach seinen Händen. Sie zittern zwar leicht, sind aber nicht eiskalt. Also kein Schock, soweit ich das mit meinen kargen Kenntnissen beurteilen kann. »Leonard«, sage ich, »jetzt sag mir bitte, was mit dir los ist, du machst mir Angst.« Er sieht mich gequält an, holt Luft, öffnet den Mund, schließt ihn wieder. Meine innere Spannung erreicht ihren Höhepunkt, gleich platze ich, aber ich reiße mich zusammen und sehe ihn nur geduldig abwartend an. Da, er öffnet den Mund erneut, holt Atem, guckt auf die Tischplatte vor sich und sagt:

»Barbara ist schwanger.« Rrrrums, der hat gesessen. Fassungslos starre ich Leonard an, der jetzt kurz seinen Blick von der Tischplatte hebt und mich zerknirscht anguckt. Wie jetzt, schwanger? Wieso schwanger? Wieso sind denn heute plötzlich alle schwanger? Ich muss mich verhört haben. Ganz klar, ein typischer Fall von akustischem Missverständnis. Schließlich lebe ich seit Monaten mit Henne unter einem Dach, und wer kann schon so genau sagen, ob Schwerhörigkeit nicht doch ansteckend ist? Ich fasse mich also wieder und sage ruhig:

»Ich glaube, ich habe dich falsch verstanden. Was hast du gesagt?«

»Barbara ist schwanger«, flüstert er kaum hörbar.

»Was?«, schreie ich ihn an.

»Sie ist …« Aber bevor er es ein drittes Mal sagen kann, schneide ich ihm das Wort ab:

»Und wieso, bitte schön, ist deine Frau schwanger, wenn es bei euch in der Ehe doch angeblich so unglaublich schlecht lief und ihr so unglücklich miteinander wart? Ich wusste ja gar nicht, dass man mit einer Frau schläft, die man nicht liebt!«, fauche ich.

»Na ja, wir haben auch nicht mehr so oft …«, verteidigt er sich.

»Anscheinend oft genug«, sage ich bissig.

»Einmal genügt ja schon«, klärt er mich reizenderweise auf.

»Das weiß ich selber! Wieso hast du überhaupt mit ihr geschlafen, wenn du dich von ihr trennen wolltest und ihr nur Probleme hattet?«

»Äh, also«, druckst er herum, »unsere Probleme lagen, äh, eigentlich überall, aber nicht, äh, im Bett.« Einen Moment lang bin ich sprachlos. Reagiere ich übersensibel, oder hat der Typ mir im Grunde gerade gesagt: Hey, sie ist 'ne Zicke, und ich liebe sie nicht, aber im Bett ist sie einfach ’ne Granate! Ich schnappe nach Luft und will gerade so richtig losbrüllen, als er seinen Fehler bemerkt: »Versteh das nicht falsch, so hab ich es nicht gemeint, es ist nur, ach, scheiße, ja, wir haben halt noch miteinander geschlafen, es tut mir Leid!«

»Und ohne zu verhüten«, wettere ich, »wie kann man denn so blöd sein?« Ich weiß allen Ernstes nicht, ob ich mich weiter mit einem so dämlichen Mann abgeben will!

»Natürlich nicht, sie nimmt die Pille, bloß, also, sie hatte einen Magen-Darm-Infekt und da…« Danke, ich habe nicht das geringste Interesse am Verdauungssystem von Frau von Meckenstein. Barbara. Mit der ich auf Du und Du bin.

»Das weiß man doch, dass die Pille dann nicht wirkt. So was weiß man doch«, wüte ich und sehe mich nach irgendetwas um, womit ich werfen und meinem Ärger Luft machen kann, »du bist Arzt, Mann!«

»Ja, ich …« Scheiße, scheiße, scheiße!!! Da, Carlos Fressnapf! Der ist aus Blech und wird nicht allzu großen Schaden nehmen. Ich stürze darauf zu und werfe ihn mit Karacho an die Wand. Mit lautem Scheppern fällt er zu Boden, so dass Leonard zusammenzuckt. Dann geht es mir ein klitzeklitzekleines bisschen besser, ich setze mich wieder hin und atme tief durch:

»Ich nehme an, sie will das Kind haben?« Leonard zuckt hilflos mit den Schultern.

»Sie ist zweiunddreißig, wenn nicht jetzt …«

»Schon gut, ein einfaches Ja oder Nein genügt.«

»Ja.« Wäre auch zu schön gewesen. Ich seufze schwer. Was für ein großartiger Tag. Ein echter Glückstag, dieser Freitag, der dreizehnte. Die zwei einzigen Männer, die ich je geliebt habe, werden beide Vater, und die dazugehörige Mutter bin beide Male nicht ich. Prima Sache! In mir verspüre ich den Drang, Leonard den Futternapf ein paarmal auf den Schädel zu hauen, aber der sieht eh schon aus wie ein geprügelter Hund.

Okay, Mona, jetzt beruhige dich mal wieder. Du kannst es nicht ungeschehen machen, es ist nun mal passiert. Und denk nicht darüber nach, wie! Grrrr! Fakt ist, er hat seine Frau geschwängert und … Moment mal: Idee!

»Bist du ganz sicher, dass es von dir ist?«

»Ja.« Ja? Wieso ja? Weil Barbara so eine liebe und treue Seele ist? Langsam aber sicher verstehe ich immer weniger, warum er sie verlassen hat, wo sie doch sooooo treu ist. Und sooooo gut im Bett.

»Und warum bist du da sicher?«, frage ich beherrscht.

»Weil ihr zweiter Satz war: Ich kann einen Vaterschaftstest machen, wenn du willst.«

»Und wenn sie blufft?«

»Tut sie nicht.« Ach, er kennt sie ja so gut. Würg! Na gut, wir müssen also davon ausgehen, dass es wirklich sein Kind ist. Das ist die Sachlage, Mona. Entweder kommst du damit klar, oder du verlässt ihn. Leonard verlassen? Ich sehe ihn an, wie er da vor mir sitzt, völlig fertig, mit total schlechtem Gewissen, und immer noch umwerfend. In mir steigt ein ganz warmes Gefühl auf, das die Wut ein wenig verdrängt. Nein, ich kann ihn nicht verlassen. Natürlich ist das eine beschissene Situation, ich meine, es ist blöd, es ist unbequem, es ist das Gegenteil von dem, was man sich wünscht, aber letztendlich zählt doch, dass er ein toller Mann ist. Und die Gefühle, die ich für ihn habe. Und die ändern sich auch nicht, wenn eine andere Frau sein Kind bekommt. Zugegeben, sie werden auf eine harte Probe gestellt, und es wird sicherlich nicht einfach werden, aber wir schaffen das schon. Ganz plötzlich kommt mir der Gedanke, dass ich dann wohl auffliegen werde, weil Barbara mich zwangsläufig irgendwann mit Leonard zusammen sehen wird, jetzt, wo die beiden ein Kind verbindet und sie weiter Kontakt haben werden. Aber dieses Problem verliert angesichts der Situation gerade ein wenig an Bedeutung. Zärtlich nehme ich Leonards Hand in meine. Die Wut ist verraucht. Es bringt nichts, zornig zu sein, und ihm Vorwürfe zu machen, wo er sich die doch selber macht.

»Wir schaffen das schon«, sage ich sanft und sehe in seine blauen Augen. Er weicht meinem Blick aus. Nun guck mich schon an, denke ich verstimmt, es ist bestimmt nicht einfach für mich, hier die Verständnisvolle zu mimen. Und dann schaut er mir direkt in die Augen. Na also.

»Ich gehe zu Barbara zurück«, sagt er klar und deutlich. Es dauert einige Sekunden, bis die Bedeutung seiner Worte in mein Hirn vordringt. Dann kommen mir die Tränen.

»Was?«, flüstere ich mit erstickter Stimme. »Aber … Wieso …«

»Ich kann sie doch nicht hängen lassen, jetzt, mit dem Kind«, sagt Leonard verzweifelt, »das kann ich einfach nicht tun. Verstehst du das nicht?« Ich schüttele nur den Kopf. »Was für ein Schwein wäre ich denn, wenn ich meine schwangere Frau einfach so sitzen lasse«, versucht er es noch mal. Ich hocke da wie betäubt, während er weiter versucht, mir seine Beweggründe zu erklären.

»Bitte geh jetzt«, bringe ich schließlich mühsam hervor.

»Du weißt, dass ich dich liebe …«, beginnt er. Das haben wir uns noch nie gesagt, nicht ungewöhnlich, nach den paar Wochen, aber ich finde, jetzt muss er dadurch nicht alles noch schlimmer machen. Ich merke, wie sich ein Heulkrampf anbahnt, und ich weiß nicht, wie lange ich ihn noch niederkämpfen kann, daher sage ich noch mal:

»Leonard, ich möchte, dass du gehst.«

»Aber …«

»Sofort.« Er sieht mich hilflos an und steht auf. Im Türrahmen dreht er sich noch einmal nach mir um, die ich wie versteinert auf meinem Stuhl sitze. Bitte, geh endlich, geh endlich!

»Es tut mir Leid, dass ich dir wehtue«, sagt er und verlässt endgültig die Wohnung. Und mich. Und damit ist Olaf nicht mehr mein einziger Exfreund.

18.

Henne und Alfred finden mich weinend am Küchentisch. Ich bin völlig aufgelöst. Auch Henne fällt erst mal nichts Besseres ein, als mich mit einer Tasse Tee zu versorgen. Schluchzend erzähle ich den beiden, was passiert ist, und Henne sucht krampfhaft nach tröstenden Worten, aber hier stößt auch sie an ihre Grenzen. Alfred saß bis jetzt still neben uns, jetzt räuspert er sich ausgiebig und sagt:

»Ja, also, ich weiß, dass du das jetzt nicht gerne hörst, aber …« Halt, stopp, das reicht mir schon. Ich will nichts hören, was ich nicht gerne höre, davon hatte ich heute schon reichlich. Aber Alfred lässt sich nicht beirren und fährt fort: »Meiner Meinung nach hatte Leonard gar keine andere Wahl, so wenig dir das auch gefällt.«

»Keine andere Wahl«, quietsche ich, »da bin ich bereit, mit ihm zusammenzubleiben, obwohl er seine blöde Schlampe von Exfrau geschwängert hat«, meine Sympathien für Barbara sind rapide gesunken, jetzt muss sie mir ja auch nicht mehr Leid tun, »und er lässt mich fallen wie eine heiße Kartoffel.«

»Wenn er ein Mann von Ehre ist, kann er seine schwangere Frau nicht sitzen lassen«, sagt Alfred ernsthaft. Mann von Ehre, dass ich nicht lache!

»Das passiert doch heute jeden Tag. Wir sind schließlich nicht mehr im Mittelalter«, rege ich mich auf. Alfred schiebt beleidigt die Unterlippe vor und schweigt. Mit einem Seitenblick auf ihn beginnt Henne in sanftem Tonfall:

»Aber Mona, auch wenn wir nicht mehr im Mittelalter sind, so scheint Leonard doch so etwas wie Ehrgefühl zu besitzen. Oder meinst du etwa, er geht zu ihr zurück, weil er sie liebt?« Ich schüttele den Kopf. »Nein. Genau so ist es. Er geht zurück, obwohl er sie nicht liebt. Obwohl er dich liebt. Er würde mit dem schlechten Gewissen nicht leben können. Weil er ein anständiger Kerl ist, darum.« Jetzt muss ich noch mehr heulen. Auch wenn mich das irgendwie aufbauen sollte, es ging voll in die Hose!

»Deshalb ist es ja so schrecklich, dass er mich verlassen hat«, schluchze ich.

»Ja, ich weiß. Ich weiß«, murmelt Henne und streichelt mir sanft übers Haar. In diesem Moment klingelt es an der Tür. Ich sitze plötzlich kerzengrade am Tisch. Das ist er! Ich weiß es genau! Er muss es sein! Er kann nicht ohne mich leben! Er kommt zurück zu mir! Ich stürze zur Tür und drücke auf den Summer. Dann sehe ich in den Spiegel über der Kommode, wische mir die verschmierte Wimperntusche unter den Augen weg und versuche zu retten, was in der kurzen Zeit zu retten ist. Was wird er sagen? Soll ich ihn zappeln lassen? Nein, ich will ihn einfach nur in die Arme nehmen und küssen und nie wieder loslassen. Da erscheint plötzlich ein brünett-gelockter Kopf am Treppenabsatz. Aber Leonard hat doch … Die Erkenntnis, dass er es nicht ist, bahnt sich nur langsam einen Weg in mein Bewusstsein. Statt seiner steht nun Kerry vor mir und nimmt mich wortlos in die Arme. Die Enttäuschung haut mich förmlich um, und ich fange so laut an zu weinen, dass Kerry mich schnell in die Wohnung schiebt und die Türe schließt, damit die Nachbarn nicht zu allem Überfluss noch die Polizei rufen.

»Kerry, du hier?«, ruft Henne überrascht aus, als Kerry mit mir am Hals in die Küche gewankt kommt.

»Wieso, was, hast …«, brabbele ich unzusammenhängend.

»Leonard hat mich eben angerufen und gesagt, ich soll sofort zu dir fahren. Was ist denn bloß passiert?« Ganz ehrlich, ich dachte in den letzten zwei Stunden diverse Male, dass mich heute nichts mehr NOCH MEHR schocken kann, aber schon wieder werde ich Lügen gestraft. Das kann doch nicht sein! Es ist sowieso schon schwer genug, auf Leonard sauer zu sein, aber dann sorgt der Typ, kaum dass er mir das Herz gebrochen hat, auch noch gleich für meine Notversorgung. Und das bei all dem Scheiß, den er selber gerade an der Backe hat. Kann ein Mann umsichtiger, mitfühlender, fürsorglicher sein? So einen kriege ich nie wieder, wird mir klar. Ebenso wenig, wie einen einzigen vernünftigen Satz über meine Lippen. Aus diesem Grund übernimmt Henne es, Kerry von der Tragödie zu berichten. Von einem Dritten erzählt, hört sie sich sogar noch tragischer an. Kerry ist schockiert, ich stehe kurz vor dem Nervenzusammenbruch und Henne holt endlich das einzige hervor, was den Schmerz jetzt ein wenig lindern könnte: eine große Flasche Cognac!

Am nächsten Morgen fühle ich mich ziemlich genau so wie an dem Morgen nach meinem sechsundzwanzigsten Geburtstag. Ich will das hier nicht groß breittreten, kurz gesagt: beschissen! Naiv wie ich bin, greife ich als Erstes nach meinem Handy, das neben meinem Bett liegt. Hoffnungsvoll sehe ich auf das Display. Vielleicht hat er ja eine SMS geschrieben. Doch nichts. Kein Lebenszeichen. Es ist wohl wirklich vorbei.

Auch die nächsten Tage erinnern mich stark an die Zeit nach meinem letzten Geburtstag. Morgens quäle ich mich aus dem Bett, schleppe mich zur Arbeit, funktioniere mechanisch wie ein Roboter, schleppe mich wieder nach Hause, haue mich vor den Fernseher, höre mit halbem Ohr wie Henne, Sally, Lotta, Alfred und Kerry mich aufzumuntern versuchen, lege mich ins Bett, starre stundenlang an die Zimmerdecke, bis mich irgendwann der Schlaf überkommt und für wenige Stunden von meinem Leid erlöst. Kein Wort von Leonard, nichts. Er scheint mich tatsächlich abgehakt zu haben. Wahrscheinlich hat er mich schon längst vergessen, der Familienpapi in spe. Ich hasse ihn! Ich hasse alle Männer!

Eines Abends klingelt es an der Haustür. Erst als ich registriere, dass Henne mal wieder unterwegs ist, quäle ich mich vom Sofa hoch und öffne widerwillig die Tür. Wenige Minuten später steht Kerry vor mir, in der Hand ein grün eingewickeltes Geschenk von der Größe eines Schuhkartons mit einer riesigen roten Schleife drum.

»Hallo Süße, hier, für dich.«

»Danke.« Ich versuche ein Lächeln und hoffe, dass ich wenigstens ein bisschen Freude werde vortäuschen können. Aber was könnte mich im Moment schon erfreuen? Das Paket ist zu klein, als dass es Leonard enthalten könnte. Obwohl, vielleicht das Herz seiner Frau?? Oder der Embryo? Ich erschrecke selbst über meine bösen Gedanken. Ich plädiere auf vorübergehende Unzurechnungsfähigkeit aufgrund akuten Liebeskummers.

Ich reiße die Verpackung auf und finde darin … eine Voodoopuppe. Huch! Ich sehe Kerrys grinsendes Gesicht.

»Ähhh…« Ich weiß ehrlich gesagt nicht so genau, was ich dazu sagen soll.

»Das ist eine Voodoopuppe«, klärt Kerry mich unnötigerweise auf.

»Das weiß ich selber, glaubst du, ich komm vom Mond?«

»Na, so ungefähr. Eine Freundin von mir hat mit so einem Ding mal ihren Freund zurückgeholt, der … na ja, vom rechten Weg abgekommen war.«

»Ach, tatsächlich?« Ich bin skeptisch.

»Wirklich! Der Typ hatte sich in 'ne neue Tussi verknallt und dann hat Wiebke diese Puppe auf einen Besenstil gesteckt und damit ihren Flur geputzt. Auf diese Weise hat sie sozusagen den Weg zu sich wieder freigemacht. Und der Typ ist zurückgekommen.«

»Der hatte sicher der anderen aber nicht inzwischen ein Kind gemacht, oder?«

»Das nicht, aber, ich dachte, na ja, vielleicht könnte man ja dagegen was … unternehmen.« Mit großen Kulleraugen schaue ich Kerry an. Ist das ihr Ernst? Klar habe ich mal drüber nachgedacht, dass alles einfacher wäre, wenn Barbara ihr Baby verlieren würde, aber schließlich, ich meine, so in echt wünscht man das doch nicht mal seinem ärgsten Feind. Oder?

»Hm, war vielleicht doch 'ne blöde Idee«, merkt jetzt auch Kerry, »ich dachte nur …«

In dieser Nacht träume ich von der Voodoopuppe. Ich sehe mich selbst, wie ich eine lange Nadel in ihren Unterleib steche. Ich höre einen Schrei.

Schweißgebadet wache ich auf. Habe ich da so geschrien? Ich greife nach der Schachtel, die neben meinem Bett liegt und in der sich die Puppe befindet. Ich betrachte sie nachdenklich, dann stehe ich auf, ziehe meinen Mantel über und Schuhe an und laufe vier Stockwerke runter in den Hof und zu den Müllcontainern, wo ich das magische Spielzeug ganz tief unten versenke. Erleichtert lege ich mich danach ins Bett und schlafe sofort wieder ein.

Dreizehn Tage nach jenem schwarzen Freitag bekomme ich dann auch noch meine Tage. Damit ist die letzte Hoffnung vorbei, dass ich mich vielleicht in die Reihe der Violas und Barbaras dieser Welt einreihe und ebenfalls schwanger bin. Hey, ich meine, so schwer kann das anscheinend nicht sein. Aber nein, die Kondome, die Leonard und ich so zahlreich benutzt haben (schluchz), hielten bombensicher. Super! Nein, das ist nur so eine Spinnerei von mir. Wäre ich jetzt wirklich auch noch schwanger, wäre die Katastrophe perfekt. Und mir einen Mann über ein Kind zurückzuholen, pah, dafür wäre ich eindeutig zu stolz. Seufzend krame ich im Badezimmerschränkchen nach einem Tampon. Es war nur einfach eine reizvolle Vorstellung, plötzlich beim sauberen Ehepaar Kurtz und Meckenstein aufzutauchen und zu sagen:

»Hey, Leonard, gratuliere, bei dir ist wohl jeder Schuss ein Treffer. Barbara, was ich vergessen hatte zu erwähnen: Ich bin die Andere und bekomme ein Kind von deinem Mann. Nichts für ungut. Ach, und übrigens, meine herzlichen Glückwünsche. Und, ihr zwei Hübschen, was machen wir jetzt?«

Aber so ist es mit den Träumen, sie zerplatzen, peng, wie eine Seifenblase.

Ich weiß nicht, welcher Teufel mich reitet, als ich am nächsten Tag im Büro die Akte von Meckenstein aufschlage und Barbaras Nummer wähle.

»Von Meckenstein.«

»Barbara, hier ist Mona.«

»Mona? Das ist aber eine Überraschung. Ich dachte, ich

bin dir vielleicht doch auf die Nerven gegangen, weil du dich gar nicht gemeldet hast.« Sie klingt gut gelaunt. Ich hasse sie dafür.

»Ja, tut mir Leid, mich hat eine schwere Grippe erwischt und ich lag wochenlang im Bett«, lüge ich.

»Du Ärmste.« Wenn die wüsste, wie Recht sie hat. »Bist du wieder gesund? Du klingst nicht gut.«

»Du schon.«

»Ja.« Die Seligkeit in ihrer Stimme weckt in mir den Wunsch, in meine Schreibtischplatte zu beißen. »Leonard ist zurückgekommen.«

»Leonard?«

»Das ist sein zweiter Vorname. Er hat mich gebeten, ihn nicht mehr Samson zu nennen. Das klingt doch wahrhaftig nach einem Neuanfang, oder?« Ich knirsche mit den Zähnen. »Was?«

»Nichts. Freut mich für dich. Wie ist denn das gekommen?«

»Das ist eine längere Geschichte, sollen wir nicht demnächst mal wieder einen Kaffee trinken? Dann erzähl ich dir alles.«

»Ja, ich … muss erst wieder richtig auf die Beine kommen, ich meld mich, okay?«

»Okay. Schön, dass du angerufen hast.« Ich lasse den Hörer sinken, starre vor mich hin und fühle mich noch elender als zuvor, wenn das überhaupt möglich ist. Mir ist absolut schleierhaft, was ich mir von diesem Anruf erhofft hatte. Vermutlich dachte ich, ich würde mich Leonard dadurch ein Stückchen näher fühlen. Ein blöder Fehler, echt. Tja, Mona, da siehst du mal, wie schnell die Waage kippen kann. Vor zwei Wochen saß dir eine kreuzunglückliche Barbara von Meckenstein gegenüber, und plötzlich bist du diejenige, die am Boden zerstört ist. Jetzt hat sie die Oberhand. Und den Mann. Und auch noch ein Baby von ihm.

Zwei Wochen später hänge ich mal wieder im Jogginganzug vor der Glotze, als mein Handy klingelt. Den Adrenalinkick, den mir jedes Klingeln noch immer versetzt, bemerke ich schon fast gar nicht mehr. Klar, ich habe nach wie vor die Hoffnung, dass es Leonard ist. Dass er zur Besinnung und zu mir zurückkommt. Wie sagt man so schön: Die Hoffnung stirbt als Letztes. Ich sehe auf das Display: unbekannter Teilnehmer. Er ist es nicht, Mona, du brauchst dich gar nicht aufzuregen. Finde dich damit ab.

»Hallo?«

»Hier ist Olaf.« Mein Herz setzt für mindestens zehn Schläge aus. Ich habe mich geirrt, wenn ich dachte, dass nur der Anruf einer einzigen Person mich aus der Fassung bringen könnte.

»Äh, hmpfh, ach, hi«, stammele ich.

»Ich bin auf dem Weg zu dir«, sagt er. Wie bitte? »Ich habe deine Adresse von deiner Mutter.« Na toll! Wer so eine Familie hat, braucht keine Feinde mehr! »Ich bin in zehn Minuten da. Bist du zu Hause?« Ich blicke an mir herunter. Ich sehe alles andere als entzückend aus in meiner grauen ausgebeulten Trainingshose und dem weißen Shirt mit Kaffeefleck auf dem Bauch. Die Haare habe ich seit Tagen nicht mehr gewaschen, und, prüfend halte ich die Nase an meine Achselhöhle, puh, ich stinke wie ein Iltis. »Hallo, Moni, bist du noch dran?«

»Nenn mich nicht Moni!«, blaffe ich ihn an.

»Oh, äh, wie soll ich dich denn nennen?« Ach ja, stimmt, das kann er ja nicht wissen. Obwohl, wenn meine Mutter eh alles über mich rumerzählt, hätte sie ja gerne auch meinen neuen Namen in Langenweiler einführen können.

»Na, Mona natürlich«, sage ich, als sei das die normalste Sache der Welt. Kurze Pause am anderen Ende der Leitung.

»Mona, soso. Gefällt mir.« Aha. »Bist du denn nun zu Hause?«

»Nein, bin ich nicht«, sage ich in meiner Not, »aber in einer Stunde.«

»Ist … dein Freund dann auch da?«

»Mein Freund?«

»Na ja, dieser Leonard.« Gott sei Dank, meine Schmach ist also noch nicht in mein Heimatdorf vorgedrungen. Jetzt weiß ich auch, warum ich meiner Mutter mein Unglück dieses Mal nicht auf die Nase gebunden habe. Aber wie kommt er darauf, dass wir zusammenwohnen?

»Nein, er ist nicht da. Aber du kannst trotzdem nicht raufkommen. Wir treffen uns vor der Haustür. In einer Stunde.«

»Na gut«, sagt Olaf leicht pikiert. »Hamburger Straße 45 in einer Stunde.« Aha, jetzt dämmert mir was. Diese Info muss er schon vor einer ganzen Weile von meiner Mutter bekommen haben. Und als das mit Leonard dem Ersten in die Brüche ging, haben meine Eltern also wirklich dichtgehalten. Womit habe ich noch mal gedroht? Ach ja: »Dann bin ich nicht mehr eure Tochter!« Muss ich mir merken!

»Da hast du dir was Falsches aufgeschrieben«, sage ich ganz locker, »Hamburger Straße 412.«

»Ach echt?«

»Ich werde wohl wissen, wo ich … wo wir wohnen. Bis dann.« Damit lege ich den Hörer auf. Während ich mich langsam vom Sofa ins Bad begebe und unter die Dusche stelle, überkommen mich plötzlich all die Fragen, für die ich eben am Telefon gar keine Zeit hatte.

Was will der hier?

Warum will er mich treffen?

Worüber will er sprechen?

Was ist mit Viola?

Bin ich eigentlich dämlich, sofort Gewehr bei Fuß zu stehen, wenn der hier nach Monaten plötzlich aufkreuzt? Ein Blick auf die Uhr zeigt mir, dass wir 17.24 Uhr haben. Ich beschließe, keine Sekunde früher als 19.00 Uhr runter auf die Straße zu gehen. Der soll ruhig ein bisschen zappeln. Und wenn er dann weg ist, umso besser. Wahrscheinlich will er mir sowieso nur die Patenschaft für ihr Kind anbieten oder auf irgendeine andere grausame Art auf meinem Herzen herumtrampeln. O Gott, ich sterbe. Geht es mir nicht schon schlecht genug? Dabei fällt mir auf, hey, gar nicht so übel, ich habe seit über fünf Minuten nicht mehr an Leonard gedacht. Und über Olaf nachzudenken ist weit weniger schmerzhaft.

Die nächsten dreiundsiebzig Minuten verbringe ich damit, im Rahmen meiner Möglichkeiten eine Traumfrau aus mir zu machen. Ich schminke mich sorgfältig, föhne mein Haar über eine dicke Rundbürste, bis es in weichen Wellen mein Gesicht umspielt, dann ziehe ich meinen kurzen Rock, ein enges weißes Shirt und die unvermeidlichen Zickenschuhe an und betrachte mich zufrieden von allen Seiten. Ich freue mich ein kleines bisschen auf Olafs Gesicht, wenn er mich so sieht, denn – ohne angeben zu wollen – im Vergleich zu früher sehe ich umwerfend aus. Meine Haare, die Olaf ja noch kinnlang und straßenköterblond kennt, reichen mittlerweile fast bis zur Schulter und ich wiege mindestens zehn Pfund weniger als damals. Von den Klamotten und der schicken neuen Brille mal ganz abgesehen. Ich hoffe, dass es Olaf bei meinem Anblick ein kleines bisschen Leid tut, dass er mich verlassen hat. Andererseits: Wann werden meine Hoffnungen denn schon mal erfüllt? Ich sehe auf die Uhr. 18.37 Uhr. Seit dreizehn Minuten wartet Olaf jetzt dort unten auf mich. Mindestens. Dieser Gedanke bereitet mir eine diebische Freude, andererseits werde ich hier oben fast verrückt. Ich halte es noch genau fünf Minuten aus, dann gebe ich auf und gehe hinunter. Mein Herz klopft mir bis zum Hals, als ich die Haustür öffne. Olaf steht mit dem Rücken zu mir und dreht sich jetzt um. Möglichst gelassen blicke ich ihm entgegen. Er trägt ein blau-weiß gestreiftes Poloshirt und dunkle Jeans. Anscheinend kauft Viola jetzt für ihn ein, denn er sieht ziemlich gut aus. Allerdings hat er im Gegensatz zu mir eher noch ein paar Pfunde zugelegt, seit ich ihn das letzte Mal gesehen habe. Wahrscheinlich wird er aus Sympathie mit seiner schwangeren Freundin einfach mit ihr fett, denke ich gehässig und fühle mich in diesem Moment ziemlich überlegen. Olafs Augen weiten sich bei meinem Anblick überrascht, er kann es nicht verbergen. Eine Sekunde lang kann ich dieses Gefühl genießen, dann kommt mir ein Gedanke, und ich bin plötzlich hundertprozentig sicher, warum Olaf hier ist: Er will mir sagen, dass er Viola heiraten wird. Vielleicht will er mich sogar als Trauzeugin haben? Mir wird ganz schlecht. Am liebsten würde ich auf der Stelle kehrtmachen und ins Haus zurückgehen, aber in dem Moment kommt Olaf mit schnellen Schritten auf mich zu, umarmt mich und gibt mir links und rechts ein Küsschen auf die Wange. Nanu, was ist denn jetzt kaputt?

»Du siehst großartig aus, Moni. Ähhh, Mona.«

»Danke«, sage ich mit einem frostigen Lächeln, »was willst du?«

»Mit dir reden. Können wir irgendwohin gehen?«

»Natürlich.«

»Ist er da oben?« Er? Ach, Leonard. Scheiße, musst du

mich jetzt an den erinnern. Ich habe noch damit zu kämpfen, dass du mir gleich deine Verlobung bekannt geben wirst. Das Leben macht es mir aber wirklich nicht leicht.

»Ja«, antworte ich knapp und überlege kurz, wo wir jetzt am besten hingehen. Da gibt es doch dieses Bistro um die Ecke, Lilo oder so ähnlich. Dort können wir ja schnell einen Kaffee trinken und es hinter uns bringen. Ich stöckele voran, und Olaf folgt mir.

»Weiß er, dass du dich mit mir triffst?«

»Ja.«

»Und?«

»Was und?«

»Hat er nichts dagegen?«

»Er weiß, dass von dir keine Gefahr ausgeht«, sage ich schnippisch und freue mich kurz über Olafs ungläubigen Gesichtsausdruck.

»Ach so, hmm, ja, dann, äh, wohin gehen wir?«

»Ins Lilo, das ist ein Bistro in der Nähe.«

»Okay.« Wortlos laufen wir nebeneinander her. Mir ist die Stille zwar unbehaglich, aber ich werde den Teufel tun und jetzt Smalltalk betreiben.

Das Café heißt nicht Lilo, sondern Lola, aber wer wird das schon so genau nehmen? Wir setzen uns an einen Ecktisch und bestellen Latte macchiato und Cappuccino. Olaf guckt ähnlich dumm aus der Wäsche wie ich, als ich meinen ersten Latte macchiato gesehen habe. Ich glaube, er wundert sich sogar ein bisschen, dass auf dem Cappuccino keine Sahne, sondern Milchschaum ist, lässt sich aber nichts anmerken. Was für ein Landei, denke ich verächtlich. Wir sitzen ein paar Minuten da, Olaf starrt mich die ganze Zeit an und macht mich damit total nervös. Kann der das mal sein lassen? Ich nehme einen Schluck von meinem Kaffee und bereite mich auf das Schlimmste vor:

»Also, was willst du?«

»Ich, also, zunächst einmal … möchte ich mich bei dir entschuldigen.« Verblüfft sehe ich ihn an. Damit habe ich nun als Allerletztes gerechnet. »Ich war ein echtes Schwein.« Ich kneife mich verstohlen in den Oberarm. Autsch, nein, kein Traum, ich bin wach.

»Stimmt«, nicke ich dazu.

»Es tut mir echt Leid. Ich weiß nicht, was mit mir los war, ich glaube, ich hatte einfach Angst. Wir beide, wir waren schon so lange zusammen und alle fragten nur noch, wann wir denn nun endlich heiraten und … ich hatte einfach Schiss.« Also, diese Erklärung haut mich jetzt nicht gerade vom Hocker, gutmachen tut er damit auch nichts, trotzdem höre ich das gerne. Und sein Anblick, so klein und schuldbewusst, tut mir auch ganz gut. »Aber jetzt merke ich, Moni, tschuldigung, Mona, ich habe einen Fehler gemacht. Viola ist nicht die richtige Frau für mich.«

»Ach nein?«, frage ich überrascht.

»Nein, du bist die Richtige für mich. Du warst es immer und wirst es immer sein.« Misstrauisch gucke ich Olaf an. Will der mich etwa verarschen? Aber seine hellgrauen Augen wirken offen und ehrlich, und jetzt nimmt er sogar meine Hand und … küsst sie. Ja, da soll mir doch einer …

»Aber … was ist denn mit Viola … ich meine, sie ist doch schwanger«, bringe ich irgendwann hervor. Olaf lässt seufzend meine Hand sinken.

»Ach, das weißt du schon?«

»Allerdings.«

»Ja, sie ist schwanger«, bestätigt er mir, »aber was soll ich tun? Ich liebe nun mal dich.«

In meinem Kopf schwirren dreihundertsechsundzwanzigtausend Gedanken auf einmal durcheinander, die ich verzweifelt zu sortieren versuche. Was geht denn hier eigentlich ab? Verstehe ich die Situation richtig? Ist Olaf tatsächlich hier, um mich zurückzuholen? Jetzt? Nach all den Monaten? Und was ist mit Viola? Die will er jetzt einfach sitzen lassen, nachdem er sie geschwängert hat? Was für ein Schwein tut denn so was? Ich meine, nicht dass ich es Viola nicht gönnen würde, aber trotzdem … Okay, langsam dämmert mir, warum Leonard mich verlassen hat. Apropos Leonard, also der falsche Leonard, der angeblich oben in meiner Wohnung sitzt. Ich entziehe Olaf meine Hand:

»Wie stellst du dir das vor? Ich habe einen Freund«, sage ich würdevoll.

»Ja, ich weiß, aber, Mona, ich und du, wir, wir waren so ein gutes Team, wir hatten doch zehn wundervolle Jahre, ich meine, die kannst du doch nicht einfach so wegschmeißen.« Ich höre wohl nicht richtig! ICH kann die zehn Jahre nicht so einfach wegschmeißen. Ich will gerade den Mund öffnen, um Olaf richtig die Meinung zu sagen, da legt er mir beschwichtigend einen Finger auf die Lippen. Was fällt dem ein? Grrr, am liebsten würde ich ihm seinen blöden Finger abbeißen! »Sorry, das war nicht so gemeint. Ich weiß, was du jetzt sagen willst und du hast natürlich Recht damit«, nimmt er mir den Wind aus den Segeln, »und ich weiß, dass du einen neuen Freund hast, aber ich glaube, wir beide gehören zusammen, deshalb möchte ich dich bitten, dieses Wochenende mit mir zu verbringen.«

»Du spinnst wohl!«

»Bitte! Ich habe zwei Zimmer in einem Wellnesshotel in der Nähe von Bremen gebucht, und ich möchte dich gerne dorthin einladen.« Ach was! Ich muss zugeben, jetzt bin ich aber doch ganz schön baff. Der alte Geizkragen will mich zu einem schicken Wochenende einladen? Das hätte ich ihm nie zugetraut. »Was ist, kommst du mit?«

»Ich, das geht doch nicht, was soll ich denn Leonard sagen?«, druckse ich herum. Was soll ich Leonard sagen. Hallo, Mona, aufwachen, dem sagst du gar nichts mehr. Ja, klar doch, weiß ich ja, ist doch nur für den Schein.

»Dir fällt bestimmt was ein. Bitte, Mona, gib uns diese eine Chance.« Er sieht mich flehend an. Ich finde das Ganze ja reichlich pathetisch und umhauen tut mich Olaf auch nicht gerade (wenn ich da so an Leonard denke, schnief), aber auf der anderen Seite: Ein Wellness-Wochenende mit einem Mann, der sagt, dass er mich liebt, der mich zurückerobern will, gibt es etwas besseres, mit dem ich mein angekratztes Ego jetzt streicheln könnte. Kaum.

»Na schön«, sage ich zögernd, »ich denke, ich kann das einrichten.«

»Großartig«, strahlt Olaf, »wann soll ich dich dann morgen abholen?«

»Um halb sechs, vor der Haustür. Ich muss jetzt los.« Damit greife ich nach meiner Handtasche, um mein Portemonnaie herauszuholen.

»Lass mal, ich mach das schon«, überrascht Olaf mich erneut. Was ist denn bloß mit dem passiert?

»Danke«, sage ich schlicht und stehe auf. Er greift noch mal nach meiner Hand und küsst sie. Ein bisschen dick trägt er ja schon auf, finde ich.

»Ich freue mich, dass du mitkommst. Und Mona, du siehst einfach umwerfend aus.«

Vollkommen verwirrt betrete ich nur wenige Minuten später wieder unsere Wohnung. Inzwischen ist auch Henne eingetrudelt, die verwundert auf mein Outfit guckt und wissen will, wo ich gewesen bin.

»Olaf ist hier. Er will mich zurück«, fasse ich die Ereignisse des Tages in wenigen Worten zusammen.

»Was?«, fragt Henne verdutzt. »Und was ist mit Viola?«

»Tja, die findet er wohl plötzlich nicht mehr so toll«, antworte ich achselzuckend. Kopfschüttelnd folgt Henne mir ins Wohnzimmer, wo ich mich aufs Sofa haue und die Füße hochlege. Diese Schuhe sind und bleiben ein Albtraum. Ich habe noch immer nicht genug Hornhaut entwickelt, um auch nur ein paar Minuten ohne Schmerzen darauf laufen zu können. Na ja, wenn das mein einziges Problem wäre …

»Und, wie findest du das? Ich meine, was hast du ihm gesagt?«

»Bis jetzt eigentlich noch nicht viel. Er denkt außerdem, dass ich hier mit Leonard zusammenwohne, und dabei will ich's auch belassen. Aber er hat mich fürs Wochenende in ein Wellnesshotel eingeladen.«

»Du hast natürlich abgelehnt«, kommt es entrüstet von Henne. Oh, hab ich was falsch gemacht?

»Äh, nein«, schüttele ich den Kopf, »war das falsch von mir?«

»Du gehst mit ihm ins Hotel? Mit einem Mann, der seine schwangere Freundin zu Hause sitzen hat, der dir das Herz gebrochen und sich niemals auch nur mit einem Wort dafür entschuldigt hat …«

»Doch, das hat er heute getan«, verteidige ich Olaf.

»Reichlich spät«, knirscht Henne, »trotzdem. Er sagt einmal, es tut ihm Leid, und schon verreist du mit ihm übers Wochenende?«

»Wir haben … zwei Einzelzimmer.«

»Trotzdem!« Henne beharrt auf ihrem Standpunkt. Der, soweit ich das verstehe, besagt, dass ich ein kompletter Idiot, eine Schande für alle Frauen bin. Das ist zu viel für mich. Ich breche in Tränen aus. »Nun, nun«, sagt Henne beruhigend und legt mir die Hand auf die Schulter, »du bist wohl im Moment etwas angegriffen.« Etwas ist gut.

»Ich bin so unglücklich. Ich vermisse Leonard so schrecklich und er wird nie zu mir zurückkommen. Es hat mir einfach gut getan, dass Olaf mir sagt, wie toll ich aussehe und dass er mich liebt«, heule ich.

»Ja, das verstehe ich, ich möchte ja nur nicht, dass du dich unter Wert verkaufst. Du kannst dich ja ein bisschen von ihm umwerben lassen, aber jetzt mal im Ernst: Du denkst doch nicht allen Ernstes darüber nach, zu ihm zurückzukehren?« Ratlos blicke ich Henne ins Gesicht. Mit einem leichten Anflug von Panik in der Stimme hakt sie nach: »Oder?«

Tja, oder? Gute Frage! Um ehrlich zu sein, ich weiß es nicht. Ich bin einfach viel zu durcheinander, um einen klaren Gedanken zu fassen. Eigentlich will ich ihn nicht zurück. Natürlich nicht! Ich werde nie vergessen, was er mir angetan hat. Wie er auf mir herumgetrampelt ist. Außerdem sind meine Ansprüche an einen Mann jetzt – nach Leonard – deutlich gestiegen. Olaf könnte sie sicher nicht erfüllen. Mein Herz hat auch nicht sonderlich geklopft, als er mir gegenüberstand. Oder als er mir seine Liebe gestanden hat. Auf der anderen Seite: Leonard werde ich nicht zurückbekommen. Ich habe keine Lust, achtzehn Jahre auf ihn zu warten, bis sein Kind volljährig ist. Und es täte so gut, jemanden zu haben, der mir sagt, wie toll er mich findet. Wie begehrenswert. Und außerdem: Ist es nicht vielleicht sogar besser, jemanden zu haben, der einen mehr liebt als man ihn? Klingt irgendwie schrecklich, ich weiß, aber ich bin sicher, das würde mir eine Menge Schmerz ersparen. Und ich weiß nicht, ob ich in meinem Leben noch viel mehr davon ertragen kann. Ich finde, ich hatte davon in den letzten elf Monaten genug. Das reicht für ein Menschenleben.

19.

Am nächsten Abend verlasse ich um zwanzig vor sechs mit einem kleinen Koffer bewaffnet die Wohnung. Unten wartet schon Olaf. Er küsst mich zur Begrüßung wieder auf beide Wangen und schlingt seine Arme um mich. Ist ja gut.

»Wow, Mona, toll siehst du aus.« Klar habe ich mich rausgeputzt. Der soll ruhig merken, was er da einfach hat fallen lassen wie eine heiße Kartoffel. Ich trage meine neuen Schlagjeans und ein hellblaues Spaghettiträgertop. Die Absätze meiner Schuhe sind moderat, so viel Quälerei ist mir Olaf nicht wert. Er nimmt mir meinen Koffer ab, verstaut ihn hinten in seinem VW Golf und hält mir dann galant die Beifahrertür auf.

»Madame.« Ungerührt, als würde den ganzen Tag irgendein Mann mir sämtliche im Weg stehenden Türen öffnen, steige ich in den Wagen. »Es ist nicht so weit, eine gute Stunde Fahrt«, erläutert er mir, »möchtest du Musik hören?«

»Klar, wieso nicht.« Die Sonne scheint warm, kleine weiße Wattewölkchen sprenkeln den Himmel und im Radio trällert Kate Winslet passenderweise »What if I had never let you go«. Ich sag's ja, manchmal ist das Leben ein Film. Und da meines in den letzten Tagen ein echter Horrorstreifen war, bin ich für den Programmwechsel ins seichtere Genre wirklich dankbar. Ob das hier eine Liebesgeschichte wird, wage ich allerdings noch zu bezweifeln.

Auf der Autofahrt reden wir wenig. Ich habe die Augen geschlossen, das Fenster ganz runtergekurbelt (hauptsächlich, weil ich weiß, dass Olaf sehr zugempfindlich ist) und lasse mir den Fahrtwind um die Nase wehen. Eine gute Stunde später passieren wir ein schmiedeeisernes Tor und fahren eine breite Auffahrt hinauf, an deren Ende ein entzückendes kleines Märchenschloss steht.

»So, da sind wir«, sagt Olaf.

»Wirklich?« Ich bin begeistert. Er nickt stolz. Wow, also, ich muss schon sagen, alle Achtung.

In der riesigen Empfangshalle ist alles aus hellem Marmor, überall stehen große Vasen mit weißen Lilien und an der Rezeption empfängt uns eine freundliche grauhaarige Dame im adretten Nadelstreifenkostüm, auf deren Namensschild Ilona Bergmann zu lesen ist. Bis hierhin ist wirklich alles perfekt.

»Einen schönen guten Tag!«

»Guten Tag«, sage ich, noch immer überwältigt von all dieser Pracht.

»Guten Tag. Wir haben reserviert, auf den Namen Berger«, sagt Olaf. Frau Bergmann wirft einen Blick in das aufgeschlagene Buch vor sich und nickt.

»Ja, selbstverständlich, Herr Berger. Ein Doppelzimmer für zwei Nächte, richtig?« Mit hochgezogenen Augenbrauen sehe ich Olaf an.

»Nein, falsch«, sagt der denn auch, »ich hatte zwei Einzelzimmer gebucht.« Das will ich meinen.

»Aber hier steht ausdrücklich: Doppelzimmer. Das war wohl ein Missverständnis«, entschuldigt sich die Dame.

»Macht ja nichts«, sage ich versöhnlich, »geben Sie uns einfach zwei Einzelzimmer.«

»Das würde ich wirklich gerne, aber leider sind wir völlig ausgebucht.«

»Sie haben nur noch dieses eine Doppelzimmer?«, vergewissere ich mich schon leicht angesäuert.

»Ich fürchte ja, es tut mir wirklich sehr Leid.« Vorwurfsvoll gucke ich Olaf an. Der tritt verlegen von einem Bein aufs andere. Ja, nun mach mal was.

»Wie konnte denn das nur passieren«, wendet er sich barsch an die Rezeptionistin, die hilflos mit den Schultern zuckt.

»So kommen wir auch nicht weiter«, sage ich nun ebenfalls barsch zu Olaf. Ich kann es nicht leiden, wenn jemand den Falschen anraunzt. »Überleg dir lieber, was wir jetzt machen.«

»Tja, und wenn wir … einfach das Doppelzimmer nehmen«, fragt er. Das habe ich befürchtet. Olaf bemerkt meinen unwilligen Gesichtsausdruck und zieht mich schnell ein paar Schritte zur Seite. Anscheinend möchte er keine Zeugen dabeihaben, wenn eine Frau sich weigert, mit ihm das Bett zu teilen. »Komm schon, Mona, es tut mir Leid, ich kann doch nichts dafür.« Misstrauisch sehe ich ihn an. Kann er wirklich nichts dafür? Eigentlich kann der mir ja viel erzählen, wenn der Tag lang ist. »Ich schlafe auf dem Sofa. Ich verspreche dir, ich rühre dich nicht an. Außer wenn du willst natürlich«, fügt er hinzu und versucht einen verführerischen Blick aufzusetzen. Leider sieht er einfach nur urkomisch aus, und ich muss mich schwer zusammenreißen, nicht laut loszulachen.

»Na schön«, sage ich, »von mir aus.« Irre ich mich, oder blitzt da so was wie Triumph in Olafs Augen auf? Und wenn er das doch alles geplant hat? Na, vielleicht sehe ich auch Gespenster. Wir teilen also der sehr erleichterten Frau Bergmann mit, dass wir uns nun doch mit dem Doppelzimmer zufrieden geben und beziehen selbiges im ersten Stock des Hotels.

Auch das Zimmer ist ein echter Traum. Das Bad hat eine Dusche und eine Wanne, das Zimmer selbst ist mit hellem Teppich ausgelegt, besitzt eine großzügig ausgestattete Minibar, einen tollen Fernseher, auch hier ein Strauß Lilien auf dem Tisch, ein riesiges Bett mit weinroter Satinbettwäsche. Eigentlich ist es perfekt – bis auf eine Kleinigkeit: Ein Sofa ist nämlich weit und breit nicht zu sehen. Allerdings bin ich im Moment so begeistert, dass ich mich auf das riesige Bett werfe, wo ich in den dicken Daunendecken schier versinke, und ganz cool frage:

»Und wo schläfst du?«

»Tja, hier gibt's kein Sofa«, bemerkt Olaf nun auch, der alte Schlaumeier.

»Kein Thema«, meine ich.

»Ach nein?« Hoffnungsvoll schaut Olaf mich an. Haha, denkste!

»Schläfst du halt in der Badewanne!« Daraufhin fällt ihm dann doch die Kinnlade runter.

»Das meinst du doch nicht ernst?«

»Wieso nicht? Die ist doch schön groß.«

»Aber viel zu hart«, jammert er. So ein Weichei!

»Na, vielleicht kann man das Bett ja auseinander ziehen«, mache ich einen weiteren Vorschlag. Wir stellen uns jeder an eine Seite des Bettes und ziehen nach Leibeskräften. Ohne Erfolg. Das Bett bewegt sich keinen Millimeter.

»Ich schlage vor, wir ziehen uns jetzt erst mal zum Abendessen um. Im Rittersaal gibt es heute ein Fünf-Gänge-Menü und anschließend Livemusik und Tanz«, sagt Olaf verheißungsvoll, »vielleicht willst du danach ja sogar, dass ich mit in deinem Bett schlafe.«

»Pah, du träumst wohl«, sage ich trocken. Mit dieser selbstgefälligen Art kann er bei mir nicht landen. Das sollte er eigentlich wissen, nach zehn Jahren. Oder konnte er das früher etwa? Seinem verdatterten Gesichtsausdruck zufolge hat er mit dieser Antwort jedenfalls nicht gerechnet. Und stimmt, jetzt wo ich drüber nachdenke, fand ich es früher immer ziemlich attraktiv, wenn er so einen auf Macker gemacht hat. Verstehe heute gar nicht mehr, warum. Wie dem auch sei, im Bad schmeiße ich mich in Schale: knielanger weinroter Rock, schwarze Bluse und Pumps, während Olaf sich im Zimmer umzieht.

»Wow«, kommentiert er, als ich wieder vor ihm stehe. Ich schenke ihm ein klitzekleines Lächeln. Olaf sieht übrigens auch nicht gerade verkehrt aus in seinem schwarzen Anzug und dem weißen Hemd. Einstecktuch und Fliege passen farblich perfekt zu meinem Rock. Aber ich werde mir lieber die Zunge abbeißen, als darüber auch nur ein Wort zu verlieren.

Im Rittersaal speisen wir fürstlich. Vorneweg gibt es einen Krabbencocktail, dann mit Honig überbackenen Ziegenkäse auf verschiedenen Salaten, Rehrücken mit Preiselbeeren, Tiramisu als Dessert und hinterher noch eine gemischte Käseplatte. Dazu trinken wir reichlich wirklich guten Wein. Einfach großartig. Olaf ist der vollendete Gentleman und überschüttet mich mit Komplimenten. Als der letzte Teller abgetragen und der Espresso gereicht wird, spielt die Band, die bis jetzt für dezente Hintergrundmusik gesorgt hat, lauter auf, und ziemlich schnell füllt sich die Tanzfläche. Ein weiteres Mal ärgere ich mich im Stillen, eine solche Niete in Sachen Standardtanz zu sein. In diesem Moment erhebt sich Olaf und reicht mir formvollendet seine Hand:

»Darf ich bitten?« Bevor ich protestieren kann, hat er mich auch schon hoch- und auf die Tanzfläche gezogen.

»Lass doch, das kann nur schief gehen«, wispere ich hektisch. Wir mit unseren Grundkurskenntnissen von vor fast zehn Jahren, das wird ja eine Katastrophe. Was ist das eigentlich gerade für ein Tanz? Cha-Cha-Cha? Olaf scheint sich ganz sicher zu sein, er legt seinen Arm um mich und tanzt los. Ich stolpere irgendwie hinterher und werde knallrot.

»Lass dich einfach führen«, sagt Olaf leise und tanzt weiter. Einfach ist schön gesagt! Meine Füße wollen immer genau in die entgegengesetzte Richtung, in die sie eigentlich sollten. Es ist zum Mäusemelken. Und überhaupt:

»Seit wann kannst du eigentlich tanzen?«, frage ich Olaf wütend. Kein Zweifel, das sind nicht die paar Grundschritte, die ich damals im zarten Alter von sechzehn mit ihm gemeinsam im Wohnzimmer geübt habe.

»Äh, seit ein paar Monaten«, gibt Olaf ausweichend zurück.

»Viola hat dich zum Tanzkurs überredet? Dich?«

»Äh, ja.« Es ist ihm unangenehm, und das sollte es auch sein, finde ich. Ich wäre nämlich gerne weiter mit ihm zur Tanzschule gegangen.

»Ich habe keine Lust mehr«, sage ich und bleibe so abrupt stehen, dass Olaf mir auf den Fuß tritt. »Au!«

»Entschuldigung. Mona, komm, bitte, lass uns tanzen.«

»Du vergisst wohl, dass ich nicht tanzen kann. Soll ich dich dran erinnern, wer mich erfolgreich davon abgehalten hat, weiter Tanzstunden zu nehmen?«, frage ich wütend.

»Shhh«, mein Auftritt ist ihm peinlich, »ja, ich weiß, es tut mir auch Leid. Aber sieh es mal so. Du brauchst gar nicht tanzen zu können. Du musst dich nur von mir führen lassen.« Ja, das hätte er wohl gerne. Er legt erneut den Arm um mich, fasst meine rechte Hand mit seiner linken und los geht's. »Lass dich fallen. Achte drauf, wo ich hin will, dann geht es von allein.« Verdammt, ist das schwer, sich führen zu lassen. Aber langsam wird es besser, und einige Tänze später schweben wir richtig harmonisch zusammen über die Tanzfläche. Doch, das macht Spaß! Dieses Hotel, Olafs Tanzkünste, sein galantes Benehmen, all das macht zugegebenermaßen Eindruck auf mich.

Beschwingt vom Tanzen und vom Wein spazieren wir gegen Mitternacht noch ein wenig durch den weitläufigen Garten des Hotels. Die Nacht ist wundervoll, klar und warm und wir lassen uns auf einer Bank unter einem der zahlreichen Obstbäume nieder. Wie zufällig legt Olaf dabei seinen Arm um mich. Er blickt mir lange in die Augen. Ich schaue zurück. Ich sehe in dieses Gesicht, das ich tausendmal gesehen habe, als Letztes vor dem Einschlafen, als Erstes nach dem Aufwachen, kein Gesicht kenne ich besser, und niemand kennt mich besser. Olaf hebt langsam seine rechte Hand und fasst damit unter mein Kinn. Ich bewege mich nicht. Dann beugt er sich zu mir herüber. Jetzt wird er mich küssen. Das erste Mal nach so langer Zeit wird er mich küssen. Ich schließe die Augen und warte ab, wie es wohl sein wird. Seine Lippen treffen meine, ich erkenne sie wieder, sie sind wie früher, schmal und fest, wir küssen uns, unsere Münder öffnen sich leicht, seine Zunge sucht nach meiner und ... plötzlich muss ich an Leonard denken. An seinen ersten Kuss. Es war fast so wie jetzt, wie wir damals auf der Bank im Krankenhauspark saßen. Ich will nicht darüber nachdenken. Mona, konzentrier dich. Du küsst gerade Olaf. Aber ich muss an Leonard denken. Mit Leonard bin ich versunken, für Augenblicke abgetaucht aus dieser Welt. Verschmolzen mit ihm, in einem einzigen Kuss. Und jetzt? Verdammt, Mona, lieber den Spatz in der Hand als die Taube auf dem Dach!

Ich wende mich also wieder ganz Olaf zu. Ich spüre jede Muskelbewegung in meinem Gesicht, in meinem Mund, es ist auch gar nicht mal unangenehm, schließlich habe ich diesen Mann zehn Jahre lang geküsst, aber etwas fehlt. Die Taube, wir wollen die Taube, schreien sämtliche Stimmen in mir. Ja doch, ich will sie auch, die Taube, aber die Taube können wir nicht haben. Dann wird es still in mir. Olaf löst seine Lippen von meinen. Im Licht des Mondes über uns sehe ich ihn an, sehe in seine grauen Augen, die mich zärtlich mustern, sehe die Mückenschwärme, die um uns herumtanzen. Er streichelt meine Wange.

»Mona«, sagt er leise, »du hast mir so gefehlt.« Ich lehne mich nun meinerseits vor, um ihn zu küssen. Er stößt einen glücklichen Seufzer aus. Ein weiterer Kuss. Es ist angenehm, routiniert und vertraut. Mona, lass die Vergangenheit ruhen. Vor dir sitzt deine Zukunft. Olaf steht auf und Hand in Hand gehen wir über die Wiese zurück in Richtung Hotel. Er schlingt seinen Arm um meine Hüfte und küsst im Gehen sanft meinen Hals. Wir erreichen unsere Zimmertür, Olaf öffnet sie und lässt mich zuerst eintreten. Anscheinend hat der nicht nur einen Tanzkurs gemacht, sondern auch noch den Knigge vorwärts und rückwärts gelesen. Drinnen angekommen drehe ich mich zu ihm um. Er legt die Arme um mich und beginnt, mich leidenschaftlich zu küssen. Ich versuche, mich fallen zu lassen und es zu genießen. Olaf schiebt mich sanft aufs Bett, küsst meinen Hals und fährt mit der Hand unter meine Bluse. Und plötzlich merke ich, wie sich die Stimmen in meinem Inneren zurückmelden. Sie schreien, sie ergreifen Besitz von meiner Hand, die jetzt Olafs Hand fasst und sie entschlossen wegschiebt.

»Was ist denn?«, fragt er und schiebt sie sofort wieder unter meinen Rock.

»Lass das«, sage ich und schiebe ihn erneut weg.

»Warum denn?«

»Ich muss mit dir reden.«

»Oh, okay.« Erwartungsvoll guckt er mich an. Ich schöpfe erneut Atem. Okay, konsequenterweise müsste ich ihm jetzt sagen, dass es vorbei ist und dann abreisen, richtig? Richtig. Unauffällig schiele ich auf die Wanduhr über dem Bett. Es ist nach eins. Ich bin leicht angeduselt und kaputt und die Kohle für eine einstündige Taxifahrt habe ich auch nicht. Was tun?

»Du, Olaf, ich bin echt müde, könnten wir vielleicht einfach schlafen?«, frage ich. Ja, ich weiß, ich könnte auch sagen: Olaf, das hier ist ein Fehler, ich habe keine Gefühle mehr für dich. Ab in die Badewanne mit dir. Nein, den letzten Punkt würde ich mir natürlich sparen. Aber mal ehrlich, wer sagt so was schon gerne? Ich bin einfach noch immer nicht besonders gut darin, den Leuten knallhart meine Meinung zu präsentieren. Ich habe immer Angst, jemandem wehzutun. Klar, vielleicht sollte es mir nach allem, was dieser Kerl mir angetan hat, eine diebische Freude bereiten, ihm die volle Breitseite zu geben. Tut es aber nicht. Ich habe keine Rachegelüste mehr. Ich will einfach nur meine Ruhe haben.

»Äh, ja, wenn du willst«, gibt Olaf zögernd zurück.

»Ich geh als Erstes ins Bad«, sage ich schnell, springe vom Bett auf und verschwinde im Badezimmer.

Zwanzig Minuten später liege ich unter diesem kuschelig-weichen Deckenberg und bemühe mich einzuschlafen, bevor Olaf ins Bett kommt. Das gelingt mir natürlich nicht. Eben war ich noch totmüde, doch jetzt bin ich wieder putzmunter. Dennoch liege ich mit fest geschlossenen Augen da und versuche, tief und gleichmäßig zu atmen.

Die Matratze federt einmal hoch und runter, als Olaf sich auf seine Seite legt. Er robbt ein Stück an mich heran. Ich kann förmlich spüren, wie seine Augen auf mir ruhen. Jetzt bloß nicht bewegen. Ich schlafe. Mein Atem ist ganz ruhig. Olaf gibt ein enttäuschtes Seufzen von sich, knipst die Nachttischlampe aus und stopft sich das Kissen zurecht. Ich bewege mich noch immer nicht. In diesem Moment fängt meine linke Fußsohle an, unerträglich zu jucken. Ich werde fast wahnsinnig, aber mit aller Willensstärke reiße ich mich zusammen und warte darauf, dass das Jucken von selber verebbt. Ich spüre, wie Olaf sich auf die Seite dreht, mit einer Hand leicht über meine Haare streichelt. Er gibt wieder so ein gequältes Seufzen von sich. Langsam aber sicher geht er mir auf die Nerven. Ich tue weiter so, als würde ich schlafen. Ich merke, dass ich mir eine extrem ungünstige Position gesucht habe, die ich liebend gerne verändern würde. Meine Schultern beginnen nämlich langsam aber sicher, sich zu verspannen, ebenso mein Nacken. Ach, was soll's, jeder bewegt sich mal im Schlaf. Wie eine schlafende Katze räkele ich mich und drehe mich in eine bequeme Seitenlage. Aaaaahh, viel besser. Ich finde, dass ich eine ziemlich gute Schauspielerin bin und atme gleichmäßig weiter. Spüre wieder Olafs Hand auf meinen Haaren. Kann der bitte mal die Flossen von mir lassen? Plötzlich sammelt sich in meinem Mund eine Unmenge von Speichel an, und zum ersten Mal im Leben stelle ich mir die Frage: Schluckt der Mensch im Schlaf? Ich habe nicht die leiseste Ahnung. Entweder sabber ich jetzt die ganze Chose aufs Kopfkissen oder ich muss halt schlucken. Und das tue ich. Unglaublich laut, wie ich finde. Dann konzentriere ich mich wieder auf meine Atmung. Ruhig und gleichmäßig, ganz ruhig und gleichmäßig. Warum kann ich denn jetzt nicht einfach einschlafen? Ich hab keine Lust mehr, hier das Dornröschen zu mimen. Aber ich schlafe und schlafe nicht ein. Olaf übrigens auch nicht. Erst tätschelt er mir wie gesagt ewig den Kopf, dann drängelt er sich dicht an mich ran. Ey, was ist denn das da an meinem Rücken? Ich gebe ein unwilliges Grunzen von mir und rolle mich möglichst weit weg von ihm. Er wälzt sich hin und her, ich werde wahnsinnig. Das kommt davon, dass ich zu feige war, um ihm die Wahrheit zu sagen. Das gibt eine anstrengende Nacht. Dann wird Olaf ruhiger. Ich habe schon die Hoffnung, er sei endlich eingeschlafen, da nehme ich plötzlich ein Geräusch hinter meinem Rücken wahr. Irgendwie – schmatzend. Ungläubig lausche ich. Dann höre ich Olafs Atem. Schnell und unterdrückt. Ich fass es nicht. Da holt der Typ sich hier in meinem Bett einen runter. Und ich bin gezwungen, ihm dabei auch noch zuzuhören. Das glaubt einem ja kein Mensch. Ich hätte doch darauf bestehen sollen, dass er in der Badewanne schläft!

Nachdem Olaf seinen sexuellen Überdruck losgeworden ist, schläft er ziemlich schnell ein und ich dann auch irgendwann. Am nächsten Morgen wache ich auf, weil mir irgendjemand am Ohr rumkaut. Klar, Olaf, wer sonst. Ich bin noch nicht mal richtig wach, merke aber, dass es jetzt wohl höchste Zeit ist, Tacheles mit dem guten Mann zu reden.

»Olaf, lass das bitte!«

»Guten Morgen«, raunt er mir ins Ohr und plötzlich sind seine Hände unter meinem T-Shirt. Ich entwinde mich ihm so höflich wie irgend möglich. Noch immer will ich seine Gefühle nicht verletzen.

»Olaf, bitte!« Er hört nicht auf. »Olaf, nein!« Anscheinend denkt er, ich sage nein, meine aber ja. Wir beginnen ein handfestes Kämpfchen, was Olaf anscheinend noch mehr antörnt, denn er wird immer wilder und stöhnt mir ins Ohr. Nach diversen »Olafs« und »Neins«, die allesamt nicht fruchten, bleibt mir nichts anderes übrig, als dem übereifrigen Kandidaten eine zu knallen. Klatsch. Völlig entgeistert starrt er mich an.

»Was soll das denn jetzt?«

»Was ist an Nein nicht zu verstehen«, frage ich zurück und wälze mich aus dem Bett.

»Aber ich dachte ...« Geknickt sitzt Olaf nun auf dem Bett, meinen Handabdruck auf der linken Gesichtshälfte. »Es war doch so ein schöner Abend und ... ich liebe dich.« Oje. Seufzend setze ich mich wieder auf die Bettkante.

»Ja, Olaf, es war ein schöner Abend. Und es war eine tolle Idee von dir, mich hierhin einzuladen. Aber ... es ist zu spät. Ich liebe dich nicht mehr.« Mitleidig sehe ich ihn an.

»Was?«, fragt er mehr überrascht als verletzt. »Aber das kann doch nicht sein.« An gesundem Selbstvertrauen hat es dem Kerl ja noch nie gemangelt.

»Auch wenn du dir das nicht vorstellen kannst, aber so ist es nun mal«, sage ich mit leisem Spott.

»Ach komm«, er fasst nach meiner Hand, »wir machen jetzt erst mal ein schönes Schlammbad und dann gehen wir in die Sauna und dann ...«

»Ich möchte jetzt nach Hause«, sage ich sehr bestimmt. »Es wäre nett, wenn du mich fährst, aber ich kann mir auch ein Taxi nehmen.«

»Weißt du, was dieses Wochenende mich kostet«, fragt Olaf jetzt entrüstet. Aha, jetzt kommt er mir wieder bekannt vor.

»Tut mir Leid, ich hab dich nicht darum gebeten«, sage ich, stehe auf und gehe ins Bad. Während ich mich anziehe und meinen Koffer packe, sitzt Olaf immer noch wie versteinert auf dem Bett herum. »Ich nehme mal an, du willst mich nicht nach Hamburg zurückfahren«, frage ich vorsichtshalber.

»Doch, schon gut. Was soll ich denn hier noch allein«, grummelt er zu meiner Überraschung.

»Danke. Ich warte unten in der Eingangshalle.«

Ich warte sehr geduldig. Olaf hat schon immer Stunden im Badezimmer gebraucht. Ich sitze in einem gemütlichen grauen Ledersessel und schaue in den Garten hinaus, als mein Telefon klingelt. Ob Henne mir sagen will, dass ich nicht schwach werden soll?

»Hallo?«

»Moni? Hier ist … Viola. Bitte leg nicht auf.« Ich bin gelinde gesagt erstaunt. »Moni, bist du noch dran.«

»Äh, ja, ich bin hier.«

»Moni, es tut mir Leid, dass ich dich belästige, sicher bin ich die letzte Person, mit der du sprechen möchtest.« Oh, da irrst du dich aber, meine Liebe. Die Zeiten haben sich geändert. Die Person, mit der ich zurzeit am wenigsten sprechen möchte, heißt Barbara von Meckenstein. »Ich weiß, ich habe dir was Furchtbares angetan, Moni, du musst mich hassen.«

»Nein, ich hasse dich nicht, Viola.«

»Nicht? Aber ich war furchtbar. Es … es tut mir echt Leid.« Na, das geht doch runter wie Öl.

»Ist schon okay, Viola, wirklich. Es war sicher das Beste so. War sonst noch was?«

»Ich … ja …« Und dann heult sie los. Sie schluchzt richtig herzzerreißend. »Moni, ist er bei dir?«

»Olaf? Nein«, lüge ich, ohne nachzudenken.

»Ich bin schwanger, Moni.«

»Ja, ich weiß, meine Mutter hat es mir erzählt.«

»Und seitdem ist alles anders geworden. Olaf redet ständig von dir und wie schön es mit dir war. Am Mittwoch haben wir uns entsetzlich gestritten, und seitdem habe ich ihn nicht mehr gesehen«, ich kann sie kaum verstehen, »ich war mir sicher, dass er zu dir nach Hamburg gefahren ist. Er … er will mich verlassen, Moni.« Okay, nur mal so eine Frage am Rande: Warum bin ich eigentlich neuerdings die Telefonseelsorge für die Frauen, die mir die Männer wegnehmen, die ich liebe? In diesem Moment sehe ich dazu noch Olaf auf die Rezeption zuschlurfen. Okay, die Zeit wird knapp. Was mache ich jetzt? Ich könnte sagen: Tja, Viola, Pech gehabt, das Leben sorgt doch immer für Gerechtigkeit. Dann gebe ich Olaf einen Tritt und sie leben unglücklich bis in alle Zeiten. Aber im Grunde: Was hätte ich denn davon? Rache. Ja, ein großes Wort mit geringem Effekt. Glücklicher würde mich das auch nicht machen. Außerdem bekommt Viola mildernde Umstände, jetzt wo sie schwanger ist.

»Viola, hör zu. Das ist eine ganz normale Reaktion. Wahrscheinlich hat Olaf einfach ein bisschen Panik gekriegt vor der ganzen Verantwortung und so. Der kriegt sich schon wieder ein, versprochen. Und wenn er bei mir vor der Tür stehen sollte, kannst du sicher sein, dass ich ihn wieder nach Hause schicke.«

»Wirklich?«, schnieft sie zurück, »nach allem, was ich dir angetan habe?«

»Vergiss es.« Die soll aufhören, mir einen Heiligenschein aufzusetzen. Das mag ich nämlich gar nicht. Olaf kommt griesgrämig auf mich zu, ich sollte das Gespräch jetzt beenden. »Beruhig dich, er kommt schon wieder. Ich muss los. Ciao.«

Die Autofahrt verläuft schweigsam. Olaf stoppt den Wagen vor meiner Wohnung.

»Danke fürs Heimbringen. Und Olaf?«

»Ja?« Mürrisch guckt er mich an.

»Wirf nicht alles weg. Geh zurück zu Viola und versuch, das Kind zu schaukeln.« Uuups, im wahrsten Sinne des Wortes. Das war gar nicht beabsichtigt.

»Hmm«, grummelt er, ich steige aus, hole meinen Koffer aus dem Kofferraum und sehe dem Golf hinterher, bis er um die nächste Ecke verschwindet.

Auf dem Weg hinauf in die Wohnung habe ich das gute Gefühl, dass damit dieses Kapitel meines Lebens endlich abgeschlossen ist.

20.

Dieses Hochgefühl hält leider nicht besonders lange an. Am Nachmittag sitze ich mit Kerry, Henne, Sally und Lotta beim Tee und erzähle von meinem Kurztrip mit Olaf. Alle sind heilfroh, dass ich mich nicht habe breitschlagen lassen, zu ihm zurückzukommen, und wir lachen sogar über die eine oder andere Situation (nein, die Masturbationsszene behalte ich für mich, die kann man Leuten über siebzig nun wirklich nicht zumuten). Auch hier werde ich hoch gelobt für meine diplomatische Art, mit Viola zu kommunizieren, anstatt niedere Rachegelüste auszuleben und, na ja, eigentlich geht es mir insgesamt ganz gut. Besser als seit langem jedenfalls. Kerry und ich beschließen, heute Abend gemeinsam ins Kino zu gehen und durchstöbern die Zeitung nach einem passenden Film, als Alfred plötzlich hereinkommt und dafür sorgt, dass meine Stimmung schlagartig auf den Nullpunkt sinkt.

»Guten Tag, die Damen, hier kommt das bestellte Kuchensortiment.« Damit stellt er ein großes, in Papier eingewickeltes Paket auf den Tisch, auf das Sally sich sofort heißhungrig stürzt. Das Papier wird aufgerissen, alle langen kräftig zu, nur ich sitze plötzlich stumm da und starre wie ein hypnotisiertes Kaninchen auf den … Obstplunder, Obstplunder, Obstplunder. Und mit einem Schlag ist alles wieder da. Das erste Treffen mit Leonard, sein Unfall, das missglückte Kaffeetrinken, der nicht weniger missglückte

Kuss, die große Aussprache, die glücklichsten Wochen meines Lebens und der tiefste Fall. Ich mag ja die erste Liebestragödie meines Lebens gerade mit Bravour hinter mir gelassen haben, ob mir das mit der zweiten jemals gelingen wird, wage ich zu bezweifeln. Ich weiß nur eins: Dass es wehtut und ich lernen muss, damit umzugehen. Beherzt greife ich nach dem Obstplunder und beiße hinein. Ich kaue und schlucke, beiße wieder ab und kaue und schlucke. Dabei laufen mir die Tränen in Strömen übers Gesicht, aber ich höre nicht auf, bis ich den ganzen verdammten Obstplunder hinuntergewürgt habe. Ich lasse mich nicht länger von meiner Vergangenheit in meinen Gewohnheiten beschneiden. Ich werde mein Leben lang Obstplunder essen, und wenn ich dabei umkomme!

Die nächsten Wochen verlaufen relativ ruhig. Ich mache meinen Job, treffe mich mit Kerry, das Leben beginnt langsam wieder, normal zu werden. Ich kämpfe nur noch ein- bis zweimal täglich gegen die Versuchung an, Leonard anzurufen, ich weine nicht mehr jede Nacht, sondern nur noch etwa alle drei Tage. Ich fühle mich nicht gerade glänzend, aber ich weiß, dass ich es überleben werde.

Am 21. September, es ist halb zwölf, sitze ich mal wieder alleine im Büro und schreibe Rechnungen, als das Telefon klingelt.

»Mona Behrens bei Lutz Scheffler, guten Tag.« Ich variiere meine Sprüchlein jetzt immer ein bisschen.

»Mona, hier ist Barbara.« Habe ich in meinem jugendlichen Leichtsinn behauptet, dass ich es überleben werde?

»Hallo Barbara«, krächze ich.

»Ich bin vor deiner Tür und wollte nachfragen, ob du in der Agentur bist. Ich komm dann mal rauf.« Bevor ich in den Hörer schreien kann, dass ich eine andere Mona Behrens bin und dass die Mona Behrens, die sie meint, nach Peru ausgewandert ist, hat Barbara schon aufgelegt und steht zwanzig Sekunden später vor mir. Ich muss in meinem früheren Leben eine Massenmörderin gewesen sein, mindestens. Würde Gott mich sonst so strafen? Barbara reicht mir den unvermeidlichen Karamell-Macchiato (vielleicht ein Obstplünderchen dazu, um das Horrormahl zu vervollständigen?) und setzt sich mir gegenüber auf den Stuhl.

»Mal wieder überfalle ich dich, aber ich brauche deinen Rat«, lächelt sie entschuldigend. »Ich weiß, wir kennen uns noch gar nicht lange, aber irgendwie haben wir eine Verbindung, findest du nicht?« Doch, die Verbindung hat sogar einen Namen und der fängt mit L an. Ich nicke gequält und schiele unauffällig auf ihren Bauch. Sieht man schon was? Nein, sie ist noch rank und schlank.

»Und, wie läuft es mit deinem Mann?«

»Ja, darüber wollte ich mit dir reden.« Jaaaa? Nicht gut, es läuft nicht gut, er hasst sie, er kommt zurück, Kind hin oder her! »Eigentlich ist alles in Ordnung. Er ist sehr liebevoll.« Das wollte ich nicht hören. »Weißt du, er ist zu mir zurückgekommen, nachdem ich ihm gesagt habe, dass ich schwanger bin.« Vorhang auf und Bühne frei:

»Nein, so eine Überraschung. Herzlichen Glückwunsch. Das … freut mich für dich.« Ich lächle breit. Hoffentlich hält sie die Tränen in meinen Augen für das Zeichen meiner Rührung!

»Es gibt da ein kleines Problem, und zwar … ich … ich … bin gar nicht schwanger.« Das erste Mal in meinem Leben bin ich einer Ohnmacht wirklich nahe. Barbaras Gesicht scheint plötzlich ganz weit weg und dann wieder unglaublich nah zu sein.

»Äh, was?«, bringe ich mühsam hervor.

»Ich war so verzweifelt«, beginnt sie sich mit schriller Stimme zu rechtfertigen, »ich habe ihn so vermisst. Und ich wusste, dass er mich niemals schwanger sitzen lassen würde. Also habe ich …« Sie bricht ab.

»… eine Schwangerschaft erfunden«, vollende ich ihren Satz tonlos.

»Ich weiß, es ist schrecklich.« Sie sieht mich an. Ich werde mich hüten, dazu jetzt etwas zu sagen. »Aber irgendwann werde ich auffliegen. Leonard denkt, ich sei Anfang des dritten Monats.«

»Du musst es ihm sagen«, beschwöre ich sie eindringlich. Sonst tue ich es!

»Ich weiß, aber dann wird er zu dieser anderen Frau zurückgehen.« Es kostet mich meine gesamte Konzentration, bei dieser Verheißung meine Gesichtszüge unter Kontrolle zu halten.

»Aber du kannst so eine Lüge nicht aufrechterhalten, das ist dir doch klar.«

»Natürlich«, sagt sie mit Tränen in den Augen, »außer, wenn ich jetzt schwanger würde. Aber er will nicht mit mir schlafen. Er sagt, er braucht noch ein bisschen Zeit.« Mein Herz macht einen kleinen Hüpfer. Na, wenigstens etwas. Zu früh! »Gestern Nacht habe ich ihn dann doch rumgekriegt, aber ich glaube nicht, dass es geklappt hat.« Unter der Tischplatte balle ich meine Hände zu Fäusten, über der Tischplatte nicke ich verstehend:

»Das tut mir Leid. Aber wie ich schon sagte, ich denke, du solltest es ihm sagen. Und so schnell wie möglich. Je länger du diese Lüge aufrechterhälst, desto schlimmer wird es. Vielleicht verzeiht er dir ja«, füge ich aufmunternd hinzu. Nie im Leben!!!

Eine ziemlich klägliche Barbara von Meckenstein verlässt kurz darauf die Agentur Scheffler, aber für Mitleid oder gar Gewissensbisse ist in meiner Gefühlswelt jetzt kein Platz. Alles, was sich dort im Moment befindet, ist Hoffnung.

Zwei Tage später sitze ich an meinem Schreibtisch, als es an der Tür klopft.

»Herein«, rufe ich, ohne von meiner Arbeit aufzusehen.

»Äh, hallo.« Diese Stimme. Ganz langsam hebe ich den Kopf. Vor mir steht Leonard. In diesem Moment sackt mir das Blut in die Füße, und ich bekomme einen Schwindelanfall.

»Hallo«, flüstere ich heiser. Er ist hier. Er ist wirklich hier. Sie hat es ihm gesagt, er hat sie verlassen, o Gott, ich danke dir.

»Wie geht's dir? Du siehst gut aus«, macht er höflich Konversation. Am liebsten würde ich aufspringen und ihm um den Hals fallen, aber der soll nicht denken, dass ich ihm einfach so verzeihe, was er mir angetan hat. Er soll ruhig ein bisschen zappeln. Also sage ich kühl:

»Danke. Was treibt dich denn hierher? Brauchst du eine neue Wohnung? Mit Kinderzimmer?«

»Nein, ich ... Barbara hatte eine Fehlgeburt«, sagt er. Fehlgeburt? Ich muss an die Voodoopuppe denken, die Kerry mir geschenkt hat. An meinen Traum. Wenn ich über die Wahrheit nicht so genau im Bilde wäre, würde ich jetzt wahrscheinlich denken, dass sich im Mülleimer versehentlich ein spitzer Gegenstand in den Unterleib der Puppe gebohrt hat. Würde mir die Schuld geben. Aber so. Fehlgeburt? Genauso hätte ich's auch gemacht. Aber drauf kommen musste sie schon alleine!

»Oh, tut mir Leid«, mache ich auf betreten.

»Ja, na ja, das passiert häufiger, als man denkt.«

»Aha.« Wir legen eine Schweigeminute ein, dann finde

ich, dass wir genug Betroffenheit gezeigt haben. Na los doch, worauf wartest du? Und wo sind eigentlich die Blumen? Erwartungsvoll sehe ich Leonard an. Er guckt betreten zurück.

»Ich kann sie doch jetzt nicht verlassen, nach der Fehlgeburt.«

»Was?«, frage ich ehrlich entgeistert.

»Na, das ist ein schwerer Schlag für sie, da kann ich doch jetzt nicht …« Er bricht ab. Ich kann es nicht glauben. Dieses gerissene Luder!

»Natürlich! Ehrenmann, der du bist, stehst du ihr jetzt, nach der so genannten Fehlgeburt, natürlich erst recht zur Seite«, rutscht es mir heraus, ehe ich es verhindern kann.

»Was willst du damit sagen?«

»Bist du schon mal auf die Idee gekommen, dass die ganze Schwangerschaft vielleicht nur ein Trick war, um dich zurückzuholen«, gifte ich. Er sieht mich mit großen Augen an.

»Was soll das? Barbara ist völlig fertig. Als ob sie so was erfinden würde.«

»Na, das könnte doch sein. Sie weiß doch sicher, dass du ein viel zu gutmütiger Trottel bist, als dass du deine schwangere Frau sitzen lassen würdest.« Ich sehe einen Funken Wut in Leonards Augen aufflackern. Gut so. Sorry, Baby, ich hätte es dir gerne sanfter beigebracht.

»Du weißt gar nichts von meiner Frau«, sagt er leise und seine Stimme ist kalt wie Eis.

»Was?«, frage ich fassungslos.

»Auch wenn ich Barbara nicht mehr liebe, sie ist immer noch meine Frau, und ich finde es unglaublich, dass du hier solche Unterstellungen machst, ohne sie auch nur zu kennen!«

»Aber …«

»Sie hat ein Kind verloren, verdammt, wie gefühllos bist du eigentlich?«

»Sie wollte dich zurück, mit allen Mitteln. Verdammt, ich habe damals mit Olaf auch über so etwas nachgedacht. Wenn man richtig verzweifelt ist …«

»Du solltest vielleicht nicht von dir auf andere schließen«, sagt Leonard eisig. »Nur weil du zu so etwas fähig wärst, heißt das noch lange nicht, dass andere Frauen auch so sind.« Er macht auf dem Absatz kehrt und ist schon halb zur Tür raus, als er sich noch mal nach mir umdreht. Ich sitze wie versteinert hinter meinem Schreibtisch.

»Jetzt hör mir doch …«, bringe ich heraus.

»Das hätte ich niemals von dir gedacht«, sagt er verächtlich und verlässt dann endgültig das Büro. Ich kriege einen Heulkrampf, packe meine Sachen zusammen und nehme mir für den Rest des Tages frei.

Hilflos stehe ich draußen auf der Straße. Ich habe alles verloren. Ich weiß von Barbaras Lüge, ich habe es aus erster Quelle, und was nützt es mir? Gar nichts! Weil Leonard mir nicht glaubt. Weil er mich jetzt für ein herzloses Ungeheuer hält. Und was nun? »Vergrab dich in deinem Schneckenhaus und friss dir ein paar Kilos an«, wispert mir jemand ins Ohr, »ach ja, du könntest auch wieder mit dem Saufen anfangen.« Ey, wer ist das? »Oder«, säuselt die Stimme unbeirrt weiter, »du tust was. Vielleicht kannst du nichts ändern, aber du könntest es wenigstens versuchen!«

So schnell mich meine Füße tragen, renne ich die Treppen zur Agentur wieder hoch und schnappe mir die Akte Meckenstein. Die Adresse, ich brauche ihre Adresse! Da, Hofweg 52, direkt an der Alster. Ohne lange drüber nachzudenken schwinge ich mich in mein Auto. Jetzt ist mir alles egal. Schlimmer kann es nicht werden.

Hofweg 52. Wow! Ich stehe vor einem riesigen weiß gestrichenen Altbau. Eins der schönsten Häuser, die ich je gesehen habe. »Von Meckenstein/Kurtz« steht auf einem der Namensschilder. Ich ignoriere meinen Magen, der sich vor lauter Angst gerade auf Erbsengröße zusammenzieht, und drücke den Klingelknopf. Die Sprechanlage knackt:

»Wer ist da?«, fragt Barbara.

»Mona.«

»Oh, wie schön.« Wenn du dich da mal nicht täuschst!

»Komm doch rauf, zweiter Stock.« Der Summer ertönt, ich lehne mich mit meinem ganzen Körpergewicht gegen die schwere Eingangstür und stehe im marmorierten Treppenhaus. Hoffentlich ist Leonard nicht zu Hause, aber selbst wenn.

Eine Minute später sitze ich in einer modernen Küche aus hellem Holz an einem dieser amerikanischen Tresen.

»Was hast du denn, du siehst nicht gut aus«, sagt Barbara und stellt mir ein Glas Orangensaft vor die Nase.

»Alles bestens. Hast du es deinem Mann schon gesagt.«

»Na ja, so halbwegs.«

»Soll heißen?«

»Ich habe eine, na ja, Notlüge angewendet.«

»Die da lautet?« Ihr fällt gar nicht auf, dass ich sie hier sozusagen ins Kreuzverhör nehme.

»Dass ich eine Fehlgeburt gehabt hätte.«

»Soso. Und?«

»Er ist sehr verständnisvoll. Und er geht auch nicht zu der anderen zurück.« Sie lächelt, ein bisschen gequält, aber vor allem erleichtert.

»Ach ja, zu diesem Thema wollte ich dir nämlich etwas sagen.« Erstaunt sieht sie mich an.

»Ja?« Ich bin so wütend auf sie, dass ich ihr gerade in die Augen sehe und eiskalt lächelnd sage:

»Ja. Die Andere, wie du sie nennst, diese Andere bin ich.« Sie sieht mich verständnislos an. Ich kann sehen, wie es in ihrem Kopf arbeitet. Sie überlegt, ob das ein Scherz sein könnte. Dann, nach einer Ewigkeit, beginnt sie mir zu glauben. Kurz entgleisen ihr die Gesichtszüge, dann fasst sie sich wieder. Ihr Blick ist jetzt stahlhart. Das ist die Frau von Meckenstein, die ich die ersten beiden Male am Telefon hatte, schießt es mir durch den Kopf. Sie betrachtet mich von oben bis unten:

»Du?« Ich kann genau sehen, was sie jetzt denkt. Ach du liebe Güte, Leonard, ich hätte dir weiß Gott etwas anderes zugetraut. Diese Frau ist doch irgendwie un-kul-tiviert!

»Du scheinst deinen Job ja sehr ernst zu nehmen«, sagt sie kühl.

»Ich habe das nicht geplant …«, versuche ich mich zu verteidigen, doch sie schneidet mir das Wort ab:

»Und was bezweckst du mit deiner Eröffnung?« Ihre Stimme ist nur noch ein bedrohliches Flüstern. Plötzlich fühle ich mich sehr hilflos.

»Ich, also, ich dachte, wenn ich es dir erzähle, dann, dass dann …«

»Du dachtest, ich würde sicher eurer Liebe nicht im Wege stehen? Weil wir so gute Freunde sind? In was für einer Welt lebst du eigentlich?«

»Es tut mir unendlich Leid«, sage ich und meine es auch so, »aber willst du wirklich mit einem Mann zusammenbleiben, der eine andere liebt?« Wie von der Tarantel gestochen springt Barbara auf, ihre Hand umklammert meinen Arm und sie zischt:

»Danke für deine Fürsorge! Das Gespräch ist hiermit

beendet.« Damit will sie mich aus der Küche hinaus und in Richtung Wohnungstür schieben. Ich wehre mich gegen ihren Griff, und es entsteht eine ziemliche Rangelei. »Wag es nicht, Leonard noch ein Mal zu nahe zu kommen«, schreit Barbara mich an.

»Aber ich liebe ihn. Du kannst nichts dagegen tun«, schreie ich unter Tränen zurück. In was für einem schrecklichen Film bin ich denn hier gelandet, frage ich mich, während Barbara mich durch den Flur schleppt. Und wer hat dieses katastrophale Drehbuch geschrieben? Diese Dialoge? Aber es kommt noch besser: Nachdem Barbara mich vor die Tür geschubst hat, drehe ich mich um und stemme mich dagegen:

»Warte, Barbara«, starte ich einen letzten Versuch, »ich will dir nur eine Sache sagen: Wenn du glaubst, dass er dich genauso liebt wie mich, dann sollst du ihn haben. Aber wenn nicht, dann gib ihn frei. Bitte.« Sie starrt mich an. »Bitte«, sage ich noch einmal, aber da hat mir Frau von Meckenstein schon die Tür vor der Nase zugeschlagen.

Was habe ich mir bloß dabei gedacht, mich Barbara zu erkennen zu geben und dann auch noch einen derart theatralischen Text loszulassen. Bei genau dieser Art von Sätzen greife ich stets nach der Fernbedienung und schalte schleunigst in ein anderes Programm. »Gib ihn frei.« Ich schüttele mich noch mal angewidert. Was habe ich denn eigentlich erwartet? So was wie: »Ach, du bist also die Frau, die mein Leben zerstört hat. Das ist ja hochinteressant. Vor allem, weil ich dir so vertraut habe. Köstliche Geschichte! Trink ruhig deinen O-Saft aus und dann reden wir darüber. Du willst Leonard haben? Warte, lass mich nachdenken. Ach, du willst ihn bitte, bitte haben? Na, also wenn das so ist, dann nimm ihn ruhig mit.«

Was soll ich sagen? Ich habe alles riskiert und alles verloren. Morgen habe ich Geburtstag. Der siebenundzwanzigste. Hurra. Das wird ja bestimmt wahnsinnig lustig. Auf die Frage »Was wünschst du dir denn zum Geburtstag?« kann ich noch immer nichts anderes als »Leonard« rausbringen, und dann heule ich wieder für ein paar Stunden. Meine Eltern haben sich für das kommende Wochenende angemeldet, da morgen Mittwoch ist und sie mitten in der Woche nicht freibekommen. Ist auch besser so. Kerry und den alten Herrschaften muss ich wenigstens keine gute Laune vorspielen.

Nachmittags starten wir traditionell mit Kaffee und Geburtstagstorte. Himbeer-Sahne. Da hat meine Mutter Henne bestimmt in den Ohren gelegen, von wegen »das Kind weint, wenn es nicht seine Himbeer-Sahne-Torte bekommt«. Ach, Mutter, das Kind weint doch sowieso ununterbrochen.

»Auspusten«, rufen meine Gäste im Chor. Ich hole tief Luft und puste aus Leibeskräften. Aber als auch das letzte bisschen Luft aus meinen Lungen entwichen ist, flackert ein einziges Kerzlein immer noch hartnäckig. Japsend ringe ich um Atem und komme mir nun noch älter vor.

»Noch ein Jahr, dann geht dein Wunsch in Erfüllung«, orakelt Sally. Was? Ein ganzes Jahr noch? Wird es so schlimm wie das letzte?

»Was hast du dir denn gewünscht«, fragt Lotta neugierig.

»Halt, das darf sie doch nicht sagen, sonst funktioniert es nicht«, warnt Henne.

»Als ob wir es nicht sowieso alle wüssten.«

»Irrtum, mein Wunsch hat nichts mit Leonard zu tun«, sage ich.

»Nicht????« Ich gucke in fünf überraschte Gesichter.

»Na schön, natürlich doch«, gebe ich zu.

»Neeeeeiiiin!« Zu spät. Jetzt habe ich es gesagt. Und damit die Hoffnung auf Erfüllung des Wunsches zu Grabe getragen. Na, macht nichts, vielleicht ist es ganz gut, ohne Illusionen ins neue Lebensjahr zu starten, das erspart einem eine Menge Enttäuschungen. Dann werden Geschenke ausgepackt. Oh, die drei Damen vom Grill haben mir doch tatsächlich einen Diskman gekauft. Hätte ich den im Juni schon gehabt, wäre mir einiges erspart geblieben. Aber dafür können sie ja nichts, also bedanke ich mich artig. Von Kerry bekomme ich ein knallenges T-Shirt mit der Aufschrift:

JE ROSTIGER DAS DACH, DESTO FEUCHTER DER KELLER. Dazu einen Gutschein für ein ganzes Jahr Haaretönen. Ungläubig gucke ich Kerry an und weiß nicht, ob ich das witzig oder unmöglich finden soll. Die alten Herrschaften um uns herum betrachten das T-Shirt, bequatschen die Qualität der Verarbeitung und lesen immer und immer wieder mit verständnislosem Gesichtsausdruck den Spruch darauf. Nach fünf Minuten entreiße ich ihnen das gute Stück. Nicht, dass sie es irgendwann doch noch kapieren. Alfred schenkt mir Gedichte der Moderne auf CD und dann wird die erste Sektflasche geköpft, immerhin ist es schon nach fünf, und das Geburtstagskind zieht ein Gesicht wie sieben Tage Regenwetter. Nachdem wir angestoßen haben, sieht Kerry mich ernst an:

»Mona, ich muss mit dir reden.«

»Okay.«

»Also, ich muss dir was sagen.« Besorgt schaue ich sie an. Dass sie ankündigt, wenn sie etwas zu sagen hat, kenne ich wirklich nicht von ihr. Und nun gar zweimal. Das ist kein gutes Zeichen. Ich fasse ihre Hände und sage mit Galgenhumor:

»Solange du mir nicht sagst, dass du mich verlässt, weil

du eine andere Freundin geschwängert hast, soll es mir recht sein.«

»Nein, das ist es nicht«, sagt sie grinsend. »Okay, also, Mona, nur mal angenommen, Leonards Frau würde ihm doch noch die Wahrheit sagen und sich von ihm trennen, würdest du ihn dann noch zurückhaben wollen?« Mit großen Augen sehe ich Kerry an.

»Du sollst keine bösen Scherze auf Kosten meiner geschundenen Seele machen«, sage ich heiser.

»Nein, will ich nicht. Okay, also, ich sag einfach mal, was passiert ist.« Ich halte den Atem an. »Ich habe gestern einen Anruf von Leonard bekommen.«

»Und das hast du mir nicht gesagt?« Fast springe ich ihr an den Hals.

»Tue ich hiermit. Also, anscheinend hat Barbara ihm doch noch reinen Wein eingeschenkt und ihn … freigegeben.« Ich merke, wie mir vor Überraschung der Unterkiefer runterklappt. Schnell schließe ich den Mund wieder und sage ungläubig:

»Nein!«

»Doch! Sie hat gemerkt, dass ihr ein Mann, der sie nicht liebt, nicht so wahnsinnig viel bringt. Und dass er dich wohl wirklich liebt.« Ich weiß immer noch nicht, wo mir der Kopf steht. Sollte mein Besuch etwa doch nicht umsonst gewesen sein? »Gib ihn frei, bitte, gib ihn frei.« Aus der Frau soll noch einer schlau werden. Nachdem sie mir so die Tür vor der Nase zugeknallt hat, dachte ich, die lässt ihn nie mehr los, und sei es nur, um mir eins auszuwischen. »Wow«, sage ich.

»Ja, wow«, bestätigt Kerry.

»Aber, wieso sagt Leonard mir das nicht selber?«, frage ich aufgeregt.

»Ja, es gibt da ein Problem. Zum einen hat er Angst, dass

du ihn für ein Rindvieh hälst und ihn hasst bis ans Ende deiner Tage.« Oh, keine Frage, das tue ich. Irgendwie schon! Ich runzele ein wenig die Stirn. Kerry haut mir mit der flachen Hand auf dieselbige: »Mensch, jetzt lass dir doch nicht solche Flausen in den Kopf setzen.«

»Schon gut. Aber wo ist er denn? Warum ist Leonard nicht hier?«

»Ja, äh, das zweite Problem ist, dass Barbara ihm die ganze Wahrheit gesagt hat.«

»Wie jetzt?«

»Na ja, sie hat ihm von der Treue-Test-Agentur erzählt und davon, dass ihr beiden euch kennt und, na ja, irgendwie kommt er sich jetzt ein bisschen hintergangen vor.«

»Von mir?« Ich bin empört. »Und deshalb kommt er nicht her?«

»Na ja, er klang irgendwie sauer«, sagt Kerry hilflos. Sauer? Er? Na, der hat ja vielleicht Humor. »Aber ich bin sicher, wenn du einen Schritt auf ihn zugehst …«

»Pah, niemals«, falle ich ihr ins Wort, »da kann er warten, bis er schwarz wird.«

»Mona, überleg dir das gut, ob du dein Glück einfach so wegwerfen willst«, mischt sich nun Henne ein.

»Wer schmeißt hier sein Glück weg. Leonard, nicht ich!«, beharre ich. Henne und die anderen wiegen bedenklich die Köpfe.

»Ich glaube, du solltest da noch mal einen Moment in Ruhe drüber nachdenken«, sagt Henne plötzlich und steht vom Tisch auf, »ich brauche sowieso noch ein paar Kleinigkeiten für das Fondue heute Abend. Ich weiß nicht, wo ich beim Einkaufen wieder meinen Kopf hatte. Und ihr kommt alle mit und helft mir tragen.« Damit scheucht sie die ganze Bande ins Treppenhaus, schnappt sich ihre Handtasche und verlässt ebenfalls die Wohnung.

»Da gibt es überhaupt nichts zu überlegen«, rufe ich ihnen hinterher, »he, das ist mein Geburtstag. Ihr könnt mich doch nicht einfach hier alleine sitzen lassen!« Noch durch die geschlossene Türe höre ich Sally protestieren:

»Könnte ich nicht wenigstens dableiben. Ich gehe auch in die Küche. Ihr wisst doch, mein Knie. Und meine Hüfte.« Und dann bin ich allein. Na schön, mache ich mich eben alleine über den Sekt her. Ganz sicher werde ich nicht Leonard anrufen! Ja, ihr alten Leute seid ja so lebenserfahren. Aber ihr habt nicht mitgekriegt, wie Leonard mir an den Kopf geworfen hat, ich sei kalt und herzlos. Nur weil ich ihm die Wahrheit über seine saubere Frau erzählt habe. Und jetzt stellt er sich an, weil ich ein bisschen geschwindelt habe? Was hätte ich denn seiner Meinung nach bitte schön tun sollen? Das fiel alles ganz eindeutig unter das Berufsgeheimnis. Ich verlange von ihm ja auch nicht die Krankenakte von Frau Müller oder Herrn Meier. Na eben. Ich fühle mich absolut im Recht.

Als meine Geburtstagsgesellschaft wieder eintrifft, habe ich einen Vorsprung von vier Gläsern Sekt herausgeschlagen, aber keinen Anruf getätigt. Gütigerweise werde ich mit dem Thema Leonard für den Rest des Abends verschont, und es wird doch noch ganz gesellig und nett. Nicht mein schönster Geburtstag bis jetzt, denke ich, als ich nachts um zwei ins Bett falle, aber mit Sicherheit auch nicht der schlimmste!

Als ich am nächsten Tag aus der Agentur nach Hause komme, steht ein riesiger Strauß roter Rosen auf dem Küchentisch.

»Wow«, sage ich grinsend, »was hat der Doc ausgefressen, dass er dich so verwöhnt?«

»Die sind nicht für mich«, grinst Henne zurück, die gerade am Herd steht und sich einen Tee aufbrüht, »die sind für dich.« Ehrlich? Ich stürze auf die Blumen zu und pule nervös das Kärtchen aus dem Umschlag.

LIEBSTE MONA, ES TUT MIR SO LEID, BITTE GIB MIR EINE CHANCE, ES WIEDER GUTZUMACHEN! HEUTE ABEND BEI UNSEREM ITALIENER? UM ACHT? ICH WARTE AUF DICH, DEIN LEONARD. PS: ALLES LIEBE ZUM GEBURTSTAG NACHTRÄGLICH!

Aufgeregt lese ich Henne die Karte vor, sie lächelt und nickt und sagt:

»Da bin ich ja froh, dass einer von euch beiden Dickköpfen doch noch den ersten Schritt gewagt hat.« Ich zähle derweil die Rosen. Siebenundzwanzig herrliche Baccara-Rosen. Die müssen ein Vermögen gekostet haben. »Wirst du hingehen?«, fragt Henne.

»Natürlich!« Was für eine Frage! Okay, um acht, das heißt, ich habe noch gut zwei Stunden Zeit. O Gott, was ziehe ich bloß an?

In meinem schicken lila Cordanzug, den ich mir selber zum Geburtstag geschenkt habe, betrete ich um kurz nach acht das Restaurant. Leonard ist schon da. O Gott, wie ich ihn vermisst habe. Er sitzt an unserem Tisch und erhebt sich, als ich auf ihn zukomme.

»Hallo«, sagt er leise und hilft mir aus meiner Jacke.

»Hallo.« Verlegen stehen wir voreinander, ohne etwas zu sagen. Dann guckt Leonard mir auf den Mund – genau wie damals. Ich schließe die Augen, hebe ihm mein Gesicht entgegen und komme mir wieder vor wie Scarlett O'Hara. Wir küssen uns, und ich könnte vor lauter Glück zerspringen. Endlich, endlich wird alles gut. Keine Barbara mehr, keine erfundenen Babys, keine Berufsgeheimnisse. Nach einer halben Ewigkeit lösen wir uns voneinander.

»Es tut mir Leid«, sagen wir wie aus einem Munde, »nein, mir tut's Leid.« Wir müssen beide lachen, Gott sei Dank. Zu viel Spannung kann ich so schlecht vertragen. Wir setzen uns hin, und Leonard kramt etwas unter dem Tisch hervor.

»Herzlichen Glückwunsch nachträglich«, sagt er und hält mir – einen Riesenstrauß roter Rosen vor die Nase.

»Aber du hast doch schon ...«, stammele ich fassungslos.

»Ich habe mich sehr über deine Karte gefreut«, fährt Leonard fort. Karte? Was für eine Karte?

»Was für eine Karte?«

»Jaja, typisch Mona, jetzt willst du wieder nicht diejenige gewesen sein, die den ersten Schritt getan hat.« Was? Ich verstehe nur Bahnhof. »Na schön, also, es gab natürlich keine Karte. Die Hauptsache ist, dass wir endlich wieder zusammen sind.«

»Moment mal«, unterbreche ich ihn, »wieso erster Schritt? Du hast mir doch Blumen geschickt. Genau solche«, füge ich mit einem Blick auf den Strauß hinzu.

»Ich habe dir keine Blumen geschickt.«

»Aber auf der Karte stand, dass es dir Leid tut und du noch eine Chance haben willst«, sage ich, nun vollkommen verwirrt.

»Nein, das stand auf deiner Karte.«

Ratlos gucken wir uns an. Es braucht ein paar Sekunden, dann sprechen wir es gleichzeitig aus:

»Henne!«

Ist doch nicht zu fassen. Da hat sie uns aber ganz schön gelinkt, die alte Dame. Wir sitzen uns gegenüber und überlegen beide einen Moment lang, ob diese neue Erkenntnis irgendwas an der Situation ändert. Aber wie Leonard schon so treffend sagte: Die Hauptsache ist doch, dass wir endlich wieder zusammen sind.

Der Rest des Jahres ist ein Traum. Leonard und ich sind verliebter als jemals zuvor und verstehen uns blendend. Seine Trennung von Barbara läuft und sie hat anscheinend Gefallen an ihrem Scheidungsanwalt gefunden. Und er an ihr.

In der Agentur habe ich gekündigt. Ganz korrekt und fristgemäß zum 31. Dezember. Nicht, dass mir der Job keinen Spaß gemacht hätte, das schon. Aber ich bin mir über die moralische Seite dieser Treue-Testerei nicht mehr so ganz sicher. Ich weiß nicht, wie viele Beziehungen wir auseinander gebracht haben, die eventuell noch eine Chance gehabt hätten. Ist es wirklich richtig, jemanden in Versuchung zu führen und ihm nachher einen Strick daraus zu drehen? Ich weiß es nicht, aber ich weiß, dass ich im Moment einfach nicht mehr Teil dieser Sache sein möchte. Ich will optimistisch in meine Zukunft sehen und nicht umgeben sein von Untreue, Misstrauen und gescheiterten Beziehungen. Ja doch, ich bin mir durchaus bewusst, dass es diese Dinge auch noch gibt, wenn ich nicht hinsehe, aber jedem seine eigene kleine Traumwelt, oder?

31. Dezember, 23.55 Uhr. Ich stehe mit Leonard, Kerry, deren neuem Freund Holger und dem Kleeblatt in den besten Jahren auf unserem Balkon und warte auf das neue Jahr.

»Fasst eure Neujahrsvorsätze«, fordert Alfred uns beschwingt auf.

»Um spätestens am 2. Januar wieder deprimiert zu sein, weil ich sie nicht einhalten konnte? Nein, danke«, sagt Henne fröhlich.

»Ich wollte immer schon mal einen Tanzkurs machen, hast du nicht Lust?«, fragt Kerry an Holger gewandt, während ich eifrig in meinem Portemonnaie herumkrame. Vorsätze? Da war doch was. Tatsächlich, im hintersten Fach finde ich den zusammengefalteten Zettel:

– AUFHÖREN ZU TRINKEN Ich gucke auf das Sektglas in meiner Hand und beschließe, dass ich diesen Vorsatz zumindest zu fünfzig Prozent erfüllt habe. Nicht ganz schlecht!

– KEINE SÜSSIGKEITEN MEHR! ABNEHMEN, MINDESTENS FÜNF KILO Stolz blicke ich an mir herunter. Fünf Kilo und dreihundertfünfzig Gramm sogar!

– EINEN NEUEN JOB SUCHEN Habe ich getan! Muss ich jetzt wieder. Na ja. Die Bewerbungen an diverse Banken sind schon auf der Post. Jaja, Banken, ganz richtig. Ich habe beschlossen, nicht gleich alles zu verteufeln, was Kreditinstitut heißt. Und auch nicht alles, was zu meiner Vergangenheit gehört. Ich gebe der Welt der Kredite und Wertpapiere noch mal eine Chance.

– NEUE FREUNDE FINDEN Ich sehe die strahlenden Gesichter meiner neuen Freunde. Sie sind sicher anders, als ich sie mir damals vorgestellt habe, aber auf jeden Fall sind sie echt. Und was habe ich da durchgestrichen?

– DEN PERFEKTEN MANN SUCHEN Zehn, neun, acht, sieben, sechs, fünf, vier, drei, zwei, eins, Happy New Year! Wer umfasst mich da von hinten, dreht mich zu sich herum und küsst mich lange und innig? Der perfekte Mann, nach dem ich nicht suchen wollte, und der mich doch gefunden hat!

– ENDE –

Danksagung

Vielen Dank!
Petra & Judith für die Unterstützung,
Steff für dein großes Herz,
Natalie & Hannes für Rat und Tat,
Wiebke für deine Vorbildlichkeit,
Viola dafür, dass du Viola deinen Namen
und sonst nichts geliehen hast,
Teymur, ich liebe dich!